ハヤカワ・ミステリ

IAN RANKIN

貧者の晩餐会

BEGGARS BANQUET

イアン・ランキン

延原泰子・他訳

TOKYO HAYAKAWA BOOKS

A HAYAKAWA
POCKET MYSTERY BOOK

目　次

装幀／勝呂　忠

貧者の晩餐会

序文

　そもそも私は短篇作家だった。いや、厳密にはそうではない。そもそもは、ふきだし付きの落書きもどきの人を描く漫画家だった。七歳か八歳の頃のことで、小さなノートを手に入れるまでは何枚も折って重ねた罫なしの紙を使い、そこにスティック・メン《スティック・メン》を描いていた。彼らはサッカー、戦争、宇宙空間といったコマ割りマンガの中で大活躍していた……自分が上手に描けないと悟るまでは。栄光の将来は摘み取られた。でも、それほど悩まなかった。十歳か十一歳の頃までには、音楽を聴き始めていたからだ。熱しやすい子供だったから、聴くだけでは満足しなくなった――漫画を読むだけではあきたらなくなったのと同じだった。私は賢明な人間がやること――バンドを組んだのだ。問題は、友人たちに興味をもってもらえなかったことだ。私が楽譜が読めないことや、楽器を弾けないことは問題ではなかった。曲と詞は私の頭の中にあったから、そんなことは必要なかったのだ。そして、〝低俗な〟ポップ・ミュージックのバンド、ジ・アメーバスを結成することにした。メンバーはイアン・カプト（ヴォーカル）、ゼッド・〝キラー〟・マッキントッシュ（ベース）、そしてブルー・ライトニング（ギター）だ。ドラマーは姓が二つ重なったような名前だったと思うが、忘れてしまった。バンドで詞を書くことで、私は詩的に書くことをおぼえた――明らかにへぼいが詩は詩だ。韻脚に分けられ、リズムを構成していた。だから、十六歳の頃に初めて〝きちんとした〟詩を書くのは、さしたる飛躍ではなかった。ついでに言うと、その頃ジ・アメーバスはまだ健在だったが、ポップからプログレッシブ・ロックに移行していた。

私の詩についていえば、それは物語であった。あるべき場所に赴く人々について語り、人々の行為の結果を語った。だから私は短篇小説を書き始めたのだろう。私が〝何かをもっている〟と考えた英語のグリスピー先生の援助を得て、何篇かを学校にいる間に書いた。その当時、英語の授業では課題を与えられ、毎週短篇を書かなければならなかった。例えば、グリスピー先生は「闇と黄金のまなざし」というフレーズを与えて、その他は生徒に任せた。私の作品は、人でごったがえす不法占拠された家をめぐり、親が麻薬中毒の息子を心配して捜す、というものだった。これらの多くの作品は——なにをかくそう——無駄なものだった。自宅で書いたのは、小さな町から逃げだして、最後はロンドンで自殺する子供の話だった。別の長めの話は、自分の学校を舞台にしたもので、ミック・ジャガーのポスターが悪魔的な力を発揮し、子供たちが暴れ回るというものだった（『蠅の王』の影響かもしれないが、変なものに影響されるよりはいいだろう）。

大学時代には詩も短篇も両方書いた。最初の〝きちんとした〟短篇は造船所閉鎖について書いたもので、全国コンテストの次席になった。次に、現実の家族に起きた事件をもとにした短篇で別のコンテストの最優秀賞を獲得した。作品集に最初に収められたのは、***An Afternoon*** という短篇だった。ハイブのサッカー試合の警護にあたる熟練の警官の話だ（読むに値しないので、見ないでいただきたい）。

本書に収められた物語は、十年余りの間に書かれた。私の短篇は、ラジオで流れたものもあれば、アメリカの雑誌に載ったものもある。これらは、一九九二年に刊行した処女短篇集 ***A Good Hanging*** に収めてある。作品すべてがリーバスものというわけではない。これには理由がある。長篇の合間に短篇を書く傾向があるので、その間は良きリーバス警部を締め出す必要があるのだ。本書に載せた成功作のひとつ「深い穴」も、そうして作られ、ダガー賞最優秀短篇賞をとり、栄誉あるアンソニー賞にもノミネートされた。「深い穴」で面白かったのは、最初は舞台をエジンバラにしていたのだが、編集者が連絡をよこして本にまとめるので他の作品とあわせて舞台をロンドンにしてくれといったことだった。私は作品を微調整し、編集者に送った。これは悪くない作業であった。別の短篇「動いているハーバート」もダガー賞最優秀短篇賞に輝いた。作品作りのきっかけは、政府《ホワイトホール》の大臣たちは、どうやっていろんな画廊や博物館から絵画作品を借りているのかなという、妻の思いつきの言葉からだった。こうしたことが短篇にとっていちばん大切で、つまり良い閃きにつきるのだ。複雑さやわきすじはいらない。そう、多くのものはいらない。長篇のように多くのものはいらないのだ。また、短篇は、ナレーションや文章の構造、簡潔な表現などをいろいろ試すのによい。短篇を書くには、なんとかして八〇〇ワードのものを二〇〇ワードまで削る――これには苦労するが、いかに多くのものを省略するのが有益か知ることができる。短篇に過剰な部分はいらない。無駄なくしっくりした状態でなければならない。「グリマー」は中篇として書き始めたが、無駄が多いと気づいた。そのため、削る作業を行ない、伝えたいものが見えてきた。愛するローリング・ストーンズの歌について神話を創り上げる機会を得たということで、まだ無駄な部分があるかもしれないが、ある程度の無駄は省けたと思う。

数篇の短篇――「自白」と「吊るされた男」――は、ラジオ・ドラマの脚本として書かれた。また「会計の原則」はテレビ・ドラマの台本用に書いたものだったが、実際にはテレビ・ドラマ化されなかった。いちばん変わっているところでは、たぶん「唯一ほんもののコメディアン」で、これはラジオの独白劇用に作ってあった。結局、この予定は変わり、《荒野の帝王》という題でスコットランド・テレビの〈ニューファウンドランド〉シリーズの中のドラマになった。共同執筆者としてクレジットされ、映像ができるまで見ていたが、自分が書いたものは二行分くらいしか使われていなかった。あとはテレビ向きに変えられていた。でも、これは必要なことだったようで、出演者はこのドラマで賞をもらった。それらを全部考えあわせたとしても、私はもとの短篇のほうがいいと思っているのだが。

私は短篇が好きだ。自分で書くのも、他の人が書いたのを読むのも。それだから、短篇作家として生計をたてていけるものと勘違いしていた。いろいろあるが、展開が次々変わり、ペースが早く、お手軽な都会的な世界を描いた短篇は便利なものである――バスに乗っているわずかの時間や旅先の電車内で読み始めて終えることができるし、昼休みにだって読むことができる。昼休みに一作品書くことさえできる。周りを見ていただきたい。アイディアはそこらじゅうにある。ときにそれはすぐ手の届くところにあるものだ。

最後に、本書の編集者、ジョン・ウッドに感謝したい。本書のタイトル『貧者の晩餐会《ベガーズ・バンケット》』は彼のアイディアによるものである。偉大なストーンズのアルバムと同じタイトル。このごちそうをがつがつとめしあがっていただきたい。

イアン・ランキン
エジンバラにて

（編集部／訳）

一人遊び
—リーバス警部の物語—
Trip Trap

延原泰子訳

すべてはペイシェンスのせいなのだ。

忍耐《ペイシェンス》、もしくは偶然か運命のいたずらのせいである。

それはともあれ、その朝グレイス・ガラハーは二階から降りてきて、食堂のテーブルに座り、（冷蔵庫には紅茶一杯分のミルクしかなかったので）ミルク抜きの濃い紅茶を前に置いて、ぼんやりとトランプの箱を見つめていた。そして煙草の煙をふかぶかと肺に送り込み、心臓の鼓動が速まるのを感じた。この一服が無上の楽しみなのだ。ジョージは自分の面前で煙草を吸うのを許さないし、しかも二人は毎日ほとんど一日中一緒に過ごしている。煙が我慢ならない、とジョージは言う。煙が食べ物の味をまずくするし、鼻がむずむずして、くしゃみや咳が出る。めまいもする。ジョージは不安症についての本が書けるほど文句を並べ立てた。

それで、ジョージが起きている間、家の中は禁煙区域となった。だからこそグレイスは自分一人だけの、このひとときを楽しんでいるのだ。七時十五分から七時四十五分までの短い時間である。結婚してから四十年間、彼女は夫よりきっかり三十分早く起床するようにしてきた。そして食卓に座り、煙草と紅茶でくつろいでいると、夫がベッドの自分の側から床に足を下ろしたしるしに、寝室の床のきしむ音が聞こえるのだ。寝室の床は、三十年有余前、夫婦がギラン・ドライヴ二十六番地に越してきたその日から、ギイッときしんだ。ジョージは修繕しようと口先だけの約束を繰り返すばかりで、今となっては、紅茶とトーストすらも自分で作れない身である。

グレイスは煙草を吸い終え、トランプの箱を見据えた。昨夜、夫婦は一ゲームにつき一ペニーの賭け金で、ホイストやラミーをやった。そしていつものように、グレイスが負けた。ジョージは負けると口惜しがり、そのあとは仏頂面が翌日いっぱい続きかねないので、彼女は不快な思いを避けるために、強いカードをわざと捨てたり、切り札を無駄使いしたりして、夫を勝たせるようにしている。ときおりジョージは間抜けな手に気づいて、妻の愚かさを嘲った。だがたいていは、またおれが勝ったと手を叩いて連勝を喜び、太い指でテーブルの賭け金を引き寄せた。

グレイスは知らず知らずのうちにトランプの箱を開け、トランプを切ると、一人遊び《ペイシェンス》の形にカードを並べ始めた。そのゲームはいとも簡単に勝てた。もう一度カードを切って並べ、また勝った。なぜだか、これが今朝の運勢のように思えた。三回目に挑戦すると、またしてもゲームは順調に進み、キングからエースまで赤黒赤黒と重ねられたカードの組が四つ、きちんとできあがった。四回目に入り、ゲーム半ばで今度もうまくいきそうだと感じたときに、床のきしむ音、名前を呼ばれる声が聞こえ、一日が、現実の一日が、始まった。紅茶を淹れ、ミルクの残りを使い切り、トーストを添えてジョージのベッドへ持って上がった。トイレを済ませたジョージは、のろのろとベッドの中へ戻っていた。

「今日は足が痛くてたまらん」ジョージが言った。グレイスはこの愚痴に何も新しい返事を思いつかず、黙っていた。ベッドに朝食のトレイを据え、カーテンを引き開けた。室内は空気がよどんでいたが、夏ですら、ジョージは窓を開けたがらなかった。環境汚染、酸性雨、排気ガスを言い立てた。そのせいで肺をやられ、息苦しく、呼吸困難になるのだという。グレイスは街路を見下ろした。向かい側に並ぶ我が家と同じタイプの家々は、単調な一日の始まりを予感して、すでにうなだれているように見えた。しかし彼女自身は、部屋の酸っぱい臭い、髭をまだ剃っていない夫の耳障りな息遣い、紅茶を音高くすする音、蒸し暑い曇り空の朝という、憂鬱な状況にもかかわらず、何か心躍ることがあるような気がしていた。トランプの一人遊びで勝ったではないか？　しかも何回も勝ったではないか？　目の前に道が開けているように思えた。

「あなたの新聞を買いに行ってくるわ」とグレイスは言っ

た。

ジョージ・ガラハーはいつも競馬欄を丹念に読んだ。新聞を熟読し、予想屋の立てた予想をせせら笑ったあげく、〝五重勝式投票〟を考えつくのだった。それは選んだ五頭の馬が一頭残らず優勝したら、とてつもない大金が転がり込むという賭けである。グレイスは投票紙をハイ・ストリートの馬券業者へ持って行き、一日一・五ポンド以内に決めている賭け金を渡すと、家に戻って、選んだ馬が次から次へと使命を果たせずに終わるのをラジオで聴いた。それに反し、予想屋の馬はそこそこの戻り金をもたらした。だがジョージは言った。おれは〝内部情報〟を知っているし、そもそも予想屋なんぞ、いかがわしい人間と相場が決まっているじゃあないか、と。そんなやつらを信用することはできやしない。信用できるなんて考えるなら、おまえは大馬鹿もんだ。ジョージの選んだ馬が二番か三番で入る場合も珍しくなかったが、グレイスがいくら頼んでも、ジョージは頑として連勝複式で賭けようとはしなかった。一か八か、それが夫の好みだった。

「そんな賭け方をしたんじゃあ、大金は摑めんぞ」

それに報いるグレイスの微笑は刃物のように冷ややかだった。そんなやり方でぜったい勝てるもんですか。

ジョージは妻が新聞を買ってくるとき、どうしてそんなに時間がかかるんだろう、とときおり不審に思った。新聞販売店はせいぜい歩いて十分ほどのところにあるのに、グレイスときたらいつも小一時間はかかるのだ。だが近所の人に会っておしゃべりをしたとか、店に行列ができていたとか、新聞がまだ届いていなかったので、しかたなくもっと遠い新聞屋まで歩いて買いに行ったとかの言い訳をいつも聞かされた……

実は、グレイスは新聞を持ってロシー・パークへ行き、天気がよければ公園のベンチに座って、ハンドバッグからボールペン（女性雑誌のおまけで、インクをもう二回も補充したもの）を取りだし、新聞のクロスワードに取りかかるのだった。最初の頃は、〝やさしい鍵〟に従って文字を埋めていったが、長年のうちに自信がついてきたので、今は〝難解な鍵〟のほうを解いており、完成することも多かった。一つか二つ、答えがわからないままに終わるときには、そのあと一日中あれこれと考え続けた。スポーツ欄しか見ないジョージは、妻が熱心にクロスワードを解いていることに、まったく気づかなかった。ニュースはテレビやラジオから得ているからな、とジョージは言っていたが、グレイスの見るところ、夫はテレビのニュース番組の間は居眠りしているし、ラジオなどめったに聴かなかった。

天気が悪いと、グレイスは屋根のあるベンチに座った。一年ほど前、そのベンチで彼女は同年配（ということはジョージより八年か九年年下）の紳士と知り合いになった。近くに住む、妻に先立たれた男で、ジム・マルコムという名前だった。二人は世間話をしたが、それよりも黙って公園を眺め、通り行く人々を見守っていることのほうが多かった。ベビーカーを押している母親、犬を連れた少年、サッカーに興じる群、口喧嘩をする恋人たち、たまにはまだ朝早いというのに酔っぱらい。二人は毎日、まるで偶然が続くかのように、どこかのベンチで出会った。朝以外の時間や別の場所で会うことは、路上や店でほんとうにたまたま、ばったりと出くわした以外、一度もなかった。

ところが、この春、数週間前に、肉屋の店先でグレイスはジム・マルコムが死んだという話を耳にした。注文する順番が回ってきたとき、グレイスはいつもの〝お買い得〟の肉ではなく、ステーキ肉のミンチを半ポンド頼んだ。肉屋が驚いた顔をして見せた。

「何か祝い事でもあるんかね、ミセズ・ガラハー？」

「そうでもないけど」グレイスは穏やかに答えた。その夜、ジョージは何の感想も述べずに上等のミンチを黙々と食べた。

今日、グレイスはクロスワードを記録的な速さで仕上げた。鍵がいつもより易しかったわけではない。かつてないほど頭がよく回転するように感じられ、ヒントや綴りから答えが即座に出てきた。こんな日に不可能なことはない、と思った。何だってやれる。厚い雲の間から日が差してきた。グレイスは新聞を閉じ、ボールペンとたたんだ新聞をハンドバッグに入れて立ち上がった。公園に来てから十分と経っていなかった。こんなに早く戻ったら、ジョージが不思議に思って何かたずねるかもしれない。そこで運動場の周囲をゆっくりと散歩しながら、一人遊び《ペイシェンス》トランプやクロスワードのこと、きしむ床のこと、それ以外にもいろんなことをつらつらと考え続けた。

　すべてはペイシェンスのせいなのだ。

　ジョン・リーバス警部はドクター・ペイシェンス・エイトキンと知り合って数年になるが、交際している間に、彼女の頼みを断わったことは一度もなかった。ペイシェンスは、もしも自分の両親がまだ健在だったら、きっと結婚させたがるようなタイプの女性だった。まだ独身だったらの話だが。とはいえ、離婚した身なので、言ってみれば独身みたいなものである。離婚者であることを知ったペイシェンスは、〝ディナー〟なるものをご馳走すると言って、リーバスをびっくりするほど大きな自宅へ招いてくれた。彼女の作ったフルーツパイを半分ほど食べたところで、ペイシェンスは、今下着を着けていないの、とリーバスに打ち明けた。家庭的で、しかも官能的な女、それがペイシェンスだ。そんな女性の頼みを断わることなどできないではないか？　少なくともリーバスにはできない。そういうわけで、その夜、リーバスはギラン・ドライヴ二十六番地の前に立ち、ひそやかな悲しみに暮れる家の中へずかずかと入ろうとしていた。

　死がひそやかな出来事というわけではない。スコットランドのこの地域では、いや、スコットランドのどの地域であれ、そんなことはない。近所の窓のカーテンからこっそりと顔が覗き、庭の垣根越しに低い声で噂話が交わされる。画一的なうるさいコマーシャルや、さらに画一的なクイズ番組のやかましい拍手を流し続けるテレビの音が、いつもより幾分少なくなる程度だ。

　ギラン・ドライヴはエジンバラの南東にある特徴のない労働者階級住宅地区である。この地域は衰退しているが、それでもまだどことなく誇らしげな空気が漂っていた。庭は手入れが行き届き、猫の額ほどの芝生は兵士の頭のように刈り込まれている。歩道にきちんと寄せて駐めてある車は、購入年度の古さを示すWやXのついたナンバーが大半だったけれども、磨き込まれていて、錆一つなかった。リーバスはそんな状況を瞬時に見て取った。こんな地区では、悲しみは共有されるのだ。誰もが分け前を欲しがる。それでも何かためらいを感じて、彼はドアノッカーに手をかけられなかった。ペイシェンス・エイトキンの話は漠然としており、確信のない用心深い言い方だった。だからこそ彼女はリーバスに警官として助力を依頼するのではなく、個人的な頼み事にしたのだ。

「わたしはね」とペイシェンスはそのとき電話で言ったのだった。「ジョージ・ガラハーをときどき診ていたの。けっこう続けてかな、長い付き合いの患者よ。彼が症状を訴えなかった病気なんて、脚気と象皮症ぐらいじゃないかしら。というのも《サンディ・ポスト》紙の医療頁にそんな病気のことが載ってないから」

リーバスは微笑を漏らした。スコットランドの開業医は月曜日の診療を嫌がる。昨日の朝の《サンディ・ポスト》で知ったばかりの病気を訴える患者が急にどっとやって来るからだ。あの新聞が世論を作ると言われるのも当然だ……

「長年にわたって」とペイシェンスが話を続けた。「グレイスは彼の看病をしてきたわ。いつもいつも忍耐《ペイシェンス》の限りを尽して世話をしていた。彼女は天使よ」

「では、何が問題なんだ？」リーバスは受話器を抱え、おまけに頭痛もブラックコーヒーのマグも抱えていた。ダイエット中だからブラックコーヒーであり、頭痛のほうもブラックコーヒーと関係がないわけではない。

「実はね、ジョージが今朝、二階の階段から転げ落ちたの。死んだわ」

「それは気の毒に」

受話器から答えは返らなかった。

「すると、おれと同じ気持ちじゃないんだね」

「ジョージ・ガラハーは怒りっぽい老人だったわ。もう少し若いときは恨みがましい男だったし、おそらく十代の頃は無愛想な少年だったでしょうよ。あの男が丁寧な言葉遣いをしたのを聞いたことがない。〝お願いします〟とか、〝ありがとう〟なんて一回も」

「わかった、じゃあ彼の死去を祝うとするか」

また沈黙があった。

リーバスはため息をついて、こめかみをさすった。「はっきり言えよ」

「ジョージは階段から落ちたということなんだけど」とペイシェンス・エイトキンが説明した。「たしかに毎日午後には下の部屋へ行くのよ。テレビで競馬中継を見たり、じゃなかったら寝室とは異なる壁紙を見つめるためにね。でもジョージは十一時頃に転落した。いつもより時間がちょっと早すぎる……」

「彼は突き落とされたと思うんだね？」リーバスは冷やかしの口調にならないように気をつけた。

ペイシェンスの返事はぶっきらぼうだった。「そう、そのとおり」

「長年辛抱を重ねてきた、その天使によって？」

「そうよ」

「わかったよ、先生。じゃあ医学的証拠を挙げてくれ」

「あのね、狭い階段なのよ。かなり急な階段で、十一段か十二段あるかな。もし体重八十キロ以上もある人間が、階段の上で足を滑らしたとしたら、両側の壁にぶつかりながら落ちると思わない？」

「まあね」

「で、落ちるのを止めようとして、何かにつかまろうとするわね。壁の片側に手すりがあるの。夫婦はもう片側にも手すりをつけてもらえるよう、市役所に申請中だった」

「だから何かをつかもうとするってことだな、なるほど」

リーバスは苦いブラックコーヒーを飲み干し、未決トレイに積み上げられた書類を見つめた。

「となると、打撲傷ができるわね？」とペイシェンス・エイトキンが言った。「肘や膝を擦りむいたりするし、壁に引っ掻いた跡が残ったりする」

リーバスは彼女が推測に頼っていることを知っていたが、この時点までは反論の余地がなかった。「続けて」と促した。

「ジョージ・ガラハーは頭部にしか目立つ傷はなかった。階段下の床で頭を打ったときのもので、同時に首の骨も折ったんだわ。でもほかには打撲傷も擦り傷もなかったし、見る限りでは壁にも引っ掻いた跡はなかった」

「すると、彼は階段の上から勢いよく飛ぶように落ち、いきなり床に叩きつけられたって言いたいんだな？」

「そんな状況に見える。わたしの想像にすぎないのでなければ」

「ならば彼は飛び降りたか、押されたかだな？」

「そうよ」ペイシェンスは少し間を置いた。「根拠が薄い話だってことはわかってる、ジョン。それにグレイスを疑うなんてことは、ぜったいしたくないけど……」

リーバスは電話機の横からボールペンを取り上げ、机の上を引っかき回して、封筒の白い裏を見つけた。

「きみは自分の務めを果たしているだけだよ、ペイシェンス」とリーバスは言った。「住所を教えてくれ。お悔やみを述べに行ってこよう」

ギラン・ドライヴ二十六番地の家のドアがそろそろと開き、男がリーバスを覗き見て、すばやく招じ入れ、彼の腕にそっと手を置いた。

「さあさあ、お入り、お入り。女どもは居間にいる。キッチンは向こうだ」男は顎で示してから、リーバスを伴って狭い廊下を進み、涙声の聞こえる閉じたドアを通り過ぎて、奥の半開きのドアへ向かった。リーバスは通るときに階段に目もくれなかった。玄関のドアを開けたときに真正面に見えていた階段である。キッチンのドアが中から大きく開かれ、裏側の狭い部屋に男が七、八人窮屈そうに立っているのが見えた。炒め油やスープ、シチュー、フルーツケーキなどのよどんだ臭いが混じり合う中で、つんと新しい匂いが漂っていた。ウイスキーの匂い。

「ほら、あんたのだ」誰かが琥珀色の液体をたっぷり注いだタンブラーを渡してくれた。誰もがそんなグラスを手にしている。男たちは落ち着きなく立ち位置を変え、気まずそうで、話をするのもはばかっている。リーバスが入ると会釈をしたが、それっきり無視していた。それぞれのグラスにお代わりが注がれた。リーバスはウイスキー瓶についた生活協同組合の値段ラベルに気づいた。

「あんたはカッシュマン・ストリートに越してきたばかりの人だな？」誰かが誰かにたずねた。

「ああ、そうだよ。二ヵ月ほど前だ。家内が商店でミセズ・ガラハーによく出会ったもんだから、夫婦でお悔やみに来ようと思ったんだ」

「この辺りはな、昔は炭鉱労働者の住む町だったんだ。誰もがここで一生暮らして、ここで死んだもんだ。だが最近では、住人の出入りがひんぱんでね……」

会話はひそひそ声で続けられた。リーバスは裏口のドア近くにある流し台の水切り板にもたれて立っていた。目の前に男が立った。

「もう一杯やれよ」そしてタンブラーのウイスキーの量は一インチから一インチ半に増えた。リーバスは死者の親類を見つけようとして周囲を見回した。だが男たちは近所の者か、近所の者の息子かのようで、地域の中核をなす住人の半分である男たちだった。彼らの妻や姉妹や母親は、居間でグレイス・ガラハーのそばにいるのだ。居間のカーテンは閉じられ、日が暮れたあとのわずかな残照をも遮っていることだろう。ハンカチと甘いシェリー酒。未亡人はアームチェアに座り、椅子の袖に腰を乗せた者は、あやすように背中を撫でながら慰めの言葉をかける。リーバスはそういう場面をいやというほど経験してきた。子どもの頃に自分の母親の死を経験し、青年となったときには父親の死を、そして伯父や伯母の死を、友人の両親の死を、最近では友人たちの死を見てきた。今は自分ももう若くはない。ときおり同年代の者が癌や突然の心臓麻痺に襲われて消えていく。今日は四月の末日だ。一昨日、彼はファイフへ行って、父親の墓に花を供えてきた。それが父親を偲ぶためなのか、たんに悔恨の情に駆られただけなのか、自分にもわからなかった……

案内してくれた男がリーバスを現実に引き戻した。「グレイスの息子の嫁がここに来ているよ。今日の午後、フォルカークから出て来たんだ」

リーバスは事情に通じているかのように、うなずいた。

「で、息子は？」皆の視線が集中した。「十年前に死んだよ。知らなかったのか？」

今は疑念が漂っており、リーバスは警察官だと名乗るか、もしくは、いよいよ怪しげな人物となって留まるかしかないと自覚していた。身近な人の死を純粋に悼む気持ちで集まっているこの人々は、リーバスを弔問客として受け入れ、ここへ連れてきて、通夜の仲間として遇そうとしたのだ。

「おれは知り合いの知り合いなんだ」とリーバスは弁解した。「ちょっと様子を見てきてくれと頼まれたもんで」

しかし案内してくれた男の表情を見ると、尋問が始まりそうな気配だった。そのとき、別の男が口を開いた。

「あれはひどい事故だったよなあ。何ていう町だっけ？」

「メシル。そこで息子は船の艤装《ぎそう》の仕事をやってたんだ」

「そうとも」案内してくれた男が心得顔で言った。「あれは給料日の夜だった。だから仲間で酒を飲みに繰り出したんだよな。ダンスホールへ行く途中だった。それがいきなり……」

「ああ、すさまじい衝突事故だった。後ろに乗っていた若者は両脚を切断しなきゃならなかったんだから」

そうか、とリーバスは思った。そいつはそれ以後ダンスとは無縁になったわけだ。すぐにそんな不埒な思いに捕われた自分を忘れようとして、顔をしかめた。案内してくれた男はその表情に気づき、リーバスの腕にまた手をかけた。

「気にするなよ、気にするんじゃない」男たちが、涙を期待してか、再び彼を一斉に見つめた。リーバスは顔を赤らめた。

「ちょっと、おれ……」リーバスは天井を顎で示しながら言った。

「場所はわかってるかい？」

リーバスはうなずいた。一階の間取りをほぼ把握しているので、トイレは二階にあるだろうと察しがついていた。二階へ行ってみたかった。キッチンを出てドアを閉めると、ほっと吐息をついた。ワイシャツの下が汗ばみ、頭痛が戻ってきている。思い知ったか、リーバス、と頭痛が警告しってきている。

ていた。これがウイスキーを飲んだ報いだぞ。これが卑劣な冗談を心ひそかに楽しんだ報いだぞ。アスピリンを好きなだけ飲むがいい。頭痛が消える前に、おまえの胃壁が溶けてなくなるだろうよ。

リーバスは頭痛を口汚く罵ってから、階段を上がり始めた。

階段を一段毎に注意深く調べつつ、両脇の壁にも目をやりながら上っていった。階段のカーペットは厚めのパイル地で、まだ新しいものだ。壁紙は古びていて、狩猟の光景が描かれている。馬に乗った人物、犬、遠景には不安そうに喘いでいる狐。ペイシェンス・エイトキンが言ったように、壁紙には引っ掻き傷や爪痕がまったくなかった。それにカーペットも端が浮いているところはない。カーペットは職人の手できっちり仕上げられていた。ほつれたり、鋲が取れたりして、ジョージ・ガラハーがつまずきそうな箇所はどこにもない。すり切れてつるつるとなり、彼が足を滑らしそうな箇所もない。

リーバスは階段を上りきった場所をとりわけ入念に見た。ジョージ・ガラハーはおそらくここから、この高さから落ちたにちがいない。階段のもう少し下からだったら、死なずに済んだのではなかろうか。たしかに険しくて狭い階段ではある。けつまずいて転がり落ちたら、必ずや打撲傷を負うことだろう。階段下で即死した場合、静脈や動脈の血液が動かなくなり、青あざを作りにくいのは事実だが、それでも打撲傷がまったくないはずはない。検死でそれは詳細に調べられることだろう。これまでのところ、すべては推測に基づいており、自分でもそれを承知していた。

階段上の廊下には、ドアが四枚並んでいた。納戸（〝プレス〟とリーバスは子どもの頃、こんな場所をそう呼んでいた）には、シーツや毛布に、古びたスーツケース二個と横倒しにした白黒テレビが入っていた。かびくさい予備の寝室には、来もしない泊まり客用に、シングルベッドが整えられていた。バスルームでは、水槽の上に電池式カミソリが置いてあった。カミソリの持ち主がそれを使うことはもうない。残るは寝室。予備の寝室にもバスルームにも関心を惹くものがなかったので、リーバスは主寝室へ忍び込み、ドアを閉めたが、思い直してすぐに開けた。閉じたドアの向こうにいるのを見つけられたら、開いたドアの寝室にいるよりも、もっともっと怪しげに見えるからだ。

シーツや毛布やキルト布団が裾までめくられ、ヘッドボードには枕が三つ立てかけられていて、ベッドに一人分の座る場所が作ってあった。先ほどキッチンでは朝食用のトレイを見ている。カップ、トーストの屑が散らばった油っぽい皿、自家製のジャムの食べ残りが入ったコーヒーの古い空き瓶など、朝食の残骸が載ったままだった。ベッド脇には歩行器が置いてある。ペイシェンス・エイトキンの話によると、ジョージ・ガラハーは歩行器の助けを借りなければ、ほんの数歩でも歩こうとしないということだった。（そのとき彼女は歩行器を〝zimmer《ジマー》〟と商標で呼んだが、リーバスはzimmerと聞くと、〝部屋〟を意味するドイツ語しか思い浮かばなかった……）むろん、グレイスが手伝ったら、ステッキに体重を預けるようにして彼女に寄りかかりながら、歩行器なしでも歩けるだろう。グレイスが夫をなだめすかして、ベッドから立たせている光景が目に浮かぶようだった。歩行器なんか使わなくたって、階段を降りるときにわたしが手を貸してあげるわ。わたしに寄っかかってちょうだい……

ベッドにはこぼしたジャムでねばねばに汚れた新聞が置いてあった。それは今朝の新聞で、競馬欄の頁が開いてある。青いボールペンで競走馬名のいくつかを丸く囲んであった。ジプシー・パール、ガザムピン、ロッツ・ワイフ、キャッスル・マレット、ブロンディー。全部で五頭、五重勝式投票ができる頭数。青いボールペンはベッド脇のテーブルに、水が半分ほど入ったグラス、錠剤（ラベルにはミスター・G・ガラハーと書かれてある）、ケースに入った老眼鏡、近くの図書館から借り出されたらしい、拡大文字版の、カウボーイ小説のペイパーバックとともに置いてある。リーバスはベッドの端に座り、新聞を繰ってみた。その目はある頁で止まった。投書や漫画が掲載されている頁。右下にクロスワードがあり、仕上げられていた。升目を埋めているペンは、新聞のさらに後半部分にある競馬頁に使われたものとは異なるように見え、筆跡も違うように思えた。もっと柔らかくて、女らしい文字である。今日の予想馬を囲んでいる、力強く太い線とは違って、か細くて消えそうな文字が並んでいる。ときおりクロスワードを楽しむリーバスは、完成されているのを見て感心したが、その答えが一般に好まれる簡単な鍵のクロスワードを解いたものではなく、難解な鍵を解いたものだとわかって、なおさら感服した。リーバスは目を通し始めたが、あるところまで読み進むと額に皺を寄せ、最後に一瞬ぎょっとした表情になったものの、新聞を閉じ、二回折りたたんで上着のポケットに丸めて突っ込んだ。少し考え込んだあと、ベッドから立ち上がり、のろのろと寝室のドアへ向かい、廊下へ出て、階段の手すりを用心深く摑みながら降りていった。

キッチンでウイスキーを手にして立ち、リーバスは状況を考えていた。男たちが現われては去っていった。男たちはウイスキーを飲み終えると、ため息をついたり、咳払いをした。

「それじゃあ、まあ」と男たちは言った。「そろそろ、おれはこれで……」そうつぶやいて、会釈をすると、キッチンを出て行き、おそるおそる居間のドアを開けて未亡人に別れの挨拶をした。リーバスの耳に、グレイス・ガラハーの甲高い震え声が聞こえてきた。「来てくれてありがとうね。嬉しいわ。さようなら」

女たちも入れ替わり立ち替わり訪れた。どこからともなくサンドイッチが現われ、キッチンで配られた。タン、コンビーフ、サーモンのペーストを挟んだもの。半分に切った端の硬い白パン。ダイエット中にもかかわらず、リーバスは無言で、腹一杯平らげた。まだはっきりと事実を把握したわけではないが、無用な騒ぎを起こしたくなくて時間稼ぎをしていたのだ。キッチンに人がいなくなるまで待った。一、二度、近くの道路や近所のパブで彼を見かけたと勘違いした者が、話しかけてきた。リーバスは黙って首を振り、知り合いの知り合いだと答えると、たいてい質問はそこでとぎれた。

案内してくれた男ですら、リーバスの腕を叩き、訳知り顔にうなずいてウインクをすると、帰ってしまった。今日は身振り手振りが幅を利かせている。そこでリーバスもウインクを返したのだ。今や空っぽになったキッチンは、安物の煙草とウイスキーの臭いに体臭が混じり合って、空気が濁っていた。リーバスは自分のタンブラーをゆすぎ、水切り台に伏せた。廊下へ出て、しばらくたたずんでから、ノックをして居間のドアを開けた。

予想したとおり、グレイス・ガラハーはアームチェアに座っており、思ったとおりのやつれた顔で、五〇年代ふうの眼鏡を押し上げて涙をぬぐっていた。アームチェアの袖には、太っているものの、しっかり者らしい感じの四十代女性が腰をかけていた。ほかの椅子は空いていた。食卓にはたくさんのティーカップ、食べ残したサンドイッチの大皿、空のシェリーグラス、シェリー酒の瓶が散乱しており、不思議なことに、まるで一人遊びゲーム《ペイシエンス》を中断したかのように、トランプのカードが並べられたままだった。

テレビに向き合う形で、シートの凹んだアームチェアがもう一脚置いてあったが、今日の午後は一度も使われていないように見えた。リーバスにはその理由の見当がついた。死者の椅子、死者のちっぽけな王国の玉座なのだ。リーバスは二人の女に微笑を向けた。グレイス・ガラハーはろくにこちらを見なかった。

「寄ってくれてありがとう」グレイスの声は先ほどよりわずかに張りが出ていた。「ご親切に。さようなら」

「実を言うと、ミセズ・ガラハー」とリーバスは居間に入りながら言った。「おれは警察官なんですよ、リーバス警部です。エイトキン先生から立ち寄ってくれと頼まれたもんで」

「あら」グレイス・ガラハーが初めてリーバスに視線を向けた。きれいな目が白い皺の中に埋もれていた。両頬がほんのりと自然な赤みを帯びている。銀髪はパーマから長い間遠ざかっている様子だが、たぶん今日のつらい午後を乗り切る力を与えるためだろう、誰かの手できれいにくしけずられていた。息子の嫁ではないかとリーバスが推測した、アームチェアの袖に座った女が立ち上がった。

「わたしはどうしたら……？」

リーバスは女に向かってうなずいた。「時間はかからないと思いますよ。型どおりの質問だけなんでね、事故が起こった際の」リーバスはグレイスを見つめ、息子の嫁に視線を戻した。「キッチンに五分間ほど行ってもらえませんかね？」

女はいささか勢いよすぎるほど、さっとうなずいた。リーバスは今夜これまで一度も彼女の姿を見かけていなかったので、姑の傍を離れないでここにいることが、自分の務めだと感じていたにちがいないと思った。出て行けることにほっとした様子だった。

「湯沸かしに火を点けてくるわ」と嫁が言い置いて、リーバスの脇をすり抜けた。リーバスはドアが閉じられるのを見守り、耳を澄まして、短い廊下を歩み去る音、水を出す音、食器をかたづける音が聞こえるまで待った。そこでようやくグレイス・ガラハーのほうへ向き直り、大きく深呼吸すると、食卓用の椅子を引きずりながら歩み寄った。その椅子をグレイスのすぐ前に据え、そこに座った。グレイスが不安そうになった。彼女はアームチェアでもぞもぞと身動きし、それをごまかすために、傍らの床に置いた箱に手を伸ばして新しいティッシュを取り出した。

「あなたのつらい気持ちはお察しします、ミセズ・ガラハー」リーバスは切り出した。手短にきちんと片を付けたかった。証拠は何もない。ほんのちょっぴり心理作戦を使い、この女性の精神状態につけいるぐらいしか、策はない。それだけではうまく行かないかもしれない。ただしうまく行くことを自分が望んでいるのかどうか、確信はなかった。気がつくと、自分も落ち着きなく体を動かしていた。ポケットの新聞に腕が触れた。それはお守りのように思えた。

「エイトキン先生が話してくれたんですが」とリーバスは話を進めた。「ご主人のお世話を長年続けられたそうですね。さぞかし、苦労が多かったことだろうな」

「そんなことはないなんて言ったら、嘘になるわね」

リーバスはその言い方に、必要とされる冷酷さを感じ取ろうとした。だが感じ取れなかった。

「なるほど」とリーバスは言った。「あなたのご主人は、何と言うか、少々気難しいときがあったんじゃないですか」

「それも否定しないわ。機嫌を損ねると、ほんとに嫌みな男になるんだから」グレイスは思い出に浸るかのように、笑みを浮かべた。「でも主人がいなくなって淋しくなるわ。ほんと、淋しくなる」

「そうでしょうとも、ミセズ・ガラハー」

リーバスが見つめると、グレイスも強い視線で見つめ返した。リーバスはまたしても咳払いした。「事故について、はっきりしないことが少しありましてね。教えていただけるとありがたいんだが？」

「いいわよ、もしわかるなら」

リーバスは感謝の印の笑みを浮かべた。「ちょっとしたことなんですがね。十一時というのは、ご主人が下へ降りる時間としては、やや早すぎます。おまけにご主人は歩行器を使わないで降りようとしたようだ。歩行器はベッドの横に置かれたままだったから」リーバスの口調は、確信が深まるにつれ、きっぱりとしてきた。「もう一つ、ご主人はそうとう勢いよく落ちたように見えます」

グレイスは語気鋭く遮った。「どういう意味？」

「階段を一気に落ちたということです。足を滑らして落ちたとか、つまずいて転がり落ちたんじゃない。いちばん上の段から飛ぶように落ち、下に叩きつけられるまで、どこにもぶつからなかったんです」グレイスの目に涙が再び浮かんできた。自分を憎みながらも、リーバスは強引に言葉を続けた。「ご主人は落ちたのではない、ミセズ・ガラハー。ご主人は介添えされて階段のところまで歩み、背中をどんと一突きされて落ちたんです。それもそうとう強い一突きだった」リーバスの声音から厳しさが和らぎ、追及の響きが消えてきた。「ご主人を殺すつもりだったと言ってるんじゃあない。ご主人を入院させたかっただけとも考えられる。夫の介護から逃れて少し休憩を取りたかった。そうじゃないですか？」

グレイスは鼻をかみ、か細い首も小さな肩も縮めた。背中を震わせてすすり泣いている。「何のお話だかわからないわ。あなたの考えだとわたしが……どうしてなの？　どうしてそんな途方もないことをおっしゃるの？　いいえ、あなたの言うことは嘘っぱちよ。この家から出て行って」

しかし言葉には力がなく、言い争う気力が欠けていた。リーバスはポケットに手を入れて、新聞を引き出した。

「クロスワードをするんですね、ミセズ・ガラハー」

グレイスは話題が急に変わったことに驚いて、リーバスを見上げた。「何ですって？」

リーバスは新聞を振って見せた。「おれもクロスワードが好きなもんで。だからあなたが今日のクロスワードを仕上げていることに関心を持ったんですよ。すごいと思ってね。いつ解いたんです？」

「今朝よ」グレイスはまた新しいティッシュを使いながら答えた。「公園で。いつも新聞を買ったら、すぐにクロスワードをするの。そのあと新聞を家に持って帰って、ジョージが競馬欄を読むことになってる」

リーバスはうなずき、クロスワードを見つめた。「ならば、今朝あなたは何かに気を取られていたようだな」

「どういうこと？」

「あれは、はっきり言って、ずいぶん簡単な鍵だったのに。もっとも、こういうクロスワードをやり慣れている人にとっては、ってことですが。さて、どこだっけ？」リーバスはある升目を探しているふうに見えた。「そう。横の鍵の十九番。あなたはそこの縦の鍵の答えを見つけているので、十九番の横の答えは、ある文字にR、ある文字にPと続く四文字の語となる。さて、それの鍵は？」リーバスはそれを探し当てた。「これこれ、ミセズ・ガラハー。〝Perhaps deadly in part〟だ。四文字で、ある文字＋R＋ある文字＋P。鍵は、死を招きかねないもの。もしくはある程度命取りとなるもの。あなたはそれに〝TRIP〟、つまずく、という語を入れた。あなたは何を思い浮かべていたんだろう？　その語を記入したときにですよ？　何に気を取られていたのかな？」

「でもそれが正しい答えよ」グレイス・ガラハーは眉を寄せ、けげんな表情で答えた。リーバスはかぶりを振った。

「違う。おれはそうは思わない。〝in part〟というのは、partという文字の中に、答えの語があるということだと思う。答えは〝TRAP〟なんだ、ミセズ・ガラハー。partの中で死を招きかねないもの。アルファベットを並べ替えると、trap、罠だ。ね、そうでしょう？　ところがあなたは答えを書き入れるときに、別のことを考えていた。ご主人がつまずいて階段を転げ落ちたら、厄介払いができるんじゃないか、と考えていた。違うかな、グレイス？」

グレイスはしばらく黙っていた。マントルピースの置き時計が時を刻む音と、キッチンで食器をがちゃがちゃと洗う音だけが聞こえる。やがて彼女はきわめて平静な口調で語り出した。

「マイラはいい嫁なのよ。ビリーが死んだときには、わたしとても落ち込んだわ。あのときから、マイラは実の娘同然に思えるの」また黙り込んだが、やがてリーバスと視線を合わせた。リーバスは自分の母親を思い出しており、もし今も生きていたら何歳になっているだろうかと思った。目の前の女性と同じような年頃だろう。大きく息を吸い込んだが、口を開かず、待っていた。

「わかるかしら」とグレイスが話を続けた。「病人の世話をしていると、さぞたいへんだろうって皆に思われる。わたしはたしかにたいへんだったけど、それは主人との暮らしに四十年間も耐えてきたからだわ」その視線は空いたアームチェアのほうへ流れ、まるでそこに座っている夫に真実を初めて打ち明けたかのように、その椅子を凝視している。「若い頃、主人は甘い言葉をかけてくれて、とてもすてきだったのに。ビリーが生まれてからは、人が変わってしまった。すっかり」囁くようになっていた声が、硬さを増してきた。「炭坑が閉鎖され、主人は瓶製造工場に職を見つけた。でもそこも倒産したので、あとは馬券業者の店で勝ち馬の記録をつけるという、パートの仕事しかありつけなかった。そうなると、男ってひがみっぽくなるものなのよ、警部。でもわたしに当たり散らすことはなかったんじゃない？」グレイスはアームチェアからリーバスへ視線を戻した。「わたしは刑務所へ行くの？」問いかけたが、リーバスの答えにさほど関心がないかのように見えた。

「おれには何とも言えない、グレイス。それは陪審員の決めることなんで」

グレイスが微笑んだ。「クロスワードを新記録で解いたと思ったのに。一つぐらい間違えても当たり前だわね」ゆっくりとかぶりを振ると、笑顔が消えて涙が盛り上がり、口が声もなく泣き叫ぶかのように開いた。

ドアが勢いよく開き、茶器を満載したトレイを持って嫁が入ってきた。

「さあさあ」と嫁が呼びかけた。「皆でおいしい紅茶を——」グレイス・ガラハーの表情を見て、動きを止めた。

「何を言ったの？」嫁が大声でなじった。リーバスは立ち上がった。

「ミセズ・ガラハー」とリーバスは嫁に言った。「申し訳ないが、ちょっと悪い話があって……」

彼女はもちろん知っていた。嫁は事情を知っていたのだ。グレイスが打ち明けたわけではないが、二人の間には強い絆があった。立ち去るリーバスの背中へ浴びせられたマイラの別れの言葉は、「あいつは当然の報いを受けたんだから！」という敵意に満ちたものだった。近所のレースのカーテンがゆらぎ、電灯を消した窓から顔が覗いた。マイラの声は道路に響き渡り、曇った夜空に消えていった。


マイラの言葉は正しかったのかもしれない。リーバスは判断できなかった。自分は良心に従うしかない。ならばなぜ、これほどまでに自責の念に駆られるのか？　これほどまでに恥ずかしく思うのか？　すべてなかったことにして、ペイシェンスに、きみの懸念は杞憂にすぎなかった、と報告することだってできた。グレイス・ガラハーは苦しみ抜いてきた。今後も苦しみは続くだろう。それでじゅうぶんではないのか？　たしかに、法は裁きを要求するだろうが、リーバスが何もしなければ、立件に至らないではないか？

自分は正しい、正しい行動を取ったという満足感があったとはいえ、それと同時に、自分を救いがたい卑劣漢であるようにも感じた。それどころか、自分の母親に刑を言い渡したようにすら感じていた。リーバスは深夜まで開けている店へ立ち寄り、ビールと煙草の買いだめをした。あとから思いついて、いろんな種類のポテトチップを六袋とチョコレート・バーを二本買った。ダイエットをしてる場合ではない。帰宅したら、自分なりに検死をおこない、自分だけの通夜をするのだ。店を出る際に、夕刊の最終版を買い求め、今日が四月三十日なのを思い出した。明日の早朝は、大勢の人が夜明け前にアーサーズ・シートの丘に登り、頂上で日の出と五月の到来を祝うことだろう。夜露を顔にはたきつける者もいるだろう。それでますます美人や美男子になれるという伝説があるからだ。だがほんとうは何を祝っているのだろうか、二日酔いの学生たちや、ドルイド教復活運動グループや、物好きな連中は？　リーバスはよくわからなくなってきた。実は、初めから知らなかったのかもしれないが。

その夜更け、深夜を回った頃、自分のソファに横たわって六〇年代のジャズをハイファイで聴いていたとき、ふと新聞の最終頁に掲載された競馬の結果に目が留まった。ジプシー・パールが三対一のオッズで優勝していた。すぐ次のレースではガザムピンが七対二で勝っている。二レース後、ロッツ・ワイフが八対一の初期オッズのまま、先頭で入っていた。別の競馬場では、キャッスル・マレットが二時半のレースを取っていた。二対一の本命馬だ。残るはブロンディーだけ。リーバスは目を凝らし、ようやくその馬を見つけた。その名前は綴りを一文字間違えてブラッディーになっていた。〝血まみれ〟という名前に。三対一の人気馬だったにもかかわらず、十三頭出走のレースで三位に終わっていた。

リーバスは間違った綴りを見つめながら、その文字をタイプした男ないしは女が、その些細な、とはいえ、意味深長な過ちを犯したときに、どんな思いが胸中を去来していたのだろうか、と考えた……

誰かがエディーに会いにきた
Someone Got to Eddie

対馬　妙訳

彼らが私を雇ったのは確実を期してのことだった。私はミスを犯さない。だからこそこの仕事に向いているのであって、それは彼らにもわかっていた。私は慎重でぬかりがなく、控え目で口が堅かった。しかも、彼らが必須と考える特性をほかにも備えていた。

彼はリヴィングの床の上に仰向けに倒れていた。頭を革張りのアームチェアの前面にもたせかけていた。それは、よくあるリクライニング式のアームチェアで、フットレストだのなんだのがついた高級品だった。テレビも安物ではなかった。しかし、私には彼が頻繁に家を空けるとは思えなかった。彼ら、すなわち、彼のような立場の人間はめったに外を出歩かない。安全な室内でじっとしている。いやはや皮肉な話だ。自分の家で囚人のように——死ぬまで囚人のように暮らさなければならないとは。

彼はまだ生きていた。鼻水を垂らしながら苦しそうに息をしていた。Tシャツの前をさするように手を動かしていた。そこにはじっとりと染みが広がっていた。そして、それは一滴残らず彼自身の体から流れ出したものだった。この一年ほどのあいだに、彼の髪は灰色に変わっていた。体重が大幅に増加していた。度重なる夜更かしのせいで、目の下にくっきりと隈ができていた。

「頼む」彼は蚊の泣くような声で言った。「頼むから……」

しかし、付き合っている暇はなかった。私は邪魔をされるのが嫌いだった。そこでもう一度、彼を刺すことにした。腹と思われるあたりを二回だけ。さほど深く刺さなくても、こちらの意図に気づかせることはできる。彼は唇のあいだからかすかな呻き声を漏らしてぐったりした。痛みを感じる間もなくあっさり逝かせてやるわけにはいかなかった。それも契約の一部だった。依頼人は、この男への復讐であると同時にほかの連中への見せしめになるような手口を希望していた。そう、その手の仕事なら、やはりこの私だった。

私はつなぎを着て、ガーデニング用の手袋をはめ、踵が片方とれた古いトレーニング・シューズを履いていた。焚き火に投げ込む寸前のぼろばかりだったので、小さな血溜りにも躊躇なく足を踏み入れることができた。実をいうと、それも計画のうちだった。私はそのつなぎと手袋と靴を、彼の家のトイレで身につけた。無論、彼を刺す直前に。その恰好でトイレから出てきた私に出くわしていたら、彼もぎょっとしたことだろう。しかし、彼が事情を理解したのは、すっかり手遅れになったあとのことだった。たいていの人間は、背後に気をつけろ、と言う。が、私の忠告はちがう。正面に気をつけろ、だ。君が握手をしている男、君が話をしている男、のちのち敵意を露わにするのはそういう連中だ。怪物が隠れているのは叢などではない。笑顔の影だ。

(私のことなら心配は要らない。神経が昂ぶると、とりとめのないことをしゃべりだすのだ。)

仕事に戻るとしよう。まず、ナイフをポリ袋に入れて、それを鞄にしまった。もう一度必要になることも考えられたが、この期に及んでそれはないような気がした。彼はしゃべるのをやめていた。そのかわりに、酸素不足の水槽に入れられた魚のように、音もなく口を開閉していた。彼が痛みを感じているかどうかなど、わかりようがなかった。痛みを感じ、ショックを受けているかどうかなど。体のほうはほどなく白旗を掲げようとしているのに、脳がそれを理解するのに少々時間がかかっていた。キツネの穴のように安全な場所に隠れていると勘ちがいしていた。

水槽にキツネの穴。こんなときにおかしなものを思いつくものだ。おそらく、状況の生々しさを意識から締め出そうとしているのだろう。仮想現実ならいざ知らず、これは剝き出しの現実だった。

手袋はしばらく脱がずにおいた。私はリヴィングを見てまわりながら、現場をどのように見せるかを考えた。片隅のテーブルに、酒の壜が数本とグラスが置いてあった。そこから始められそうだった。いや、そのまえに音楽だ。隣家に人がいる気配はまったくなかった。私は一時間ほど外で様子を窺ってから家にはいった。その後も音には気をつけていたが、状況は変わらなかった。いずれにしても音楽は鎮魂になる。そうだろ？

「何が聴きたい？」と私は彼に尋ねた。リヴィングにはちゃちなシステム・コンポが一台と、かなりの数のＣＤやカセットテープがあった。電源を入れ、ＣＤプレイヤーのディスクトレイにＣＤをセットして、再生ボタンを押した。「マントヴァーニもどきか」小さなスピーカーから管弦楽が流れ出したところで、私はそんな余計なことを口にしてみた。それはビートルズの《イエスタデイ》のカヴァーだった。いい曲じゃないか。私は音量を少し上げて、高音域と低音域を強調した。そして、テーブルのところに戻って、酒の壜やグラスをすべて床に払い落とした。派手にぶちまけるようなことはせずに、前腕でさりげなくひと払いした。ワイングラスが二、三個割れただけで、たいした音もしなかった。それでも、いい感じになった。

次はソファーだった。しばし考えてから、クッションのいくつかを床に落とした。物足りない感じがするかもしれない。が、部屋はすでにたいした散らかりようだった。酒の壜とクッション、それに〝死体〟で。

ひょっとすると彼にも物音は聞こえていたのかもしれない。が、見てはいなかった。彼の視線は自分が横たわるカーペットに注がれていた。もともとライト・ブルーだったそのカーペットは、紅茶（ミルクなしの）がはいったマグカップを落としたかのような色になっていた。興味深い変化だった。映画の中の血はいつもペンキのように見える。しかしながら、それは何色が混ざるかによってちがってくるのではないだろうか？　赤に青が混ざると、どうやら紅茶（ミルクなしの）のようになるらしい。不意に咽喉の渇きを覚えた。それに、尿意も催していた。冷蔵庫に牛乳のパックがあった。私はそれを半分ほど咽喉に流し込み、残りを冷蔵庫に戻した。が、そこで考え直した。どうだっていいことじゃないか。私は流しに向かってパックを投げた。パックは縁にぶつかり、牛乳がリノリウムの床にこぼれた。

冷蔵庫のドアは開けたままにしておいた。

トイレで用を足してのんびりリヴィングに戻ると、鞄からバールを取り出して、玄関の外に出た。ドアを閉め、あたりに誰もいないことを確かめてから、ドアの脇柱に襲いかかった。脇柱は木片と化し、家の中に戻る侵入路ができた。大きな音も立てなかったし、出来映えもまずまずだった。できるだけきちんとドアを閉めて、廊下にあった電話台を倒してからリヴィングに戻った。今やぐったりと床につけられている彼の顔は、ご想像いただけると思うが、死人のように蒼白だった。実際のところ、これまでに私が見たどの死体よりもひどい顔色だった。

「もうちょっとだ」と私は彼に言った。私の仕事もおおむね終わっていたが、二階も調べておくことにした。ベッドのそばの戸棚を開けた。木箱の中に、十ポンド札と二十ポンド札の束があった。私は、札を束ねるのに使っていた輪ゴムと木箱をベッドの上に放り出して、紙幣をポケットに押し込んだ。チップということにさせてもらおう。報酬に不満はなかった。が、私にはわかっていた。私がやらなければ、最初に現場にやってくる、不心得な若い警官がやるだけのことだということが。

せせこましい、惨めな寝室だった。床にはポルノ雑誌が散乱していた。ワードローブにはろくな服がなかった。ベッドの下にはウィスキーの空壜が数本転がっており、その傍らに自販機仕様のコンドームが袋にはいったまま落ちていた。椅子の上には汚れた衣類とともにトランジスタ・ラジオが置いてあった。額縁にはいった家族写真、休暇先で手に入れた思い出の品、壁を飾る絵画――そういったものは、いっさい見あたらなかった。

彼は薬を飲んでいた。ベッドの脇のキャビネットに、錠剤の小さな瓶が四つ並んでいた。おそらくは神経系の薬だろう。密告屋には神経を病む者が多い。叢に潜む怪物にびくびくしているからだ。警察に証拠を渡した密告屋は、いわゆる〝大物〟(実際には〝中物〟程度であることが多い)が収監されたあと、保護の下に置かれる。彼らには、新しい名前、当座の生活費、雨露をしのぐ家のほかに仕事まで与えられる。ただし、これまでの人生とはすっかり縁を切らなければならない。友人や家族と連絡をとることもできなくなる。ちなみに、階下にいるエディーという男はかみさんに見捨てられた。珍しい話ではない。情けないだろう？　ほんの数年刑務所にはいるのが嫌だというだけで、そんなことまでする――それが密告屋なのだ。

警察は、簡単に寝返りそうな小心者を見きわめるのがうまい。そして、取引に応じなかった場合に言い渡される判決と、証人《ウイットネス》保護計画――私の耳には愚人《ウイットレス》保護計画に聞こえる――によって与えられる特典を誇張して聞かせながら、彼らを説得していく。嘘八百を並べて心理的な揺さぶりをかけているだけだが、ときにうまくいくこともある。とはいえ、陪審員が彼らの証言を採用しないことも多い。弁護側の主張はいつも同じだ。このような重大犯罪に深く関わっている男、自分の身を守りたい一心で仲間の不利になる証言をするような男の話を信じていいものでしょうか？

そう、うまくいくこともあれば、いかないこともある。私は階下に戻り、屈んでエディーの様子を調べた。すでに死体になっていることに疑いの余地はなかった。それでは、しばらく――十分か十五分ほど、そのまま冷やしておくとしよう。そのときふと思った。ドアを壊すのが少し早すぎたのではないだろうか？　通りかかった誰かに気づかれている可能性があった。ささいなミスだが、ミスはミスだった。しかし、後悔してもはじまらない。方針は決まっていた。私は冷蔵庫のところに行き、ローストチキンの食べ残しを取り出した。腿肉が残っていた。私はそれをかじりながらリヴィングに戻り、雲に隠れる太陽のように、レースのカーテンの影から外の様子を窺った。血のにおいがどんなものか知りたい？　冷えたチキンの脂身のようなにおいさ。私は鶏の骨を台所のごみ入れに捨てた。骨だけを残してきれいに平らげた。鑑識にまわされるような歯型はいっさい残したくなかった。もっとも、この手の事件に熱心に取り組む捜査官がいるとも思えなかった。私のような人間が捕まることはめったにない。人を殺したあと、われわれはひたすら背景に溶け込もうとする。われわれは君たち同様、普通の人間だ。普通に見えるとか、普通に見せようとしているとかそういうことではなく、文字どおり普通の人間なのだ。小説に登場する殺し屋や暗殺者は、朝から晩までアーノルド・シュワルツネッガーのように歩きまわっている。しかし、現実の殺し屋がそんなことをすれば、まちがいなく気づかれる。君が私のような人間なら、何よりも気づかれることを嫌うはずだ。背景に溶け込みたいと思うはずだ。

まただらだらとしゃべっている？　ちょうどいい時間になった。私は入念に最終チェックをして、もう一度、トイレに行った。洗面所の鏡に映る自分を見た。おかしなところはなさそうだった。鞄から服を取り出し、つなぎと手袋とトレーニング・シューズを脱いだ。靴は黒のブローグで、ソールとヒールは新品だった。鏡を見ながらネクタイを締め、ジャケットを着た。頬にも額にも、犯行を物語る返り血はついていなかった。石鹸を使わずに（石鹸のにおいが証拠になる恐れがあった）手を洗った。水気はトイレットペーパーで拭き取り、便器に流した。ジッパーを閉めて鞄を持つと、リヴィングを通って（〝チャオ、エディー〟）短い廊下に抜け、家をあとにした。

ことによると、一連の仕事のなかで最も危険なのはこの瞬間かもしれない。外から見られずに小道を歩くのには、生垣がおおいに役立った。エディーもその生垣のおかげで詮索好きな人々の視線に悩まされることなく快適に暮らしていたはずだ。舗道に出てからは立ち止まらなかった。どのみち、あたりに人影はなかった。人っこひとり。きびきびとした足取りで角を曲がると、停めておいた車のところに向かった。鞄をトランクにしまって、エンジンをかけた。

その午後遅く、私はエディーの家に戻った。今回は脇道ではなく、生垣に面した舗道の縁石に車を寄せた。とにかく、できるだけ家に近いところに停めた。近隣には相変わらず人の気配がなかった。近所付き合いがまったくないか、どこかに出払っているかのどちらかだった。最後にひとふかししてからエンジンを切り、私は車を降りた。盛大な音を立ててドアを閉めた。このときはすでにスーツから黒い革のジャケットとクリーム色のチノパンツに着替えていた。

靴もブローグではなく茶色のシンプルなものに履き替えていた。先ほどの姿を誰かに見られた場合に備えてのことだった。大多数の目撃者が見るのは顔ではなく服装だ。現実の殺し屋は、髪を染めたり、つけ髭の類いで変装したりといった面倒なことはしない。普段はまず着ることのない服に着替えるだけだ。

左右を見て敷地内の様子を窺いながらゆっくりと小道を進んだ。ドアのところで立ち止まって、壊れた脇柱を見た。ドアは閉まっていた。が、いきなり、内側から勢いよく開けられた。男がふたり、私を見ていた。私は脇にどいてふたりを通してから、家の中にはいった。廊下の電話台は倒れたままになっていた。(ただし、受話器がフックに戻されていた。)

死体も、私が放置した位置にそのまま横たわっていた。玄関口に現われた私の姿を見て、エディーは驚いていた。警戒も忘れて、ただただ驚いていた。私は説明した。近所に用があったので様子を見にきたんだ。彼は私をリヴィングに招じ入れた。私は彼にトイレを借りたいと言った。鞄を持ったままトイレに行く私を見たときには、さすがに変だと思ったのではないだろうか？　いや、思わなかったかもしれない。結局のところ、どんなこともありうるのだ。どんなことも。

男がふたり、死体のそばに屈み込んでいた。洗面所やキッチン、二階の寝室にもほかの男がうろうろしていた。皆、言葉少なだった。理由はおわかりいただけるだろう。屈んでいた男のひとりが立ち上がって私を見た。私は現場を見渡した。そこここに散乱する酒壜とグラス、私が置いた場所に転がるクッション、血の染みが模様を描くカーペット。

「何があったんだ？」私はわかりきったことを尋ねた。

「どうやら」刑事は憐れみの滲む笑みを浮かべて答えた。「誰かがエディーに会いにきたもようです」

深い穴
A Deep Hole

対馬　妙訳

かつておれは道路工夫として、道を掘って暮らしていた。それが今は、市の幹線道路管理課の補修作業員だ。道路——おっと失礼、幹線道路だった——を掘っていることに変わりはないのだが、こっちのほうが聞こえがいいだろう？　聞くところによると、役所にはおれたちのような仕事、ごみ集めや道路掃除や便所番のような仕事に、その手のしゃれた名前をつけることで給料を貰っている人間がいるらしい。（彼らには、名前のどこかに〝環境〟という言葉を入れたがる傾向がある。）そうやっておれたちに自分が重要な仕事をしているかのように思わせるのだ。そいつは自分のことをなんと呼んでいるのだろう？　環境保全系職名調整担当官かな？

おれは仕事仲間に〝サム・ザ・スペード〟と呼ばれている。ジョークのつもりなのだろうが、おれにはさっぱりわからない。ロビーが空気ドリルで割ったアスファルトを、シャベル《スペード》で取り除いているせいで、そんな渾名がつけられたのだ。ロビーは〝ザ・ドリラー・キラー〟と呼ばれている。こちらは昔のホラー映画のタイトルだが、おれは見たことがない。おれも何度か空気ドリルに挑戦したことがある。ドリルが使えるようになると賃金が上がる。不熟練労働者より熟練労働者というわけだ。しかし、十五秒もやると、歯の詰めものがとれそうになった。夜、ベッドにはいると今でも背骨が疼く。仲間には、それはセックスのしすぎだと言われた。ははは。

さて、デイントリーの話に移ろう。やつの仕事は、末期的現金融通人とでもいったところだろうか。いわゆる高利貸しである。やつのファーストネームを覚えている者はいない。ティーンエイジャーの頃には使われなくなっていたし、やつがティーンエイジャーでなくなってから、すでにかなりの月日が流れている。金曜日か土曜日にデイントリーのところに行けば、やつはあんたのために週末をしのぐ数ポンドの金を用立ててくれる。そして、翌週の失業手当（あんたが数少ない幸運な人間のひとりだとすれば給料）の小切手が現金化されるのを待って手を差し出してくる。元本に法外な利息をくわえた金額を口にしながら。

週末まえにデイントリーに会えて大喜びした者も、週明けにデイントリーにうろうろされれば不愉快になる。金は返したくない。当然、利子も。しかし、支払わずにすむものではない。結局、金は返すことになる。やつはしつこい。しかも、脅しや手荒な説得の手段を各種取り揃えている。

デイントリーが嫌われるいちばんの理由は、やつが成功者とは程遠い人間だということにあるような気がする。やつはフラットではなく二階建ての一軒家に住んでいたが、その家は、やつに金を借りる連中が住んでいる団地の一角にあった。玄関前の庭は荒れ放題、窓ガラスは汚れ、一歩家の中にはいれば、そこはぞっとするありさまだった。デイントリーはいつ見ても同じ安物の服を着ていた。髭は何日も剃っていないし、髪も汚れきっているし……目に浮かぶようだろう？　おれは、仕事を離れると、さっぱりこぎれいにしているタイプだ。おれのおふくろの友だち、つまり、人の噂話が大好きな連中は、首を振りながら、どうしていい人が見つからなかったのかしら、と訊いてくる。その手のことを話すとき、あいつらは過去形を使う。おれにはもはや恋人を探すつもりがないかのように。冗談じゃない。おれは三十八だ。最近は友人のほとんどが離婚している。だから団地には、おれと同じ年頃の独身女がいよいよ増えてきている。あとは時間の問題だ。ほどなくブレンダにも転機が訪れる。あいつはハリーの家を出る。あるいは、ハリーがあいつを追い出す。子供がいないからなんの問題もない。噂では、ふたりの喧嘩はどんどん頻繁に、しかも、どんどん派手になってきているというじゃないか。夜遅く、クラブで大酒を飲んで帰れば、脅迫じみたやりとりになる。出ていくわ、そんなことがおまえにできるはずはない、いいえ、できるわ、なら、出ていきゃいい、荷物はあとで取りにきます、好きにしろ、あなたの言いなりにはなりません、いたけりゃいろ……

なんだかバレエみたいだろ？　とにかく、おれはそう思っている。長いことブレンダを待った。もうちょっと待ったっていい。おれだってデイントリーに較べればまちがいなく魅力的な花婿候補だ。あの男と一緒に暮らしたがる女がどこにいる？　いるはずがない。やつは孤独な人間だ。友だちもいない。いるとしても酒を飲む程度のつきあいだ。ときたま、扱いにくい客に酒をおごることがある。生意気な口をきいたり、警察に話すそぶりを見せたりして返済を渋る客に脅しをかけるのだ。警察なんて何もしちゃくれない。彼らに何ができる？　ここがどこだと？　デイントリーの息がかかっていないおまわりがいるとしても、こんな場所は顧みないか、恐れをなして近づかないかのどちらかだ。デイントリーは一度、人を刺し殺している。日曜の午後、クラブのトイレで。警察がきて、店に居合わせた全員の話を訊いた。誰も何も見ていなかった。デイントリーは下衆野郎だ。それでも、やつはおれたちの社会に必要な下衆野郎なのだ。それに、やつの行動には必ず理由がある。大人しく言うことを聞いていれば、やつに手出しをされることはない……それに、やつだって、あんたに手を出さずにすめばそれに越したことはない。

やつのことは、当然、おれも知っていた。そう、同じ学校に通っていて、五歳から十六歳までずっと同じクラスだった。成績はおれのほうがよかったが、やつは物静かで行儀のいい生徒だった。十五かそのくらいまでは。十五で、頭の中のスイッチが切り替わった。実をいうと、今の成績の話は嘘だ。計算だけはいつもやつのほうがよくできた。だから、金貸しはやつの天職だとおれは思っている。本人は金貸しではなく、〝恐喝銀行家〟だと言っていたが。

やつが何人殺したか——それについては神のみぞ知るとしか言えない。たいした数ではないのだろう。でなければ、皆、気づいていたはずだ。だからおれとしても、やつに情報を流したところで、それらはすべて、やつが演じている芝居に使われるだけだと思っていた。やつには、おれがどんな情報を提供したかということが口づてに広がることがわかっていた。そして、そういう噂がやつの世評をつくりあげていくということも。おれはずっとそう認識していた。深刻に考えたことは一度もなかった。おれも一度か二度、やつから金を借りているが、返せと言われたことはない。酒をおごってもらったこともある。ピアノを売りたいと言ったときには、ヴァンを調達してきてくれた。つまり、根っからの悪人というわけではなく、いいところもあるのだ。やつがいなければ、おれたちがあのピアノを動かすことはなかった。わが家のリヴィングに居座りつづけるそのピアノを見るたびに、おふくろはおやじが弾いていた曲を思い出し、夜更けに一度、夜明けにもう一度、それを口ずさんでいたのだろう。

デイントリーがおれに会いたがるのが、最初は不思議でならなかった。やつはパブにいたおれのところにやってきて、おれの首に腕をまわした。そして、おれを軽く叩きながら調子はどうだと尋ね、酒のおかわりを注文した。学校を卒業して以来、おれたちのあいだで一時《いちどき》にひとこと以上の言葉がやりとりされるのはほとんど初めてのことだというのに、彼は、懐かしそうに笑みを浮かべながら、おれの仕事に多大な関心を示した。

「ただの穴掘りだぜ」

やつはうなずいた。「重要な仕事さ。おまえのようなやつがいなけりゃ、おれの車のサスペンションは使いものにならなくなってるはずだ」

言うまでもないことだが、やつの車のサスペンションはすでにいかれていた。それは、窓にスモークガラスが使われた、エアー・ダクトとスポイラーつきの七三年型フォード・カプリだった。くず野郎の車らしく、ダッシュボードとドアパネルにダークグリーンのフェイクファーが貼られていた。年季のはいったフェンダーは錆に覆われて久しかった。それでも、やつの車が年に一度の車検ではねられることはなかった。車検をおこなうメカニックは、偶然にも、デイントリーの上得意だった。

「新車を買ってもいいんだが」とデイントリーは言った。「どうせそのへんを走るだけだ。あまり意味はないだろ?」

この言い分には一理あった。デイントリーはめったに団地を離れなかった。この団地で暮らし、この団地で買いものをしていた。この団地で生まれて、この団地で死んでいくのだろう。やつは休暇を取らなかった。週末も休まなかった。川の南側に出かけることはけっしてなかった。余暇はもっぱらビデオ鑑賞だった。レンタルビデオ屋の店主によれば、その店にあるビデオを、いずれも十二回は見ているということだった。

「あの男はビデオの番号まで暗記してるんだぜ」

デイントリーは映画にやたら詳しかった。上映時間、監督、脚本家、助演俳優といったことに。クラブで開催される雑学クイズ大会では、必ず優勝争いに残った。デイントリーは悪臭がたちこめる部屋で、カーテンを締め切り、青白い光をちらつかせるテレビの前に坐っていた。映画中毒だった。そしてどういうわけか、持ち金のすべてを映画につぎこんでいた。それもいたしかたのないことだった。ほかにやることがないのだから。やつのロレックスは持ち上げると空気のように軽い偽物だった。金の装身具もおそらくすべて偽物なのだろう。ひょっとすると、秘密の口座に大金を隠し持っているのかもしれないが、まあ、それはないだろう。なぜかは訊かないでくれ。そうは思えないというだけのことなのだから。

道路工事。おれがデイントリーに流した情報、デイントリーがおれから訊き出そうとした情報は道路工事に関することだった。道路工事。大掛かりな道路工事。

「その手のことに詳しいってことか」とやつは言った。

「でかい穴を掘ってる現場。立体交差の建設かもしれない。排水溝の改良かもしれない。とにかく、大掛かりな道路工事がおこなわれている現場のことによ」

実際、おれはその手の情報に通じていた。どこで、どんな工事がおこなわれているかは、作業員が集まる場所に出向いて話を聞いていればおのずとわかることだった。そんなわけで、食堂でお茶を飲んだりビスケットを食べたりしながら仕入れた話と引き換えに、おれは、何杯かの酒と一パイントのビールにありつくことができた。

「どれくらい深く掘るものなんだ?」とデイントリーは訊いた。

「さあねえ。八フィートとか、十フィートとか、それくらいだろう」

「縦横は?」

「たぶん、縦が三フィート、横も同じくらい」

やつはうなずいた。これがゲームの始まりだった。しかし、おれが気づくのには少々時間がかかった。ひょっとすると、あんたはおれより察しがいい人間かもしれない。だとすると、やつがどうしてそんなことを訊いてきたのか、もうわかっているはずだ。おれときたら、最初の何度かはまるでわからなかった。デイントリーが興味を示しているのは、つまり……インフラとか、そういうことだと思っていたのだ。やつは現場を見たがった。そうこうするうちに、おれにも事情がのみこめてきた。そう、やつが見たがっているのは、大きな穴そのものだった。コンクリートが流し込まれる穴。橋脚のように、簡単に撤去されることのない巨大構造物の基礎を据えるための穴。死体を隠すことができる穴。何も言わなかったが、なんの話をしているのかはおれにもわかっていた。おれたちは〝人的資源の処分〟に関する話をしていた。

デイントリーも、おれに気づかれていることは承知していた。やつは煙草の煙の向こうで、おれに向かって片目をつぶってみせた。目のまわりに皺を寄せ、嫌味ったらしく。いささかでも彼のアイドルであるロバート・デ・ニーロに似せようとしていたのだ。《グッドフェローズ》のデ・ニーロ。本人はそう言っていた。やつはいつも、デ・ニーロの表情や仕草を真似ようとしていた。おれにはジョー・ペシに近いように思えた。が、やつには言わなかった。PE《ペ》SCI《シ》の発音がペスキーではないということも。

やつは、このちょっとしたやりとりをおれが他言することを計算していた。そして、おれはしゃべった。なんの気なしに。噂は広まった。デイントリーは突如として恐れられるようになった。とはいえ、それは虚構の姿だった。やつは、発火点の低い、ただの脳足りんだ。やつの機嫌がどんな具合か知りたければ、例のビデオ屋に行けばいい。

「今は《グッドフェローズ》と《ゴッドファーザー・パートⅢ》を借りてる。これは、ひと荒れあるってことだ。絶対に逆らわないほうがいい。もっとおとなしいやつ、スティーヴ・マーティンや初期のブランドのビデオを借りているとすれば、それはことがうまくいっているということだ。マカンドルー夫妻のところに話をつけにいった夜は、ギャングの一味になりきっていたと見てまちがいない。マカンドルーの旦那も昔は威勢のいい若者だったんだろうが、今は八十近いじいさんで、ひとまわり若い連れ合いがいる身だ。団地の中ではましな家のひとつに暮らしている。マカンドルーは市からあの家を買い上げると、ごてごてと飾りのついた玄関のドアやら、二重ガラスのはいった窓やらを取り付けた。なんでもそのガラスのあいだには鉛の網がはいっているという話だ。安いものじゃない。最近は暇さえあれば庭いじりだ。玄関の前にきれいな花壇を並べたり、裏庭で野菜をつくったり。夏は、孫たちとサッカーをしていたっけ」

「あれはまさしく」と別の男が言った。「ゴッドファーザーのマーロン・ブランドだ」的を射た喩えだった。昨今のマカンドルーの手は、たとえ庭いじりをしても、昔ほど汚れることはないのだろう。

どういう経緯でマカンドルーがやつに金を返さなければならない事態に陥ったのかはわからない。しかし、まちがいなく言えるのは、誰かに金を貸す程度にはやつの機嫌がよかったということだ。そもそも、マカンドルーには人望があった。経済的にもうまくいっているように見えた。だからこそデイントリーも、貸した金は利子とともに返ってくると信じて疑わなかったのだ。ところが、そうはならなかった。とんでもない偏屈がそうさせたのでなければ、ほんとうに金がなかったのだろう、マカンドルーはやつに金を返さなかった。おれにはそれが新旧ギャング対決のように思えた。ひょっとすると、デイントリーも同じように解釈していたのかもしれない。とにかく、ある晩、やつはマカンドルーの家にずかずかとはいっていって、彼の前で夫人を殴った。やつは用心棒をふたり従えていた。ひとりがマカンドルーを、もうひとりが夫人を押さえつけた。どちらが心臓発作で死んでもおかしくない話だった。

翌日、通りでは人々の囁きが聞かれた。囁きは、数日にわたってつづいた。あれはやりすぎだ。デイントリーは狂っている。皆、そう考えていた。が、本人にしてみれば、仕事としてやったまでのことだった。金を回収して一件落着。そう思っていた。しかし、それをきっかけに友人の数をさらに減らすことになった。おそらく、おれに頼むことにしたのもそのせいだろう。ほかに引き受け手がいない――それだけの話だった。

「おれに何をさせたいんだ？」

デイントリーは児童公園で会おうと言ってきた。おれたちは園内の小道を歩いた。ほかに人影はなかった。ガラスの破片と石ころが散乱し、戦場のようなありさまだった。滑り台のあちこちに犬の糞がこすりつけられていた。ぶらんこは手の届かないところに巻き上げられていた。回転式の遊具は一夜にして消え、金属の軸だけが残されていた。子供を安全に遊ばせたければ、北環状道路の路上に連れていったほうがましに思えた。

「およそ簡単なことさ」とデイントリーは言った。「おれのところにある包みを捨ててもらいたい。金ははずむぜ」

「いくらだ？」

「百」

おれは黙って考えた。包みを捨てるだけで百ポンド……

「ただし、深い穴が要る」とデイントリー。

なるほど、やはりその手の包みか。おれは考えた。いったい誰を捨てるのだろう。デイントリーが広範な地域で発生する人的資源の廃棄物について簡便な処理業務を始めたという話は、すでに噂になっていた。ワトフォードやルートンのような遠隔地からやつのもとに〝包み〟を持ち込む悪党もいるということだった。しかし、それはただの噂、数ある噂のひとつにすぎなかった。

「百」おれはそう言って下を向いた。

「いいだろう。では百二十五だ。ただし、今夜やってくれ」

穴については心当たりがあった。

北環状道路を西側にまたぐ歩道橋の新設工事がウェンブリーの近くでおこなわれていた。夜間は作業員がこないこともわかっていた。急を要する工事というわけではないし、今日び、夜勤の割増手当てを払える会社がどこにあるというのだ。そこにはいくつか深い穴が開いているはずだった。穴の底に落ちている黒いビニール袋が作業員の目にとまることはあるかもしれないが、彼らは何もしないだろう。住民が穴にごみを捨てるのはいつものことだった。すべてはコンクリートに覆われて、忘れ去られる。おれは死体を見たことがないし、そのときも見るつもりはなかった。だから、車のトランクに入れるまえにすっかり包んでおくよう、念を押しておいた。

デイントリーとおれは、やつが借りている車庫の中に立って、黒いビニール袋を見下ろしていた。

「そんなにでかくないんだな」とおれは言った。

「死後硬直のあとで折っておいた」とやつが解説した。

「おまえが車に積みやすいように」

おれはうなずいた。そして、外に出て吐いた。楽になった。おれの体はカレー味のチキンを受けつけようとしなかった。

「できそうにないな」おれは口を拭いながら言った。

デイントリーはそのひとことを待っていたかのように言った。「おっと、それは残念」やつは両手をポケットに突っ込んで、自分の爪先を見つめた。「そういえば、おふくろさんはどうしてる？ 元気にしてるのか？」

「ああ、元気だが……」おれはデイントリーをじっと見た。

「どういう意味だ？」

「いや、別に。いつまでも達者でおられることを祈ろうじゃないか」デイントリーは、おれを見上げて目を光らせた。

「今でもブレンダに惚れてるのか？」

「誰がそんなことを？」

やつは笑った。「みんな言ってることだ。あの女の影を見るたびに、ズボンの前をふくらませてるんだろう」

「くだらない」

「彼女も元気そうだ。結婚生活はちょっとばかりやばいことになってるようだが、おまえ、何か期待してるのか？ 亭主のハリーは化け物だぜ」デイントリーはそこで言葉を切り、細い金のネックレスに触れた。「こういう暗い夜に、あの男の頭蓋骨にねじ穴が開けられたとしても、おれは驚かない」

「なんだって？」

デイントリーは肩をすくめた。「ただの想像さ。残念だな、おまえができないとなると……」やつは靴でごみ袋に触れてから、「なあ？」と言って笑った。

おれたちは袋を車に積み込んだ。さほどの重さではなかった。楽に運ぶことができた。自分が持っているのが脚の部分だということがわかった。あるいは腕だったのかも知れない。それについては考えないようにした。それにしても、年老いたおふくろのことで脅しをかけるとは！　おれがデイントリーのようにすぐにかっとするたちじゃなくて、やつはラッキーだった。でなければ、鼻の骨を折って病院のまずい飯を食う羽目になっていたところだ。話題がブレンダの亭主に移ってくれたおかげで、おふくろのことを持ち出されたおれの憤りはすぐに消えたが。

トランクの蓋が閉められた。おれはそれに鍵を掛けようとした。

「逃げ出しゃしないよ」とデイントリーは言った。

「それもそうだな」とおれは同意した。それでも鍵は掛けた。

エンジンは簡単にはかからなかった。走り出してからも、まるで浸水しているかのように、エンストを繰り返した。燃料系統のどこかが詰まっているのかもしれない。タンクにごみがはいりこんだのだろう。最近満タンにするまで、ガス欠寸前の状態でほったらかしにしていたのだ。何マイルか走ったあと、ダルストンの信号でもエンストを起こした。おれは窓を下ろして、後続車に先に行くよう合図をした。しばらく、じっと坐って、何もかもが——胃袋を含めた何もかもが落ち着くのを待つことにした。一台の車が横に止まった。なんてこった。まさかと思うだろうが、それはパトカーだった。

「大丈夫か？」助手席の警官が声をかけてきた。

「ええ、ただのエンストです」

「いつまでもここに停まっていられると困るんだが」

「はい」

「次の青信号でかからないようなら、車を押して路肩に寄せなさい」

「はい、わかりました」警官に立ち去る気配は見られなかった。運転席の警官もおれを見ていた。後方には車の列ができようとしていた。クラクションを鳴らす者はいなかった。警官が先頭の車の運転手と話をしていることは、誰もが承知していた。汗で耳がむずむずした。アクセルペダルを踏みたい誘惑に抗いながら、イグニッションをまわした。エンジンは低く唸って息を吹き返した。おれは警官に笑いかけてから、車を発進させた。信号は黄色に変わっていた。

信号無視で捕まるかもしれない。おれがバックミラーを見るのをやめたのは、五分ほど走ったあとのことだった。パトカーはどこかで脇道にはいっていった。おれはけたたましい叫び声を上げて恐怖と緊張を解き放った。窓が開いていたことに気づいたのはそのときだった。おれは窓を閉めた。歩道橋の建設現場に直行するのはやめて、少しまわり道をすることにした。ほかの車がいなくなるのを待ちながら、頭の中をすっきりさせることにした。


北環状道路の少し手前のバス停に車を停めて、作業着に着替えた。作業着を着ていれば怪しまれることはない。名案だろ？　おれの思いつきだ。デイントリーも感心していた。このときになって初めて、あることを疑問に思った。デイントリーはどうして自分でやらないのだろう？　やつはその場にいなかった。だから、やつの答えを聞くことはできなかった。が、どのみち答えはわかっていた。やばい仕事は金を払って人にやらせたほうがいい。そう、そのとおり。これはやばい仕事だったのだ。おれは今さらのようにそのことに気づいた。百二十五ポンドでは安すぎたのだ。そのうちの六十ポンドは、すでに手垢にまみれた紙幣というかたちでおれのポケットの中に納まっていた。デイントリーの客が返済に使った札とみてまちがいなかった。が、金は金だった。マカンドルーから取り立てた金でなければいいのだが。

おれはバス停に停めた車の中でしばらく坐っていた。後方から車が一台近づいてきた。今度はパトカーではなく、普通の車だった。運転席のドアが閉まる音がした。足音。

おれの車の窓を叩く音。おれは外を見た。スーツにネクタイという恰好の、頭の禿げた中年男が立っていた。ケチな管理職か外まわりのセールスマン、そんな風情だった。顔におきまりの友好的な笑みを浮かべていた。この車を盗んでバールでトランクをこじ開けたいなら、そうすればいい。

おれは窓を下ろした。「なんだい?」

「曲り角を通りすぎちゃったみたいなんです」と男は言った。「ここがどのあたりなのか、だいたいのところを教えてもらえませんか?」

「だいたいのところをね」とおれは言った。「だいたいのところ、ウェンブリーから北に一マイルのあたりだ」

「それはロンドンの西部ですか?」男の英語は標準語、すなわち、イングランド南部の英語ではなかった。おそらく、ウエールズかタイン川沿岸地方、もしくはリヴァプールの人間だろう。

「望みうる限り最高に西部だ」とおれは言った。そう、ここは未開の西部だった。

「じゃあ、それほど遠くないはずだ。セント・ジョンズ・ウッドに行きたいんです。それも西部ですよね?」

「ああ、ちっとも遠くない」おれのような仕事をしていると、この手の哀れな田舎者に出会うことがよくある。ロンドンに不慣れな彼らは、道路標識と一方通行に導かれて迷宮に奥深くはいりこんでしまい、いささか常軌を逸した興奮状態で道を尋ねてくる。彼らのことはおれもしばしば気の毒に思っていた。悪いのは彼らではない。そこでおれは、時間を割いて説明してやった。その男が行きたがっている場所からかなり離れたハーレスデンへの行き方を。

「それが近道だ」とおれは言った。男は、地元の人間にしかわからない情報を手に入れたことを喜んでいるようだった。彼は車に戻り、礼のかわりにクラクションを鳴らして走り去った。ちょっといたずらがすぎただろうか?　そう、そうなんだ。その夜のおれの心には悪魔が棲みついていたんだ。おれはエンジンをかけて車を発進させた。

〝工事車両専用〟という表示が見えたので、ウィンカーを出し、路上に二列に並べられた縞模様のセイフティーコーンのあいだをはいっていった。車を停めた。ほかの車は見当たらなかった。ブルドーザーとミキサー車のシルエットが黒く見えるだけだった。いいぞ、いい感じだ。車やトラックが通りすぎていった。しかし、わざわざおれに注意を向ける車はなかった。工事現場を見ようとスピードを落とす車もなかった。既設の立体交差と路肩の盛土が、おれの姿を人々の生活からすっかり隠していた。トランクから包みを出すまえに穴を確かめておこうと、おれは懐中電灯を手に車を降りた。

なんと、しかるべき穴が見あたらなくなっていた。穴はすでに埋められていた。固まったコンクリートに、長い金属の丸棒がフォークのように突き刺さっていた。地面にはいくつか浅い溝が掘られていた。が、目的にかなうような深さはなかった。くそっ、なんてこった。おれは車に戻った。そのとき不意に思ったのは、自動車電話がいかに便利なものかということだった。デイントリーと話がしたかった。いったいどうすればいいのか、やつに訊きたかった。

パトカーが通りかかった。ブレーキランプが灯るのが見えた。おれの車に気づいたのだろう。しかし、彼らは停まらなかった。いや、戻ってくるかもしれない。おれは車を発進させて道路に戻った。

何分もしないうちに、うしろからパトカーが近づいてきた。しばらくおれのうしろを走っていたが、ウィンカーを出して加速すると、横に並んできた。助手席の警官がおれを検分していた。歩道橋の工事現場でおれの車に気づいた連中とみて、まちがいなさそうだった。助手席の警官は、おれがつなぎの上に着ている規格品の作業ジャンパーを見ていた。おれが手を振って挨拶すると、彼は運転席の警官に何事か話しかけた。パトカーは加速して去っていった。

幸運にも、涙には気づかれずにすんだ。おれは、小便をもらしかねないほど怯えていた。この道を離れなければならないことはわかっていた。脳が麻痺したようになっていた。ほかに死体を捨てられそうな場所のことなど、考えられる状態ではなかった。その手のことは断じて考えたくなかった。ただただ、逃げ出したかった。先ほどのセールスマンの車が、ハーレスデンのほうからやってきて、猛スピードですれちがっていったような気がした。彼はロンドンを離れようとしていた。

　北環状道路を降りて、東を目指してゆっくり車を走らせた。よく見知った通りに出てからは、まるで遠隔操作されているかのようだった。おれは自分が補修した道路、これから補修する道路の位置を、正確に把握していた。タイヤが曲がるほどの急カーヴのそばに開いている大きな穴の補修は、優先順位が高い工事だった。たぶん、明日には着工になるだろう。おれは穴を掘ったり埋めたりするときのこと——熱したアスファルトのむせ返るようなにおいや、ドリラー・キラーがわめくジョークを思い出すことで、わずかながらも落ち着きを取り戻していた。どうしてやつは空気ドリルのそばで工事用のイヤープロテクターをつけている人間を相手にジョークを言おうとするのだろう？　おれにはさっぱりわからなかった。

　安全を求めて、おれは団地に戻った。気分はたちどころによくなり、頭もすっきりした。やるべきことはわかっていた。デイントリーに会って言うべきことを言わなければ。もちろん金は返すつもりだった。ガソリン代の一ポンドか二ポンドを差し引いて。それから、安全な場所がないことを説明するのだ。任務の遂行は不可能だと。やつがどう出てくるかはわからなかった。それは、その夜のやつの気分が《グッドフェローズ》かそうでないかにかかっていた。ちょっとばかりぶたれるかもしれない。おれに酒をおごるのを止めるかもしれない。

　おふくろに何かするかもしれない。

　あるいはブレンダに。

　やつと話をしなければ。ひょっとすると話がつくかもしれない。ひょっとするとやつを殺すことになるのかもしれない。それでも、おれを悩ませる死体の数がふたつになるだけのことだった。第一の死体についての悩みを解消するために、おれはデイントリーの車庫のそばに車を停めた。その車庫は、コの字型に建てられた同じかたちの三つの車庫のうちのひとつだった。隣接する空き地には木が植えられて、〝保護地区《カンサヴェーション・エリア》〟と名づけられていた。ハイ・ストリートの役人が、エネルギーを節約《カンサーヴ》したとしか思えないネーミングだった。

あたりにガキの姿は見あたらなかったので、おれは石を使って鍵を壊した。それから、バールでドアを引き開けた。そこでしばらく手を休めて、自分が何をしようとしているのかを考えた。車庫の中に死体を置いていくことにしたのだ。そのためには鍵を壊さなければならなかった。死体を置いていけば、通りすがりの誰かに見つかる恐れもあった。しかし——とおれは思った。ここはデイントリーの車庫だった。それはみんなが知っていた。正気の人間なら、わざわざ中にはいろうとは思わないはずだ。そこでおれは包みを車庫に引きずりこんで元どおりにドアを閉め、その前に石を置いた。おれには、最善を尽くしたという確信があった。

さあ、デイントリーに話をしにいかなければ。気楽な時間はすでに終わっていた。しかし、まずは家に帰った。なぜかはわからない。無性におふくろの顔が見たくなったのだ。家は四階だった。以前は十二階に住んでいたのだが、エレベーターの故障が続き、階段では昇れないというおふくろのために引っ越したのだ。この夜は階段を使って帰宅した。途中でヤクを打ったりマスをかいたりする近所のガキに会わずにすんでほっとした。おふくろはグレッグ夫人と一緒に玄関をはいったところに坐っていた。ふたりはマカンドルー夫人の話をしていた。

「医者には階段から落ちたって言ったらしいよ」

「なんだか、やりきれない話だねえ」

おふくろはおれを見上げた。「今夜はクラブに行ったとばかり思ってたよ」

「今夜は行かないよ、母さん」

「おや、気が変わったんだね」

「こんばんは、グレッグさん」

「こんばんは、坊や。今夜はバンドがくるんだって？」

「どこに？」

グレッグ夫人は目玉をぐるりとまわした。「どこにって、そのクラブにだよ。かわいい女の子がたくさんくる。賭けてもいいよ」

ふたりはおれを邪魔にしていた。おれはうなずいた。「ちょっと部屋に行ってくる。すぐに出かけるよ」

おれはベッドに横たわった。それは昔から……そう、記憶にないほど遠い昔から、おれが眠ってきたベッドだった。その部屋は、去年、ペンキを塗り替え、壁紙を張り直したばかりだった。おれは横向きになって壁紙を見つめた。さらに、向きを変えて反対側の壁紙も。唐突に、こんな考えが浮かんだ。もしかすると、刑務所の独房というのは、ちょうどこの部屋と同じくらいの広さなのかもしれない。あるいは、もう少し狭いのかもしれない。八フィート四方といったところだろうか？　この部屋には変わらぬ安らぎがある。グレッグさんのジョークを笑うおふくろの声と、階下のポップ・ミュージックが聞こえていた。安普請のフラットは、壁や床に充分な厚みがない。いずれこの区画の建物は取り壊しになるのだろう。それでも、おれはここがとても気にいっている。ここを失いたくない。おふくろを失いたくない。

おれは思った。デイントリーを殺すことは、おそらく、避けられないのだろう。

涙をこらえながら、黒い鞄に衣類を詰めた。おふくろにはなんと言えばいいのだろう？　しばらく留守にする？　できるときには電話をする？　これまでデイントリーについて聞かされてきた話が一気に思い出された。取引基準局の男がデイントリーを尾行して、商店街の路上に停めた車の中で張り込みをしていると、すぐに立ち去れという声とともに、窓から銃身を詰めたショットガンが突き出されたという話。銃、ナイフ、ブラスナックル、マチェーテ。ただの噂だ……ただの。

デイントリーは、おれが何かを仕掛けてくるとは夢にも思っていないはずだった。やつはドアを開けて、中にはいれと言うだろう。リヴィングに連れていこうとおれに背中を向ける。やるならそのときだ。背中を見せたそのときだ。それが、おれが考えうる最も安全確実な瞬間だった。それを逃せば、おれの度胸は挫ける。鞄をベッドの上に置いたまま、おれはキッチンに向かった。引き出しを開けて、じっくりナイフを選んだ。大袈裟にすぎないもの。木製の柄がついた、刃渡り四インチほどのシンプルなナイフ。おれはそれをポケットに入れた。

「ちょっと外の空気を吸ってくるよ、母さん」

「行ってらっしゃい」

「行ってきます」

それだけだった。おれは頭の中を殺人という考えでいっぱいにして、靴音を響かせながら、吹き抜けになった階段を降りていった。映画とはちがった。それはまさに……まさに日常だった。フィッシュ＆チップスか何かを買いにいくのと変わらなかった。おれの手はナイフの柄を握り締めていた。そうすることに安らぎを求めていたのだ。しかし、脚は少々震えていた。膝の震えを抑えるために、塀や街灯の支柱につかまりながら深呼吸をしなければならなかった。デイントリーの家までは徒歩五分ほどの距離だが、おれはぐずぐずと十分を費やした。途中、ふたりほど顔見知りに会ったが、話はしなかった。こんなふうに顎ががくがくしていては、歯が鳴ってしまって、とてもしゃべれそうになかった。

正直なところ、誰かがドアの前に立っているのを見たときには、救われる思いがした。全身から力が抜けていくのがわかった。その男は身をかがめて郵便受けから家の中を覗き、もう一度ノックをした。おれは小道を男のほうに向かっていった。男は、長身のがっしりした体を黒い革のジャケットで包み、黒髪を短く刈り込んでいた。

「留守なのかい？」

男はゆっくりとおれのほうに振り返った。嫌な顔つきだった。家の壁面を思わせる、陰気で硬い表情だった。

「そのようだな」と男は言った。「どこに行ったか知らないか？」

男はすでに体を起こして、おれを見下ろしていた。警官？　一瞬、そう思った。が、そうではなかった。おれはごくりと唾を飲んだ。そして、首を横に振ろうとしたところで、ある場所を思い出した。ナイフの柄から手を離した。

「ここにいないなら、クラブかもしれない」とおれは言った。「場所を知ってるか？」

「いや」

「その道の突き当りを左に折れて、コインランドリーとフィッシュ＆チップス屋のあいだの脇道をはいったところだ」

男はおれをじっと見た。「ありがとよ」

「どういたしまして」とおれは言った。「顔はわかるのか?」

男は、完璧なスローモーションでうなずいた。おれから一度も目を離さずに。

「それじゃ」とおれは言った。「ああ、そうだ、車は店から離れたところに停めることになるかもしれない。バンドがくる日はたいてい、駐車スペースがなくなるんだ」

「バンドがくる?」

「そのクラブにね」おれはそう言って笑った。「騒々しいぞ。話しかけられても、ほとんど何も聞こえない。トイレの中でさえそんな調子だ」

「そうなのか?」

「ああ」とおれは言った。「そうなんだ」

おれは小道を引き返して家のほうに向かいながら、男に軽く手を振った。そうやって家に戻るつもりだということをはっきり示したのは、クラブまで案内してもらえるなどと思われたくなかったからだ。

「ずいぶん短い散歩だったね」おふくろはグレッグ夫人のカップにお茶を注ぎながら言った。

「ちょっと寒かったんだ」

「寒かった?」グレッグ夫人が甲高い声を上げた。「あなたくらいの年頃の若い人は寒さなんて感じないものだよ」

「ナイフを見なかった?」おふくろは自分で焼いたケーキを見下ろしながら訊いてきた。ケーキはわが家ではまあまあの皿に載せられて、切り分けられるのを待っていた。おれはポケットからナイフを出した。

「ここにあるよ、母さん」

「なんでおまえのポケットに?」

「車のトランクの鍵が壊れたんだ。開かないように縛っておいた紐を切ろうと思って」

「おまえもお茶を飲むかい?」

おれは首を振った。「母さんが飲めよ。おれはもう寝るから」

翌朝、団地で囁かれた噂によると、デイントリーは、バンドのアンコール演奏が終わろうとしている頃、クラブのトイレの個室で刺し殺されたということだった。出演していたのは六〇年代に人気があった四人編成のバンドで、とうの昔に賞味期限が切れている昔のヒットナンバーをいまだに演奏していた。客にも、あれはいったいなんなんだと言われる始末だった。彼らは音響の機材をフル活用して、自分たちの能力不足をごまかそうとしていた。彼らのライブでは、頭の中の自分の声が聞こえないばかりか、何かを考えることすらできなかった。

彼らとて、生活のためにできるかぎりのことをしているのだろう。おれたちが皆、そうしているように。

デイントリーの死体を発見したのは、クラブの副支配人だった。彼はいつものように、酔客がもぐりこんで眠っていそうな場所をあちこち調べてまわっていた。紳士用トイレの奥の個室が使われることはほとんどなかった。便座がなかったのだ。が、デイントリーはそこに腰掛けていた。快適さに欠けることを気にするでもなく。警察が呼ばれ、従業員と客が尋問を受けた。が、取りたてて話すようなことがある者は、ひとりもいなかった。

少なくとも、警察に話すようなことがある者はひとりも。しかし、通りや店ではさまざまな噂が飛び交っていた。やがて、物語がゆっくりと立ち上がっていった。覚えているだろう？　マカンドルーもかつては威勢のいい若者だったという話を。彼には今も連絡を取りあっている仲間、マカンドルーに恩義を感じている友人が何人かいるという噂だった。あるいは、単に金を払って人を雇ったというだけの話なのかもしれない。いずれにしても、世間では、マカンドルーがデイントリーのもとに殺し屋を差し向けた、ということになっていた。そして、誰もが認めていた。厄介払いができたことを。デイントリーが殺されたのは金曜の夜のことだった。あの日、やつの家を訪ねて金を借りていった者は、喜色満面で月曜の朝を迎えることになった。

そうこうするうちに、デイントリーの車庫の死体も発見された。そう、こちらの事件の犯人は警察にもわかった。とはいえ、錠が壊されていたことには彼らも疑念を抱いた。

子供——何かを盗むつもりで忍び込んだ子供が死体を見てあわてて逃げたというのが最も有力な仮説だった。おれの耳にもありそうな話に聞こえた。

マカンドルー氏はどうしているか？　その後、おれは彼をよくよく観察してみた。おれの目には、相変わらず善良な老人にしか見えなかった。しかし、そうなると結局、今の話もただの噂、数ある噂のひとつにすぎないということになる。もっとも、おれにはほかに考えることがあった。ここにきて、できるような気がしてきたのだ。ハリーからブレンダを奪うことが。どうしてそんな自信を持つようになったかは訊かないでほしい。そんな気がするというだけのことなのだから。

自然淘汰
Natural Selection

矢沢聖子訳

「ひでえことになったな、アンソニーのやつ」

「まさかなあ。六年とはなあ」

「六年は長い」

「いちばん長いよ」トマスが同意した。「おれはたった二年半だった」

「三年だ、おれは」ポールが言った。「おい、おれがおごるからな」

「いや、ポール、おれが」フィリップが言った。

「きょうはおまえの金は使えないんだ、フィリップ」ポールが言った。「おい、マシュー、お勧めを二つ、ダークラム、それにウオッカだ」

ポールはさっさと注文した。珍しいことに、たんまり金を持っていた。

「悪いな、ポール」

「そんじゃ、パオロ、いいことがあるように」

「いやに黙ってるじゃないか、レナード」ポールが言った。

「えっ？」

「おとなしいな」

レナードは肩をすくめた。ふだんは口数の少ない男ではなかった。だが、きょうはふだんとは違う。「アンソニーのことを考えてたんだ」

「六年だからな」フィリップがため息をついた。

「ひでえ話だ」ポールが言った。「おい、レナード、ウオッカに……」

「いいんだ、ストレートでやる」

「おまえ、いつもウオッカはアーンブルーで割るじゃないか」

「きょうはいい」

「どうかしたのか？　レナード」

「べつに。ただちょっと……わかった、アーンブルーをくれ」

「無理にとは言ってねえぜ」

「そうじゃない」

「気が変わったのか?」

「いいから、瓶を寄こせよ」

「こいつ、きょうはかりかりしてるぜ、トマシーノ」

「ああ、ポール。そういやそうだな」

「なんだよ、おれはただ……」

「いいんだよ、レナード。気にすんな。おまえさんの好きなようにウオッカを飲んだらいい。こだわるほどのことじゃないだろうが」

「事はただのウオッカだ」

「やけに意味深ないいぐさだな。まあ、好きにやれよ。おい、フィリップ、きょうのお勧めはどうだ?」

「おんなじだよ」

ポールは笑った。「おまえもおんなじことしか言わないやつだな。間違いのないやつとはおまえのことだ、フィリップ。おまえはあとの二人とは違う」

「どういうことだ?」

「そうだろ」ポールは三人に言った。「レナードはふだんは一言も二言も多い。トマスときたら、感覚遮断タンクに閉じ込められたでくのぼうだ。それが、きょうは逆じゃないか」

「感覚遮断タンクってなんだ?」

「そんじゃまあ」フィリップが言った。「アンソニーの無事を祈って」

「アンソニーに」

「乾杯」

「健康を祝して」

「なんだ……結局、アーンブルーで割ってるんじゃないか、レナード」

「おれはべつに悪気があって……」

「おまえが悪いんじゃない。おれがどうかしてたんだ。悪かったな、レナード」

「レナードは気にしちゃいないさ」

「おれが気にするわけないだろ」

「おまえも一杯やれよ、マシュー」

バーテンダーはまだ酒代を待っていた。「ありがとよ、ポール。おれはあとでごちそうになるよ」彼は金を受け取って奥のレジに向かった。

「マシューは信用できるやつだ」

「まあな」

「へたになれなれしくないしな」

「こういうとこじゃ、それが賢明だよ」トマスが上唇についた泡をぬぐいながら言った。「おれたちみたいなのが、うじゃうじゃいるからな。ひとつ言っていいか、ポール。もしおれがこんなじゃなかったら、ここでは飲まないぜ」

「ほかにどこがあるっていうんだ？」

「ラスト・ドロップとかワールズ・エンドとかあるだろ」

「無理だよ」

「どうせ、どこも似たりよったりさ」

「ああ、慣れちまえば、どこもおんなじだ。おれは三十年ここで飲んでる、若いころからずっと。おい、レナード、今夜はペースが遅いな」

「おれはマイペースだよ」

「フィリップはもう飲んじまったぜ、ちなみに」

「喉が渇いてんだ」フィリップがいいわけした。

「次はだれのおごりだ？」

「おれが言いたかったのは」ポールがまた言った。「今夜は特別だってことだ。通夜みたいなもんだ。マイペースでやってる場合じゃない。六年だぞ。今夜はアンソニーのために飲んでるんだ」

「あの裁判長が……」

「陪審もひどかった」

「ああ、それに証拠があったからなあ、やっぱし」フィリップが言った。「証拠を握られちゃあ、どうしようもねえ」

「陪審員全員ににらみをきかすわけにいかないし」

「連中は全部つかんでるからな」

「だれが？」レナードが訊いた。

「あの二人のデカだよ。それにしても、なんでばれちまったんだろうな？」

「どういうことだ？」

「おまえはどう思う、レナード」

「えっ？」

「おまえ、頭が切れるだろ。なんであの二人のデカにばれたんだろうな？」

「まぐれじゃないか。知らないよ」

「あいつら、ついてたのかもな」フィリップが言い出した。

「そりゃあ、連中はおまえほど鈍いわけないからな」トマスがひきとって言った。

「びびってるわけでもないし」

「アンソニーはだいじょうぶだ」ポールが言った。「どこにぶちこまれようが、そのうちきっと抜け出すさ」

「そうとも」フィリップが言った。「おんなじだよ、六年だって。あの男ならきっと……そうだな、三年ってとこか？　三年、臭い飯を食って、新鮮な空気にも……」

「アンソニーがそんなこと気にするわけないだろ」

「そりゃどういうことだ、レナード？」


「おれたちだっておんなじさ、その点では」レナードは続けた。「どういうことかって、少なくともムショじゃ、中庭を散歩させられるじゃないか。そのほうがこんなとこにずっと座ってるより新鮮な空気が吸える」

「能天気なやつだな、おまえも」トマスが言った。

「監房だってここより広いかもしれないし……ここほど殺風景じゃないだろうし」

「レナード、おまえってやつは。おまえがいなかったら、おれたちどうなるだろうな。口を開けば冗談ばっかり言って」

「おれが？」

「ああ、自分でもわかってるだろ」ポールはそう言うと、煙草に火をつけてから、煙草の箱をみんなにまわした。

「みんな落ち込んでるんだ。それが当然だろ」

「なにがあったんだ？」

「えっ？　気にするな、マシュー。それより、みんなにもう一杯やって、おまえの分もつけとけよ」ポールはポケットに手を入れて財布を出した。

「そんな金どうしたんだ、それはそうと」

「まあいいって」ポールはウインクすると、マシューにまた一〇ポンド札を渡した。マシューはまた奥のレジに行った。

「言っちゃなんだが」ポールが小声で言った。「マシューはどこまで聞いてんのかって思うときがあるよ」

「聞き耳立ててるって？」

「ああ」

「マシューはだいじょうぶだよ」

「けど、ここでおれたちがしゃべってることは全部知ってるわけだ」

「仕事の話はしたことないぜ」

「そういう意味じゃない。おれはべつにあの男がどうこう……いや、いいんだ」

「いったい、どうしたんだよ？」トマスが訊いた。話の流れがぜんぜんわかっていないらしい。

「だから、そうなって当然なんだ」フィリップが言った。

ポールがみんなに酒をまわすのを眺めていた。「おれたちみんな……こんなことがあると、がっくりくるよなあ」

「いいんだ、トマス」ポールが言った。「まあ、やれよ。飲んで憂さを忘れようぜ。レナード、もう一杯ウオッカをやれ。アーンブルーもあるが、おまえが決めろ。いいな？おまえの自由なんだからな。いいじゃないか、トマシーノ。言いたいことは言ったらいい。おい、フィリップ、おまえもぐっとやれ。泡の立つうまいビールが一パイントありゃ、もやもやも吹っ飛ぶってもんだ」

「一パイントじゃ、たりねえな」

「乾杯、ポール」

「けど、当然だろ」ポールは自分のブラックハートには口をつけずに言った。「気になって当然だろうが。なんでデカにばれたのか、気にならないほうがおかしい。気にするなっていっても、当分頭から離れねえ。おい、どうした、栓が抜けないのか？　レナード」

「おまえ、いつだってねじ込みすぎるんだよ」

「貸してみな」

「だいじょうぶだってば――」

「いいから、貸しなって――」

「自分でやれるって！」

「むきになるな、レナード、おまえもしつこいぞ。ほっときゃいいんだ。ほら、見ろ、抜けたじゃないか。おまえも怒ると馬鹿力を出すやつだな。それじゃ、みんなの健康を祝して」

「乾杯」

「いいことがあるように」

「そんじゃ」

「おい、マシュー」トマスが呼んだ。「窓は開けられねえのか？　まるで蒸し風呂だ」彼はポールに顔を向けた。「窓を塗りつぶしてあるんだ。開けられないようになってる。昔はそんなことだれもしなかったのに。いいかげんなんだよ、きょうびの内装屋は。そりゃ、冬はあったかくていいだろうが、いまは冬じゃねえからな」

「やけに暑いな」レナードも言った。穏やかな口調に戻っていた。「この店はいつも暑すぎる」

「電子レンジなんかなくても、パイをあっためられるよ」

「せめて、天井に扇風機がありゃよかったのに」ポールが言った。「昔はたしかあったよな？」

「扇風機が？」

「おまえは知らないだろ、レナード、おまえが来る前のことだ。あのあたりに、でっかい白い電気扇風機があった」

「白い電気？」

「白い扇風機だよ、電気で動く」

「そうか」

「なんでまたアーンブルーで割ったりするんだろうな」

「ストレートで飲めってか？」

「いや、なにもそんな……好きにやりゃいいが」

「おれはアーンブルーが好きなんだ」

「おれもだ」フィリップが言った。

「そりゃ、だれだってアーンブルーは好きさ……けど、ウオッカを割るか？」

「学校に行ってたころ、こうやって飲んでたんだ」レナードが言った。「カクテルキャビネットからウオッカをくすねて、アーンブルーの瓶にまぜて」

「カクテルキャビネットだって？　おまえ、いい家の出か？　レナード」

「こいつだって、ガキのころから悪党だったわけじゃないんだぜ」

「おれは根っからの悪党だったな」

「みんなそうだろ」フィリップが言った。酒がまわってきたようだ。

「そうじゃない」レナードが言った。「あとからなるやつだっている。アンソニーは根っからの悪党じゃなかった」

「なんでわかる？」

「あいつに聞いた。兄貴の仲間とつきあってたって。つきあう前はまともだったんだ」

「兄貴って、ドニーか？」

「ああ、そうだ」

「おまえはここでドニーに会ったことないだろ」

「消えちまったな、あの男」トマスが言った。「このところ見かけない」

「ここで見かけなくなったやつはいくらでもいるさ」

「とにかく、おれたちはここにいるんだ」ポールが言った。

「それだけでいいじゃないか」

「そうとも、ずっといるんだからな」

「願わくば、ずっといられるように」

「それにしても、そんな金どこで手に入れたんだ？　ポール」

ポールはまたウインクした。「やけにこだわるんだな、レナード」

「馬か？」トマスが訊いた。「宝くじか、ドッグレースか、サッカー賭博か、どのみち賭け事だろ？」

「すっちまうのがおちだよ。しつこく訊くな。それがいやなら、おれにおごらせるのをやめるか」

トマスが笑い出した。「そこまでばかなやつはいねえよ」

「そうかな？　おまえはどうだ？　レナード」

「おれがどうだって？」

「べつに」ポールが言った。

「なんだよ」レナードが食い下がった。「なにが言いたいんだ？　引っかかってることがあるんだろ。はっきり言ってくれよ」

ポールはびっくりした顔をした。「おれが？　気になることなんかなにもないさ。それより、おまえはどうなんだ？　レナード」

「また始まった」フィリップが言った。「まあまあ、二人とも」

「そうだな、フィリップ」ポールが言った。「おまえ、いつもいいこと言うなあ。感心するよ。おまえがかっとなったのを見たことがない。いつだって穏やかで、冷静だ。そうだろ？　みんな」ポールは額を叩いた。額には汗が光っていた。「そんでも、頭の中じゃ、いろいろ考えてんだからなあ」

「静かなやつほどこわいんだ」トマスが言った。

「トマス、ずばり言ってくれるじゃないか。負うた子に教えられとは、このことだ。フィリップ、もう飲んじまったのか？」

「暑いんだよ」フィリップが言った。

「蒸し風呂だ」

「どうにも喉が渇いて」フィリップがまた言った。「いくらでも飲めそうだ」

「おい、マシュー」ポールが呼んだ。「なんとかできねえのか？」

「なんとかって？」

「冷蔵庫のドアを開けるとか。グラスに氷を入れるとか。なにか考えろよ」

「氷は切らしちまった」

「おれたちがほかで飲むようになったら、おまえ、食いっぱぐれるぞ」

マシューはにやりとした。「あんたら四人はほかには行かないよ」

「客の言うことに逆らうな、マシュー」ポールが指を突きつけながら言った。「レナード、もう一杯どうだ？」

「まだ二杯とも残ってる」

「さっさと飲めよ。またおんなじのをくれ、マシュー」

「おれはいい」レナードが言った。

「こういうときはつきあうもんだ、レオナード。こいつにもおんなじのを、マシュー」

バーテンダーは計量器のそばに戻った。

「無駄金つかうことないだろ、ポール」

「おれの金だ」

「明日になったら、またすっからかんだぞ」

「明日のことなんか気にしてどうなる」

「だったら、好きにやれよ」

「いつもそうしてる」

「いいよなあ、仲間と楽しめるって」フィリップが言った。

「楽しんでるわけじゃない」ポールが言った。「今夜は通夜だ、忘れたのか？」

「忘れるわけないだろ」

「軽率病とはおまえのことだ、フィリピ」

「なんだ、それ？」トマスが訊いた。

「軽いってことだ」レナードが説明した。

トマスはうなずいた。「頭が軽いってことだな」

「軽いのは、まわりにいっぱいいるからな」ポールはそう言うとウインクした。

「おれ、病気かもな」フィリップが襟元をゆるめながら言った。「朝からずっと喉がからからなんだ」

「そりゃ、原因はいくらも考えられる」ポールが言った。

「神経かもしれん」

「神経？」

「きのう、おもしろいもん見たぜ」トマスが言った。「テレビで。虫が共食いしてるとこ。いや、食ってたのは幼虫だっけか」

ポールとフィリップが顔を見合わせた。トマスがこういうことを言い出すと、いつも二人はそんなふうに顔を見合わせる。

「べつに珍しいことじゃないよ」レナードがポールに目を向けながら、トマスに言った。

「おまえは頭が切れるんだろ？」ポールが言った。

レナードは首を振ると、二つ並んだウオッカのグラスのひとつを一気に飲みほした。「相対的な問題だよ」そう言うと、彼はスツールから腰を浮かした。

「今夜の一番手だ」ポールがにやにやしながら言った。

「例によって、またレナードだ。三杯も引っかけると、小便に走るんだ。膀胱の移植手術をしたほうがいいんじゃないか、レナード」

レナードはポールの前で立ち止まった。「ひょっとしたら、これも神経かもな、ポール」

だれもなにも言わないうちに、彼はバーから出ていった。

便所は悪臭に満ちていた。水槽の浮き玉コックが故障しているせいで、絶えずちょろちょろ水音がして、赤黒く塗られた壁には、いくつも名前が落書きしてあった。小便器は細長いステンレス槽だった。ここのほうが涼しい。湿っぽく、ひんやりしている。レナードは煙草に火をつけた。臭いさえなかったら、あのバーにいるよりこっちのほうがましだ。冬は寒くてしょうがないだろうが。それにしても、しけたパブだ。なんでこんな店に通うんだろう？　そりゃあ、だれかが言ったように、ほかに行くあてがあるわけじゃないが。


ドアがきしみながら開いて、マシューが入ってきた。

「マシュー」

「レナード」

バーテンダーは便器に近づくと、音を立ててズボンのファスナーをおろした。そして、壁を見上げたまま言った。

「あいつら、あんたをやるつもりだぜ」

「えっ？」

「あの三人。ポールが言い出したが、ほかの二人ものせられてる。結局、抱き込まれるだろう」

「おれがなにをしたっていうんだ？」

「そこだよ、レナード。ポールはあんたがアンソニーを売ったと思ってる」

「だったら、なんであいつがあんな大金を持ってるんだ？」

「デカからせしめた賄賂だとしたら、あんなふうに見せびらかしたりしないだろ。行けよ、いますぐ。早く逃げろ」

「おれはこれまで逃げたことなんかない」

「決めるのはあんただ」マシューはファスナーを引き上げ

た。「けど、おれがあんただったら、さっさとずらかる」

「どこへ行きゃいいんだ？」

「さあな」またギーッという音がして、ドアが開いた。最初に入ってきたのはポールだった。フィリップとトマスがすぐ後ろにいた。三人が入ると、ドアが静かに閉じられた。

「なにをしゃべってたんだ？　マシュー」

「べつに、ポール」

「おまえ、弁の立つほうだろ？」

「そんなことない」

「盗み聞きしちゃ、あちこちで触れまわってるんだろ。しゃべらずにいられなくて」

「そんなことない」

「どうだかな。どう見たって、たれ込んでる感じだったぜ。すぐぴんときた、おまえらのやましい顔を見たとたんに」

マシューは首を振ろうとした。

「おびえた顔がやましい顔に見えることはよくある」レナードが静かな声で言った。

「あの金の出所を知りたいだろ？」ポールはだれにともなく言った。目を伏せて、自分の靴のつま先を見つめている。

「教えてやろうか。あれはアンソニーがくれた」

「アンソニーが？」トマスが言った。「なんだってあんな大金を？　だって、あいつはふだんからしみったれで……いや、しっかりしてるっていうか。金には汚いほうで」トマスの声は先細りになった。

ポールがなかば振り返って、トマスに同情に満ちた笑顔を向けた。

「おまえ、ふだんの半分も調子が出てないな、トマシーノ。おまえらしくないよ。なあ、彼らしくないだろ？　フィリップ」

フィリップはローラータオルで顔を拭いていた。「ああ、らしくない」

「ふだんは口数の少ないやつだもんな」

「ああ、いるかいないかわからないぐらい」フィリップが同意した。

「それに、トマス、おまえみたいにとろいやつでも、なんとなく感づいてるみたいじゃないか、アンソニーがおれにこんな金を渡した理由を」彼はちょっと間をおいた。「おまえも知りたいだろ？　フィリップ」

フィリップは肩をすくめた。「あんたはその気になりゃ、教えてくれるだろ」

ポールはにやにやしていた。「おまえも変わらないやつだな、フィリップ。いつもおんなじ顔して、おんなじ声で。どこもいつもと変わったとこがない。おまえなら自分のばあさんをやっても、顔を見ただけじゃ、だれにもばれないだろうよ」彼はまたちょっと間をおいた。「そのおまえが、今夜にかぎって冷や汗をかいてる。どうしてだろうな？」

「風邪でもひきかけてるんじゃないかな」

「だったら、これが終わったら、医者に連れてってやるよ」マシューがドアを開けかけた。「閉めとけ！」ポールがにやりとした。「わざわざ暑い空気を入れることはないだろ？」彼はレナードに顔を向けた。「アンソニーがおれに金を渡したのは、始末してほしい人間がいるからだ。だれか特定の人間が。そいつに間違いないとわかったら、この金に見合うことをすることになってる。アンソニーと約束した」

「ということは、彼は知らないのか？」

「そういうことだ、レナード」

「それなら、どうしてあんたに？」

「おれを信用してるんだ」

「あいつの勘違いだったら？　パオロ、あいつの誤解だとしたら？」レナードは狭い空間に閉じ込められた男たちの顔を見た。マシュー、フィリップ、トマス。「たれ込んだのが、ほんとはあんたで、それがおれたちにばれたとしたら？」だれもがこわばった顔をしていたが、いまや好奇心をそそられた表情に変わった。「だとしたら、どうする？」

「ほんとだ」トマスが静かな声で言った。事情がわかりかけてきたのだ。「どうする？」

フィリップはゆっくりうなずき、マシューは背筋をのばして一インチほど背が高くなったように見えた。

「犯人はこの中のひとりなんだ、レナード」ポールが言った。

「ほんとにそう信じてるのか？」

「おまえだとは言ってない」ポールはレナードの目を見つめた。壁の赤いペンキが彼の目に映っていた。

「この中のひとりだと言うんだろ、ポール。おれたちはそう思いたくないな」

レナードが一歩前に出た。ポールは上着のポケットに手を入れた。その後ろにいたフィリップが両腕を伸ばした。トマスは拳を固めている。マシューはドアに寄りかかって、出口をふさいだ。

外は闇に覆われていた。街灯もなく、人通りもなかった。だが、これ以上暗くなりようがないと思ったとしたら、それは間違いだ。人の心はしばしばもっと暗い闇に覆われる。

音楽との対決
—リーバス警部の物語—
Facing the Music

延原泰子訳

無印の警察車。

　おもしろい表現だ、とジョン・リーバス警部は思った。彼の車は何回もぶつかった跡があり、引っ掻き傷や凹みだらけの古びたポンコツで、無印とはほど遠い証拠に事欠かないにもかかわらず、それでもなお、〝無印〟の警察車という範疇に入るのだ。油まみれの手をした修理工は、リーバスの車が修理場へがたがたと入ってくるたびに、失笑を嚙み殺した。修理工場のオーナーは指にはめた太い金の指輪の位置を無意識に確かめてから、計算機を取り上げた。とはいえ、老いた軍用馬が便利なときもある。無印かどうかはさておき、目立たないことは間違いない。どんな疑り深い犯罪人といえども、まさか刑事が中古車処理場向きの車で張り込みを続けているとは、思いも寄らない。リーバスの車は覆面捜査には欠かせないものだったが、唯一の欠点は悪党が逃走を企てたときである。そんなときは相手がどんなおんぼろ車だろうが、追いつけなかった。

「だけどこいつは長距離が得意なんだ」リーバスはいつもそう弁解した。

　そのリーバスが今、長年の間に自分の体型になじんで凹んだ運転席に座り、両手でハンドルを撫でていた。助手席から大きなため息が漏れ、ブライアン・ホームズ部長刑事が先ほどの質問を繰り返した。

「どうしてここに停めたんですか？」

　リーバスは周囲を見た。車はプリンシズ・ストリートの西端からほんの二百メートルほど先の、クイーンズフェリー・ストリートの道路脇に停まっている。午後の早い時間で、曇天だが湿気はない。フォースの入り江から吹きつける強風が、雨を寄せつけないのだろう。フレイザーズ・デパートとカレドニアン・ホテルが睨み合うかのように聳えるプリンシズ・ストリートの角から、突風が吹き込み、買い物客に不意打ちを食らわした。見ていると、一瞬呆然と立ちすくんだ買い物客は、やがてコーヒーとケーキを求めてクイーンズフェリー・ストリートを歩み始めた。リーバスは歩行者に、寒いよなあ、という表情を作って見せた。ホームズはまたしてもため息をついた。ポットの紅茶とバターのついたフルーツ・スコーンにありつきたいもんだ、と思った。

「あのな、ブライアン」とリーバスが語りかけた。「おれはエジンバラに長年住んでいるが、このストリートには、どんな種類の犯罪であれ、犯罪現場として駆けつけたことがないんだな」ハンドルを叩いて強調する。「一度もだぜ」

「じゃあ、名所としてここにプレートでも掲げるべきですね」ホームズが言った。

リーバスは微笑らしきものを浮かべた。「たぶんな」

「だからここにじっとしてるんですか？　得点ゼロをなくすために？」ホームズは喫茶店のウインドーにちらりと目をやり、すぐに目をそらして乾いた唇を舐めた。「時間がかかるかもしれませんよ」と言い添える。

「まあな、ブライアン。だけど、やはり……」

リーバスはハンドルについた刺青のような傷をこつこつと叩いた。ホームズは勢い込んでついてきた自分を後悔し始めていた。このドライブに同乗することを、リーバス警部は思いとどまらせようとしたではないか？　ドライブと呼べるほど長く乗ったわけではないが。でも書類仕事を片づけることに比べれば、何だってそれよりましだ、とホームズは自分に言い聞かせた。とはいえ、それにも限度がある。

「張り込みでいちばん長かったときは、どれぐらい続いたんですか？」ホームズは会話を続けるために言った。

「一週間だ」とリーバスは答えた。「パウダーホールの近くのパブを根城にしていた、みかじめ料を集める暴力団を見張っていた。公正商取引協会との合同作戦だった。おれたちは五日間、失業者を装って毎日ビリヤードばかりやってたよ」

「それでいい結果が出たんですか？」

「ビリヤードであいつらに勝った」

商店のドアから叫び声がしたかと思うと、若い男が目の前の道路を突っ切って走っていく。若い男は黒い金属の箱を抱えている。叫んだ男がまたも声を張り上げた。

「捕まえてくれ！　どろぼうだ！　捕まえてくれ！」

商店の戸口に立つ男は手を振り回し、走る男を指さしている。ホームズはリーバスを見、何か言いかけたがやめた。

「さあ、行きましょう！」と促した。

リーバスは車のエンジンをかけ、ウインカーを点滅させて、車の流れに入った。「あの男だ。ホームズはフロントガラス越しに目を凝らした。「あの男だ。アクセルを踏んで！」

「アクセルを踏んでください」「心配するな、と言えよ」リーバスは落ち着き払って言った。「心配するな、ブライアン」

「くそっ、ランドルフ・プレイスへ曲がったぞ」

リーバスはウインカーを出して、向かってくる車の前を横切り、行き止まりになっているランドルフ・プレイスへ入った。ただし、車にとっては行き止まりだが、ウエスト・レジスター・ハウスの両脇には歩行者用の小道がある。細長い箱を小脇に抱えた若い男は、小道へ入り込んだ。リーバスは車を停めた。ホームズは完全に停車する前からドアを開け、慌ただしく降りると駆け足で追跡に向かった。

「出口を塞いで！」ホームズが大声で言った。それはリーバスにクイーンズフェリー・ストリートへ引き返し、ホープ・ストリートを回って、小道の出口であるシャーロット・スクエアへ行け、という意味だった。

「出口を塞いでください、だろ」とリーバスはつぶやいた。

リーバスはハンドルを何回か慎重に切り返して車の向きを変え、赤信号につかまってのろのろ運転になった車の流れへ、これも慎重に見極めながら入った。シャーロット・スクエアのウエスト・レジスター・ハウスの正面に着いてみると、ホームズが肩をすくめ、両腕をむなしく何回も上げていた。リーバスは彼の横で車を停めた。

「あいつを見ましたか？」ホームズがたずねながら、車に乗り込んだ。

「いや」

「それより、今まで何してたんです？」

「信号が赤になった」

ホームズはリーバスの気が狂ったのではなかろうか、という目で彼を見た。ジョン・リーバス警部が赤信号で停まるなんて聞いたことがない。「ま、いずれにしろ見失っちまいました」

「きみのせいじゃない、ブライアン」

ホームズはちらっとリーバスを見た。「そうですね」と同意する。「じゃあ、店へ戻りますか？　それはそうと、あれは何の店ですかね？」

「オーディオ装置を扱う店じゃないか」

車を発進させて道路を走り出すリーバスに向かって、ホームズはうなずいた。たしかに、あの箱はオーディオ装置の何かに見えた。薄べったい箱状の部品。店でそれが何かわかるだろう。ところがシャーロット・スクエアを一周したあと、クイーンズフェリー・ストリートへ戻らないで、リーバスはジョージ・ストリートのほうへウインカーを点滅させた。まだ息をはずませていたホームズは、あっけに取られて見回した。

「どこへ行くんですか？」

「きみはクイーンズフェリー・ストリートにあきあきしたんじゃないかと思ってな。署に戻るよ」

「ええっ？」

「署に戻る」

「でも、あれはどうする——？」

「落ち着けよ、ブライアン。そんなにいらつくもんじゃない」

ホームズは上司の顔をまじまじと見た。「何か考えがあるんですね」しばらくして言った。

リーバスは彼のほうを見て、笑みを浮かべた。「やっと気づいたか」

しかしそれが何かをリーバスは教えなかった。署に戻ると、リーバスはまっすぐ受付のデスクへ向かった。

「強盗事件はなかったか、アレック？」

当直警官はいくつか事件の報告を受けていた。最も新しい事件はオーディオ専門店で起きた窃盗である。

「その事件はおれたちが引き受ける」リーバスが言った。

当直警官はとまどった表情をした。

「たいした事件じゃありませんよ。商品を一点だけ盗まれ、窃盗犯が逃走したんです」

「だがな、アレック。犯罪がおこなわれたわけだし、それを捜査するのはおれたち警察の義務だ」リーバスはそう言うなり、車へ戻っていった。

「警部は正気なのかい？」アレックがホームズにたずねた。

ホームズも気になってきたが、とりあえず同行することに決めた。

「カセットデッキでね」と店主が説明した。「いい商品なんだよ。最高級のものではないが、上等のやつだ。最高級品は店内に陳列しない。試聴室に置いてある」

ホームズは盗まれたカセットデッキが置いてあった棚を見つめた。空白になった場所の両側にもカセットデッキが並んでいるが、その二つは盗まれたものよりも高価な商品だった。

「なぜ、あれを選んだんだろう？」ホームズがたずねた。

「ええ？」

「だって、いちばん高いものじゃないだろう？　それに出口にいちばん近いものでもない」

店主は肩をすくめた。「最近の若いやつらの考えることなんて、わかるもんか」濃い髪の毛がまだ乱れている。さっき、風の通り道になっているクイーンズフェリー・ストリートで、通行人の視線を浴びながら、突風に逆らって叫んだときの名残を留めているのだ。

「保険をかけているんだろうね、ミスター・ワードル？」スピーカーの棚の前に立っていたリーバスがたずねた。

「もちろん。ばか高い掛け金だけど」ワードルは肩をすぼめた。「ま、いいや。どういう仕組みかわかってるから。点数制なんだろ？　四点以下の犯罪だったら、おまえら警官は取り扱わない。おれが保険を請求できるように、書類を作ってくれるだけさ。この件はどうなるんだ？　一点か？　多くても二点ってことだな？」

リーバスはたじろいだ。自分に向かって〝おまえら〟と言われたことに、とっさに対応できなかった。

「製造番号がわかってるはずだが、ミスター・ワードル」リーバスはようやく言った。「まずはそれが手掛かりとなる。さらに窃盗犯の人相風体も。万引き事件のときには、通常そこまでわからないことのほうが多いんだよ。それはともかく、商品をドアから少し奥に引っこめたらどうかな。商品にチェーンを通すとか、警報器を設置するなどの方法を考えて、棚から持ち去られないようにしたほうがいい。わかったかね?」

ワードルがうなずいた。

「感謝しなくちゃならんよ」リーバスが物思いにふけりながら言った。「もっと甚大な被害を受ける場合もあるからな。ショウウインドーを叩き壊す強盗に襲われるというケースだってありえる」何かの装置の上に乗っていたCDのケースを取り上げた。マントバーニー楽団のCD。「音楽評論家の攻撃にさらされるって場合すらあるし」


署に戻ると、ホームズは噴火寸前の火山さながら、怒りがくすぶっていた。それが大げさなら、引火性のある何かの缶が直射日光に長くさらされているような状態。

リーバス警部が何をたくらんでいるのか知らないが、例のごとく、何も打ち明けようとしない。ホームズは無性に腹が立った。今、リーバスは主任警視の部屋へ相談に行っている。重要な用件ではなく、日課みたいなもので……たとえばオーディオショップでのあの窃盗と同じぐらい日常茶飯のことだ。

ホームズはあの光景を思い浮かべてみた。すでに渋滞しかけている車の流れを邪魔して停まっている自分たちの車。続いてワードルの叫び声、車の間を縫って走る若者。その男がこちらへ顔を軽く向けたとき、ニキビ面の頬と、突っ立った短髪が見えた。色あせたジーンズとスニーカーの痩せて小柄な十六歳。水色のウインドブレーカーの裾から、チェックのシャツがだらしなくはみ出ていた。

そしてオーディオ部品を抱えていたが、それは店内でいちばん盗みやすいものでも、いちばん高価なものでもなかった。ワードルは窃盗に関して、のんびり構えていた。保険で弁償してもらえるのだ。では保険金詐欺なのか？　リーバス警部は内密に保険金詐欺を捜査中で、もしかしたらプルデンシャル保険会社の調査員にでも頼まれて協力しているのだろうか？　ホームズは上司のリーバスのやり方が気にくわなかった。能力があっても独占欲の強いサッカー選手が、ボールを独り占めし、次々と選手をかわしながらボールを軽く蹴り続け、ライン近くで動きが取れなくなってもまだボールをパスしようとしないのに似ている。学校でそんな少年がいた。ある日ホームズはたまりかねて、その生意気野郎を殴り倒してやった。二人は同じチームだったにもかかわらず……

　リーバス警部は万引きがおこなわれることを知っていた。となれば、あらかじめ情報が入っていたのだ。となれば、窃盗犯は罠にかかったのだ。しかしその仮説には、大きな弱点がある。リーバス警部は窃盗犯を逃がしてしまった。それでは筋が通らない。まったく通らない。

「ようし」とホームズは一人うなずきながら言った。「ようし、それならいいですよ、警部」そうつぶやくと、彼は未成年者犯罪記録を探しに行った。

　その晩の六時過ぎに、リーバスはどうせ今同じ区内にいることだし、ワードルの自宅へ立ち寄って、事件捜査が進展していないことを報告しようと思った。あとになってから、ワードルは窃盗事件に関して、何かほかにも重要な事実を思い出すかもしれない。窃盗犯の人相風体についての彼の説明は、ほとんど役に立たなかった。まるで煩わしいことなんてまっぴら、犯人など捕まってほしくない、と思っているかのようだった。とにかく、少し質問してみれば、彼の記憶を呼び覚ませるかもしれない。

　無線から声がした。ホームズ部長刑事からだった。それを聞き終えると、リーバスは怒りの声を上げ、車を方向転換して、市の中心部へ向かった。

　リーバスが言うには、ホームズは運がよかったんだそうである。道が混んでいて、市中へ戻るのに十五分もかかったので、その間にリーバスの気分が落ち着いたからだ。二人は犯罪捜査部室にいた。ホームズは自分の机に座り、頭の後ろで手を組んでいた。リーバスはその前に突っ立ち、荒い呼吸をしている。机の上には艶消しの黒いカセットデッキが置いてあった。

「製造番号が一致しました」とホームズが言った。「疑いのないように、念のために言いますが」

リーバスは心ならずも興味を隠しきれなかった。「どうやってあいつを見つけたんだ?」

後頭部を両手で支えたまま、ホームズはなんとか肩をすくめた。「犯罪事件簿に載っていたんですよ。事件簿を繰っていたら、あの若者が出てきたんです。あのニキビは刺青に劣らないほど、特徴がある。ジェイムズ・イアン・バンクヘッド。友達にはジブと呼ばれてます。記録によると、警部は若者を二回も自分の手で逮捕していますよ」

「ジブ・バンクヘッドか?」リーバスは思いだそうとするかのように、名前を口にした。「ああ、なんだか思いだしてきた」

「ようくご存じだと思ったのに。二回目の逮捕は、ほんの三カ月前です」ホームズは事件簿で確認するようなそぶりをした。「変だな、あなたがあの顔に気づかなかったとは……」ホームズは事件簿から目を上げなかった。

「年を取ってきたせいかな」リーバスが言った。

ホームズが顔を上げた。「さて、どうします?」

「あいつはどこにいる?」

「B取調室」

「じゃあ、そこに入れておけ。問題はないだろう。あいつ、何かしゃべったか?」

「一言も。ですがね、あいつの家に行ったら、かなり驚いた様子でしたよ」

「だけど、黙秘してるんだな?」

ホームズはうなずいた。「さて、どうします?」と再びたずねる。

「では」とリーバスが言った。「ついてこい、ブライアン。途中で詳しく話してやるよ……」

ワードルはエジンバラの南東の郊外にある、百年余り前に建てられた一戸建てを改造したフラットに住んでいた。

リーバスは立派な玄関ドア脇の壁についた呼び鈴を押した。しばらくすると、くぐもった足音が近づき、かちゃかちゃと錠を外す音が三回聞こえ、やがてドアが内側から開いた。

「こんばんは、ミスター・ワードル」とリーバスが声をかけた。「自宅だと、防犯に気をつけているんだね」リーバスは鍵穴が三つに、覗き穴、防犯用チェーンのついたドアを顎でしゃくった。

「用心するに越したことは――」ワードルはホームズの抱えている物を見て、息を呑んだ。「カセットデッキだ！」

「新品同然だよ」とリーバスが言った。「指紋がいくつかついている程度かな」

ワードルはドアを大きく開いた。「さあさあ、入ってくれ」

二人は階段のある狭い玄関ホールに入った。明らかに一階はワードルの住まいではなさそうだった。彼は店にいたときと、ほぼ同じ服装をしている。年齢の割には若すぎるジーンズ、スコットランド自由教会分派の説教そこのけに派手派手しい開襟シャツ、茶色のモカシン。

「信じられない」ワードルが言って、二人を階段へ導いた。「ほんとに信じられん。だけどこれは店へ持ってきてくれてもよかったのに……」

「まあね、でもちょうど通りがかりだったもんで」リーバスはドアを閉めながら、その内側がスチール張りなのに気づいた。ドアの周囲も金属で補強してある。ワードルは振り向いて、リーバスの視線に気づいた。

「オーディオ装置を先に見てくれ。そうしたら理由がわかるから」

先ほどから音楽が聞こえていた。今や低音の震動が階段の一段一段から伝わってくる。

「寛容な一階の住人に恵まれたようだな」リーバスが言った。

「九十二歳のばあさんでね」ワードルが答えた。「耳がえらく遠い。ここへ越してきたときに、オーディオのことを説明に行ったんだ。だけどおれの話なんて、一言も聞こえなかった」

階段を上がると、短い廊下の先に居間とキッチン一体型の広い部屋があった。ソファと椅子二脚が片側の壁に寄せて据えられ、がらんとした空間を隔てた対面する壁には、オーディオセットと、その両脇に大きな独立したスピーカー二個が置いてあった。棚の一つには黒い箱が数個積まれていたが、リーバスの目には赤いライトが一つぽつんと光っているのが見えただけで、何の機械だかわからなかった。

「アンプだよ」ワードルが説明して、音楽のボリュームを下げた。

「え、あれ全部がか？」

「プリアンプ、昇圧装置、各スピーカー毎にアンプ一台だ」

ホームズはカセットデッキを床に置いたが、ワードルが即座にそれを持ち去った。

「音の邪魔になる」とワードルが言った。「よけいなものが部屋にあると」

ホームズとリーバスは顔を見合わせた。ワードルは自分の世界に入っている。

「何か聴きたいかい。どんなものが好みなんだ？」

「ローリング・ストーンズ？」リーバスがたずねた。

「どれがいい、《スティッキー・フィンガーズ》、《メイン・ストリートのならず者》、《レット・イット・ブリード》？」

「最後のがいいね」リーバスが答えた。

ワードルは窓の下の壁に、六メートルほどもの長さで一列に並んでいるLPへ歩み寄った。

「LPなんて、とっくの昔に消えてしまったと思ったのに」ホームズが言った。

ワードルがにやりとした。「CDに取って替わられたってことか。とんでもない。レコード盤が今なお、最高なんだよ。座ってくれ」レコードプレーヤーに近づき、かけていたLPを外した。リーバスとホームズは座った。ホームズは上司に目を向け、リーバスがうなずくのを見ると、すぐに立ち上がった。

「ちょっとトイレを貸してもらえないかな？」

「廊下へ出てすぐ右に曲がったとこ」ワードルが教えた。

ホームズは部屋を出て行った。「何か希望の曲でも、警部?」

「《ギミー・シェルター》」とリーバスが即座に言った。ワードルは我が意を得たりとうなずき、レコードに針を置き、立ち上がってボリュームを上げた。「何か飲むかい?」とリーバスにたずねる。部屋がいきなり轟く音の壁となった。リーバスは〝音の壁〟という言葉を以前に聞いたことがある。それはともあれ、今彼はその壁に顔を突っ込んだような心地だった。

「じゃあウイスキーを」とリーバスがわめいた。ワードルは廊下のほうへたずねる目つきをした。「彼にも同じものを」リーバスの答えにワードルがうなずき、キッチン部分へ歩いていった。ソファに釘付けになったリーバスは、あたりを見回した。オーディオ装置以外のすべてを見て取った。見るほどのものがあったわけではない。小さなコーヒーテーブルには、オーディオ装置に関連する不可思議な小道具や、掃除用ブラシのたぐいがいろいろと載っていた。壁には上等そうな版画が掛けてある。一つなどは、本物の油絵のようだった。プールの水面が描かれ、一人の人物が深いところを横切っている。だがテレビ、飾り棚、本、置物、家族写真のたぐいは皆無だった。リーバスはワードルが離婚した身であることを知っている。購入年度の新しさを示すYナンバーの、ポルシェ911を運転していることも知っている。ワードルについてはかなり詳しいのだが、それでもまだ充分ではない……

ウイスキーのたっぷり入ったグラスが渡された。ワードルはもう一つのグラスをホームズのために床に置くと、キッチンに戻って自分のグラスを持ってきた。リーバスの横に腰を掛けた。

「どうだね?」

「すばらしい」リーバスも大声で答えた。

ワードルがにんまりとした。

「こんなのをおれが買うとしたら、どれぐらい金がかかるんだろう?」リーバスはホームズがなかなか帰ってこないことを、ワードルに気づかせないために、たずねた。

「二万五千ポンドぐらいだろ」

「冗談言うな、おれのフラットだってそんな値段はしないぞ」

ワードルは笑い声を上げただけだった。しかし居間のドアのほうへ目を向けている。何か言おうとする表情になったときに、ドアが開いて、ホームズが両手を乾かすかのようにこすり合わせながら、居間へ入ってきた。笑顔で椅子に座り、乾杯の仕草でワードルにグラスを上げて見せた。ワードルはアンプに歩み寄り、音量を下げた。ホームズはリーバスへうなずいた。リーバスは誰にともなく乾杯し、グラスを空けた。音が小さくなった。

「あれは?」ホームズが訊いた。

「《レット・イット・ブリード》だ」

「自分の耳から血が出るかと思った」

ワードルが笑った。上機嫌のように見えた。カセットデッキが戻ってきたからなのだろう。

「なあ、どうしてこんなに早くカセットデッキを見つけたんだね?」

ホームズが答えかけたとき、リーバスがおっかぶせるように言った。「捨てられていた?」

「捨てられていたんだ」

「クイーン・ストリートの階段下に」とリーバスが説明を続けた。立ち上がっている。ホームズも彼の意を察して、目をぎゅっとつむると、ウイスキーを飲み干した。「だから、たまたま運がよかった。そういうことなんでね。運がよかっただけ」

「とにかく、ありがたいよ」ワードルが言った。「オーディオ装置の何かが欲しくなったら、店に寄ってくれ。必ず割引価格にさせてもらう」

「その言葉を忘れないようにしよう」とリーバスが言った。「ただしおれのフラットを売りとばすなんてことまでは期待しないでくれ……」

署に戻ると、リーバスはまずジブを釈放し、それから犯罪捜査部室へ行って、自分の机の上にいくつかの事件簿を広げた。ホームズがそこへ椅子を引き寄せた。二人は腰を据え、リストを読み上げた。それは盗品リストで、本職の泥棒が真夜中に盗み出した高価な品物ばかりである。狙われるような物を持っている、高給取りの中流階級の家五軒から持ち去られた、どれもえり抜きの逸品ぞろいだ。

深夜に警報装置を解除されて盗み出された事件が連続五件。美術品や骨董品が奪われ、ある家ではヨーロッパの珍しい切手のコレクションがそっくり盗まれた。家宅侵入はほぼ一カ月置きに繰り返され、どれもエジンバラ中心部から半径三十キロ以内で起こっている。その五件は関連があるのか？　リーバスはワードルのフラットへ向かう道中で、ホームズに説明したのだった。

「どんな関連性も見つけられなかった。五人の被害者はすべてウエスト・エンドに職場があるということ以外は。主任警視がおれに調べてくれと言ってね。で、何がわかったと思う？　五人は揃って新しい高級オーディオ装置を据え付けたばかりだったんだ。長くても泥棒に入られる六カ月前までに。それは〈クイーンズフェリー・オーディオ〉店で購入され、ワードルが据え付けていた」

「それは、ワードルがそれぞれの家にどんな物があるかを知る目的だったんですね」ホームズが言った。

「そこで作業している間に、警報装置を調べることもできたはずだ」

「たんなる偶然とも考えられますが」

「わかってる」

たしかに、リーバスはわかっていた。自分にあるのは勘だけで、偶然の一致にすぎないかもしれないのだ。立証する方法はないし、いかなる証拠もない。当然、家宅捜索令状を手に入れられる根拠もない。主任警視が親切にもその点について念を押してくれた。主任警視はリーバスが必ず令状の範囲を逸脱した捜査をするにちがいない、と承知していたからである。それが困るという訳ではない。リーバスが独断で捜査し、その内容を上司に報告しなければ知ったことではないのだ。その場合は、リーバスだけが窮境に陥り、リーバスの年金が危なくなるにすぎない。

ワードルが盗品を今も所持していて、そのいくつかを自分の店内に隠している場合しか、自分の仮説を立証できないとリーバスは思っていた。すでに買い物客を装った若い刑事を〈クイーンズフェリー・オーディオ〉へ行かせていた。刑事は店へ四回通った。初回はテープを買い、次はオーディオ装置を見比べ、その次は試聴室で一時間を過ごし、最後は親しげに雑談をした……そのあとで刑事は店に怪しげな点はない、とリーバスに報告した。盗品は見当たらなかったし、鍵のかかった部屋や戸棚はなかったのだ……

そこでリーバスは巡査に、自警団の指導係になりすましてくれ、と頼んだ。巡査はワードルの自宅を訪れたが、一階の玄関より奥には入れなかった。しかし巡査は、自宅が「スチール張りのドアやら何やらがあって、フォート・ノックスそこのけの厳重な警戒ぶり」なのを見て取った。リーバスはスチールで強化したドアに出くわした経験が何回かある。麻薬業者が好むタイプのドアである。警察が大きなハンマーを手に、開けろ、とわめいたとき、麻薬業者は一切合切を水洗トイレで流すだけの時間的余裕ができるからだ。

しかしオーディオ装置を売る人間がスチールのドアをつけるとは……それは聞き初めだった。そりゃあ、二万五千ポンドもかけたオーディオ装置なら、防犯対策を取らなければならないだろう。しかし物事には限度がある。ワードルが家に侵入して盗みだした実行犯だと考えているのではない。そうではなく、ワードルはリーバスがぜひともしょっ引きたい連中、つまりはギャング団に情報を流しているだけなのだろう。ワードルはそいつらに近づける唯一の手段なのだ……

最後にやけくそ気味で、リーバスはジブに頼んだ。ジブは命令されたとおりにやり、その結果、リーバスはジブに大きな借りができたのだ。それは言ってみれば、きわめて異例の、違法な捜査方法である。もし誰かにばれたら……そんなことになれば、リーバスは地元の失業保険事務所に通わねばなるまい。だからこそ、このことを秘密にしていたのだ。リーバスはホームズにそう説明したのだった。

計画は単純なものである。ジブは何でもいいから商品をかっぱらって逃げる。その間リーバスは、一人であれ数人であれ、勇敢な通行人がジブを捕まえるなどという不測の事態が起きないように、見張っている。そのあとリーバスは窃盗事件を捜査しに店を訪れる。さらに時間を置いてから、捜査の難航を伝えるという名目でワードルのフラットへ行く。なおも訪問の必要があるようなら、カセットデッキが見つかったことにする。だがホームズが手伝ってくれることになったので、訪問は一回こっきりで充分だった。一人がワードルの気を惹いている間に、もう一人がフラットのほかの部屋を嗅ぎ回ったのだ。

そういうわけで、彼らは今、捜査部室でリストに目を通し、ワードルの寝室二つでホームズが見たものと、高級住宅五軒から盗難の届け出があったものとを照合していた。

「古い提げ時計」とリーバスが読み上げた。「十九世紀の日本製葉巻箱、ジェームズ・ゴードンがエジンバラを描いた十七世紀の版画数枚、スオブレクのリトグラフ一点……」

ホームズはそのどれにもかぶりを振り、自分用のリストの一枚から読み上げた。「ロンジンの紳士用と婦人用の腕時計、ホックニーの版画、カルティエの万年筆、ウエイヴァリー小説の初版本セット、明朝の壺、マイセン磁器……」

顔を上げる。「信じられますか、シャンパン一ケースまで盗まれたんですよ」視線を落として読み続ける。「一九八五年のルイ・ロデレール・クリスタル。六百ポンドもするらしい。一本が百ポンドですね」

「きみがラガービール党で助かっただろう」リーバスが言い、ため息をついた。「そのどれにも心当たりはないのか、ブライアン?」

ホームズはうなずいた。「二つの寝室のどちらにも、そんなものは一つもありませんでした」

リーバスは舌打ちした。「ちょっと待て。その版画は?」

「どっちの版画ですか? ホックニーのほう?」

「そうだ。その写真があるか?」

「これだけ」ホームズは美術画廊の目録から破り取った頁を、事件簿から抜いた。それをリーバスに渡すと、リーバスが絵を見つめた。「どうしてです?」

「どうして?」リーバスがおうむ返しに言った。「どうしてかと言うとな、きみはワードルの居間で、この絵の真ん前に座っていたからだよ。おれは本物の油絵だと思い込んでたんだが、これに間違いない」その頁をぽんぽんと指で示した。「ここに、この版画は五十枚限定だと書いてある。盗まれたものは何番目のプリントなんだ？」

ホームズはリストに目を落とした。「四十四番」

「そうか」とリーバスは言った。「それを確かめるのは簡単だな」腕時計を見る。「いつ帰宅すると言い置いてきたんだ？」

ホームズは首を振った。「それはいいんです。警部がワードルの自宅へもう一度行くのなら、お供します」

「じゃあ、行こう」

二人が捜査部室を出ようとしたときに、ホームズは質問を考えついた。「版画の番号が違っていたら、どうするんですか？」

「その場合は、あの音楽を聴かされるという報いを受けるな」

しかし、報いを受けたのはワードルのほうで、彼はすべてを吐いた。残念だったな、とリーバスはあとから思った。その前にオーディオ製品を割引価格で買えるように頼んでおくべきだった。今は〈クイーンズフェリー・オーディオ〉の閉店セールを待たなければならない……

会計の原則
Principles of Accounts

駒月雅子訳

初めは趣味だった。
が、じきにそれが職業となり、今では彼は立派なプロだ。細部まで行き届いた仕事をする。もっとも、趣味が商売に転じた場合の常でおもしろみはなくなったが、儲かっているのだからよしとしなければ。本人は自分を査定人のようなものだと思っている。品物《アイテム》の価値を評価し、それに基づいて損失を避けるための保険料を集金するわけだ。もともと会計学や、経済学や、経営学が得意だった。学校でもそういう勉強が大好きで、帳簿の帳尻合わせにはぞくぞくするほど興奮した。真ん中の太い縦線で仕切られた左右それぞれの合計は、決まって同じになった。それと同様の技能を現在の査定の仕事にも活かし、品物の価格は伴うリスクの大きさと釣り合うようにしてある。

ちなみに品物を損傷させたことは一度もない。これまではそうする必要がなかった。ただし損傷させるふりはお手の物だったから、しぶとい父親たちも最後は泣きながら懇願した。それはいつも電話を通してだった。電話は彼の友だ。特にどの電話がということではなく、国じゅうの奥ゆかしくも名もない公衆電話すべてがだ。公衆電話では一回につき一分以上は絶対に費やさない。そういう一途ともいうべき徹底ぶりが彼の強みだった。要するに確固たる意思だ。六十秒電話は彼のトレードマークになり、人々はミニット・マンと取引しているときははっきりそうとわかった。

そのニックネームをつけたマスコミもまた、彼の友だ。世間の恐怖心をあおって、彼を恐るべき人物にまつりあげてくれたのだから。彼はお返しに発行部数と視聴率を伸ばしてやり、一方で警察は彼の声の録音テープを流して情報提供を呼びかけるため、無駄な記者会見を増やした。

彼はいくつもの声色を使い分け、地声は決して使わなかった。四人の若い品物のいずれに対しても六語以上はしゃべらず、しゃべるときは必ず作り声だった。だが実をいうと、前回の品物には六語以上を費やした。その品物の代価が今、目の前のテーブルに鎮座している。彼女はおしゃべりで、なかなかの話し上手だった。身の上話や裏話をいろいろ聞かせてくれた――彼がそこにいないかもしれないときでも。内容を整理するため、彼はときおり質問した。彼女からは物語を、彼女の父親からはここにある大金をもらったわけだ。

今夜の彼はハイ・ストリートのインド料理店でたらふく食ったあと、部屋で安物のオーストラリア産シャルドネをあけてくつろいでいる。さあ、これから反芻の時間だ。きっかり正時になると、リモコンで〈チャンネル4〉をつけ、彼よりも品物が主役になっているトップニュースをいい気分で眺めた。

彼女は目をぱちぱちさせている。緊張しているのか、あるいは照明やカメラのフラッシュがまぶしいのだろう。髪は洗ってあるが、顔はノーメイクで青白い。少しやせたのは、与えられた食べ物を頑として受けつけなかった本人のせいだ。

他の者たちと同様、彼女は食べ物に精神安定剤、つまりすりつぶした睡眠薬が混ぜてあることにすぐ気づいた。だが他の者たちとはちがい、あきらめて食べようとはしなかった。実に賢明な選択だ。代わりにゴムのチューブとプラスチックのじょうごで、無理やり流し込まれたのだから。

彼女が画面にいたのはわずか三十秒ほどで、周囲から浴びせられる質問には一切答えなかった。今は彼女に代わって一人の警察官が映し出されている。画面の下にトーマス・ランカスター主任警視とテロップが出た。よう、トム・ランカスター。警察の無能さにはいつもいらいらさせられっぱなしだが、とりあえず宿敵に乾杯だ。彼はグラスを掲げた。

「……それから、ミス・ウェブスターの気丈さと勇気を心からたたえたいと思います」とランカスターが言っている。「保護されたあと、彼女は誘拐犯のモンタージュ写真作成に協力してくれました。これがそうです」

彼はグラスを置いた。写真が画面に出た。

「手配中の男は身長百六十五センチから百七十センチ、ずんぐりした体型で目の色は青。このとおり丸顔で唇が厚く、ゆるくカールした長めの髪で、色は黒または黒っぽい茶です」

彼は歓声をあげて小躍りした。彼女はおれの顔なんか見てないさ！　そんなぜいたくをおれの品物に許した覚えはない。彼は鏡に自分の姿を映した。百八十センチを超える長身で、ずんぐりした体型とはほど遠い。目は茶色、髪は短い直毛で色は薄茶。厚い唇？　ちがうね。丸顔？　それもちがうね。彼女は警察にまるきり嘘の説明をしたのだ。明日その写真は全紙に掲載され、全警察署に貼り出されるだろう。これは願ってもない展開だぞ……

だが、彼女はなぜそんなことを？　いったい何がねらいだ？　彼はややこしいこと《パズル》が嫌いだった。つじつまの合わない話は特に。彼はテレビを消してワインを脇へやった。どうやら、彼女はおれにつかまってほしくないらしい。彼女の犯人描写がでたらめだと知る者は二人だけ。彼女自身とミニット・マンだ。十時になったとき、彼はまだ考え込んでいた。再びテレビをつけると、さらに別の混乱が襲いかかってきた。

「ミニット・マンの新たな被害者が解放されたのに続き、今夜犯人逮捕となりました」

彼は起き上がった拍子にワインボトルを蹴り倒し、中身がどくどくとこぼれ出た。

「ジリアン・ウェブスターの父親の仕事上の知人とみられる男が、カースル・レーン署へ連行されました。それでは、カースル・レーン署前のマーティン・ブロックマンを呼んでみましょう。マーティン、その後新しい情報は？」

画面に登場したレポーターは湿った夜の通りに立ち、見るからに寒そうで、車のヘッドライトが彼をなめて遠ざかっていた。シープスキンのコートを着た男は、片手で耳にイヤホンをあてがったまましゃべり始めた。

「警察は目下、今朝無事保護されたジリアン・ウェブスターの誘拐事件に関連して、ある男性から事情聴取をおこなっている模様です。彼が面通しの列に加わるよう求められるかどうか発表はまだありません。しかし噂によりますと、事情を聴かれている人物はミス・ウェブスターの父親である富豪ダンカン・ウェブスター氏の知り合いで、モンタージュ写真の男と取り調べ中の男とが似ているのを最初に指摘したのは、他でもないウェブスター氏本人とのことです」

「そうするとマーティン、ウェブスター氏は娘の誘拐犯の正体を自らつきとめたことになりますね?」

「まだ断定はできません、しかし……」

しかし、彼はテレビを切った。

「いったいなんのまねだ、小娘ジリアン?」彼は静かにつぶやいた。「もしかすると……きみの父親が仕組んだのか?」わけがわからなくなって、めまいがした。必ず何か魂胆があるはずだ。ワインのせいで頭がずきずきしてきた。

「おれはパズルが嫌いだ!」彼は消えたテレビに向かって怒鳴った。「おれはパズルが嫌いだ!」

カースル・レーン署ではトム・ランカスター主任警視が寝支度を整えていた。妻には今夜はたぶん帰れないと電話しておいた。執務室には替えのスーツ、シャツ、ネクタイがいつも置いてあるし、こうして折りたたみ式簡易ベッドと軍隊仕様の寝袋も用意してある。自宅の快適さとは比べ物にならないが、ぜいたくは言っていられない。明日は今日以上に忙しいだろう。報道関係者らも帰宅できないのだと思えば多少は気休めになる。彼らの中にはホテルや簡易宿泊所にもぐりこむ者もいれば、署の外に停めた車で夜を明かす者もいるだろう。

ランカスターは服を脱いで冷たい寝袋に入った。少しのあいだもぞもぞして身体を暖めたあと、何冊もの分厚いファイルが置かれた床に手を伸ばした。ジリアン・ウェブスターとミニット・マンの会話内容をタイプした書類があった。ランカスターはそれをもう一度読み返した。会話は一方通行だ。ミニット・マンは唐突な質問のような形で二十語程度しゃべっているだけだ。

しかし二番目の被害者エレイン・チャタムは、犯人からもう少しまともな発言を引き出した。彼女は時間つぶしにクロスワードの本がほしいとせがんだ。何度も繰り返しせがんだら、とうとう犯人は（このときは北イングランド訛りで）ぶっきらぼうにしぶしぶ告白したのである。トム・ランカスターはその重要な三語をつぶやいた。

「おれはパズルが嫌いだ」

ランカスターはにやりとして、アーム付き電気スタンドのスイッチを切った。


ミセス・アンジェロがフロントで呼び鈴が鳴るのを聞いたのは、真昼近くのことだった。

「すぐ行きます！」彼女はできるだけ声を抑えた。普段は夫のトニーが手伝ってくれているのだが、あいにく今は二階でふせっている。彼にとって今年三回目のインフルエンザで、今回もまたどうしても医者を呼ばせない。フロントに立っていた男は、スポーツバッグと朝刊を持っていた。新しい匂いがするシープスキンのジャケットを着て、不安げな笑みを浮かべていた。

「部屋はあるかな」彼は言った。

「一泊？」

「そうだな……」

「あなたは新聞記者ね」ミセス・アンジェロが断言した。「例の誘拐事件の取材だから、部屋が何泊必要になるかわからない。そうでしょ？」

「うちの運勢欄を書いてもらおうかな」

ミセス・アンジェロは壁のルーム・キーの棚を見た。

「六号室は洗面台付き、十一号室は洗面台なし。空いてるのはその二つだけよ」彼に向き直ってつけ加えた。「急に忙しくなっちゃって」

「他にも記者が泊まってるのかい？」

「一人はずっと前から、それ以外は昨日から。BBCのっても感じのいいカメラマンと音声係もいるわ。同じ取材班の記者がどこかの高級ホテルに泊まってるもんだから、文句たらたらよ。二人に言ってやったの、高級ってことは高くつくのよって。それで、六号室と十一号室、どっち？」

「六号室を頼む」

「ふうん、あなたも上等好み？　はっきり言って、経費の無駄遣いだと思うわ」彼女はルーム・キーをフックからはずすと、宿泊者名簿を彼のほうへくるりと向けた。「どこの新聞社から？」

彼は記入しながら顔を上げずに答えた。「フリーランスだよ。いくつかの雑誌から声がかかってるんで、きっと……ま、そういうこと」

ミセス・アンジェロは宿泊者名簿の向きを自分のほうへ戻した。「ええと、ミスター・ビーティ、特ダネをつかめるといいわね」

「ああ」彼はミセス・アンジェロの温かい湿った手から鍵を受け取った。「そう願ってるよ」

彼はシングルベッドの脇の床に新聞を放った。マットレスは彼の好みより柔らかいが、部屋は清潔で新しかった。ただ気がかりなのは、同じホテルに記者連中が泊まっていることだ。彼らにあれこれ質問されるのはごめんだ。彼はスポーツバッグを開けて、ジリアン・ウェブスターのファイルを取り出した。そこには誘拐前の数週間に撮った白黒写真が一束入っていた。それにあらためて目を通した。

ウェブスター一家は、数エーカーものだだっ広い敷地に建つ大邸宅に住んでいる。ある日曜日、彼はカメラを持ってそこへ下見に出かけた。それ以前にも何度か車で行き、一度はエンジン故障をよそおって家のそばで停まった。家から百ヤードばかり離れた場所に、隠れるのにちょうどいい灌木と若木の茂みがあった。その日曜日はキャノン製の高性能ズームレンズまで用意していき、カメラと双眼鏡と鳥類図鑑を手にあたりをさりげなくぶらついた。

ジリアン・ウェブスターが在宅でなかったのは予想外だった。ウェブスター家がパーティを催していたのも予想外だった。十名ほどの客が、午後遅いドリンク・パーティに集まっていた。幸い外は寒かったので、彼が隠れている庭まで出てくる客はいそうになかった。だが家の裏手には端から端までの長いベランダがあり、数人の客がそこをぶらぶらしていた。招待主夫妻もときどき姿を現わした。彼はウェブスター氏とその妻を中心にフィルム一本分を撮影した。妻は夫より十歳は若かったが、年齢による衰えを隠せないでいた。顔や首の肌がたるんで、短いブロンドの髪はぱさついた感じだった。

ベッドに寝転びながら、彼はある一枚の写真を目に留め、そのときの場面を思い起こした。男がベランダに一人で立っていると、ミセス・ウェブスターがやって来た。二人で挨拶を交わしているのかと思ったら、キスを交わしていた。男はシャンパンのフルート・グラスを持ったまま、空いているほうの手でミセス・ウェブスターの腕をつかみ、自分のほうへ引き寄せた。儀礼的な形だけのキスではなかった。重なった唇が開いていて、ずいぶん長いキスに思えた。彼はその男がもっとはっきり写っている写真を探した。あった、ミスター・ウェブスターともう一人の客と一緒だ。仕事の話をしているのか、三人とも真剣な面持ちだ。例の男は顔をこちらに向けている。ウェブスター氏より背が低く、太っていて、耳が隠れるくらいまであるウェーブした黒っぽい髪だ。パーティは始まったばかりなのに、もうネクタイとシャツの袖をゆるめている。この男の顔は真剣というより、心配事を抱えている表情だな。目の下に隈ができて……

彼は新聞を床から拾い上げると、警察が公開したジリアン・ウェブスターの話に基づくモンタージュ写真を見た。例のパーティの客だ、まちがいない。

警察署の駐車場には、ワゴン車のルーフからアンテナを突き出した地元ラジオ局の放送車まで来ていた。報道陣は残らずこの駐車場へ移動させられたようだ。おそらく彼らの車はカースル・レーンの交通を妨げていたのだろう。彼が到着したとき、彼らはひしめき合いながら、お茶を飲んだり、携帯電話で話したり、書類を読んだりしていた。

彼はあたりを見まわした。一人の青年が他の者たちから離れて立っている。気が弱そうで、落ち着きがなく、安物の服を着ている。口のまわりと首に吹き出物をこさえ、ずり落ちる眼鏡を押し上げながら書類を読んでいるが、ときおり他のマスコミ関係者らの様子をちらちらうかがっている。

理想的な男だ。

「やあ、きみ。地元の人？」

青年は顔を上げると、南東部訛りで話しかけてきた高価なジャケットの男にびっくりした。

「えっ、なんですか？」

「きみは地元紙の人間だろう？」

若い男はむっとして答えた。「《ポスト》紙の人間です」

「ああ、そうだろうとも」彼は青年の手から書類を引き抜いた。朝のマスコミ発表の詳細だった。このあと三時と七時にも記者会見が開かれるそうだ。それ以外のめぼしい情報といえば、例の男の取り調べがさらに二十四時間延長されたことくらいだった。

「で、きみの意見は？」若者はぼうっとしている。「なあ、デスおじさんに話してくれることが何かあるだろう？」

「べつにありませんけど」

彼は顔をしかめ、記者会見レポートを折りたたんで青年のアノラックのポケットに突っ込んだ。「そんなつれない返事はよせよ。公式筋とは別の、ここだけの話をしてるんだ。きみは地元の人間だから、他のみんなより有利な立場にいるはずだ」彼は周囲のマスコミ関係者らを顎でしゃくった。誰も二人の会話に気づいていない。

「あなたは？」

「さっき言ったろう。デス・ビーティだ」

「ビーティ？」

「おいおい、きみはこの世界に何年いるんだ？」彼は悲しげに首を振った。「おれは《テレグラフ》紙に〈切り裂き魔事件〉の記事を書いた男だぞ。今はもちろんフリーランスだ。どの犯罪を取り上げるかは好きに選べる。今回の事件は某雑誌から取材を頼まれてるんだ」彼は青年を上から下まで眺めた。「きみに署名記事を半分書かせてみてもいいな。誰にでも最初のきっかけってやつが必要だ」

「ぼくはステファン。ステファン・ドゥニエク」

「会えて嬉しいよ、ステファン」二人は握手した。「ええと、ロシア出身？」

「ポーランドです」

「そうか。おれはデス・ビーティ。ロンドン郊外のウォルサムストウ生まれで、今はドックランズ地区に住んでる」彼はウインクした。「新聞社に近くて便利なんだ。で、きみは何をつかんだ？」

「あの……」ドゥニエクはあたりを見まわした。「ぼくではないんですが……」ビーティはそれを無視した。情報に著作権はないさ。「誰かが名前をつかんだようなんです」

「警察で事情聴取を受けてるやつのことか？」ドゥニエクはうなずいた。ビーティはじっと思案するふりをした。

「たぶん、おれの予想と一致するよ。ステファン、そいつの名前は？」

「バーナード・クック」

ビーティはゆっくりとうなずいた。「バーニー・クック。実業家。そうだろ？」

今度はドゥニエクがうなずいた。「一致したんですか？」

ビーティは口をすぼめた。「たぶん、ぴったりと。先にいくつか事実の確認が必要だけどな」

「ぼくも手伝います」このガキ、やる気満々じゃないか。おれならそんなアノラックは死んでも着たくないね。ビーティは青年の肩をたたいた。

「ここで待ってるんだ、ステファン。まわりの動きに注意しててくれ。おれは電話をかけに行ってくる」ドゥニエクはビーティが着ているジャケットの大きなポケットを見た。ビーティはにやりと笑った。「携帯電話を買う余裕はないんだ。それはそうと、待ってるあいだ……」彼はまわりの記者たちのほうへうなずいた。「この状況を記事にしたらどうだ？　長く待たされるのは誰でもうんざりだからな。八百語でまとめてくれ。埋め草記事ってのはけっこう需要があるんだ。日曜紙なんか、近頃は埋め草記事だらけだよ」

「八百語ですね？」

ビーティはうなずいたあとで考え直した。「七百五十だ」彼はそう言って、駐車場の外へ向かった。

そこは小さな工場がいくつも寄り集まっている工場団地

だった。

入口の親切な案内板のおかげで、目指すは三十二号のクック・エンジニアリング社とわかった。彼はトラックや配達用ワゴン車に道を譲りながら、細い曲がりくねった道をレンタカーのフィエスタでゆっくりと進んだ。三十二号の前のきちんと線を引いた駐車場に車が六台停まっていた。灰色のなまこ板の建物を二つの会社が共有し、隣の三十一号は冷凍食品工場だ。彼はそこを通過しながら、三十二号をすばやく観察した。受付か事務所とおぼしきドアと、その近くにある商品積み下ろし場のドア。両方とも閉まっている。商品積み下ろし場の外にスピード自慢の特別仕様車、フォード・シエラが陣取り、運転席の男が自動車電話で話している。後部座席にはもっと図体の大きな顔色の悪い男が二人。記者だな。ドゥニエクみたいな青二才さえクックの名前を嗅ぎつけたんだ、ベテランが嗅ぎつけたってなんの不思議もない。クック本人はここにはいなくて、今頃カースル・レーン署の取調室で汗だくのへとへとだろうが、念のため取材班が見張りに送り込まれたらしい。

彼は唇を噛み、予測されるリスクをあえて冒す決心をした。隣の区画まで行って車を停めると、そこからクック・エンジニアリング社まで歩いて戻った。フォード・シエラからの三人分の視線を無視して向かったドアには、事務所の表示があった。ノックして中へ入り、ドアを閉めた。騒々しい機械音を予想していた。しかも、事務所と工場を隔てているのは仕切り壁一枚だけのようだ。ところが屋内は静まり返り、カタカタというコンピューターのキーの音が静寂をゆっくりと切り刻んでいる。

「なんのご用？」彼女は机と、どんぐり目をさらに拡大させている大きな赤い縁の眼鏡の向こうから言った。歓迎の口調とはとても呼べなかった。

「クックさんはいるかな？」彼は緊張して尋ねた。「できれば前もって……」

「お約束？」

「いや、だが……」

「記者の方？」彼女は来訪者をじろじろ見た。彼はいつものとおり猫背になって、ぎこちなく身体を動かしながら窮屈そうにしている。「そうは見えないわね」彼女はため息をついた。「セールスは一切お断わり。約束のあるセールスマンだけ。あなた、セールスマンでしょう?」

「その、たまたま……」

「悪いけど」彼女は、ぶざまで哀れな人間の典型のような男を不憫がっている口調だ。「どっちみち、ミスター・クックはここにはいないの」

彼は周囲を見回した。「しんとしてるね」

「ええ、そのとおり」

「商売がうまくいってないのかな」

「あなたが大量注文を期待できないことだけは確かね」

「あ……」彼は何か思いついたようだった。「だが外に車が何台か……」

「あれは冷凍食品会社のよ。余ってる車を置かせてあげてるの」

「なんだ、そうか」彼は壁一枚向こうは製造ラインだろうと思ったほうへ顎を向けた。「じゃあ、ここはもう……」

「もう製造は中止。だから、照明設備業界の就職口を売るセールスマン以外はお呼びじゃないの」

彼は笑った。「あんたはまだここにいるじゃないか」

「今週限りよ。金曜日までにお給料が出なければ、わたしは失業者」彼女は再びキーボードをたたき始めた。

彼は背中を一段と丸め、出口へ行きかけた。そのあとで立ち止まり、半分だけ振り向いた。「どうして、おれを記者だと?」

「いずれ新聞でわかるわ」

男が立ち去ると、彼女は仕事を中断した。これまでセールスマンはたくさん見てきた。想像しうるあらゆるタイプのセールスマンを。けれども、商品サンプルを持たないでやって来るセールスマンには一度もお目にかかったことがない。


工場団地の向かいに、最近できたばかりのパブがあった。どこかの商魂たくましいビール会社が、八十以上ある工場に大勢の客を見込んで出店したのだろう。

「そうなんだ」バーテンダーはビールを一パイント注ぎな

から認めた。「景気が悪くなる前の計画だけどね。頭に来るのは、そういう財務計画とやらは」彼は不快げに言った。「将来の不景気を予測できたためしがないってことだ。しかも払い戻し保証はまったくなしときてる」彼はビールと引き換えに五ポンド札を受け取り、レジのキーを押した。

「会計士だけが悪いわけじゃないさ」客は言った。

バーテンダーが釣りを渡すと、客は質問した。

「バーナード・クックって男はここへ飲みにくるかい？」

バーカウンターの向こう端で誰かが鼻を鳴らした。スツールに腰かけて、一人の男が地元紙のクロスワード・パズルを解いていた。

「どうしてだい？」バーテンダーがきき返した。

「今日、彼に会うことになってたんだ。そのためにはるばるランカスターから車を飛ばしてきたんだ」バーテンダーは彼の北西部訛りを疑っていないようだ。「ところがどうだい、外に停まってた車に目つきの悪いのが数人乗ってるだけだった」

「記者だな」クロスワード男が言った。

「記者？」

「しばらくクックとは会えないよ」クロスワード男は半パイント・グラスのわずかな残りを飲み干した。

「そうとは限らないさ」バーテンダーが言った。「決めつけるなよ、アーサー」

アーサーは黙って肩をすくめると、うつむいて新聞を見つめた。

「彼に何かあったのか？」旅行者が尋ねた。

「まあな」

「ちぇっ、契約がおじゃんだ」

「だとしたら、あんたは幸運だよ」アーサーが言った。

「どうして？」彼はアーサーの空のグラスを顎でさした。

「もう一杯どうだい？」

「ありがたい、もらうよ」

バーテンダーはアーサーのグラスを満たしたが、自分には注がなかった。アーサーはビールをちびちび飲んでから、おもむろに言った。「つまりさ、バーニーは前々から金に困ってたんだ。だからもし彼から買うつもりなら、注文品は受け取れないよ。もし彼に売るつもりなら、代金は受け取れない」

「助言をどうも」

「彼がトラブルを抱えてることは何ヵ月も前から知ってた。彼は毎週金曜日の昼どき、ここで食事がてらブランデーを二杯やってたんだ。それがそのうち週二回にブランデー四杯になって、さらに週三回にブランデー六杯になった。人がそういう飲み方をするときは羽振りがいいからじゃない、悩んでるからだ」

「なるほど、よくわかったよ」

「おれにわかってるのは」バーテンダーが口をはさんだ。「彼は勘定を毎回ちゃんと払ってくれたってことだけだ……それが何よりだよ」

アーサーはビーティにウインクした。「今のはおれへの当てこすりだ」

ビーティはグラスを空にしてスツールから降りた。

「ランカスターへ戻るのかい？」

彼は首を振った。「その前に何本か電話をかけないと」


彼が去ってからバーは少しのあいだしんとなったが、やがてアーサーが咳払いした。

「どう思う？」

「そうだな」バーテンダーが答えた。「あれは記者じゃない。商売人でもない」

「なんでそうわかる？」

「経費を気にしてないからだ。ビール代のレシートをくれと言わなかった」

「たぶん彼はレシートがいらないんだろう、シャーロック・ホームズ君」

「ああ、そうだな」バーテンダーは空のグラスを下げて洗い、乾かすためラックにのせた。それから男がいたカウンターを拭き、新しいコースターを置いた。これでそこに誰かがいた形跡はすっかりなくなった。

「ちょっと失礼」バーテンダーはアーサーにことわると、電話が置いてある奥の部屋へ消えた。


午後三時四十分、記者たちはほやほやの最新ニュースを持って、記者会見ルームから一斉に飛び出した。彼らは煙草をさかんにふかしながらしゃべりまくった。携帯電話で話す者もいれば、電話をかけようと車へ急ぐ者もいる。警察署の両開きのドアからしぼりだされた集団は、駐車場に向かって扇形に広がっていった。準備の整ったテレビカメラの横で、マーティン・ブロックマンと呼ばれていたレポーターが、突風が吹くたび垂直に逆立つ髪を若いメイクアップ係の女性に直してもらいながら原稿をチェックしている。

ステファン・ドゥニエクは駐車場をゆっくり横切っていたが、それは自分の車へ行くためではなく――彼には車はなかった――他の記者たちのように忙しげに見えるよう動き続けるためだった。手帳を見ながら歩いていたので、行く手を誰かにさえぎられているのを相手にぶつかるまで気がつかなかった。

「あ、どうも、ミスター・ビーティ。記者会見を逃しましたね」

「どうせ役に立たないさ、ステフ。何か進展はあったかい?」

「これが会見内容のコピーです」

「ようし、いい子だ」ビーティはホチキス留めした二枚の書類を読み始めた。それによると、ジリアン・ウェブスターは〝十日間の苦難〟のあいだ閉じ込められていた部屋の様子を語った。そこは部屋というより戸棚のようなところで、いつも真っ暗だった。外から大型トラックらしき車の音がかすかに聞こえたが、縛られたうえ口をテープでふさがれていて、助けを呼ぶことができなかったそうだ。

ビーティはもう一度読み返した。あきれたね。ときどき彼女の口にテープを貼ったのは事実だが、それ以外はでたらめ、またしても真っ赤な嘘だ。

「おもしろい」彼は言った。「クックの取り調べはまだ続いてるのか?」ドゥニエクはうなずいた。「警察はもうじき彼の工場を捜索するだろうな」

「どういうことですか?」

「理の当然だよ、ステフ。この戸棚はクックの工場にあるはずだ。おれはそこへ行ってきたばかりなんだ。従業員はみんな解雇されてた。事務所に一人だけ秘書が残ってたが、あの女なら工場には寄りつきもしなかったろう お手々が汚れるからな」彼は記者会見レポートを再び見やった。

「トラックの音か……まさに工場団地らしいじゃないか」

「確かにそうですね」ドゥニエクは静かに言った。

「彼が従業員たちを首にしたってことは、つまり？」

「経営不振に陥ってた」

「そのとおり。よってステフ君、クックは金持ちか文無しか？」

「文無し」

「かなり切羽詰まってたはずだ」

「それで顔見知りの人間を誘拐ですか？　ばれずにすむと思ったんでしょうか」

「彼が両親と知り合いだったってことはわかってるが、ジリアンと面識があったかどうかはわかってない」

「でも、顔を彼女に見せてますよ」ドゥニエクは反論した。

「彼女が犯人の人相を警察に話すだろうことは予想がついたはずだし、その人相書を彼女の父親が見れば……」

ビーティはうなずいた。そのとおりだ。しかも、それはたくさんある欠陥のごく一部でしかない。クックは他の人間が一日じゅう同じ建物内にいる状況で、工場に彼女を監禁しておくだろうか？　秘書に気づかれずにどうやってジリアンに食べ物を与えた？　そうとも、ジリアンの話は欠陥だらけだ。とはいえ警察は果たしてそれに気づくかな。

ビーティのほうは、すでにジリアン・ウェブスターが何をどうやっているのかは見えていた。なぜやっているのかだけがわからなかったが、今はわかっている。はっきりと。

あとで例の写真をもう一度よく見てみよう。

ステファンのほうも欠陥について検討していたようだ。

「あなたの言うとおり、彼は切羽詰まっていたにちがいありません」

「ああ、切羽詰まりすぎで、まともに物事を考えられる状態じゃなかったんだろう」彼は丸めた会見レポートでドゥニエクの肩をぽんとたたいた。「じゃ、またあとでな」彼はウインクした。「署名記事のこと、忘れないでくれよ」

「七百五十語ですね！」ドゥニエクは彼の背中に向かって

言った。「もう書き始めましたよ！」

ビーティは振り返らずに親指を立てた。ドゥニエクは彼を視界から消えるまで見送ったあと、マスコミ関係者の車のほうへ向き直った。赤いポルシェの横で三人の男が頭を寄せて密談中だった。

「すみません」ドゥニエクはそこへ割って入った。所有権を主張するようにポルシェのルーフに手を置いていた男が、三人を代表して答えた。

「なんだい？」

「あなたはテリー・グレグさんですよね？」

グレグは胸を張った。もちろんテリー・グレグだとも。タブロイド紙編集室の王、記者の報告を受ける電話番にとっての災厄。彼は近づきになろうと寄ってくる新米には慣れっこだった。

「何か用かい、坊や」

ドゥニエクは〝坊や〟という呼び名が気に食わなかったが、ビーティの〝ステフ〟と同様に聞き流すことにして質問を始めた。「ぼくがさっき話してた男を見ましたか？


シープスキンのジャケットを着た男です」

グレグはうなずいた。さすがに彼は見逃さない。「前にも見たよ」

「よかった」ドゥニエクは言った。「しかも、以前にも彼に会ったことがあるんですね？　彼が誰だか知ってるんですね？」

「いいや、全然。プロサッカー・チームの監督か何かじゃないか？　ディビジョン・スリーの。ああいうジャケットを着るのはごろつきだけだからな」

「ブロックマン以外はな」別の記者がつけ加えた。

「そう、ブロッキーのおやじさん以外はな」グレグが言い、全員で声をそろえて笑った。ただしステファン・ドゥニエクを除いて。笑い声がやんで、三人がドゥニエクが去るのを待っていると、彼は視線を再びグレグに据えた。

「彼は《テレグラフ》紙に切り裂き魔事件の記事を書いたそうですよ」

「いいや、書いてない。そいつの言ったのが《〝ベルファスト〟・テレグラフ》紙でない限りはな」再び全員で笑った。ドゥニエクの唇までが笑みで通りそうなほどゆるんだ。

「いったいなんなんだ、坊や？」グレグがきいた。

「一緒に署の中へ入りましょうか、サー？」ドゥニエクは言った。それを聞いた者は誰一人、質問とは受け取らなかっただろう……


デス・ビーティと名乗る男はバッグに荷物を詰め込んでいた。

彼はマキューアンズをもう一缶開け、勢いよくあおった。写真はベッドの上にある。彼は荷造りの手を休めて、もう一度写真を見た。ダンカン・ウェブスターと写っているクック。ミセス・ウェブスターと写っているクック。ミセス・ウェブスターと一緒のクックは見るからにくつろいだ様子だが、ダンカン・ウェブスターといるときはひどく居心地悪そうだ。まるで、ウェブスターに借金しているのに返すあてがまったくないかのように。だが金銭はクックの問題ではない。彼の本当の悩みはウェブスターの奥さんのことだ。二人の写真を見た。触れ合って、キスしている二人。ミスター・ウェブスターと一緒にいるクックは仕事上の知人にしか見えないが、ミセス・ウェブスターとはごく親しい友人に見える。

ウェブスターが知っているのかどうかはわからない。だが娘は知っていた。ジリアン・ウェブスターはクックと母親の不倫に前から感づいていた。それに、なんてったって彼女はパパが大好きだ。彼女がおれに気に入られようと家族の話をしたとき、犯人に品物ではなく生身の人間として見られるほうが危害を加えられる恐れが少ないとふんで（お利口さんだよ、彼女は）まんまとそれに成功したとき、決まって真っ先に口にするのは父親のことで、母親は二番目だった。パパ、パパ、パパ。口癖みたいに言ってた。母親のほうはただの〝お母さん〟だったのに。

彼女は一人ぼっちでいたあいだ、身体の紐をゆるめようともがくこと以外何もすることがなく、この小さな冒険を利用するにはどうしたらいいか、そればかり考えていたんだろう。そしてバーナード・クックを標的に定めた。彼の会社が傾いていて、それが動機にとられることも計算済みだったにちがいない。彼女がこんなふうに嘘をつくと、いったい誰が思うだろう。思うのは三人だけ。当事者のクックと、ジリアンの母親と、本物の誘拐犯だ。クックは無実を主張するだろうが、そうなればジリアンの主張と真っ向から対立することになる。ミセス・ウェブスターは……クックとの深い仲について明かさないことには何も言えまい。じゃあ、誘拐犯は……クックを助けるために自首するか?

冗談じゃない!

誰がそんなことするもんか。この町を離れて、二度と戻らないつもりだ。クックがムショにぶちこまれて騒ぎが一段落すれば、警察は空港や港の検問を解除するだろう。そうだな、ひとつ外国でバカンスといくか。これまで働いてきたこの寒くて陰気な島とはちがって、太陽がさんさんと降り注ぐ土地で。明日にも旅行代理店へ行こう。飛行機に乗ったらシャンパンを注文して、哀れなバーナード・クックに乾杯しようじゃないか。

ようし、決まった。

彼はビールをもう一缶開け、写真を手に取った。クックとミセス・ウェブスターがキスしている写真を。なんだか見れば見るほど、自分がまちがっているような気がしてきた。もしもこれが、ただの友情のキスだったら? こういうミセス・ウェブスターみたいなタイプは、なれなれしすぎるのかもしれない。母親は無関係なんじゃないか? 母親じゃなくて……ジリアンに関係あるとしたら? 彼女は言ってた。「パパはわたしが年上の男性を家に連れていくと不機嫌になるの」ひょっとして、ジリアンとバーナード・クックの組み合わせか? 彼が関係を解消したんで、彼女はそれを恨みに……

だが待てよ。クックが独身なら、それはないだろう。あるとすれば、彼が結婚していて関係を隠さなければならなかった場合だけだ。彼はくらくらする頭で立ち上がった。どうすればいい? クックとミセス・ウェブスターあるいはクックとジリアンができて《アイテム》たことを、どうすればつきとめられる?

彼は〝品物《アイテム》〟という言葉ににやりとした。もしクックとジリアンができてたなら、一緒にいるところを誰かに見られてたかもしれない。どこか、彼らがミスター・ウェブスターには見つからないだろうと思ってる場所で。それでクックは工場の向かいのパブを頻繁に使い始めたのか。金銭上の悩みとは関係なかったわけだ。調べは簡単につく。これからあのパブへ行こう。町を出る途中で寄ればいい。彼はふと、ステファン・ドゥニエクのことを考えた。あんなフラワー・ショーの取材さえろくに務まりそうにないやつが、警察の事件捜査の取材なんかできるわけがない。考えてみれば、世の中にはああいうどうしようもないうすのろがけっこういるんだよな。

ちぇっ、うんざりだぜ。

彼が例のパブへ入ったのは夕方五時だった。期待どおりバーテンダーは交替していて、前とは別の男だった。もっとありがたいことにアーサーもいない。助かった。ランカスターから来た人間がクックと女のことをわざわざききに戻ったら、変だと思われるに決まってる。

ホテルで飲んだビールの後味が残っていたので、チェイサー代わりにラガーを半パイントとアルマニャックをダブルで注文した。このあとの長いドライブに備えて燃料補給だ。店内は帰宅途中の工場労働者たちでけっこうにぎわっていた。彼は前回と同じスツールに座り、腕時計を見て時間を気にするふりをしながら、ドアのほうにじっと視線を注いだ。

「待ち合わせかい？」新しいバーテンダーがていねいに尋ねた。

「ああ、バーナード・クックとね。五時に落ち合う約束なんだが」

バーテンダーは記憶を探ってから言った。「知らない名前だな」

「昼どきにここへ通ってるそうだ」

「あいにく昼どきは店に出たことがないんでね」

彼は力なくうなずくと、アルマニャックを飲み干した。喉が焼けつくようにひりひりした。よし、これが最後だ。

「彼はいつも女と一緒なんだ。上等な女とね」

バーテンダーは肩をすくめ、再びグラスを拭き始めた。

「ま、いいや、ありがとう」ラガーを飲み終えたとき、新たな考えが浮かんだ。もう遅いかもしれないが、やってみる価値はある。彼が外へ出ようとドアを押すと、反対側から押し返された。入ってきたのはなんとアーサーで、彼を見るなりぎょっとした。ビーティはすかさず北西部訛りに切り替えた。

「やあ、アーサーじゃないか」

「はるか遠い場所へ旅立ったのかと思ってたよ」

「これから帰るところだ。それより、クックには上等な女がいたらしいぞ」彼はウインクした。「そんな金のかかる趣味を持ってたら、破産するのも無理ないよな」

アーサーは幽霊がしゃべるのを聞いているかのように、呆然と彼を見つめていた。目の中にあるのは驚きというより……恐怖だった。

ビーティはかまわず続けた。「聞いた話じゃ、かなりの美人らしいな」

「え？」

「二人はよくここへ来てたんだ」

「二人？」

こいつ、馬鹿か？　クロスワードのやりすぎで脳みそが腐っちまったんだろう。ビーティはほろ酔い機嫌だった。「いいんだ、気にしないでくれ」彼は言った。「じゃあな」

アーサーは急にしゃきっとした。「おお、そうだな。気をつけて」

「気をつけるとも、アーサー」

秘書はコンピューターにていねいに埃よけカバーをかけているところで、すでにコートを着ていた。彼女の射るような視線に、彼は降参とばかりに両手を上げた。

「一分だけ頼むよ」彼は言った。本当のところ彼女がまだいるとは期待していなかった。空っぽの工場で、書類仕事をいくらやってもどうにもならないだろうに。外に停まっていた記者連中の車は駐車場のほとんどの車とともに消えていた。

「しつこい人ね」彼女は言った。「彼はここにいないって言ってたでしょ」

「あんたと話したくて来たんだ」

「わたしと？」

彼は前に進み出て、ポケットから例のクックとミセス・ウェブスターのキス写真を取り出した。

「あんたのボスは結婚してるのかい？」彼はきいた。

彼女は苦笑いした。「セールスマンじゃないってわかってたわ」

「セールスマンだとおれがいつ言った？　で、答えは？　イエスかノーかでいい」

「あなたになんの関係があるの？」

彼は勢いよく息を吐いた。「調べりゃ簡単にわかることだ」

「だったら、さっさと調べに行ったら？」

「彼が不倫してたことを知ってたか？」

「不倫と呼ぶのは、その人が既婚者の場合だけよ」

「そうかい。ということはクックは独身なんだな？」

「そんなこと言ってないわ」

「ミセス・ウェブスターはもちろん結婚してるが」彼は反応を待ちかまえた。どんなささいな反応も見逃すまいとした。「彼女の娘は独身だ」

「出てって」秘書の声は彼がさっき飲んだラガーより冷たかった。

「ああ、わかったぞ」彼は食い下がった。「あんたも彼にお熱だったんだろう。たぶん彼はあんたをだましてて……」

彼女は受話器を取り上げた。

「わかったよ、行くよ」彼はポケットに写真を戻した。「だがこれだけは言っとく。あんたは彼にはなんの借りもない。彼のほうがあんたに借りがあるんだ。答えはイエスかノーかでいい。彼は結婚してたのか？」

彼女がダイヤルボタンを押し始めたので、彼はしかたなく出て行った。彼女は荒い息を殺しながら、念力で押さえつけておこうとするようにドアをにらみつけた。そのとき電話が通じた。「警察ですか？」彼女は口を開いた。「ランカスター主任警視をお願いします……」

外に出たあと、彼はしばらく車の中でじっとして、アーサーという男のこと、秘書のこと、ステファン・ドゥニエクのことを考えた。それから車を降り、別の車を探した。どれでもよかった。自動車電話がついてさえいれば。

ランカスターは受話器を置くと、正面に座っている二人を机越しに見た。

「あなたの秘書からでしたよ、ミスター・クック」バーナード・クックはうなずいた。すでに察しがついていたようだ。「犯人が舞い戻ってきて、あなたが結婚しているのかどうか尋ねたそうです。あなたがミセス・ウェブスターと不倫していたように匂わせて」ランカスターはクックの隣にいる若い女性を見た。「あるいはきみとね、ジリアン」

ジリアン・ウェブスターはふんと鼻を鳴らした。ランカスターはほほえんだ。

「うまくいったようです」主任警視は言った。〝おれはパズルが嫌いだ〟。この言葉でゲームは始動した。そのゲームはもうじき終わろうとしている。正しい結果と正しいチームの勝利で。「犯人は写真を持っていました」ランカスターは再びバーナード・クックを見た。「あなたがジリアンの母親とウェブスター家のベランダにいるところが写っていたそうです」

「いつかの日曜日のドリンク・パーティだ」クックが思い当たった。

「ミニット・マンが外から観察していたんですね」

「そしてコーラとわたしを恋人同士だと思い込んだ」

「我々にとって幸いなことに、彼は二と二を足して五という答えを出してくれました。もしそれが単にお二人の語っている写真だったら、彼はべつになんとも思わなかったでしょう」

「ところが実際は……」

「彼は、ジリアンがあなたを犯人に仕立て上げた動機をつかんだと思った。願ってもない展開です」

ジリアン・ウェブスターはクックのほうを向いた。「ベランダで母とキスしてたの?」

クックは引きつった笑いを浮かべた。ランカスターは椅子の中で小さく身動きした。彼はいろいろな理由で神経質になっていた。ミニット・マンはパズルを解かざるをえなくなり、ごくわずかな材料から答えを引き出すしかなかった。ランカスターは敵をかく乱し……ねらいどおりの方向へ誘導すべく、あらかじめ謎をしかけておいた。部下からは、ミニット・マンは事件に首を突っ込むための格好の隠れみのとして、記者になりすますだろうという意見も出た……

ドアにノックの音がして、若い男が入ってきた。ランカスターは彼を紹介した。

「お二人ともドゥニエク刑事とは初対面でしょう」ドゥニエクが会釈したが、ジリアンはクックと母親のことで頭がいっぱいだった。「で、なんだ、ステファン?」ランカスターが促した。

ドゥニエクの顔には悪い知らせが書かれていた。

「彼は精算を済ませてホテルを一時間前に出ました」

ランカスターはうなずいた。「そのあとフォレスターの店へ再び現われたと、さっきアーサーという常連客から電話があった。工場へも行っている」

「車は赤いフィエスタです、サー。緊急手配しました」

「道路の出口はすべて押さえてあるな?」

ドゥニエクはうなずいた。

「では、あとは待つだけだな」

ランカスターは落ち着き払って見えるよう努めた。バーナード・クックは初めのうち作戦に消極的だったが、ジリアンの友人として協力に応じてくれた。なにしろこれは、彼女の案でもある。彼女はまた顔が青ざめている。医者から安静を命じられたのに、そばで状況を見守ると言ってきかないのだ。そのとき、再び電話が鳴った。ランカスターは受話器をひったくるようにつかんだ。

「赤のフィエスタが」彼は電話が終わると言った。「ロワー・トラハーンに向かっているそうだ」ジリアンを見て続けた。「彼はきみの家へ行くつもりらしい」それからドゥニエクに命じた。「ステファン、現地へ連絡だ」ドゥニエクはうなずいて部屋をあとにした。

この不測の事態にも手は打ってあった。ウェブスター家は地元のホテルで私服警官の保護下に置かれている。署の外では運転手と覆面パトカーがジリアンをそこへ連れていくために待機中だ。ミニット・マンは罠へまっしぐらに向かっている。

また電話が鳴った。ランカスターは何かすることがあってほっとしながら受話器を取った。ところが相手の言葉に耳を傾けるうち、顎の筋肉がこわばった。口を開いたとき、彼の声は乾いていた。「つないでくれ。逆探知を頼む」それからオンフックのボタンを押し、受話器を戻した。小型の高性能スピーカーがばりばりと音を立てて生き返った。

「つなぎました」と女性の声がした。ランカスターは息をのんでから言った。

「もしもし」

「ランカスター主任警視か？」

「そうだ」

ランカスターはジリアンを見た。彼女は電話を凝視していた。顔から血の気が失せていた。

「逆探知しても無駄だよ、トム。知ってのとおり、おれは長電話はしない主義なんだ」

「ここにはミニット・マンと名乗る変人から一日じゅう電話がかかってくる」

「あんたにはおれが本物だとわかってるはずだ、トム」

「どうして電話してきた？」

「あんたがまちがった相手を追いかけてるからさ」

ランカスターはジリアンとクックを見た。彼女は椅子から飛び上がらんばかりで、逆にクックのほうは重力で椅子の背もたれに押しつけられているかのようだ。

「そうかな？」

「ああ。彼女のでっちあげだ」

「彼女って誰だ？」

「例の娘だよ」

「なぜ彼女はそんなことを？」

「やつが彼女の母親といい仲なんで、仕返ししたかったんだ」

ランカスターは笑いを噛み殺した。「どうしてそうだとわかる？」

「そうだと知ってるからだ。おれには何もかもわかったんだ」

電話が切れた。

「くそっ」クックがつぶやいた。ランカスターは交換台に問い合わせたが、ミニット・マンはチャンスを与えてはくれなかった。通話はほぼ一分ちょうどだった……

ランカスターは立ち上がった。「彼はロワー・トラハーンへまだ行くつもりだろうか。それを確かめる唯一の手段は……」

「わたしも行きます」クックが震えながら立ち上がった。

ジリアンは電話を見つめたままだ。彼女が今の声に聞き覚えがあったことはわざわざきくまでもなかった。ランカスターが肩に触れると、彼女はびくりとした。

「行こう、ジリアン」ランカスターは言った。「ホテルへ送らせるから」

後部座席のドアが開かれ、彼女は中へ乗り込んだ。エンジンはすでに回っていたので車はすぐに発進し、記者やカメラが群がる駐車場を走り抜け、カースル・レーン署の鉄の門を出た。彼女はロワー・トラハーンの家へ帰りたかった。でも頼んだところで、警察官の運転手がうんと言ってくれるはずはない。見ると、運転手の足下の床に無線機が置いてあった。携帯電話かもしれない。とにかく家で何か起これば、その連絡を自分も聞くことになるのだと彼女は思った。運転手はバックミラー越しに彼女を見ていた。彼女と目が合うと、安心させるようにほほえんだ。そのとき彼女は、車がいつもの曲がり角を通過するのに気づいた。

「今の角を左へ曲がらないの？」

彼はまだほほえんでいた。車はぐんぐんスピードを増した。ジリアンは喉につかえを感じ、恐怖で息が詰まりそうになった。

「おれには何もかもわかったんだ」彼は静かに言った。「さっきのランカスターの口ぶりで確信を持った。ああ、そうとも、帳尻がぴたりと合ったってわけさ」

彼女は息をのみ、喉の塊を動かした。「運転手はどこ？」

「おれが運転手だ」

「警官のことよ」

「車のトランクに入ってるとでも？」彼はかぶりを振った。

「彼には上司が記者会見ルームで呼んでると言っておいた」

ジリアンは少しほっとした。彼の声は落ち着いていた。彼女がとらわれの身になっていたときもずっとそうだった。

「どこへ行くの？」彼女はきいた。

「ロワー・トラハーンだ」

「なんですって？」

「おうちへ帰してあげよう、ジリアン」

「でも、どうして？」

彼は肩をすくめた。「おれにちゃんとできるってことをみんなに思い知らせるためさ」

彼女が考え込んでいるうちに、彼が再び口を開いた。

「なかなかやるじゃないか。上々の出来だったよ。おれはもう少しでだまされるところだった。パブであいつが震え上がったりしなければな……」

ジリアンの口から、まるで別人がしゃべっているように言葉が勝手に転がり出た。「道の出口はどこも検問がしかれてるわ。家にも警察がいるのよ、中にも外にもね。あなたはもう絶対に……」

「大丈夫さ、ジリアン。今にわかる、帳尻がきっちり合うことがな」

「帳尻ってどういう意味？」

そこで旅の終わりまで、ミニット・マンは彼女に会計の原則について持論を披露してやった。

唯一ほんもののコメディアン
The Only True Comedian

矢沢聖子訳

振り返ってみると、原因は学校時代にあったような気がする。それとも、おれを学年一のチビに生んだ両親の遺伝子のせいか。学校で人気のある男子は、みんなタフで、スポーツのできるやつのようだった。シャイじゃなくて、見た目もいいやつだ。

　おれはその条件にあてはまっているといえなかった。だから、かわりにコメディアンになった。もちろん、みんなおれといっしょに笑ってくれたわけじゃない。おれを笑ったんだ。当時もそれぐらいわかってたが、おれはジョークをとばし、アホづらをつくり、こっけいな歩き方をしてみせた。いかれてるとか、たりないんじゃないかと言われた。おれは気にしなかった。少なくとも、みんなおれに話しかけてくれた。少なくとも、おれに注目してくれた。

　つまり、彼らのゲームに参加を許されるか、少なくとも、そばで見せてもらえたわけだ。おれとしては、近くにいられるだけで満足だった。見てると、だんだんわかってきた。どの子を、どの教師をからかえるかわかってきた。おれは自分より年下で、自分よりにきびづらのかっこ悪いやつや、しょんぼり運動場の柵のそばに突っ立ってるブスの女の子を標的にした。あのころのおれは、やり返してこない相手には容赦しなかった。それが仲間内にとどまる方法だった。

　もうひとつ困ったのは、おれはバカじゃなかったのに、ブラック・アレックの仲間になってからは、頭のたりないふりをしなければならないことだった。そして、それで通すには、教室でぽかをやり、正解がわかっていてもわざと間違え、試験でひどい成績をとるしかなかった。教頭はおれを呼んで注意した。教頭はなにかあるらしいと気づいたようだが、原因は突き止められなかった。両親も学校に呼び出された。おかげで、両親もおれに注意をむけはじめ、宿題や復習を手伝ってくれたりした。それでも、おれは頑《かたく》なに本来の力を出さなかった。相変わらずわざと間違ったり、みんなをぎょっとさせるような答えを口にしたりした。そういうとき、教師はいったいどうなってるんだという顔でおれを見つめたものだ。

　とうとう、おれは病院に連れて行かれて頭を検査された。ねばねばした電極を頭にくっつけられた。あとで三回髪を洗っても、まだべとついていたが、どこも悪いところは見つからなかった。卒業試験が近づくと、おれはジレンマにおちいった。成績が貼り出されるころには、卒業してしまっている。だから、その気になったら、がんばっていい成績をとることもできた。しかし、なにかがおれを自分の役回りにとどまらせた。卒業しても、仲間はお気に入りの街角にたむろして、車や通行人に罵声をあびせたり、紙袋にビールをつめこんで公園をほっつき歩いたりしてると思っていたからだろう。おれが知っているのはそういう世界で、自分で選んだ役割のおかげで、そこではユニークな存在でいられた。おれは「ジョーカー」もしくは「コメディアン」だった。ときおり起こるほかのグループとの縄張り争いには参加しなくてよかった。ジョークや小話を披露し、ほかのグループの連中をけなし（とくに、やつらの個人的な衛生状態や性生活に関する癖をネタにして）、物まねのレパートリーをふやしさえすれば、ちゃんと居場所があったのだ。

　ところが、卒業してしばらくすると、仲間の大半は離れていった。リーダーで別格だったブラック・アレックでさえ、車の整備工になった。陽気な仲間は落ちこぼれが数人残っただけで、彼らにとって毎日街角ですごす時間はもはや魅力のないものとなっていた。おれはもう一度試験を受け直して、専門学校か大学に進もうかとも考えた。だが、ブラック・アレックの家はおれの家の隣だった。彼にこんな計画を打ち明けられるだろうか。どうせ、わかってくれないだろう。それよりも、またあの歩き方をやってみせろと言うだろう。そして、彼の笑い声を聞いたら、おれはもっとそうしたくなるだろう。彼をもっと笑わせ、彼に受け入れられ、認められたくなるだろう。

それはともかく、彼は整備工として続かなかった。そのうち、カーコーディーのディスコで用心棒として働きはじめた。やがて、なにか面倒を起こして二ヵ月ほど刑務所ですごし、出てくると、ちょっと「人生大学」に行ってきたと言った。これでもうなにもできないことなんかないと言った。「ナンバーワン」になれたら、それで満足だ、と。

そのときは、それがどういう意味かおれたちはわかっていなかったと思う。だが、まもなく思い知らされることになった。

おれは鶏肉工場に勤めた。悪い仕事ではなかった。流れ作業についているのは大半が女性で、おれはいつも彼女たちを笑わせていた。歌を歌ったり、ちょっと踊ってみせたり、彼女たちの気に入ることはなんでもやった。みんな亭主持ちで、おれにいつになったら恋人を見つけるのかとしじゅう訊いた。みんな白いつなぎの作業着に緑色のゴム長をはいて、白い縁なし帽に髪をたくしこんでいた。ときどき工場の外で会うと、だれだかわからなかった。一年目のクリスマスパーティーは最高だった。みんなドレスを着て、化粧して、酒を飲んで笑っていた。グレンロセスのパブの奥の部屋を借り切ってあった。管理職は抜きで、従業員だけのパーティー。余興もあった。女性が二人、歌を歌った。現場主任のひとりがステージにあがって、なにかジョークを飛ばした。

「引っ込め！」女たちが叫んだ。「うちのコメディアンはあんたの十倍もうまいよ！」おれのことだった。おれはおだてられ、説き伏せられた。気がついたら、ステージにあがってマイクを握っていた。おれは咳払いすると、続けて何度か咳払いした。その音が部屋に響きわたった。だれかが早くやれと声をかけたが、ほかのだれかが、おれが生産ラインの監督の物まねをしてると気づいてくれた。監督はいつも咳払いしてから、おもむろに悪い知らせを告げるのだ。まばらな拍手と笑い声が起こった。

「諸君に知らせなければならないのは、まことに心苦しいが」おれは言った。「今年のクリスマスパーティーは中止になった。諸君も残念だろうが、なにせ、わたしにはトサカにきた三〇〇〇羽の去勢鶏がいるんでな」

やっと、みんなにわかった。みんな、おおいにのってくれた。いい気分だった。ぞくぞくして腕の毛が逆立った。二、三分ステージにいただけのような気がしたが、あとで聞いたら、二十分ぶっつづけてやったそうだ。女たちはおれにキスして、いちばんよかったと言ってくれた。

「プロになったらいいよ」ひとりが言った。

そして、結局、おれは勇気をふるい起こして、そうすることにしたのだった。

手始めにあちこちのパブの新人発掘ショーに出て、コンテストで二度ほど優勝した。パブのオーナーから、三、四週間の契約がもらえた。まだ工場はやめていなかったが、そのころには恋人もできた。エミリーは、あるパブの新人発掘ショーで《オールド・ディキシー・ダウン》を歌っていた。おれはどういう歌だと彼女に訊いた。彼女はどういう歌かぜんぜん知らなかった。

「ママが持ってたジョーン・バエズのアルバムのなかから探しただけよ」

おれたちはいっしょに笑った。エミリーも昼間は靴屋で働いていた。彼女はおれにフルタイムのプロになったほうがいいと言い出した。あんたが有名になって、お金持ちになるまで、わたしが養ってあげる。そんなに先のことじゃないもの。彼女が言うには、このまま仕事を続けてたら、新しい台本を書く時間がないという。たしかに、そうだった。新しいネタを仕入れないと、どうしようもなかった。それで、彼女はおれのマネージャーになって仕事を探し、おれはベッドに寝ころがってジョークや小話を書いた。

しばらくはなにもかもうまくいった。だが、やがて、なにも変わっていないことに気づいた。相変わらず、仕事はパブやクラブばっかりだった。

「ポートフォリオがなくちゃ」エミリーが言った。「エージェントやテレビ会社の人に見てもらえるようなものが」

「それより、気の利いたギャグがほしいよ」おれは答えた。

書くほうはうまくいってなかった。おれはそういうやり方はしたことがなかった。アドリブでやるタイプで、ネタは身のまわりのことだ。だから、一日中家でごろごろしてたら、なにも書くことがなかった。まともな芸をしようと思ったら、それなりのリスクも覚悟しなければならない。それで、おれは腹を決めた。テープレコーダーとか電子機器とかに金をつぎこんで、笑いを誘う音や効果音を入れようとした。それから、派手なスーツをつくらせた。きらきら光る青いスーツで、それにあわせてシャツも新調した。そのスーツを着たおれは、とんだお笑いぐさだったが、そもそも、それが狙いだったわけだから。

ともかく、これで、やっとそれらしくなった。ただ問題は、どれも金がかかることだった。エミリーはどこで金を工面したのかと訊いた。

「貯金があるんだ」おれはしらじらしい嘘をついた。だが、すぐに、そうは言っても、ない袖は振れないことに気づいた。金はブラック・アレックから借りていたからだ。

ブラック・アレックは、「ナンバーワン」になる夢をほぼ実現していた。いまでは、東海岸の大物に名を連ねていた。ファイフで一連のクラブを経営し、エジンバラにパブを二軒持っているほかにも、あれこれ手を出していて、自分でも覚えきれないんじゃないかと思うぐらいだった。ほかの店から保護名目で上納金をまきあげ、売春やポルノもやっていた。少なくとも、噂ではそう言われていた。おれは彼のクラブで働いたことは一度もなかった。彼いわく、うちの店は「客筋がよくて」、「ミュージック志向」とか。おまえは低級だからと彼は言った。

それでも、彼は金を貸してくれた。だが、芸がぱっとしなくなったからには、そろそろ返すことを せめて利息だけでも払うことを考えなければならなかった。エミリーがすっからかんなのは知っていた。靴屋がつぶれて、職安に通っていた。もちろん、おれには一銭もない。ブラック・アレックにとって、おれが昔隣に住んでたとか、あいつの道化役をやってたとかいっても通用しないのはわかっていた。あいつの頭にあるのは、金を取り返すことと、相手を痛めつけることだけだ。ちゃんと返せないとかえって喜ぶとも言われていた。そうなったら、ブラック・アレックの出番だからだ。

とうとう、おれは耐えきれなくなってエミリーに打ち明けた。それまでは、なんとかアレックの手下をなだめてきた。連中は電子機器をかたに取って行ったが、そのうちおれの手足や肺や喉をかたに取ろうとするだろう。だから、おれたちはできることをすることにした。逃げたのだ。といっても、現実には逃避行には金がかかり、おれにとって稼ぐ手段はひとつしかなかった。ステージに立ち続けるしか。だが、そうなると、兇暴な追っ手を出し抜くのが一苦労だった。どこかの町に着くと、おれが仕事を取ってステージに出ているあいだに、エミリーはバスや列車の出発時刻を調べた。ひと仕事終えると、金を引っつかんで、その足で駅に向かった。こうして東海岸を、北はモントローズから南はアイマウスまで渡り歩き、稼いだ金はほとんど使ってしまった。こんな調子では、ブラック・アレックに借金を返すなんて夢のまた夢だ。

「ロンドンに行こうよ」エミリーが言った。「あそこならエージェントやテレビ局の人がいるから。デス・オコーナー・ショーに一回出たら、ブラック・アレックの借金なんか十倍にして返せるわ」

「どうやってそこまでたどりつくんだ?」

「まずデスのプロデューサーに会うのよ」

「おれが訊いてるのは、どうやってロンドンにたどりつくかってことだ」

「ヒッチハイクすりゃいいわ」彼女は言った。「食べるお金だけあればだいじょうぶ」

ということは、もう一回だけステージに立たなければならない。当たる先はもうあまり残っていなかった。ブラック・アレックがおれを探しているという噂がひろがっていた。もっとひどい噂も流れていた。おれは落ち目で、使い物にならないというのだ。

だが、エジンバラのローズ・ストリートのあるパブが、経営が変わってコメディ・クラブとして再スタートをはかっていた。そこが十五分の仕事をくれた。気に入ったら、二十ポンド出すという。

二十ポンドぽっきり。新人発掘ショーだって、もっと稼げた。だが、おれはそれでいいと言った。そう言うしかなかった。

その夜、あのきらきら光る青いスーツを着てステージに立つと、店には二十人ほどの客がいた。テーブルについているのはわずかで、ほとんどがバーでしゃべっていた。だれもショーなんか歓迎していない。雑談もできなくなるし、ジュークボックスも切らなければならないのだから。

それでも、おれは始めるしかなかった。だれも笑わなかった。エミリーはＤＪのブースでマイクの調整をすることになっていたから、客席にまぎれこんでサクラをやるわけにいかなかった。当時のおれは、サクラがいたほうが笑いを取りやすいと思ってた。

そのとき、ブラック・アレックが入ってきた。だれがたれ込んだのか、若いのを三人従えて。彼らはかぶりつきのテーブルについた。アレックは薄笑いを浮かべて、おれから目をそらさなかった。その夜初めて見た笑顔だったが、たいして励みにはならなかった。シャンパンのボトルが運ばれてきた。グラスはひとつ。アレックはおれに向かってグラスを掲げてみせた。その瞬間、怖ろしいことに、頭のなかが真っ白になった。持ち芸のジョークのなにひとつ思い出せない。バーのほうから間延びした拍手が聞こえて、「引っ込め！」というやじが飛んだ。

「おふくろさん、よくあんたをこの世に出してくれたな」おれはやじった男に言った。「どうだい、ブルドックがスズメバチ飲み込んだみたいなご面相だろ」やじった男の連れが笑い出し、それではずみがついた。おれの頭には、ただひとつのことしかなかった。やじり倒されて引っ込んだら最後、やられてしまう。なんとしてもステージにいなければならない。それには客を笑わせるしかなかった。

実際、おれは客をおおいに笑わせた。次から次へとインスピレーションが湧いて、言葉が口をついて出た。工場で働いていたときの話、靴屋の話、労働者クラブの話、学校時代の話までした。みんな拍手喝采してくれた。客はあとから何人か入ってきたが、だれも出ていかなかった。四十分ステージにいたが、オーナーは時間切れの合図をしなかった。笑っていないのはブラック・アレックだけだった。連れの若い連中ですら、何度か吹き出しそうになったのに、彼は無表情のままシャンパンを飲みおえた。

ついに、どうしようもないほど疲れてきた。このままつまらないネタにおとすか、うまくいっているうちにやめるか。客の心はつかんだが、おれは進退窮まった。アレックもじりじりしているようだった。おれは昔なじみを待たせたくなかった。

「レディーズ・アンド・ジェントルメン」おれは言った。「みんな、すばらしいお客だった。そこのブルドックづらのお兄さんもだ。このショーは今夜までおれの唯一の取り柄だったものに捧げようと思う。つまり、五体満足だったことに。みなさん、ありがとう」

おれは拍手と口笛と喝采に送られてステージをおりた。そして、まっすぐブラック・アレックのテーブルに進んで、向き合って座った。ジュークボックスがまた鳴り出した。オーナーがウイスキーのグラスを持ってきてくれた。何人かの客もグラスを差し出して、こんなおもしろいショーは初めてだったと言ってくれた。オーナーはレギュラー契約して、司会も任せてもいいと言った。そのあいだずっと、アレックはおれから目をそらさなかった。

「そうか」彼はようやく言った。「おまえ、いつもこんな感じか」

「まあな」おれは言った。エミリーの姿が見えなかった。アレックに気づいて、逃げ出したのだろう。

「よかったよ」彼は言った。「いけてたよ」

おれは彼の顔を見た。これは現実だろうか？

「客をうまくのせてた」彼はまた言った。「おまえみたいなやつとなら、やってもいい」

「おまえのクラブのひとつに連れてって、バーベキューの串に刺す気だろ」おれは言ってやった。

そして、彼は初めて笑った。おれたちがガキだったころみたいに。「仕事をやるよ、コメディアン。そうすりゃ、おまえが金をちゃんと返すか見張ってられるからな。それでどうだ？」

「悪くないな」ほっとした声になるのをどうすることもできなかった。

「おんなじのをやってくれ」

おれはうなずいたが、体から力が抜けた。おんなじのだって？　全部アドリブでやったステージと同じに？　おれはなにも覚えていなかった。大うけしたオチのなにひとつ。そのとき、エミリーが近づいてきた。カセットを握っていた。

「なんだそれ？」おれは訊いた。

「テープに録ったの」彼女はそう言うと、かがんでキスした。「これで、ポートフォリオができたわ」

「それに、五体満足でいられる」おれはキスを返した。

おれはそれまでコメディは人に受け入れられたい、人に好かれたいという思いから生まれるのだと思っていた。だが、いまは違う。せんじつめれば、それは恐怖だ。レディーズ・アンド・ジェントルメン、恐怖こそ、町で唯一ほんもののコメディアンだ。

動いているハーバート
Herbert in Motion

高儀　進訳

その日、わたしのすべき選択は二重のものだった——首相主催のカクテルパーティーに出席する前に自殺をするか、出席したあとに自殺をするか。もしあとであれば、パーティーに、アルマーニを着てゆくべきか、もっと地味な、黒っぽい地に細く白い縞模様の入ったイヴ・サンローランを着てゆくべきか。

金縁の招待状は、普段着ているスーツの内ポケットには大きすぎて入らなかった。飲み物とカナッペ、午後六時から七時まで。官邸の小吏が電話をかけてきて、わたしが出席するかどうかを確認し、儀礼上のしきたりについて手短に説明した。それは二日前のことだ。その小吏はまた、いまロンドンを訪れている、ジョーゼフ・ヘファーホワイトというアメリカ人も招待客の一人だと言った。さらに小吏は、なぜわたしが招待されたのか、当夜のわたしの役割はなにかについて説明した。その説明はそう明快ではなかった——役人は、そういうとき、決して明快には説明しないものだ、そうではないか？

「ジョー・ヘファーホワイトねえ」とわたしは、藁束《わらたば》であるかのように受話器をぎゅっと握り締めながら、やっと言った。

「お二人は現代美術に対する関心を共有しているのではないかと思いますが」と小吏は言葉を継いだ。

「ぼくらは関心を共有している」

小吏は、わたしの語調を誤解し、笑い声を立てた。「申し訳ない、『関心を共有している』というのは、ちょっと舌足らずでしたね。お詫びします」

彼が詫びたのは、美術がわたしの単なる関心事ではないからだ。美術は、これまでわたしの全人生だったし、いまでもそうだ。小吏とわたしとの、そのあとの短い、一方的な会話が続いているあいだ、わたしは前方を凝視していた。まるで、前方にあるのが、ある驚くべき新しい作品で、その意味を理解し説明し、自分ですっかり納得し、いっさいのニュアンスと筆づかい、線のいっさいのヴァリアントと選ばれたフォルムと長さを識別しようとしているかのように。そして結局のところ……なにもなかった。なんの実体もなく、なんの発見もなかった。あったのは、わたしが置かれている状況の退屈な現実と、自殺をせざるを得ないという単純明快な事実だけだった。

そして、いまいましかったのは、あれが完全犯罪だったということだ。

十年前のディナーパーティー。それは、ヤッピーの多く住むチェルシーで催された。マーガレット・サッチャーが理想として思い描いている英国の真ん中だ。食卓を囲んでいる者の中には反体制主義者もいた　ただし一組の夫婦だけで、彼らには、自分たちのちょっとした不満をぶちまける余裕があった。そういう不満をぶちまけたからといって、マーガレット・ヒルダが失脚するわけでもなく、彼ら自身の社会的地位の象徴《トラッピングズ》が危うくなるわけでもない。テムズ川の波止場地域《ドックランズ》の倉庫を改造した洒落た家、BMW、クリスタル・シャンパン、黒トリュフ。

トラッピングズ。この言葉は、いまや、わたしにとって前よりずっと重みがあるようだ。トラップ、すなわち、罠で捕らえる。

こんな具合だった。ワインでリラックスした気分になったわたしたち一同は、心から自己満足して笑みを浮かべ（考えてみれば、それがヤッピーたちの夢ではないのか）、わたしも、パーティー会場のだれにも負けずにくつろいだ気分になっていた。わたしは、自分が「文化使節」としてそこに来ているのを知っていた。マーチャントバンクで働く者やマスコミ関係者や融通の利かない小役人や「大物」（いやはや、不動産屋も来ていた、わたしの記憶が正しければ——不動産屋は大儲けという時期は長くは続かなかったけれども）に囲まれたわたしは、彼らが、単なる金銭よりも長続きし、もっと実《み》のあるものから成っているということ、彼らの存在も、大所高所から見れば、ある意味を持っているということを請け合ってやるために、そこにいたのだ。つまり、わたしは彼らの感情を管理する者として、そこにいたのだ。

　実のところ、わたしはもうずっと前から、テート・ギャラリーで絵の管理をする上級学芸員なのだ。そして、北米の二十世紀美術に関心を抱いている（美術というのは、絵画だ。わたしは現代彫刻にはさほど熱心ではないし、もっと急進的な付随的なものには、なおのこと熱心ではない――パフォーマンス・アートだとかビデオ・アートだとかそういったものには）。その晩、食卓を囲んでいる客たちは、名前は思い出せないが「青物」を描く画家や、「ほら、馬や影やなんかを描く」画家について、例によって、たわいもないことをまくし立てた。一人の無考えの男が（不動産屋だったろうか）、自分がある種の野生動物の絵が好きだということを出し抜けに口にし、自分の女房がクリスティーズの現代美術の売り立てで版画を一枚買ったことがあるのを声高《こわだか》に自慢した。

　別の客がわたしに向かい、わたしの仕事は「気楽な稼業」であるということを認めるようにとしつこく言ったとき、わたしはナイフとフォークをゆっくりと皿に置き、一席ぶった。わたしはその話を以前から一つの芸術《アート》にしていて――ここで洒落を言うのをお許しいただきたい――自分の立場ゆえに生じるさまざまな難問について、また、最近の美術界の傾向と画家の才能を正しく評価し、新しい傑作を探して購入するむずかしさについて、滔々《とうとう》と弁じた。「想像してみてください」と、わたしは言った。「自分が五十万ポンドを一枚の絵に使うことになった場合を。そうすることによって、あなたは画家の地位を高め、その画家を、裕福で、引く手あまたの芸術家にするのです。その後、その画家はあなたを失望させ、面白いものはなにも描けなくなるかもしれない、そうなると、その画家の作品の転売価格はタダ同然になる。そうして、あなた自身の評判に疵《きず》がつく――疵がつくどころではないかもしれない。毎日、四六時中、あなたは意見を求められ、あなたの評判は常に危機にさらされている。一方、あなたは展覧会を開く計画を立てなくてはならない――展覧会を開くということは、世界中から絵を運んでくることを意味する場合が多い。そうして、予算を賢明に使わなければならない」

「つまり、五十万の絵を四枚買うか、思い切って、二百万の絵を一枚買うかっていうようなこと？」

わたしは、そう質問した者に、にこりと微笑みかけた。

「単純に金銭的に言えば、そうです」

「絵を家に持って帰ることはおあり？」と招待主《ホステス》の妻が訊いた。

「いくつかの作品は――少数ですが――貸し出します」と、わたしは言った。「しかし、館員に貸し出すことはない」

「なら、だれに？」

「著名な人物、後援者、そういった人に」

「ああいう大金を」と、ドックランズに住んでいる女が首を横に振りながら言った。「ちょっとばかりの絵具とカンヴァスに使うなんて。通りにホームレスがたむろしているのを考えれば、犯罪みたいなものよ」

「ひどい話さ」と、ほかのだれかが言った。「エンバンクメントを歩けば必ずホームレスにつまずく」

ちょうどそのとき、われらがホステスが、一同が黙り込んだときに、つまずきながら入ってきた。そして、みなさんをびっくりさせることがあると言った。「居間でコーヒーとブランデーを飲みましょう。そのあいだに、みなさんを殺人にご招待しますわ」

もちろん、それは冗談だった。もっとも、いくつかの目が、期待しながらというより熱望しながら、ドックランズに住んでいる夫婦に向けられたけれども。ホステスの言うのは、わたしたち一同が室内ゲームに参加するという意味だった。殺人事件が起こり（無愛想な招待主《ホスト》が、みんなにおだてられて死体になったが、ブランデーグラスを手渡されるたびに奇跡的にも生き返った）、事件の謎を解く鍵を、みんなが部屋の中で探すという趣向だった。わたしたちは言われたとおりに探したが、その様子は、年上の者に気に入られようとしている子供に、やや似ていた。六つばかりの鍵が集まると、ドックランズの女が、われらがホステスが犯人であると推測して一同を驚かせた そして、実際、そのとおりだった。

わたしたちは、ほっとしてソファーに倒れ込み、グラスにまたブランデーを注いでもらった。そのあと、話は犯罪のことになった——実際の犯罪とフィクションの犯罪の。そのとき、その晩初めてホストは活気づいた。彼は推理小説のコレクターで、自分はいっぱしの専門家だと思っていた。

「完全犯罪というのは」と彼は一同に言った。「どなたもご存じのように、なんの犯罪もおこなわれなかった犯罪ですよ」

「でも、それなら、なんの犯罪も存在しないわ」と彼の妻が断言した。

「そのとおり」と彼は言った。「犯罪は存在しないが……それでも、犯罪だ。もし死体が発見されなければ、だれかを有罪とするのは、えらくむずかしい。あるいは、なにかが盗まれても、だれもまったく気づかない場合。みなさんは、わたしの言おうとしていることがおわかりでしょう」

もちろん、わたしはわかった。そして、おそらく、あなたもおわかりだろう。

テート・ギャラリーは、わたしに考えられる限りのあらゆるほかの美術館と同じように、コレクションとして所蔵している作品を全部展示するだけの壁のスペースがない。当節では、絵をびっしり並べることは好まれない（もっとも、うまくびっしり並べたときは、その効果は息を呑むほど素晴らしいが）。一枚の大作が一面の壁を占領してしまうことがあるが、ベーコンの三連画《トリプティク》が流行にならなかったのは幸いだ。流行になっていたら、どの現代絵画の美術館でも大作に壁面を占領され、ほかの作品を展示することができなくなるだろう。大作を見たあとで細密画を見ると、救われた思いがするものではなかろうか。といって、テート・ギャラリーの収蔵室にたくさんの細密画があるというわけではないが。わたしは、知人の画商のグレゴリー・ジャンスといっしょに、そこにいた。

ジャンスは、もう何年もチューリッヒを本拠にして仕事をしてきた。新聞雑誌のインタヴューの際の話によると、

「当局はわたしに手が出せない」というだけの理由で。ジャンスには、常にいくつもの噂があった。彼が第一級の作品を売る（したがって手数料をもらう）ことが少ないという事実と彼の贅沢なライフスタイルの不均衡を考えてみると初めて、その噂は意味をなした。当時彼は、チューリッヒの郊外にあるだだっぴろい屋敷のほか、ロンドンの上流住宅地区のベルグレーヴィアとマンハッタンのアッパー・イーストサイドとモスクワに家を持っていた。モスクワに家があるというのは奇妙に思えたが、旧ソヴィエト連邦から聖像《イコン》が国外にひそかに持ち出されているという話と、ナチがユダヤ人から奪った美術工芸品が、ドルの現金だとか新しいパスポートだとかいったものをなんとか手に入れたがっていた共産党中央政治局のものに結局はなったという話を思い起こすと、奇妙ではなくなった。そう、話半分にしても、グレゴリー・ジャンスは、かなり危ない橋を渡ってきたのだ。わたしは、それを当てにしていた。

「なんて無駄なことだ」と彼は、わたしが収蔵室をちょっと案内してやったときに言った。そこは涼しくて、空気の温度と室内の明るさと湿度を調節する機械が時おりカチリという音を立てる以外、しんとしていた。テート・ギャラリーの展示室の壁面にある絵の前を、いま二人は通ってきたのだが、そういう絵は人から熟視されるし、人はその前を通るとき、うやうやしい気持ちになる。しかし、ここに積み重ねてある絵は、死体もしくは、学生がいい加減に演出する〈ハムレット〉の幽霊さながらに、大方は白いシーツに包まれている。そして、遺失物取扱所の品物のように、シーツから識別票が下がっている。

「まったくもったいない」とジャンスは、やや芝居がかった調子で、溜め息まじりに言った。彼の服装感覚も芝居染みていた。クリーム色の皺《しわ》くちゃのリネンスーツ、穴飾りつきの白い短靴、けばけばしい赤のワイシャツ、白い絹のネクタイ。彼は、手にしているパナマ帽の縁に指を走らせながら、老人のように足をひきずって歩いた。見事な演技だが、そういう外見の奥の彼は、実は青銅のような男なのだ。

わたしたち二人が会うのは、原則として、彼が手に入れた「世界的に有名な画家」の最近のものについて話し合うためだ。大方の画廊の持ち主（特定の画家のために代理人として働いている持ち主）同様、ジャンスはテート・ギャラリーあるいは、どこであれほかの「国立」の美術館に絵を売り込むのに熱心だった。彼は、そういうところに売り込めば、画家の名声とともに絵の値段が上がることになるのを期待していた。とくに、もっぱら、絵の値段が上がることを。

彼はポラロイドカメラで撮った写真とスライドを持ち歩いていた。わたしは自分の事務室で、スライドをライトボックスの上に置き、拡大鏡をその上にもっていった。画家としての才能が半分しかない者の手になるみじめな一群の写真が、わたしの目と感覚を鈍らせた。去年の夏にニューヨークでもてはやされたグラフィッティ・スタイルの渦巻き（もてはやされたのは、私見では、主に、画家が概して若死にするからだ）。そして、これまでの作品は、わたしのよく知っている、スイスの画家の手になるネオ・キュービズム風のもの。その画家は、伸びてきてはいるのだが、彼の現在の方向は、袋小路に向かっているように思われたので、ジャンスに、そう言った。少なくともその画家は色彩と対照のための並置《ジャクスタポジション》の優れた感覚はそなえていた。しかし、そのほかの画家の作品は、もっとひどかった。ラウシェンバーグなら幼稚園時代に作れたであろうようなコンバイン絵画。ステラの〈分度器〉シリーズにもとづいているのがみえみえな、あまり気の利かない幾何学絵画。それから、ひどく調子の悪い日に、韓国生まれのナム・ジュン・パイクが作ったものにそっくりな「見出された」彫刻。

わたしがスライドを見ているあいだじゅう、ジャンスは売り込み口上を述べ立てていたが、さして気合がこもってはいなかった。彼は、こういう画家をどこで見つけるのか。（彼は美術学校の卒業制作展で、いちばん人気のない展示作品を探すのだと、口さがない連中は言った。）もっと大事なことだが、彼は、そういうものをどこで売るのか。彼が美術商として美術界に大きなインパクトを与えているという話は、まったく聞いたことがない。彼は儲けてはいるけれども、ほかの手段で儲けているらしかった。

最後に彼は、ポケットから、ポラロイドカメラで撮った写真をひとつかみ取り出し、「いちばん新しい掘り出し物さ」と打ち明けた。「スコットランド人。すごい将来性がある」

わたしは、その写真を全部見た。「いくつだい？」

彼は肩をすくめた。「二十六か七」

わたしはそれから五歳か六歳を引いて写真を返し、「グレゴリー」と言った。「彼女はまだ大学生だ。こういうのは亜流だ――彼女が目下先人から学んでいる証拠さ――そうして、学生の作品はえてしてそうだが、型にはまっている。彼女には才能があるし、作品のユーモアは気に入ったよ、たとえ、それもほかのスコットランドの画家から借りたものであってもね」

ジャンスは写真の中にユーモアを見つけようとしたが、徒労らしかった。

「ブルース・マックリーンだよ」と、わたしは助け船を出した。「パオロッツィ、ジョン・ベラニーの魚。よく見てみれば、わかるさ」わたしは間《ま》を置いた。「あと五年か十年したら、彼女の作品をまた持ってきてくれたまえ。もし彼女が頑張れば、もし成熟すれば、もし天才とまやかしの違いを嗅ぎ分ける鼻を持っていれば……」

彼は写真をポケットにしまい、スライドをかき集めた。目が、湿ってでもいるかのように、キラキラと光っていた。

「きみは厳しい男だなあ」と彼は言った。

「だが、フェアな男だといいがね。で、そいつを証明するために、きみに一杯おごろう」

もちろんわたしは、テート・ギャラリーのカフェテリアでコーヒーを飲み、ねばねばしたケーキを食べていた、そのときに、自分の計画を持ち出したわけではない。二人は数週間後に会った――いわば、さりげなく。二人は、二人のどちらもあまり行かない町の一画にある、小さなレストランで食事をした。わたしは、彼の若い芸術家仲間のことを訊いてみた。連中は、人の真似がたいそう上手だろうな、とわたしは言った。

「人の真似？」

「連中は巨匠を研究した」と、わたしは説明した。「だから、巨匠の作品を、かなり上手に再現することができる」

「再現する」と彼は静かに鸚鵡《おうむ》返しに言った。

「再現する」と、わたしは言った。「つまり、影響の跡があるってことさ」わたしは間を置いた。「連中が模写をしているって言ってるわけじゃない」

「ああ、そうじゃない」ジャンスは、手をつけていない料理から目を上げた。「いよいよ核心に触れるのかい？」

わたしは、にこりとした。「収蔵室には、ごまんと絵がある、グレゴリー。そういう絵が日の目を見ることは、ごく稀だ」

「ああ、残念な話だ。まったくもったいない」

「人がじっくり味わうことができるだろうに」

彼はうなずき、二人のグラスにワインを注ぎ、「わかりかけてきたと思うね」と言った。「わかりかけてきたと思うよ」

それが、二人のちょっとした事業の始まりだった。もちろん、それがどんなものであったか、あなたにはおわかりだろう。あなたは頭の回転の速いお方だ。あなたは鋭くて犀利《さいり》だ。ひょっとしたらあなたは、こういうことに誇りを抱いているのかもしれない。つまり、常に人に一歩先んじているということに、また、物事を、まわりのだれかが知る前に知るということに。さらに、ひょっとしたら、自分は完全犯罪をおこなうことができるとお考えになっているかもしれない。犯罪など存在しない犯罪を。

犯罪は存在しなかったのだ、なぜなら、四ヵ月に一回の収蔵品の点検で、失くなった物はなにもなかったからだ。まず、わたしは作品の写真を撮る。実のところ、二回ほど、わたしはジャンスの仲間の若い画家の一人を収蔵室に連れてゆき、彼女が模写するはずの絵を見せさえした。彼女を選んだのは、彼女がミニマリストを研究していたからだし、今回は、ミニマリストの作品の模写を頼むことにしたからだ。

面白いことに、ミニマリズムの作品は、忠実に再現するにはいちばんむずかしいスタイルだ。ごたごたといろいろなものが描いてある絵では、見るべきものがやたらにあるので、陰影がおかしいということや、手の指が正しい角度に曲がっていないということを見過ごすことがある。しかし、二本の黒い線といくらかのピンクの波しか描いてない絵の場合は……そう、贋作であるのを見破るのは、もっと簡単だ。そういうわけで、ジャンスの仲間の画家は、自分が模写をすることになっている作品に面と向かったのである。わたしたちは、寸法を計り、ポラロイドカメラで写真を撮り、彼女は何枚かの予備的なスケッチをした。ジャンスが責任をもって、本物の絵のカンヴァスと同じカンヴァスおよび適切な額を見つけた。わたしの仕事は、本物の絵のカンヴァスを外し、それを美術館の外にそっと持ち出し、本物の絵の代わりに模写した絵を持ち込み、あとで、その完成した作品を、またもとの額に入れるというものだった。

　二人は用心深かった、ジャンスとわたしは。二人は、慎重に絵を選んだ。一年に一、二点――わたしたちは、決して欲張らなかった。どの絵を選ぶかは、さまざまな要因がどう結びついているかによった。あまりに有名な画家は好ましくなかったが、できれば、死んでしまった画家がよかった。（画家が自分の作品を調べにテート・ギャラリーにやってきて、自分の作品を模写したものを見つけるという事態を、わたしは恐れた。）そして、買い手がいなければならなかった――手に入れた作品を門外不出とする個人のコレクターが。贋作が、あるコレクションか展覧会に貸し出されるのはまずかった。本物は、テート・ギャラリーの収蔵室に安全にしまい込まれていることになっているのだから。幸い、わたしが期待したとおり、ジャンスは自分の市場を心得ているようだった。わたしたちは、その点ではどんな問題も抱えなかった。しかし、別の問題があった。時おり、展覧会の主催者から、ある絵を貸してくれと言ってきた――わたしたちが模写した絵を。しかし、学芸員であるわたしは、当の作品がテート・ギャラリーになければならない理由をひねり出し、相手を宥《なだ》めるつもりで、代わりにほかの作品をお貸ししましょうと言えばよかった。

　それから、ローテーションという問題があった。時には、模写の一枚がテート・ギャラリーの展示室の壁面を飾らねばならないのだ。そうでなければ、人は疑念を抱く。そういうときは不安だったが、わたしは慎重に、その絵を懸ける場所を選んだ。つまり、もっとも目立たない、もっとも薄暗い場所を。そして、たいてい、もっとずっと面白い絵を近くに懸け、観覧者の注意をそらすようにした。わたしは、絵をとくと鑑賞する者に気をつけた。一、二度、画学生がやってきて、模写した作品をスケッチした。しかし、それが模写ではないかと一瞬でも疑った者は一人としていず、わたしの自信は増した。

ところが……ところが……

もちろん、わたしたちは、以前にも絵を貸し出したことはある——例のディナーパーティーでも話したとおり。ある大臣が、訪問客を感心させるために、事務室に、なにかの絵を懸けたいと思ったとする。すると、われわれは、ふさわしい絵はなにかということについて話し合う。個人の後援者の場合も同様だ。彼らは、一枚の絵を、数週間、時によっては数ヵ月も借りることができる。ともかくわたしは、絵を借りようとする者の注意が、二十点かそこらの模写に行かないように気を配った。絵の選択の幅が狭いわけでは決してないのだ。一点の模写に対し、借りることのできる、五十点の本物の絵があるのだ。ジャンスが一度ならずわたしに請け合ってくれたように、わたしたちは、まず安心してよかった。

首相が電話をかけてきた日までは。

首相は、絵について、わたしが自家醸造について知っているくらいにしか知らない男だ。彼は、一見博学そうだが、実は、うれしくなるくらい無知なのだ——絵に関してだけではなく。しかし彼は、デパートを歩き回る貴族の未亡人そっくりにテート・ギャラリーの中を歩き回ったが、欲しい絵が見つからないようだった。

「ヴォーア」と彼は、やがて言った。わたしは、聞き間違えたのかと思った。「ロニー・ヴォーア。きみたちのところに二枚あると思ったがね」

わたしは随員を、ひとわたり見渡した。だれ一人、ロニー・ヴォーアの作品を知っていそうには見えなかった。そんなに無教養では、名門の社交クラブ、ギャリック・クラブに入って箔《はく》をつけようとしたところで、とても入れてもらえないだろう。だがしかし、わたしの上司がそばにいて、軽くうなずいたので、わたしもいっしょにうなずいた。

「いまのところ貸し出されていません」と、わたしは首相に言った。

「ここにあるという意味かね？」彼は、にこりとした。すると、へつらうような笑い声がいくつか起こった。

「収蔵室に」とわたしは、自分もにこりとしようとしながら説明した。

「一〇番地に、一枚欲しいね」

わたしは、いくつか理由をつけて——いま汚れを取っているところだとか、修復しているところだとか、フィラデルフィアに貸してあるとか——それは無理だと言おうとしたが、わたしの上司が、またもうなずいていた。でも、考えてみれば、首相は美術についてなにを知っているというのか。おまけに、うちのヴォーアの一点しか贋作ではない。

「かしこまりました、首相。お送りするよう、わたしが手配いたします」

「どれだね？」

わたしは唇を舐《な》めた。「もうお決まりで？」

彼は、唇をすぼめて考え込んだ。「ちょっと見てみなくちゃならないかもしれないな……」

普通は、どんな観覧者も収蔵室には入れない。しかし、その日の午前は、わたしたち十人ほどが、〈横臥《おうが》するシュルー〉と〈動いているハーバート〉の前に立っていた。ヴォーアは、題の付け方が実にうまかった。誓って言うが、その二つの絵を長いあいだじっと眺めていると油絵具の小さな塊と、貼りつけた写真、映画館の切符の半券、乳濁液の飛沫、爆発する色彩の向こうに——大きな一匹のシュルーすなわちトガリネズミと、走っている一人の男の姿を実際に見ることができる。

首相は、虜《とりこ》になったかのように、二枚の絵をじっと見ていた。「あれは、シェイクスピアの『じゃじゃ馬《シュルー》』と同じ意味かね？」

「いいえ、齧歯《げっし》動物だと思いますが」

彼は、そのことについて、じっと考え、「震えるような色彩だ」と結論づけた。

「大変なものです」と、わたしの上司は同意した。

「ポップアートの影響を感じざるを得ませんなあ」と小吏の一人が間延びした口調で言った。わたしは危うく噎《む》せるところだった。それは、ベリル・クックにピカソの影響が認められると言うのと変わらない。

首相は、その年配の小吏のほうを向いた。「わたしにはわからない、チャールズ。きみは、どう思うかね？」

「シュルーがよろしいと思いますが」

わたしの心はときめいた。首相はうなずいてから、〈動いているハーバート〉を指さした。「こっちにしようと思う」

チャールズは困ったように見えた。まわりの者は、微笑を押し隠そうとしていた。それは、相手をへこますことを計算した手で、首相お得意の政治的駆け引きの一つだ。政治的駆け引きが、事の決着をつけた。

その結果、贋作のロニー・ヴォーアがダウニング街一〇番地の壁を飾ることになった。

わたしは、荷造りと運搬の監督をした。わたしにとって、忙しい一週間だった。わたしは、初期のロスコの展覧会を開くために、いくつかの作品を借りる交渉をしていた。ファックスでの書類と保険金額の評価の書類が飛び交った。アメリカの美術館は、作品を貸し出すということについて、ひどく神経質だった。わたしは、ある美術館に、ロスコの大したものではない作品一点と交換に、ブラックを一点貸し出すことを約束した。それも三ヵ月間。ともかく、頭痛がしていたにもかかわらず、ヴォーアの作品が新しい家に引っ越したとき、わたしもいっしょについていった。

その前に、わたしはヴォーアを貸し出すことについてジャンスと話し合った。模写を、ほかの絵と取り替えたらいい、「だれも気づきはしない」とジャンスは何度も言った。「やつは気づくね」と、わたしは言った。「やつはヴォーアを欲しがった。欲しいものがなにか、知ってたのさ」

「でも、なぜだろう？」

それはいい質問で、わたしには、まだ答えがわからなかった。わたしはその絵が二階の踊り場か、一般の人間の目に触れない隅か凹《へこ》みに懸けられることを願ったが、官邸の職員は、その絵を懸ける場所を正確に知っているらしかった。職員は、食堂のいちばん目立つ場所に懸かっていた絵を外し、そこにヴォーアを懸けた。（食堂は一つだけではないのかもしれないが、いくつあるのかは定かではなかった。わたしは、自分が、いわば一軒の家に入ったものと思ったが、実は一〇番地は迷路であり、正真正銘の、ドクター・フーの乗るタイムマシン、ターディス号であって、数え切れないくらいたくさんの廊下と事務室がある。）

　わたしは、官邸内の美術品がご覧になりたいでしょうから、ほうぼうご案内しましょうと言われたが、そのときまでには、頭が実際にひどく痛くなっていたので、申し出を断わり、テート・ギャラリーに歩いて帰った。わたしはミルバンクまでずっと歩いてゆき、テムズ川のほとりで一休みし、濁った流れを眺め下ろした。あの疑問には、まだ答えられなかった。なぜ首相はロニー・ヴォーアの作品を所望したのか？　当節、どんな正気の人間がロニー・ヴォーアの作品を見たがるというのか？

　答えは、もちろん、かかってきた電話とともにやってきた。

　ジョー・ヘファーホワイトは、重要人物だった。一時、上院議員をしていたこともある。いまでは「長老政治家」と目されていて、アメリカの大統領は、紛争を調停し自分たちの良心を慰めるのに都合のよい、世界の注目を集めていて大きな宣伝になる場所に、時おり彼を派遣した。彼自身が大統領候補になる話も出たことがあったが、もちろん、彼の過去の経歴が不利に働いた。青年時代、ヘファーホワイトはボヘミアンだったのだ。パリに住み、詩人になろうとした。放浪詩人で作家のジャック・ケルアックとニール・キャサディーといっしょに鉄道線路を歩いたこともある。それから、金で政界入りをするだけの財産を相続し、政治家として偉くなったというわけだ。

　わたしは、ちょっと前に、そうした背景が書いてある本を読んだので、彼に関して少し知っていたのだ。といって、わたしがジョーゼフ・ヘファーホワイトに関心を抱いていたわけではない……しかし、ロニー・ヴォーアには、大いに関心があった。

二人の男は、最初、スタンフォード大学で出会い、その後、パリで再会した。それからも、お互いに連絡し合っていたが、〝ヘフ〟が政治家になる決心をしたあとで、初めて別れ別れになった。二人は、ヒッピー文化、ドロップアウト、ヴェトナム、社交界の過激派好み——六〇年代のアメリカで、よく話題になった事柄だ——について激論を戦わせたのだ。やがて一九七四年に、ロニー・ヴォーアは新しい白いカンヴァスに横たわり、拳銃を口に突っ込み、世界に最後の作品を遺《のこ》した。生前は定まらなかった彼の名声は、自殺の仕方の異様さのおかげで一挙に高まった。わたしも、同じような芝居がかった仕方でこの世におさらばできるかどうか考えた。しかし、だめだった。わたしは芝居がかった男ではないのだ。わたしの場合は、睡眠薬と一瓶のまっとうなブランデーだろうと思った。

パーティーのあとだ。

わたしは、緑のアルマーニを着ていた。それを着れば、目に浮かんでいる絶望の色が隠せるのではないかと期待したからだ。ジョー・ヘファーホワイトは、まさしくヴォーアを知っていて、ヴォーアの画風と制作方法を、じかに見たのだ。それだから首相は、ヴォーアの作品を所望したのだ。そのアメリカ人を感心させるために。あるいは、ひょっとしたら、ヘファーホワイトに来てもらって光栄だということを、なんらかの方法で示すために。それは政治的な手で、美的感覚とは縁もゆかりもない。この状況は、皮肉めいていなくはない。芸術的感性ゼロの男、ウォーホルとホイッスラーの区別もつかない男……そういう男が、わたしを破滅させようとしているのだ。

わたしは、あえてジャンスには事情を話さなかった。ジャンスは、わたしがこの世から去ったあとで、自分で真相を探ればいい。わたしは自分の机の上に、一通の手紙を残した。それは、封をし、親展と書き、上司に宛てたものだ。グレゴリー・ジャンスには恩も義理もなかったが、その手紙には彼の名前は書かなかった。模写した作品のリストさえ書かなかった。どれが模写したものか、専門家に鑑定させればいい。永久保存のコレクションの中に、ほかの贋作が入っているかどうか知るのは面白かろう。

もちろん、わたしは、生きていないので、それを知ることはできないが。

一〇番地は、まばゆかった。そこのどこもかしこも光り輝いていたが、パーティー会場は、その夜の催しのスケールを考えると、こぢんまりとしているように思われた。首相は、チャールズという男に導かれながら招待客のあいだを歩き、そこここでひとこと言った。チャールズは、一つのグループに近づくと、だれがだれで、どう扱ったらいいのか首相にわかるように、首相の耳元で、なにやらちょっとささやいた。どうやら、わたしはそのリストの下のほうらしく、わたしは一人で突っ立って（もっとも、一人の小吏が、わたしと話をしようとしたけれども。招待客を一人にしてはいけないというのがルールらしかった）、十八世紀のフランドル人が描いた絵をしげしげと見ているふりをしていた。その絵は、わたしの専門外だったが。

首相は、わたしと握手をしてから、「あんたに会ってもらいたい人物がいるんだが」と言って、ジョー・ヘファーホワイトのいるほうに向かって、肩越しに振り返った。へファーホワイトは、踵《かかと》を軸に体を前後に揺らしながら立ち、招待客のご機嫌をとるようにと命令されているのは疑いない、二人の、にやにやしている官吏に、どうやらひどく面白い話をしているらしかった。

「ジョーゼフ・ヘファーホワイト」と首相は言った。

まるで、わたしが知らないかのように。まるでこの二十八分間、わたしがその男を避けていなかったかのように。

わたしは、首相からひとこと話しかけられるまで、途中で帰ることはできなかった。帰ろうとすれば、そのことを改めて思い出させられただろう。それは、儀礼上のしきたりの問題だった。わたしが帰らなかったのは、ひとえにそのためだ。しかしいまや、わたしは逃げる決心を固めた。ところが、首相には、別のプランがあった。彼は、まるで旧友であるかのように、ジョー・ヘファーホワイトに向かって手を振った。するとヘファーホワイトは話を途中でやめて――聞き手の顔に浮かんだ安堵の色には気づかずに――わたしたちのほうに意気揚々と歩いてきた。首相は、わたしの肩をつかんで――そっとではあったが、わたしには、つかまれているところが燃えるように感じられた――ヴォーアの模写が懸かっているほうにわたしを押していった。テーブルが、その絵とわたしたちを隔てていたが、それは補助テーブルで、わたしたちは、絵から、そう離れてはいなかった。給仕たちは、カナッペと発泡性飲料の瓶を載せた盆を持って歩き回っていた。わたしはヘファーホワイトが近づいてきたとき、飲み物をお代わりした。

「ジョー、こちらはテート・ギャラリーの方だ」

「やあ、どうも」とヘファーホワイトは言って、わたしの空いているほうの手を握って勢いよく振った。そして、首相に向かってウィンクをした。「わたしがあの絵に気づかなかったなんて思わないでくれたまえ。いいタッチだ」

「われわれはお客さんに、歓迎されているという気分になってもらわなくちゃいけないんだ。テートには、もう一枚ヴォーアがあるのさ」

「そうかね?」

チャールズが首相の耳になにごとかささやいた。「申し訳ない、行かなければ」と首相は言った。「では、お二人きりで絵をゆっくり見ていただこう」そして、にこりとしてから立ち去り、次の客のほうに向かった。

ジョー・ヘファーホワイトは、わたしに微笑みかけた。彼は七十代だったが、驚くほど若々しく、髪も黒くて厚かったが、増毛したものかもしれないし植毛したものかもしれない。彼はだれかに、ブレイク・キャリントンに似ていると言われたことはないのだろうかと、わたしは思った。

彼は、わたしのほうに身をかがめた。「ここには隠しマイクが取りつけてあるのかね?」

わたしは、目をパチクリさせたが、聞き間違えたのではないことにし、知らないと答えた。

「取りつけてあるとしたって、わたしにはどうでもいい。いいかね」と彼は、例の絵に向かって顎をしゃくった。「あれは一種の残酷なユーモアだ、そうは思わないかね?」

わたしは、ぐっと唾を呑み込んだ。「お話が、よくわかりませんが」

　ヘファーホワイトは、わたしの片方の腕を取って、わたしをテーブルの向こうに連れていった。二人は、絵に面と向かった。「ロニーは、わたしの友人だった。やつは拳銃で自分の頭をぶち抜いた。きみたちの首相は、わたしがそのことを思い出させてもらいたがっているとでも思ってるのかね？　これは、わたしになにかを語ることになっているんだと思うね」

「なにを？」

「よくは、わからん。少し考えてみなくちゃいけない。きみたちイギリス人は根性曲がりだ」

「それには異議を唱えなくちゃいけないと感じますね」

　ヘファーホワイトは、わたしの言葉には取り合わなかった。「ロニーは、〈ハーバート〉の最初のヴァージョンを、四九年か五〇年に、パリで描いた」彼は、眉根を寄せた。「五〇年に違いない。ハーバートがどういう人物だったか知ってるかね？」彼は、いまや絵をしげしげと眺めていた。最初、目を画面全体にさっと走らせた。次に、もう少しよく見、そこここの部分を選び、注意を集中した。

「どういう人物だったんです？」細長いシャンパングラスが、わたしの手の中で震えた。死は、とわたしは思った、ある救いとして訪れるだろう。もう、遅すぎるくらいだ。

「わたしと同じ部屋に住んでいた男さ、名字は知らなかったね。名字は手《て》枷足枷《かせあしかせ》みたいなものだと、やつは言ったよ。マルコムXのような連中とは違い、ハーバートは白人で、育ちがよかったがね。サルトルを研究したがった、劇と映画の脚本やなにかを書きたがった。いやあ、やつはどうなったのか、わたしはよく考えるのさ。ロニーも、よく考えたのを、わたしは知ってる」彼は洟《はな》を啜り、目の前を通ったトレーからカナッペをつまんで口に押し込み、「いずれにせよ」と、ぐずぐずになったパンの小片のあいだから言った。「ハーバートは――やつは、ハーブと呼ばれるのを好まなかった――よく外に走りにいった。健全なる精神は健全なる身体に宿る、それがやつの信条だった。やつは夜明け前に外に出た、たいていは、わたしらがちょうど寝る時間さ。やつは、わたしらに、いっしょに行ってもらいたがったものさ、いつも。そうして、きみたちは一走りすると、世界が違って見えるぞと言ったものさ」ヘファーホワイトは、そのころのことを思い出しながら微笑み、ふたたび絵を見た。「セーヌ川沿いに走っているのが、やつだよ。ただ、川は、哲学者と、哲学者の書いた本でいっぱいで、みんな溺れてるがね」

彼は、絵を見続けていた。さまざまな思い出が彼の心の中に蘇るのを、わたしは感じ取ることができた。わたしは、彼に、そのまま絵を見させた。彼に、絵を見てもらいたかった。それは、だれよりも彼の絵なのだ。そのことが、いまやわかった。わたしは、自分がなにか言うべきなのを知っていた……「大変面白い」とか「それでいろんなことの説明がつきますね」とかいったことを。しかし、わたしは言わなかった。わたしも絵をじっと見た。まるで、ごった返していて騒々しい部屋の中にいるのは、わたしたち二人だけのような気がした。二人は、孤島にいるか、タイムマシンの中にいるといってもよかった。わたしは絵の中に、走っているハーバートを見、ハーバートの飢餓感を見た。彼の、問いかける情熱と、答えをなんとか得ようとする気持ちを見た。わたしは、なぜ哲学者が常に挫折するのか、そしてそれにもかかわらず哲学者が考えつづけるのかを見た。悲惨な話の一部始終を見た。そして、色彩。強烈な色だが、都会の色でもある。まさに、パリの色だ。戦後間もなくの、復興しつつある都市。血と汗。そして、生きつづけようという、単純で野性的な欲求。

生きつづける。

わたしの目が潤《うる》んだ。わたしは、なにか愚鈍なこと、「ありがとう」というようなことを言いかけたが、ヘファーホワイトがわたしを出し抜き、わたしのほうに身をかがめた。彼の声が小さくなり、ささやき声になった。

「こいつは、まぎれもない贋作さ」

彼は、そう言ってわたしの肩を軽く叩き、またパーティーの人込みの中にゆっくりと姿を消した。

「死ぬほど驚いたよ」と、わたしはジャンスに言った。パーティーの直後のことだった。わたしは、まだアルマーニを着ていた。そして、自分のアパートの床をゆっくりと行ったり来たりしていた。大したアパートではない。メイダ・ヴェイルにある建物の四階で、寝室が二つだ。しかし、わたしは、自分の部屋を見て、うれしくなった。湧いてくる涙を抑えかねたほどだ。わたしは電話を手にしていた……だれかに話さなくてはならなかった。そして、ジャンス以外に話す相手はいないではないか。

「そう」と彼は言った。「きみは、買い手がだれか、訊いたことはなかった」

「知りたくなかったのさ。ジャンス、神にかけて誓うが、死ぬところだったよ」

彼は、くすくす笑ったものの、本当にはわかっていなかったのだ。彼はスイスにいたが、もっとずっと遠くにいるような声だった。「ジョーが、すでにヴォーアを二点持ってるのを、ぼくは知ってた」と彼は言った。「やつは、ほかのもいくつか、ぼくから買った――しかし、やつは、その事実を宣伝しない。だからやつは、〈動いているハーバート〉の理想的な買い手だったのさ」

「しかし、やつは、自殺のことを思い出させられたくないって言ってたぜ」

「やつは、なぜ、その絵がそこにあったかについて話してたのさ」

「やつは、あれが一つのメッセージに違いないって思った」

ジャンスは溜め息をついた。「政治だよ。だれに政治がわかるっていうんだい？」

わたしは、彼といっしょに溜め息をついた。「ぼくは、もうこんなことはできない」

「無理もない。そもそも、なんできみがこんなことを始めたのか、ぼくにはわからなかったよ」

「そう、物事に対する信念というものを失った、と一応言っておこうか」

「ぼくもさ。最初から大して信念なんかなかったけどね。あのねえ、このことは、だれにも話してないだろうね？」

「だれに話すっていうんだい？」わたしの口が、パクリと開いた。「けど、メモを残してきた」

「メモ？」

「ぼくの事務室に」

「取りにいったらどうかね？」

わたしは、ふたたび全身が震えはじめたが、タクシーを探しに外に出た。


その夜の警備員はわたしを知っていて、建物の中に入れてくれた。わたしは以前、夜間に仕事をしたことがあるのだ。そういうときだけ、わたしは本物の絵のカンヴァスを外し、模写のカンヴァスと替えることができたのだ。

「今夜は忙しいんですね？」と警備員は言った。

「え？」

「今夜は忙しいんですね？」と彼は繰り返した。「あんたのボスは、もう中にいますぜ」

「いつ来たんだい？」

「来てから五分もたってない。駆けてましたよ」

「駆けてた？」

「おしっこしなくちゃいけないって言ってましたぜ」

わたしも駆けた。全速力で展示室を駆け抜け、事務室の並んでいるところに向かった。両側の絵がぼやけた。上司の事務室の明かりがついていて、ドアが少し開いていた。しかし、部屋にはだれもいなかった。机のところに歩いてゆくと、封筒に入ったままの、わたしの遺書があるのが見えた。それを取り上げて上着のポケットに入れた。すると、ちょうどそのとき、上司が部屋に入ってきた。

「やあ、よく来てくれた」と彼は、両手をこすって乾かしながら言った。「メッセージを聞いたんだね」

「ええ」とわたしは、息を整えようとしながら答えた。メッセージ。わたしは留守番電話をチェックしなかったのだ。

「二晩ほど仕事をすれば、ロスコの件を片づけることができると思ったのさ」

「そのとおりですね」

「しかし、そんなにフォーマルにする必要はない」

わたしは、彼を凝視した。

「スーツだよ」と彼は言った。

「一〇番地で飲んでたんです」と、わたしは説明した。

「どんな具合だったかね？」

「盛会でした」

「首相はヴォーアがお気に召してるかね？」

「ええ、大変」

「知ってるかね、彼は、あれで、あるアメリカ人を感心させたかっただけだったのさ。側近の一人が教えてくれたよ」

「ジョーゼフ・ヘファーホワイト」と、わたしは言った。

「で、やつは感心したかね？」

「感心したと思いますよ」

「そうかい、それなら、わたしらと首相の関係は当分うまくいく。わたしらみんな、だれが財布の紐を握っているのか知ってるのさ」上司は椅子にゆったりと座り、自分の机の上を見た。「あの封筒はどこかね？」

「え？」

「ここに封筒があったんだが」彼は床を見下ろした。

わたしは唾を呑み込んだが、口の中は乾いていた。「わたしが取りました」と、わたしは言った。彼は、びっくりしたような顔をしたが、わたしは、なんとか微笑んだ。

「わたしが書いたものだったんです、一晩か二晩を、二人でロスコに使ったらどうかという提案を」

上司は、満面に笑みを湛えた。「〝賢者の考えはみな同じ〟ってやつだね、え？」

「そのとおりです」

「なら、座りたまえ、始めようじゃないか」わたしは椅子を引き寄せた。「きみに、ひとつ秘密を明かしてやろうか？　わたしは、ロスコが大嫌いなのさ」

わたしは、また微笑んだ。「わたしも、そう好きじゃないんです」

「学生だって、やつくらいに描ける、ひょっとしたらもっとうまく描けるって思うときがある」

「でも、そうなると、彼の作品ではなくなりますね？」

「そう、そいつが問題さ」

しかしわたしは、ヴォーアのあの贋作と、ジョー・ヘファーホワイトの話と、あの贋作に対する自分自身の反応について考えた——所詮は模写であるものに対する反応について。そして、いぶかりはじめた……

グリマー
Glimmer

東野さやか訳

かくして六〇年代は終焉を迎える。

誰かがアニタを魔性の女と評した。きみはさもありなんと思う。きみがアニタに「ブラックにする、それともミルクを入れる《ホワイト》？」と訊くと、アニタは「ブラック」と答える。だから、彼女のコーヒーにはミルクを入れずにおく。彼女はコーヒーを少しカーペットにこぼし、ジャック・ダニエルズを注ぐ余裕を作る。そうしておいて、キースだかブライアンだかを探しに行ってしまう。あるいはそれ以外の誰かを探しに。

きみはコーヒーの染みをよけながら、壜のキャップを締める。床はあらたなる無礼を甘受する。新しく投入された新兵が、堆積した……

堆積してるものはなんだ？ しっかりしろよ、ライターはきみじゃないか。そのカーペットを具体的に描写し、比喩を繰り出すのはきみの仕事だ。〝新兵〟と表現したのは、床が戦場さながらだからだ。カーペットの元の色は毒々しい赤褐色。踏みつぶされたポテトチップ、サンドウィッチの切れ端、紙袋、煙草の吸い殻、使用済みマッチ、ゴキブリ、チョコレートの包み紙などのゴミに埋もれ、カーペットそのものはほとんど見えない。飲み物の缶、壜、音楽関係の新聞と雑誌、サイン入り写真、フラッシュ・バルブ、封筒、それにテープのリール。

（この中に必要なものはどれだけある？）

おい、見ろよ、煙草のパックのそばになにかある——丸めた紙屑が三個。歌詞をメモした紙だ。ひとつ拾いあげて、広げてみようじゃないか。下書きだ。と言ってもほんの数行だけ。行間韻を踏む言葉を探して書きつけたものだ。いちばん上の『お茶と同情《ティー・アンド・シンパシー》』の文字に下線が引かれ、後ろにクエスチョン・マークが二個ついている。曲の仮題だろうか。

　バンドの写真。おもてにいるグルーピーには、それなりに価値があるかもしれない。でも彼女たちのほとんどは、そんなもので満足できる段階をとっくに過ぎている。彼女たちは自分の身体をサイン帳にしている。自分が参加した乱痴気騒ぎについてエピソードを自慢し合うが、その内容たるや、日曜のゴシップ新聞に載せるにしても、表現を和らげねばならないほどだ。今は朝の四時だが、賭けてもいい、このスタジオの外にはまだファンがうようよしているはずだ。たまに気の毒に思うやつがいて、熱い茶を注文してやったりする。同情からにせよ、そうでないにせよ。朝の四時、ロンドンはまるでよどんだ溜まり水だ。隅っこの床に男がすわっている。眠っている。あいつは十二時間前も眠っていた。きみはもう二度、男が呼吸しているかと確かめた。薄くなった白髪頭、もじゃもじゃの顎鬚、カリフォルニアの服。この男も物書きだ。きみより名が売れてはいるが。彼は処女作で金持ちの仲間入りをした。それから八年間、二作目を書こうと奮闘しつづけている。男が最後に目をあけていたとき、きみは自分の記事のために彼にインタビューした。

「これは」男は語った。「世代の否定の始まりだ。今日という日を捕らえ、その首をひねるのは、悪魔的所業のきわみなんだよ、きみ。神の子らはみな翼を持つが、フライト・スケジュールがある翼はアシッド《LSD》だけだ。その顔つきから察するに、きみは煙草を吸うようだ。一本くれたまえ」

　かつてこの作家が、〝失われた世代の権威〟と評されていたことをきみは知っている。その言葉にこめられた意味はひとつではない。

　いったいどこから、これだけの人間がやってきたのか？彼らはバンドのそばを片時も離れない。何時間も何日も何週間も。しかも、なんの苦もなくそうしているとしか思えない。しかしバンドの核心となると……そこに切り込めた者は、今のところいない。内なる聖域、誰も入ることを許されない場所があるかのように。きみが自分の記事で迫ろうとしているのは、まさにそこだ。自分が書くものを決定的な意見に、権威ある見解にしてみせる。きみはそれをみずからに課したのだった。

〈経歴〉労働者階級出身。地元のセカンダリー・モダン・スクールに進学。美術学校に通い、いくつかのバンドでリズム・ギターを担当。その後、アングリーな戯曲を四本書き、それは四部作となってロンドンの舞台で成功をおさめ、現在は地方巡業中。その戯曲のジョークをすべて理解できた者はいない。怒りのすべてを理解できた者もいない。

問題がひとつ。きみはもはやアングリーじゃない。だが、怒りこそ、大衆がきみに望むもの。きみはこのバンドについて五百文字書いた。残るはあとわずか四千五百字。おまけに、おもてにはきみと寝てもいいという女の子たちがいる。自分たちには手の届かないものにきみが近づけるからというだけで。それに、たった一度の講演できみの最初の二本の戯曲を合わせたより多くの金を稼ぐ男が、部屋の隅で眠りこけている。しかもその男が言うには、講演はぶっつけ本番。その頭をきみは蹴飛ばしたい衝動にかられるが、それはけっして怒りにまかせての行動では……

またアニタがやって来てこう言う。「あんたはあたしのお抱え運転手よ、ダーリン」そしてキーの束を渡し、きみの頬をついばむようにキスする。目のまわりが真っ黒になっている。おれの名前を知っているのかと訊くと、彼女は大声で笑う。

「運転手に名前なんかないわよ、かわいい人《リーブヘン》」

そして彼女はきみをベントレーがある場所まで案内する。

おもてにいる少女たちはアニタが好きじゃない。険しい目で彼女を一瞥する。アニタは例の幻のバックステージ・パスとやらを持っているのだろうか？ 〝どこでも出入り自由《オール・エリア》〟と記されたパスを。持っていないときみはにらみ、そう思われて彼女はいらだっているようだ。あれだけ力があって、魅力的なのは誰の目にも明らかなのに、そんなアニタでさえ究極の許可証が持てない。

きみは静まりかえった通りに車を走らせ、書かねばならない記事からどんどん遠ざかる。アニタは後部座席でのびている。窓があいていて、彼女の髪が顔をなぶる。彼女は同じ歌を繰り返し繰り返し歌っている。

「ウーウー、ウーウー」

なんの音に聞こえると、彼女が尋ねる。

「列車」きみは吹きつける風に声を張りあげる。「ほら、汽笛が鳴る音さ」

彼女はにっこり笑う。「あんたってロマンチストね」

「じゃあ訊くが、列車じゃなきゃなんなんだ?」

彼女は居ずまいを正し、自分の頭がきみの真後ろにくるよう、上体を前に傾ける。「バンシーよ」彼女は低い声で言う。「バンシーの泣き声」彼女の口はきみの耳のすぐそばにある。「ウーウー」彼女はまた歌う。そしてシートに背中をあずける。

どこに行けばいいかと訊いても、彼女は聞いていない。けっきょくエンバンクメント通りを走る。チェイニー・ウォークで降ろしてほしいのだろうと思ったからだが、そこに着いても彼女はまったく気づかない。タクシーが二台、国会議事堂から走り出ていく。夜を徹しての議論の終わり。ダウニング街の入り口に、パトカーが一台停まっている。きみはある日曜新聞に、政府に関する記事を書いた。誰もろくに関心を払ってくれなかった。スタジオにいるあのぐうたら作家が、《プレイボーイ》誌でジョン・F・ケネディ暗殺について論じたときは、五千ドルもの原稿料が支払われた。おまけにやつは、その雑誌の創刊者であるヘフナー氏の屋敷で一日を過ごした。バンドの連中も一緒だったにきまってる。おそらくアニタは招かれなかっただろうが。

「そうだわ!」彼女が金切り声をあげ、きみはハンドルを握ったまま身体をすくませる。「すっごくいいことを思いついちゃった!」

彼女は車をUターンさせてと言い、スタジオからこんな離れたところまで連れてきてときみをののしる。この車が誰のものかもきみは知らない。だが、彼女の必死の形相に気圧され、ベントレーを歩道に乗りあげて、来た方向に向きを変える。スタジオに戻ると、アニタはレコーディング・ルームにすっ飛んでいく。

彼女は全員を集めて戻ってくる。あの作家までもが彼女の魔法で目を覚ましている。フランス人の映画監督がいる——ゴダール、そんな名前じゃなかったか? その撮影スタッフも一緒だ。監督はきのう、無政府主義についてきみと議論しようとしたが、彼の英語ときみのフランス語では会話が成り立たなかった。一本のマイクを中心に輪ができつつある。全員がヘッドホンを付け、そこでようやくアニタの合図で曲が始まる。アニタにつられ、みんなが踊り出す。パーカッションにつづいてピアノ伴奏によるリード・ヴォーカル。輪の外にバンドのメンバーの姿が見える。彼らはエンジニアと一緒に制作室にいる。疲れたようにも鷹揚なようにも見える。たぶん酔っぱらっているだけなんだろう。そのときアニタが片手をあげる。今だ。

「ウーウー！　ウーウー！」

「ウーウー！　ウーウー！」

そのときぎみはロックンロール・バンドのバンシーになる……

このパーティ会場はどこだ？　高い窓に黒いヴェルヴェットのカーテンがかかっている。蠟燭。真っ赤な電球。ランプの笠に無造作にかけられたバティックのスカーフ。ハーブのほのかな香りが漂う。ドラッグの特製カクテル。さる情報源によれば、ホスト役——きみはほとんどその人物としゃべってないが——は下級貴族で、べつの情報源によれば、遊び半分で株に手を染めているらしい。料理はあらかたなくなっている。招待客が一度に何切れものスモークサーモンを丸め、すでに膨らんだ頰に押し込もうとしている。

照明のせいではっきりしないが、みんな顔色が良くない。ピエロみたいな白い顔だ。いや、昼間、太陽光のもとで見れば、そういう色に見えると言うべきか。おもては陽が射している時間なのだろうか？　腕時計は玄関ではずされ、ホストがどこかに隠してしまった。掛け時計はない。電話もラジオもテレビもない。

「ここでは時間を忘れてください」ホストはにこやかに笑って言った。「このパーティは時間なるものの中には存在しないのです。一九七〇年が来るまでパーティしつづけようじゃありませんか」

一九七〇年の到来をどうやって知るのかと訊きたかったが、そのとき誰かがきみにマリファナのようなものをよこし、その後しばらく質問できなくなった。

　あれはなんだったのか？　ただのマリファナじゃない。きみでも安心してやれるマリファナとは別物だ。もっとずっと強烈な代物。ヘロインがいくらか混ぜてあるのか？　高純度のスピードボール？　音楽が演奏される中、床に、ソファに、小型クッションに客が転がっている。きみは弟子ふたりに連れられてここに来た――きみは彼らを〝弟子〟と見なすようになっている。べつにきみのほうが偉いからじゃない。その逆だ――が、もう知った顔はどこにもない。大鼻のジェフ《ジェフ・ザ・ノーズ》は顔を見せたがもう帰った。クラインも招かれているようだが、彼が顔を出すとは思えない。契約交渉が難航しているだの、借金がかさんでいるだのと噂されている。ビートルズのひとり……一時間かそこら前、聖なるビートルがきみの目の前を横切らなかったか？　そのときの彼は死期が迫っているように見えなかったか？

　ケネス・アンガーはここロンドンに滞在していたが、きみの取材の申し込みを断わった。彼は閉じたドアの向こうで、きみの弟子としゃべっていた。アンガーのことを魔王〝メイガス〟と見なす者がいる。彼が次の映画《ルシファー・ライジング》で誰を起用するつもりか、きみは知っている。完璧なルシファーを、完璧すぎるほどの魔王ベルゼブブを演じられると彼が思う役者は誰か、きみは知っている。

　誰もが知っている。

　きみは『巨匠とマルガリータ』という本を読んでいる。マリアンヌがミックにやったという本。このブルガノフの小説でミックはひらめきを得た。『お茶と同情』をさらにハードにし、もっとべつのもっとすばらしい曲に変えた。きみはいぶかる。その曲がラジオでオンエアされるだろうかと。あの曲できみは、バック・コーラスに参加しただけじゃない。もっと大きなものの一部になったのだ。

　それまでどうしても言葉にできなかったものの一部に。

　ひとりの女がきみにマリファナを差し出している。彼女は睫毛を蜘蛛の脚ほども太くしている。麦わら色の長い髪を三つ編みにして、頭のてっぺんで結い上げている。とぐろを巻いた蛇そっくりに。

「メデューサ」きみは節をつけて歌うように言う。「おれを石に変えるつもりか?」

女はその問いを無視し、クラプトンのことを教えてと言う。きみは首を横に振りつつ、マリファナの煙を吸いこむ。「カメラマンのベイリーなんでしょ?」彼女はなおも訊いてくる。きみがもう一度首を横に振ると、女は蛇をくねくねさせてどこかに消える。しかし、それでかまわない。パーカッションと原始的なビートの利いた歌が頭の中で聞こえてくるから。

原始的——これこそきみが探し求めていた言葉……だが、やっと見つけたはいいが、けっきょくどうしていいかわからず、もてあましてしまう。

パーティは加速度的に勢いを増していく。客が来ては帰るが、中心メンバーは居座りつづけ、さらに気勢を上げる。おもむろに決定が下され、全員が上着やスカーフはどこかと手探りし、フラットから転がり出て階段を降りていく。おもては夜で、その空気は今まで味わったことがないほどすがすがしく感じる。きみは大きく息を吸い、車の往来に耳を澄ませる。自家用車にタクシー。誰もがどこかに向かっており、きみもその流れの一部となる。十分走ったところで車から吐き出され、あわただしくまた建物に入る。今度はナイトクラブ。〈ヴェスヴィオ〉という名の。前にも来たが、こんなハイになった連中と一緒なのは初めてだ。

誰かがきみの袖を引っぱっている。きみは襞飾りつきの白いシャツを着ている。それを着ると、ほんのちょっとバイロンに似ているとみんなから言われるシャツだ。肩に腕がまわされ、唇が耳に押しつけられる。

「この先起こることは、スウィートケーキ」声が言う。「すべてオフレコよ。いいわね?」

もちろん異存はない。そしてきみは迎え入れられる。

あそこにいるのはマッカートニーか? プレゼントの包みが次々にあけられていく。この日はミックの二十六歳の誕生日。彼が作りあげた歴史を考えると、その年齢は信じがたい。ゴダールが——この時点できみは、その男がゴダールだと確信している——両腕を前に伸ばしている。厚化粧の女がその腕に飛び込む。あの女は本当に素っ裸なのか、それとも単にそう見えるだけなのか？　そのすべてがレンズを通して見える。すべてがステレオ・サウンドとなって聞こえる。きみは世界を言葉で理解するのをやめている。もちろん、歌詞だけはべつだ。

　ＤＪが本日の目玉だとアナウンスする。またも例のパーカッションが始まるが、これはえらく気合いが入っている。きみの腕の毛が逆立ち始める。客がダンスフロアになだれ込む。腰を振り、身をくねらせる。ワインは血のように赤く、生ぬるい。きみの膝ががくがくいい始める。膝の力が抜け、きみは床に四つん這いになる。グラスが転がり落ちて砕ける。

「よしよし、いいワンコだ」誰かがきみの頭の毛をくしゃくしゃと撫でて言う。「お利口で忠実なしもべだ」

　声の主はサンダルにピチピチの赤いズボン姿。もちろん、声で誰かはわかっている。きみはどうにかこうにか顔をあげ、相手を見あげるが、見えるのはオーラだけだ。

　レコードはずっと鳴りつづけている。

　しかるべく時間が経過し、アルバムの演奏が終わって客の拍手がやむと、マッカートニーがＤＪに、自分のバンドがレコーディング中の曲を渡す。客は体を揺らし、コーラス部分を合唱する。聖人ユダ《セイント・ジュード》――失われた教義の守護聖人。曲は永遠につづくかに思われる。もの悲しく、私的で、心を揺さぶるその曲に、きみは思わず泣き出す。

　一週間後、きみはまだ泣いている。

　そのアルバムは発売の目処が立たない。レコード会社は双方――イギリスとアメリカ――とも、ジャケットの変更を望んでいる。トイレを使ったジョークがお気に召さないからだ。こんなデザインならどうかと、きみはおずおず提案してみるが、まじめに取りあってもらえず鼻であしらわれた気分になる。

「便所の壁とは」誰かがコメントした。「抜群のアイデアだね。文句なしだ。なぜって、二十世紀が目指しているのは、まさにそこだからだ。くそ溜めにまっしぐらってわけさ」

　当時のきみは、そのコメントの意味が理解できなかった。

しかし、暴動が頻発した夏にリリースされたファースト・シングルは、アメリカのいくつかの都市で放送禁止になっていた。バンドは新しい話題に事欠かなかった。だからこそ、雑誌はきみをあれだけ自由にさせたのだ。もっと金を出すつもりはないが、核心に迫るコメントを、ロックンロールという快楽主義に対する決定的な見解を聞き出すためなら、一カ月やそこら待つ覚悟だった。

いつまでも待たせておけ。きみにとって記事はすでにどうでもよくなっている。肝心なのは、物事がどの方向に向かっているときみが認識しているかだ。だからこそ、ミックが映画に出るというのに、きみは撮影現場に入らせてもらえず憤慨する。ミックの相手役はアニタだ。緊迫した状態に拍車がかかる。そんなとき、マリアンヌがお腹の子を流産し、きみは不吉なことの前兆じゃないかと思わずにはいられない。

きみはその不安をブライアンに話す。彼はかつてA・A・ミルンが住んだ家に引っ越したばかりで、中を見せてまわりたがる。いつでも好きなときにプールを使ってくれと言われるが、きみは断わる。いつも舌足らずで静かな彼の声は、すでにこの世のものならぬ印象がある。彼には壮大な計画があり、そのことで彼なりにうしろめたさを感じている。好きなときに泳ぎに来てくれていいんだよ。彼はまた同じことを言う。きみは泳ぎが得意とは言えず、今は沈んでいくような感覚に襲われている。もっと大量にアッパー系ドラッグをやり、もっと大量にダウナー系ドラッグをやり、その中間の効きめのあらゆるドラッグを大量にやる。雑誌はきみに愛想を尽かすが、べつの雑誌が関心をしめす。誰もがきみにはコネがあると思っている。きみだけは真実を知っている。きみが望むコネ、真に肝心な唯一のコネは、いつだってきみの手には入らないことを。きみは物語のかけらをかろうじて捕らえたにすぎない。

前の雇い主がきみに新しい雇い主がいると知り、訴訟を起こす決意をかためる。難解な法律用語と数字でいっぱいの不愉快な書類が、きみの頭のまわりを飛ぶ。弁護士がメモとテープの提出を求めてくる。これまで書いたものすべての提出を求めてくる。きみはたった一枚の紙を提出する。

五百文字だけ書いた原稿を。それ以外のことについてはことごとく嘘をつき、凍えるようなフラットで三週間を過ごし、エージェント（ウエストエンドの演出家の座を約束してくれた人物）には、新しい戯曲を書くと請け合う。ブラック・コメディの新作を。

「でも、アングリーなやつなんだろうね、え？」エージェントが言う。

きみは受話器を架台に落とす。

そんな折、撮影の話を聞きつける。テレビの特別番組で、二日にわたって収録されると言う。観客はみな奇妙な衣装を着ることになっている。一流のミュージシャンによるショーとサーカスの余興。きみも参加するが落胆する。スタジオ・セットの中のきみは、どう見ても出演者ではなく傍観者だ。乗り越えようのないへだたりがある。

きみは女の子をひっかけ、家に連れ帰る。女の子は部屋を見ると、一瞬にして気持ちが冷める。例のレコードをかけて聴かせるが、きみもその場にいた、レコーディングに参加したと証明する手だてがない。インタビューのテープからひとつ選んで聞かせるが、娘は話に退屈するばかり。

彼女が目を輝かせるのは、きみがドラッグを調達してきてやるときだけだ。大鼻のジェフにはドラッグ代として六十ポンドの借りがあるが、彼のところに出向いたのは、他の連中にも同じだけ借金があって、もうブツを売ってもらえないからだ。友だち連中は昔みたいに気長じゃなくなった。ある晩、きみがカムデンのパブで自慢話をしていたら、誰かが怒鳴った。「そのくそったれなレコードを変えろ。もううんざりするほど聞かされたぜ」

みんな大笑いした。きみがテーブルの上のものを腕でなぎ倒し、グラスを宙に飛ばすまでは。

エージェントにもうんざりさせられる。「第一幕の最初の三場面だけじゃ、半ペニー硬貨一枚だって出せやしない」

だからきみは四場面めを書く。

そうこうするうちに一九六九年になる。ブライアンはバンドを辞める。

そしてブライアンは死んだ。

きみは無料コンサートの会場にいる。単なる大勢の観客のひとりとして。同行している連中――お偉方――は、きみがまだ記事を書きあげてないと知っている。これから先も書きあげることなどないと思っている。蝶が入った箱があけられ、ステージのすぐそばにいたきみは、その大部分がすでに死んでいるとわかる。今は七月。地獄の業火よりも暑い。ミックは元気そうだ。彼は新しい映画の撮影で、オーストラリアに行く予定だ。きみは同行取材の許可を取ろうともしなかった。

しかし、芝居は書き終えた。けっきょくハムステッドで上演されるにとどまり、ウエストエンドの劇場に格上げされるにはいたらなかった。評論家は酷評したが、おかげでしばらくの間、きみの名は再び取りざたされ、映画の仕事の話も舞い込んだ。ハリウッドでのスクリプト・ドクター（俳優や監督の意見や注文に応じて映画の脚本に手を加える仕事）の仕事。向こうにいる物書きを何人か知っている。感性よりも金が大事とばかりに海を渡った英国人たち。戦後イギリス文学の最高峰となるはずの三部作のうち最初の二作を書いた小説家は、ドルとまばゆい陽射しを浴びた海岸線の匂いを嗅ぎつけたとたん、国を捨てた。きみはその作家に電話で相談した。彼は言った。チャンスに飛びつけ。

きみは飛びついた。

ロサンゼルスは好きになれない。マリアンヌが薬物中毒を克服したと聞いた。キースとアニタはチェイニー・ウォークに住み、あらたに魔術がらみの交友関係を築いていた。好みを同じくする連中と。金銭をめぐるトラブルがおおやけになり、とりわけ責任が重いのはクラインだと報じられ、きみは思わず酷薄な笑みを洩らした。きみにはわかっていた。バンドがツアーに出ることを。ツアーに出ざるを得ないだろうことを。そうするより他に、財政的窮地を脱する方法があるだろうか？　それに、彼らが西海岸にやってくることもわかっていた。それを自分が心待ちにするであろうことも。

スクリプト・ドクターが集まり、過去のハリウッドの囚人たちの逸話を語り合った。フォークナー、フィッツジェラルド、チャンドラー。三人ともアルコールを好んだ。アルコールなど大御所たちには屁でもなかった。ドラッグもまたしかり——作品はちゃんと仕上がるのだから。きみの問題は、やりたいことと仕事が一致しない点にあった。きみはステューディオ・シティにアパートメントを借りていたが、壁と壁がくっつきすぎていて、窓から見えるのはコンクリート壁だけ。車のほうがよっぽど広い、きみはそう冗談を言った。その車とは、酒気帯び運転で捕まったテレビ俳優から買い取ったTバードだ。その俳優は、車を売ることで古い自分から脱却しつつあると、法廷に印象づける腹だった。世論は彼が裁判に勝つほうに傾いていた。彼は俳優という職業を生かし、傍聴席に向かって迫真の演技をしたのだった。

きみは車に乗ってロスの郊外に行くのが、海岸まで出かけるのが好きだった。霞がかった天気のときでさえ。いや、霞がかった天気の日は特に。見通しの利かないところに突っ込んでいく感覚が好きだった。目の前に突然カーヴがあらわれ、肝を冷やすのがたまらなく好きだった。未来に向かって運転している気分になれるから。ある娘にその感覚について話した。娘は言った。そんなの目新しくもなんともないわ。何年か前の小説で使われてたわよ。

その小説とは、例の眠れるアメリカ人作家の処女作だ。いまだに二作目を書きあげていないが、不思議なことにその事実は彼の株を上昇させるだけだった。本をなかなか出さないことが大物扱いされた。彼はただ、また一章書けたと言うだけでよかった。それだけでコーヒーショップでの恰好の話題になった。

きみは一度、サンフランシスコのヘイト・アシュベリーでその作家を見た。ヒッピー・ドリームの終末期にばったり出くわしたのだ。サンフランシスコにはジェファーソン・エアプレーンとグレートフル・デッドがいたが、LAにはドアーズがいて、きみが見るかぎり、今後の行く末をしめす指標となるのはLAだった。レノンがMBE勲章を返還しても、誰もろくに関心を払わなかった。その何倍も世間の注目を惹いたパフォーマンスは、チャールズ・マンソンとその〝ファミリー〟によるものだった。きみの仲間内では誰もがそれを話題にした。

さらにはヴェトナム戦争があり、ブラック・パンサーによる黒人解放運動があった。暴力はもはや、靄の下でくすぶるだけでは満足しきれなくなっていた。そんなとき、高騰したチケット価格と増長する悪意の背にまたがり、バンドがロサンゼルス・フォーラムにやって来た。アングラ雑誌（もはやアングラとは呼べなくなっていたが）はのっけから敵意を剥き出しにしたが、それでもきみは八ドル五十セントを払うのをためらわなかった。きみは楽屋の警備を突破しようと一応やってみるが、知った顔はひとつもなかった。

「許可はもらってるのか？」警備員のひとりに訊かれ、許可はないと白状するしかなかった。

コンサートそのものはいい出来だった。彼らは新しいアルバムの曲――きみの栄光のときはすでに歴史と化している――を演奏した。バンドはさらなる進歩を遂げていた。

新曲は没落と騒乱に取り憑かれているように思えた。最後の曲は、誰もがしあわせだった時代に手を振って別れを告げているような曲だった。ブラック・パンサーとヘルズ・エンジェルズだって異論をとなえるはずがない。

バンドがウッドストック・コンサートのいい雰囲気を再現したいと思ったのは当然だった。あのあと世の風潮がどう変化したかについて、彼らが判断を誤ったのも当然だった。彼らの無料コンサートには、チケット問題やらさまざまな悪感情やらへの謝罪の意味がこめられていた。きみにはわかっていた。ことはそう簡単には運ばないと。

そもそも、ドラッグの蔓延がひどかった。どれもこれも粗悪品で、薄められ、不純物が混ぜられ、命にもかかわる危険な代物ばかり。きみはその道に詳しい。どこでドラッグを買えばいいか、キースに教えることもできた。きみはかろうじてヘロインの誘惑から逃れていたが、アシッドではグッド・トリップどころかバッド・トリップしそうな予感がした。それなのにけっきょく、赤の他人が差し出した錠剤を受け取ってしまった。

そしてトリップした。

凍てつくような黒い光の中、爆発音が空を掃射する。音響システムは非常ベルと大砲と化した。聴衆は腹をすかし、疲れきり、朦朧としていた。彼らは、手に入らないものを片っ端から欲した。医者は負傷した客の手当に対応しきれない。忠告が繰り返される。「素性の不確かなアシッドには絶対に手を出すな」でもきみはすでに手を出してしまった。おまけに、さらなるトリップを求めて、あらたなシートの代金まで払ってしまった。小さなパープル・スター。ヴェトナムでつづいている戦争を痛烈に皮肉ったつもりか？　まさか――きみはすでに皮肉を言える状態じゃない。

あと一週間もすれば、雇い主はきみの首を切る。連中がもうちょっとおもしろくしてくれと言ってきた〝モダン・ウェスタン〟映画の脚本に、なにひとつ新しいアイデアを足せずにいるからだ。LAにおけるドラッグ問題を扱ったブラック・コメディを、投げつけてやることもできなかった。あんたらがかつて寄せてくれた信頼は間違ってなかったと、証明するつもりはなかった。きみは虚飾の街ハリウッドを出ていくつもりだ。行き先は祖国イギリス。明るいとは言いがたい未来。すでにきみは、飛び出しナイフというおまけつきの借金を返すため、Tバードを売り払った。敵はまぶたを切り落とすぞと脅してきた。この頃はそれが主流だった。誰もが思いつくもっとも有効な脅しは、目を見えなくしてやることだった。

きみは知人と一緒に、ヒッチハイクでここまでやって来た。渋滞がひどく、会場の五マイル手前で車を降ろされ、おまけに人混みの中で知人とは瞬く間にはぐれた。べつに長くつき合うつもりの相手じゃなかった。きみはその男からも借金していて、返さずにとんずらする気だったのだ。

もう金を返せる状態など、とっくに過ぎていた。

早い段階から、連中すなわちエンジェルズの存在には気づいていた。彼らはエンジンをふかし、何十台もの大型バイクを通すために道をあけさせ、ステージ正面にバイクを停めて警備用の非常線とした。やがてゲストのバンドが登場し始めると、気温はいっそう下がり、小競り合いが始まった。玉突きのキューとバイクのチェーン。耳障りな悲鳴に頭部裂傷。ステージ上からいくら懇願したところで声は無視され、エンジェルズの一員がステージにあがって、茫然とするミュージシャンを威嚇する。

この日の主役――きみのかつてのダチ――がようやくステージに姿をあらわしたとき、きみは黒人男の隣に立っていた。全身の感覚が麻痺していたが、頭だけはギンギンに冴えまくっていた。険悪な雰囲気に、腕の毛がいっそう逆立った。また喧嘩が始まった。

「こりゃヤバイぜ」隣の黒人が言った。きみはそいつにアシッドの錠剤を、小さなパープル・スターをすすめた。

「おれもこの曲でコーラスを歌ったんだぜ」きみは声を張りあげた。黒人はうなずいた。「それもスタジオでさ」きみは自慢話をつづけた。「あのアルバムにはおれも参加したんだよ」

黒人男はまたもうなずいたが、彼が聞いてないことは明らかだった。きみはハミングした。あふれんばかりのブリムストーン。ステージ上では、バンドがきみの曲を演っている。

「この曲だ」きみは新しい友に向かって怒鳴るように言うと、その背中を叩いた。「これぞおれたちの歌！　これぞすべて！　歌おうぜ！」そう言ってきみは男を押し、その勢いで男は前方へ、警備員の集団に突っ込んでいった。きみはあとに残された。目を見はった。暗闇の中、なにかが銀色に光った。銃か？　ナイフか？　友は倒れ、デニムのジャケットとレザーの波に呑み込まれた。観客が金切り声をあげ、ステージ上のバンドに血まみれの掌を見せた。マイクを通じて医者が呼ばれた。

悪魔的所業のきわみなんだよ、きみ……

きみはひとりうなずいた。耳の中のジャングル・ビートのドラムが次第に小さくなっていく。犠牲は払われた。エネルギーは土に埋められた。アンガーのルシファーは怒りを鎮められた。

まあ、そんなところだ。

そして空はきみの嘆きを歌にした……

恋と博打
Unlucky in Love, Unlucky at Cards

東野さやか訳

博打の神に見放されても、恋の神が拾ってくれる。そんな諺があっただろう？

それだから、いろいろあった末に女房が出て行った晩、チック・モリスンはカジノに足を向けた。書き置きの中で女房は、あなたが嫌いで別れるんじゃないのよと言い訳していた。ただ、あなたの癖にがまんできないだけ、と。チックは書き置きを破り捨てた。これだけ書くのに彼女は何度も書き直していた。不採用となった書き置きがくしゃくしゃと小さく丸められ、台所のごみ箱に捨ててあった。彼はひとつひとつ取り出しては、テーブルの上に広げ、最初に書いたのはどれかと考えた。いちばん短いのが最初に書いたものとはかぎらない。書き出しはどれもまちまちだったのだ。

別れるのは、生きる目標を失って、自分を見つめ直したいから。

別れるのは、このまま別れずにいるほうがよっぽど残酷な気がするから。

別れるのは――やれやれ、これだけ手間ひまかけた苦労だけは評価してやらねばなるまい。おれのためによかれと思ってしたんだろうから。ひょっとしてあいつは、探してほしくなかっただけかもしれない。あいにくともう、捜索は始めていた――正確に言うなら、始めはしたものの、もうやめてしまったのだが。この三週間、彼は折を見ては彼女を尾行し、男の家に入っていくところを目撃し、髪を手で整えながらそこから出てくるのを見届けた。相手の男も尾行してみた。なぜそんなことをしたのか、自分でもわからない。おそらく、そうすればなにかがわかる、女房がおれにどんな男であってほしかったかがわかると思ったのだろう。だが、ただただ退屈するばかりで、あるときはたと気がついた。もうこんなことはどうだっていいと思っている自分に。もう女房を愛してなどいない自分に。

だからといって、そう簡単に女房を自由の身にしてやるつもりもなかった。彼女を殺そうと考え、これ以上ないほど念入りな計画を立てた。殺しで問題なのは、常に配偶者が真っ先に疑われる点だ。だから、殺すなら完全犯罪にしなくてはならない。鉄壁のアリバイを用意するか、死体が絶対に見つからないようにするのだ。要はプライドの問題だった。彼は昔から、自分から出ていく、つまり見切りをつける場面を思い描いてきた。なのに女房に先を越された。新しい人生をスタートさせたのは女房のほうだった。つまり彼は捨てられたわけだ。気にくわなかった。この屈辱はかならず晴らしてやると、心に決めた。

そこで彼がやったのは、アバディーンまで車で出かけ、車を停め、パブやクラブをはしごすることだった。閉店時間になって、最後の店から丁重に追い出されたとき、ネオンと曇りガラスのドアが見え、その向こうに電飾できらめく階段が見えた。カジノだ。

博打の神に拾われたなら、恋の神には見放される。後者は今の彼そのものだ。ならば、前者があてはまるかどうか試してみるのもいいじゃないか。

店内に入って、しばらくきょろきょろ見まわしつつ、その場の雰囲気を感じ取る。仕事でならそうするところだ。できるだけすみやかに周囲に溶け込み、まわりの風景に同化する。いることに気づかれない人物となり、標的がホテルでの逢い引きを終えて帰るのを、あるいは一見ひと気のない駐車場で別れの抱擁をかわすのを見張る。次の瞬間、標的をしっかりフレームにとらえ、カメラにおさめるのだ。

だがその晩のチックは、人目を惹きたい気分だった。そこでカードゲームのテーブルについた。はじめのうちはそこそこ儲け、少し負けてはまたぽつぽつと勝った。彼は天才的カードプレーヤーというわけじゃない。ゲームのやり方は心得ているし、カード・カウンティングについても熟知しているが、腕が立つというわけでもない。賭け事なんて勝とうと思ってやるものじゃない、すべて運次第さと思ってるふうを装った。

手持ちの銀行のキャッシュカードを証明書にして、小切手を振り出した。あらたなチップの束が届き、それを使い果たすという根気の要る仕事にかかった。ときおり大胆な賭けに出ることもあったが、やがてチップを一枚ずつポットに置くだけになっていった。夜も更けてきた。ほとんどのテーブルはひっそりしていた。その晩はもうあがったギャンブラーたちが、チックのいるテーブルのまわりに立った。まだプレイに興じている連中を取り囲む方陣のように。席を立って出ていくわけにはいかない……これだけのギャラリーが見ている前で。そんなことをしたら敵前逃亡も同然だ。

彼はさらにチップを一枚、すべすべした緑のクロスの上に滑らせ、カードを一枚取った。プレーヤーは四人いたが、向かい側の席の、汗をかいている男と一対一の勝負だと感じていた。男の体臭がにおい、その荒い呼吸に撫でられた頬が冷たくなるのがわかる。男はアメリカ訛りだった。うなるほど金がある石油会社の重役タイプ。もう何度目だかわからないが相手が勝ったとき、チックは潮時だと判断した。退場手段、要するに面目を失わずにこの場を去る方法はすでに考えてあった。

彼はやおら立ちあがり、イカサマしやがってと相手をなじった。まわりの連中が、まあ落ち着けよとなだめた。あんたの腕が未熟なんだよと誰かが諭した。今夜はツキがなかっただけさ、また今度がんばれよと言う者もいた。チックは、あんたの腕が未熟なんだと言ったやつは誰かと、周囲を見まわした。目が例のアメリカ人の目をとらえた。毛のないでっぷりした腕でチップをかきよせながら、ほくそえんでいる。チックは男を指さした。

「貴様、次は負かしてやるぜ」

「あんたにツキがあればの話だね」男は言った。

そのとき警備員が近づいてきて、チックをその場から連れ出した。せっかくの退場手段が裏目に出たと悟り、チックは決まり悪さに赤面し、テーブルに向かってわめきつづけた。残されたプレーヤーのひとりが太ったアメリカ人に顔を近づけ、引き立てられていくチックを横目になにやら話しかけた。チックは察した。相手の男が何者か、勝者に耳打ちしてるにちがいない。

「チック・モリスンだ！」チックは部屋じゅうに響き渡る声で叫んだ。「この名を絶対に忘れるんじゃないぞ！」

それから二日間、彼はいっさい電話に出ずに暮らした。ソファのうしろに留守番電話があり、そこに吹きこまれたメッセージをソファに寝そべって聞いていた。テレビは例によって競馬中継を放送中で、彼はヴォリュームを落としてそれを見ていた。そして、心の中で賭けた。配当金は出ないが、そもそも元手はかかっていないのだ。

メッセージはどれもろくな内容ではなかった。オフィスにも留守番電話があるから、仕事の話ならそっちに吹きこまれているはずだ。いずれはオフィスに出かけ、いつもの仕事に戻らねばならないのはわかっている。今はちょっとした骨休めだ。彼は自分にそう言い聞かせた。彼の仕事というのは、配偶者の素行を疑う妻あるいは夫から依頼を受け、証拠写真を撮ることだ。

女房からはなんの連絡もなかった。新しい男の家まで押しかけてやろうかとも考えた――そしたらあいつらはたまげるだろうか？――が、実行はしなかった。過去の依頼人と未来の依頼人が電話をかけてきていた。自宅の電話番号はオフィスにかけたときの応答メッセージでわかるようにしてある。だが、自宅に電話するのは緊急の場合にかぎると念を押してあるはずだ。再生されるメッセージはどれも、緊急の用件とは思えなかった。三人目の夫の調査を依頼してきた女からの電話。その女の依頼でチックは、三人の夫全員を調査した。そして三人ともまじめで誠実で浮気などしていなかったと報告したのだが、女の口ぶりからすると信じていないらしい。

次は妻を捨てて逃げている男からだった。妻は生活費を要求しているが、男はそんな金などないと言う。妻が私立探偵を雇ったらしいので、その裏付け調査のために探偵を雇いたいというのが男の用件だった。

チックはふと思った。この男、どうやっておれの手数料を払うつもりだ？　生活費を払う金もないくせに……。まったく、とんでもない野郎もいるもんだ……

だが次に、彼女からの電話が入っていた。その声の響きにチックは思わずテープをもう一度再生した。さらにもう一度再生するうち、手が勝手にペンと手帳を探しあて、女の電話番号をメモし、電話をかけ直した。

「こんなすぐ来ていただけてうれしいわ」女は言った。

場所は閉店後の車のショールーム。ドアはあいてるから勝手に入ってちょうだいと言われていた。女のオフィスに行く途中、展示された何台ものスーパーカーの前を通りすぎた。このショールームに入ったことはなかった。自分に買える車などないのを知っているからだ。

女が片手を差し出し、彼はその手を握った。五十歳のわりには若々しい。いかにも金がかかってそうな髪型に、ほどほどの化粧。〈J・ジェメル自動車販売〉のJ・ジェメルとは、男だとばかり思ってましたよと彼は言った。女はにっこり笑った。

「たいていの人は驚きますのよ。Jがジャクリーンの頭文字だと知ると」

彼は女の正面に腰をおろし、どんな用件でしょうかと訊いた。女は答えた。車の回収《レポ・ジョブ》をお願いしたいの、と。

「そういう言い方でいいんでしょう?」

チックは確信がないままうなずいた。回収する車について具体的な話を聞き、内容をメモした。車はレクサスの最高級車種で、月賦で購入されたものだった。この二カ月の支払いがなく、購入者は行方をくらましていた。

「それとなく情報提供を呼びかけました。うちの店がカモだなんて噂を立てられるのは困りますものね。で、ここからがあなたにお願いしたいことなんです」彼女の説明によれば、インヴァネス郊外のガソリンスタンドから、件《くだん》のレクサスが給油に寄ったと連絡があった。運転していた男は店員に、休暇でネス湖の北の山中にある別荘に行く途中だと話したと言う。「その男を見つけてくださいな、ミスタ・モリスン。そして車を取り返してちょうだい」

チックはうなずいた。女が抽斗から紙幣の束を取り出し、五十ポンド紙幣十枚を抜いたときにもまだ、彼は首を縦に振りつづけていた。

「うちは現金払いのお客さんが多いんですのよ」女はそう言ってウィンクした。「税務署に嗅ぎつけられずに銀行に預けるのは難しいですものね」

　チックは金をポケットにおさめた。それから、運転していた男の名前を訊いた。

「ジャック・グローヴァー。オリジナルのナンバー・プレートをつけています」女がグローヴァーの人相風体を説明すると、チックの顔に笑みが広がった。女はそれに気づき、説明を中断した。

「ご存知なの？」

　チックは知っていると思うと答えた。そんなのはこの業界の常識だと言わんばかりに肩をすくめ、とどのつまり、人を知ることがおれの仕事ですからと言い添えた。女はいたく感心したらしかった。帰りしな、彼はふと思いついた。

「いつか、ここの車を試乗させてもらうわけにはいきませんかね？」

　女は彼に向かってほほえんだ。「わたしのレクサスを取り返してくだされば、ショールームにある好きな車に乗っていただいてかまいませんわ」

　ショールームをあとにしながら、チックは意外にも赤面していた。


　ピーターヘッドにいる知り合いの整備工が、レクサスの鍵をあけてエンジンをかけるうまい方法を教えてくれた。整備工は一分半でやってのけた。おれの十代の息子なら二十八秒きっかりでやれるよ。整備工はチックにそう言った。

　西に向かって車を走らせながら、チックの頭をさまざまな考えが駆けめぐった。湖に沈んだ死体は絶対に見つかるまい。それにあのあたりのハイランド高地は人里離れていて、訪れる者もめったにない。あそこに何カ月も放置されれば、死体は判別できなくなる。おまけにネス湖をめぐる道路は危険だ……事故で崖下に落っこちたって不思議じゃない。

　観光案内所で地元の貸し別荘について尋ね、リストをもらった。だが、個人所有の別荘という可能性もある。そこで陸地測量部が作成した地図を買った。黒い点ひとつひとつが建物をしめしている。インヴァネス、ビューリー、アーカート城の三点を結んだ。この三角形の中のどこかでレクサスが見つかる気がした。そして、そのレクサスを運転するジャック・グローヴァー――カードゲームで彼を負かした男――も一緒に。

道は狭いうえに傾斜がきつく、小規模牧場と最近建てられたバンガローがぽつんぽつんとある以外、目につくものはなにもなかった。彼は車を停めて尋ねてまわった。それとなく聞き出すような手間はかけなかった。シルヴァーの大きな車に乗った男を、見かけなかったかな？　この界隈に滞在しているはずなんだが。そうこうして二日が過ぎた。二日間、追い返され、黙殺され、ゆっくりと首を横に振られるだけだった。二日の間、彼はほとんどひとりきりだった。金を節約するのとインヴァネスまで戻るのが面倒なのとで、愛車のフォード・モンデオを森の中の道に停めて寝た。髭を剃り、服を着替えなくてはと思ったが、そんなことは後まわしだ。とにかくこの仕事を終わらせたかった。なぜならば、彼にはある計画があるからだ。女房を責め、痛めつけようなんて馬鹿馬鹿しい。新しい男のほうは……まあ、こいつはあとのお楽しみにとっておいてもいい。だが、ジャック・グローヴァーの野郎は……なにがなんでも目に物見せてやる。このおれの本当の力を思い知らせてやる。

そんなことを考えていると、レクサスが見つかった。ミルトンの町のはずれにある二階建ての家の外に、でんと停まっていた。チックは道路脇に車を寄せて停め、様子をうかがった。家はひっそりしていた。ミルトンまで車を持っていき、そこに残した――あとで取りに来ればいい。それからカメラを手にレクサスのところまで歩いて戻り、もう一度あたりの様子をうかがい、仕事にかかった。ドアをあけ、エンジンを始動させる頃には汗だくになっていた。カメラを用意し、クラクションを鳴らした。車を頂戴するところをグローヴァーに見せつけ、勝利の瞬間を写真におさめたかったのだ。だが、誰も玄関口にあらわれない。チックはもう一度クラクションを鳴らした。それでも誰も出てこなかった。彼は落胆しながらも急いで車をドライヴウェイから出し、湖岸まで下ってインヴァネスに戻る道に入った。

だが、カレドニア運河を渡っているとき、ハンドルが取られるのを感じ、下から低い異音がした。車を停めてみるとパンクしていた。心の中で呪いの言葉を吐きながらタイヤを蹴とばし、ジャッキとスペア・タイヤを探そうとトランクをあけた。

そして死体を見つけた。

それもただの死体じゃない。例のカードプレーヤー、ジャック・グローヴァーの死体だった。チックは後ろによろけ、顔をそむけると同時に嘔吐した。がたがたと震えながらも再びトランクに歩み寄り、口をぬぐおうとハンカチを出した。一緒に札が飛び出し、トランクの中に舞い落ちた。彼は手を伸ばしてつかもうとした……ようやくわかりかけてきた。もらった現金、足がつかない……死んだ男のポケットを軽く叩き、そのうちのひとつに手を入れ、財布を抜き出した。遠くでサイレンが鳴っていると思った。財布にはクレジット・カードが数枚あり、そのいずれにも同じ名が記されていた。ジェイムズ・ジェメル。ナンバープレートのJGとはジェイムズ・ジェメルだったのだ。ジャック・グローヴァーなんかじゃなく。

次の瞬間、からくりが見えた。ジャック・グローヴァーなる男は存在しない。盗まれたレクサスも存在しない。存在するのはジャクリーン・ジェメルの夫だけだ。その夫は家に帰ると、カジノで激怒した酔っぱらいにからまれた話を妻に聞かせた。そして都合のいいことに、その酔っぱらいは私立探偵で……。

サイレンの音が近くなった。顎をさすると、無精髭でざらついている。むさ苦しく薄汚れた恰好なのが自分でもわかる。目撃者が口をそろえ、チックがレクサスに乗った男を探していたと証言するところが目に浮かぶ。おまけにカジノにも目撃者がいる――ごていねいにも、おれの名を絶対に忘れるなと口走ってしまった……。

彼ははっきりと悟った。おれはジェメルの女房にうまいこと利用された。あの女は、じゃまになった亭主を始末する完璧な方法を考え出した。チックは間違っていた。鉄壁のアリバイも人里離れた隠れ場所も必要ない。必要なのは彼のような人間だ。恋の神に見放され、博打の神にも見放された人間。嵌めることができる人間……

不快なビデオ
Video, Nasty

松本依子訳

どんなビデオか想像はつくだろう。回し見したり、ドイツやフランスやアメリカに行ったときに持ち帰ってきたりするやつ。淑女《レディ》がいない隙に、ビールを一ケース用意して、友人たちと鑑賞するような。こういったビデオは、ジャケットを除けば、レディの姿などどこにもない。もちろんジャケットのモデルたちは極上だが、テープに映るほうは……やれやれだ。ハードコアの場合、その内容が過激になればなるほど、女の質は落ちていく。男がアナル・セックスを持ちかければ、かならず近くに別の女が待機している。疲れた目と重そうなまぶた、張りのないくすんだ肌は、皺や入れ墨や青痣だらけだ。その青痣から、舞台裏で行なわれる強要や説得に思いめぐらすこともある。

ぼくはこういったたぐいのビデオ鑑賞にいつも誘われた。それには二つの理由がある。フランス語とドイツ語を使う職業に就いていることと、ビデオ機器に精通していることだ。外国製のビデオテープは、通常イギリスのビデオデッキと互換性がない。色や音、それに画像さえ消えてしまうことがある。ところが、自作のケーブル数本とちょっとした機材を用意すれば、友人のマクスウェルが喜ぶ、申し分のないものができあがった。

「あいつ、なんて言ってるんだ？　ケニー」

「どいつのこと？」画面には少なくとも三人の男が映っていた。

「しゃべってるやつに決まってるだろ、ばかだな」

「〝もっと速くしろ、もっと〟」

そしてマクスウェルはうなずく。まるでブニュエルの映画を観ていて、翻訳が監督の意図を理解するために不可欠なものであるかのように。ところが、アンドルーとマークとジミーと一緒に観ているビデオはと言うと、マクスウェルのフラットにある一ダースほどのビデオと似たり寄ったりの結末《デヌモン》だ。独り身であるにもかかわらず、マクスウェルはこういったビデオを寝室のクローゼットにしまい込んでいる。この秘密めかした行為も楽しみのうちなのだろう。もしかしたら、ビデオそのものよりも。みんなの顔をながめると、まるで誕生パーティでグーフィーのアニメを観ている子供のようだ。友人は選べると言うが、それは嘘だ。はっきり言って、ぼくの人生はエンドレステープだ。いまだにがらくた市で、ベータ方式のビデオデッキや、ロルフ・ハリスのスタイロフォンの横に並んでいる、エイトトラックのテープのように。

マクスウェルを見ろ。ぼくが選んだんじゃない。学校で初めて会ったとき、たまたま席が隣になっただけだ。次の日も同じ席に座るのが礼儀正しい振る舞いに思えた（それにほかの席はとうに埋まっていた）。ぼくたちにほとんど共通点はなく、大学入学後はそれが顕著になり、卒業後はなおさらだ。マクスウェルはまだ独身で、結構な職に就き（車と恵まれた環境にある家つきの）、人生は挑戦の連続だと捉えている。ぼくは結婚し、キャリアに将来性はなく、故障の多い車に乗り、安アパートに住んでいる。ぼくの人生もまた、挑戦の連続だ。にもかかわらず、マクスウェルが次はどの美人とデートするか、次の休暇はどこで陽光を浴びて過ごそうかと考えているあいだ、ぼくはローンに貸越し、自動車保険や地方税に煩わされている。

週に一度、ぼくは〝仲間とビールを一杯ひっかけてくる〟とごまかしてアパートを抜け出す。いきつけのパブで待ち合わせてから、新しいパブへ行き、マクスウェルが女性バーテンダー《バーメイド》を口説いて、その後料理をマクスウェルの部屋に持ち帰り、ビデオを見るか、カードをする。ビデオの中身は基本的にまったく同じなので、マクスウェルは目先を変えるために、オーガズムに達する瞬間を一時停止したり、抽送がはじまると早送りしたり、オーラル・セックスではスローモーションにしたりする。これに苛ついているのは、ぼくだけじゃないはずだ。そしてビデオが終わると、マクスウェルはぼくにお定まりのセリフを吐く。嫉妬を装ってはいるが、その実、優越感が潜んだセリフを。

「まったく、ケニーがうらやましいよ。一日中、十代の女の子たちに囲まれてるんだからな」

もちろん、そのとおりだ。それは教師の数少ない特権のひとつだから。


きみはいま思っているにちがいない――ここまでのことと、アリスが殺人罪で刑務所行きになったことに、いったい何の関係があるのかと。ぼくはその問いに対して、すべて一本のビデオに関係があると答える。マクスウェルのビデオのジャケットに写っていたモデルに、あるバーメイドがそっくりだったからだ。ビデオのタイトルは《アジア娼館の狂宴》。内容は見てのとおりだ。ビデオのタイトルというものは、誤解のしようがない。タイトルを見て〝ふむ、これはどんな内容だろう〟と自問するようなことはありえない。《ティーンエイジャーの乱交》は、残念ながら文字どおりの内容だ。

むろん《アジア娼館の狂宴》はアジアで撮影されたものではなく、その国に住む人々に少しでも似通ったところのあるモデルはひとりだけ。ジャケットは、輝くブロンドに蒼い瞳の十代の少女が(おそらくアメリカ人だろう。ビデオがアメリカ製だから)、恥じらいをみせながら裸になってはいるが、いまだポルノビデオ愛好家の関心をそそるようなものはあまり見せていなかった。少女はビデオの中身を期待させるためのサンプルだった。

ジャケットの裏側はもちろん別の話で、医療写真のように陰部が大写しにされていた。表側のモデルがビデオに出てこないのは言わずもがなだ。ぼくはそのモデルの顔をすぐには思い出せなかった。ここで言っているのは、新顔のバーメイドがポルノビデオのアルバイトをしているということではなく、このふたりが瓜二つだということだ。ぼくは普段そのパブで昼食をとっていたが、店員に注意を払うことはほとんどなかった。というのも、ビールや、時折現われるフランス語教師のジェニー・ミューアによほど気をとられていたからだ。それどころか、ジェニーがあまりパブに姿を見せなくなってから、ますます周囲に目を向けなくなった。ポテトチップスをつまみ、空いていく袋に見入って、金曜日の夜マクスウェルとそのほかの友人に翻訳してやっていることを、ジェニーはどう思うだろうと考えていた。「ケニー。あの子、いまなんて言った？」「〝もっと強くして、もっと速く〟」家でビデオが観たくなったとき、字幕は面倒だとアリスが反対したにもかかわらず、フランス映画を借りたことがある。アリスはフランスで大ヒットした新作映画よりもスティーヴ・マーティンやマイケル・ケインを好み、実際に《デリカテッセン》の途中にビデオのコンセントを抜いてしまった。

「どこがデリケートなのよ」とアリスは息巻いていた。

最上級生相手の息が詰まるような授業を二時間だったか、シェイクスピアと詩の授業一時間かをそのあとに控えながら、ぼくはポテトチップスの袋を、まるで瀟洒な河畔のフラットであるかのようにのぞきこみ、しばし夢想に耽った――小さなバルコニーは居間に続き、白い革張りソファーにはジェニーが腰掛け、シャブリを口にしながら《デリカテッセン》を観てくすくす笑っていた。ぼくはジェニーにワインを注ぎ足し、グラスを軽く合わせた。やがて、ポテトチップスの袋を折り畳んで結び目を作り、灰皿に放り込んだ。

最初に気づいたのはフランク・マーシュだった。

「今度のバーメイドは別嬪だな」と言って、ぼくの前にビールを置いた。

「そうかい？」フランクは木工を教えていた。鉋《かんな》やドリルの刃についての専門知識はあるが、女性についてはさっぱりだ。五十六年間独身を貫き、〝泥沼にはまった〟ことが一度もない。ぼくはフランクにかすかな羨望を感じていた。

それはともかく、肩越しに後ろを見た。「へえー」と言うと、フランクは笑った。その娘《こ》は客と楽しそうにことばを交わしていた。顔は瑞々しく、大きめのTシャツからすらりとした腕が伸び、手をビールポンプの上に置いていた。情熱的で感情豊かなジェニー・ミューアを思い浮かべてみた。だが、目の前に浮かんだその空想の下に隠れているものは何もなかった。うわべが美しいだけにすぎなかった。

数日もたたないうちに、ささやかなパブの客は倍になった。噂が広まっていた。ブロンドに蒼い瞳のバーメイドのダナと《アジア娼館の狂宴》のモデルが、同じくらいの年だろうと見当をつけたのは、そのあとすぐのことだった。そして、その話をマクスウェルの前で口にしてしまった。まさしく、一生の不覚だった。

ある日、マクスウェルがランチタイムに現われて肩を叩いた。ぼくは驚いて、ビールを少しズボンにこぼした。

「おっと、すまん」マクスウェルは言った。「待っててくれ。布巾を取ってくる」

戻ってきたときには、もうダナの名前と年を知っていた。

「おまえの言うとおりだ」ズボンの股の染みを拭っているぼくを見ながら言った。「すごい美人だな。おまけに、あのビデオのジャケットから抜け出したみたいじゃないか」

「こんなところで何してるんだ」マクスウェルの仕事場はうちの学校から三マイル離れたところにあり、ランチタイムを時代錯誤だとみなしているはずだった。マクスウェルは肩をすくめた。

「通りがかっただけさ。それはさておき、マクスウェルだ。よろしく」と言ってフランク・マーシュに手を差し出した。「ケニーは紹介する気がなさそうだからな」

フランクはぼくを見て目をぱちくりさせた。ぼくを〝ケニー〟と呼ぶのはマクスウェルだけだ。学校ではケン、アリスからはつねにケネスと呼ばれている。（アリスはまるで咎めているかのように発音する。）ぼくは〝ケニー〟と呼ばれるのが嫌いで、マクスウェルはそれを知っていた。一度か二度、お返しにマックスやマキシーと呼んでやったことがあるが、あいつはにやつくだけだったので、結局マクスウェルに戻した。学校であいつは名前を省略されたりニックネームで呼ばれたりすることのないようにうまく立ち回ったが、ぼくは入学したときから（両親のおかげで）ケニーだった。あいつに苦々しい思いをさせてやろうというぼくの試みは、〝マクスウェル《ハウズ・マクスウエル》の調子はどうだい？〟の〝ハウズ〟を〝ハウス〟と言い換える駄洒落を、あいさつ代わりに口にするのが関の山だった。この意味、わかるかい？

「もう一杯やらないか？」マクスウェルが訊ねた。フランクは急いでジョッキを空けた。「それから、ここは食事を出すのかな?」マクスウェルは立ちあがった。「いや、気にしないでくれ。ダナに訊いてくる」

　このころには、空想に現われるのは、ジェニー・ミューアではなくダナになっていた。河畔のフラットがむっとするような空気の籠もった部屋に変わり、黒い壁には動物の皮が掛かっている。蠟燭が周囲に影を投げかけ、部屋の中央にはベッドの枠組みのないマットレスだけが置かれていた。よく冷えたシャブリの代わりに血のような色の赤ワイン、ハイファイ・ステレオからは熱狂的な音楽が流れている。二週間ものあいだ、ぼくはランチタイムを心待ちにし、午後からはそのときのことを思い返した。ダナとうちとけ、ロックが好きでジャズも少々嗜むことや、週末は映画を観に行くのではなく〝クラブ通い〟することを突きとめた。「だからできるだけランチタイムに働いて、夜は空けておくの」白い顔に真紅の唇。両耳には金のピアス。ぼくはビールと一緒にウイスキーも飲み始めた。そうすればダナが酒量分配器のほうに向くあいだ、じっくり眺めることができるからだ。ダナのスタイルは完璧に近く、体の線にぴったり沿った短いスカートと、厚手の黒いタイツがよく似合っていた。表面。すべてがそこにあった。それに対してポルノビデオでは、裸は露出過剰で、逆にそれ自身の覆いとなり、表面を隠してしまっていた。

「どうやってそれで午後から授業ができるの?」ある日ダナは言った。ビールをジョッキで二杯と、ウイスキーをストレートで二杯飲んだあとで、教壇に立てるのが信じられないという意味だ。それに対する答えは、文字どおり遠隔《リモ》操作《コン》だ。ぼくは授業で頻繁にビデオを使うようになり、テレビの前に陣取って、使えそうなものならなんでも使った。シェイクスピアは苦労しなかったが、詩はなかなかやっかいだった。ビデオ実習の授業も受け持っていた。この学校は、テクノロジーに将来性を見抜いた先見の明がある校長のおかげで、かなりの設備が揃っていた。(校長が見抜いていなかったのは、ぼくが授業のあとに実習室の設備でしばしばマクスウェルのビデオをコピーしていたことだ。)

実習では、フィルム編集のやり方や、カメラマンの重要性、監督がしくじった映画を編集者がまともなものにする方法をビデオで見せて、時間をつぶした。

ぼくはこういったことをすべてこなし、それでもまだ頭の中には蠟燭と音楽と動物の皮のはいりこむ余地があった。

それもマクスウェルが現われるまでのことだった。一週間もしないうちに、あいつはダナとデートの約束をとりつけ、最初のデートで次の約束も決めた。ある日、ぼくが急いでパブに向かうと、しぶしぶカウンターに立つ店主の姿があるだけだった。

「ダナなら出ていったよ」店主は言った。「ほかの店に移ったんだ」

マクスウェルが見つけてきた、自分の仕事場近くの店だった。その夜アリスがテレビ・ルーレットをやりながら二袋目のポテトチップスに手を伸ばしている傍らで、マクスウェルから電話でそれを聞かされたとき、なんらかの手を打つべきだと悟った。ポテトチップスの油と塩の匂い、気が滅入るようなテレビの音、妻が占領するソファーで、部屋はますます息苦しく感じられた。ぼくの人生は拙い演技とひどい脚本に彩られ、役を振り当てられるずっと前から決まっていたような気がした。

繫ぎ合わせて編集しろ。繫ぎ合わせて編集するんだ。ぼくは監督じゃないかもしれないが、まだ映画を救えるかもしれない……

よくあることだ、と心の中で思った。よくあるばかげたことだ。マクスウェルの体を見下ろしながら、そのフレーズを頭から追い払うことができなかった。ここに来たのは話をするためだけだったと気を静めようとした。どんな話を？　警察はそう訊ねるだろう。あいつの交際相手で、ぼくが憧れているダナのことを。だから嫉妬したんですね？　お巡りさん、ぼくは人生の大半を嫉妬して過ごしてきました。

マクスウェルは階段から落ちただけだ。階段をおりながら、ぼくは謝りつづけた。だがあいつはぴくりともせず、肩を持って体を抱き起こすと、頭がぐらりと回った。どう見ても首が折れていた。念のために脈を調べたが、とうに事切れていた。

　階段から落ちただけだ……ただし、押したのはぼくだ。ああ、そうとも。ぼくらは言い争っていた。と言うより、ぼくが一方的にまくしたてるのを、あいつは嘲笑っていた。居間にも行き着かないうちのことだった。玄関からはいって階段をのぼるあいだぼくは言いつのり、階段の一番上にあがったときはすっかり頭に血がのぼっていたが、やがて空っぽになって、怒りが消えていくのがわかった。あれが心の浄化《カタルシス》、というものなのだろう。それとも悪魔払い《エクソシズム》か。だが、あいつはのけぞって笑い続けた。だからぼくは立ち止まり、まばたきをすると、あらんかぎりの力で突き飛ばした。自分の体を支えるのが精一杯だった。階段の手摺りをつかみ、あいつがゆっくり後ろに倒れ、大きな音とともに転がり落ちていくのをただ見送った。カーペットが敷かれていない急な階段は、剝き出しの板にニスが塗られていただけだ。そのニスが高かったのは覚えているが、塗り替えがだいたい五年ごとですむというだけのことだった。


　よくあることだ、と自分に言い聞かせた。マクスウェルが元厩街《ミューズ》に住んでいたのは幸運だった。この界隈はふだんから死体安置所みたいなもので、通り抜けができない袋小路もある。一階はどこもドアとガレージだけで、居室の窓は二階より上にあった。マクスウェルを玄関から引きずり出し、車のトランクに入れるところを見ている者はなかった。マクスウェルの鍵が、ズボンのポケットから小銭とともにすべり落ちた。それをかき集めてポケットに入れた。

　夕飯にフィッシュ・アンド・チップスを買って帰ることになっていた。アリスには車が故障したせいで遅くなったと言い訳するつもりだった。マクスウェルの小銭でフィッシュ・アンド・チップスを買い、アパートの外に車を停めると、トランクに鍵が掛かっているか確認した。夕食をとっているあいだに、どうするか考えよう。アリスがぐっすりと眠りにつけば、真夜中に抜け出してマクスウェルを始末するのは造作もないことだ。犯罪映画には詳しかったので、パニックを起こさず、細心の注意を払うことが肝要だと心得ていた。どのシーンも一度で完璧に、〝撮影終了《ラップ》

!〟と監督がOKを出すようなショットでなければならない。階上へあがる途中、暖かい包みをあけ、フライドポテトを指でつまんで口の中にぽいと放り込んだ。経験したことがないような鮮烈な味がした。

アリスは気づかなかった。ショーケースに並んでいるもの、日本製のラップで包まれたもの、リモコンのボタンを押すだけで変えられるもの以外は、何も見ようとしなかった。ぼくの紅潮した顔も、汚れた皿を見る目つきも。あまりの無関心なようすに、ぼくは危うく告白しそうになった。一度でいいからアリスを驚かせたい。むろんその衝動は抑え込んだ。いったん口に出したことはたちまち社会の共有財産となるし、このことは神とのあいだだけの厳重な秘密にしなければならなかった。

これを良心の呵責と考えてみると、それもまたおもしろいかもしれない。

ベッドにはいるころには、爆発してしまいそうだった。まるで計画が立てられそうもなく、頭の中はホームコメディとコマーシャルソングで占められていた。ぼくは咳払いした。

「アリス、マクスウェルのこと、ほんとうはどう思ってる？」

アリスは横になってこちらに背を向け、片手で頭を支えながらもう片方の手にペーパーバックを持っていた。

「なかなかいいんじゃない？」ぼくは何も言わなかった。

「実のところ、気の毒に思うけどね」

ぼくはあっけにとられた。「どういう意味だい？」アリスがマクスウェルを気の毒に思うだって？　あいつの子を孕んだと言い出しても、これほど驚きはしなかっただろう。

「あの虚勢とか、タフガイ気取りのことよ」アリスはそう説明すると、本に注意を戻した。

「よくわからないな」

「それはね、ケネス。あなたが何も見ようとしないからよ。あなたと、あなたのお仲間はね」

「ぼくらが何を見てないって？」

「あなたたちは何も見てない。まったく、なんにもね。さあ、もう黙って寝てちょうだい」

言われるまま仰向けになると、寝たふりをしていっときか我慢するか、体内時計をあてにしていくらか睡眠をとるか思案した。頭をすっきりさせておかなければならないため、睡眠は必要だった。そこで、目を閉じて長い海岸を思い浮かべた。友人たちがまるで難破船から泳ぎつづけているかのように岸へ向かっているあいだ、ぼくは延々と海岸を歩き続けた。

アリスが紅茶のはいったマグとビスケット二枚を手に持って、ぼくを起こした。のろのろと体を起こす。長い、ひどく疲れた夜だった。時計を見ると七時五十五分だ。体がこわばり、腕が痛んだ。

「疲れてるみたいね」アリスはそう言って着替え始めた。ぼくは冷たい床に足をおろし、髪に指をとおした。車のトランクの中に、死体がそのままになっているのを認めるのにしばし時間を要した。

一晩中、眠ってしまったのだ。

朝食をとりながら、アリスに昨夜ベッドで話したことの説明を求めた。アリスの顔は病人のように青白くむくんでいた。一年ほど前から職探しをあきらめ、買い物と噂話とテレビで日々を送っている。店で噂話をし、昼メロについて意見を交わすことも多かった。アリスの生活もまた、エイトトラックのテープだった。ソファーにはアリスの体の型が残り、座り心地が悪くなっていた。ぼくはいつも床に置いたビーンバッグチェアに座って、そろそろ中身を詰め替えようと考えた。ぼくが朝食（ボウル一杯のシリアル）もビーンバッグチェアの上でとる傍ら、アリスはソファーに腰掛け、ふたり揃って朝のテレビ番組を眺めた。画面の隅の時報が仕事へ向かう時間が近いことを告げるが、アリスにとっては次の番組が始まる知らせにすぎなかった。

アリスがぼくの問いを無視したので、もう一度繰り返した。

「昨夜マクスウェルについて言ったことはどういう意味だい？」

「彼はゲイよ」

「なんだって？」

「ゲイなの」

ぼくは信じられないというように声をあげた。「だれがそんなことを?」

「マクスウェル自身よ。まあ、はっきりと口に出したわけじゃないけど、女にはわかるの。いつだったか、話しかけてきたようすから……」

「いつ?」

「覚えてないわ、二、三カ月前かしら。ふらりとやってきて、あなたがまだ何かの会議で学校にいたときのことよ」

「あいつはなんて?」

「何も。話題にするのを避けているようだった。言外の意味を読み取らないと」

新聞を読んだこともない人間が、よくそんなことを言えたもんだ。

「あいつは何人もの女と付き合ってる」

「そうね」とアリスが言った。「でもそれはゲイだってことを認めたくないからよ。あれほどデートの誘いに成功するわけは、相手が安心するからだわ」

「お悩み相談室の見過ぎだよ」

アリスは肩をすくめた。それでも、ありがたいことにアイデアをくれた。この街には、暗くなるとゲイが集まることで知られる、荒れ果てた墓地がある。あいつの死体を捨てる場所として、これほど皮肉なところがあるだろうか。そして、ぼくはダナを思い浮かべた。マクスウェルがゲイだったとしたら、殺す必要はなかった。何もかもが馬鹿げていた。

「なぜいままで言わなかったんだ?」

「どうしてわたしが言わなくちゃならないの?」アリスはお定まりの目つきでぼくを見ると、キッチンに消えた。水の流れる音がした。自分のシリアルボウルを洗っているのだろう。床に置かれたままの、空になったぼくのボウルを持っていくことなど考えもしない。ぼくはテレビを見つめた。マクスウェルのフラットに集まってのポルノ鑑賞会はもうお終いだ。リモコンを使ったおふざけも。金曜の夜にアパートを抜け出す理由もなくなった……

そのときふいに〝すごい計画〟が閃いた。あまりにもぴったり焦点が合ったので、まるで天からの恵みのような気がした。

学校へ行く途中に遠回りをし、マクスウェルのフラットで車を停めた。路地は相変わらず人気《ひとけ》がなかった。鍵を使って中にはいると、階段をそっとあがって寝室のドアをあけた。指紋のことは気にしなかった。親しい友人で、頻繁に訪れていたのだから、どのみちぼくの指紋はあちこちにあるはずだ。クローゼットからビデオを二本取りだし、どこかにゲイの道具がしまってある隠し場所がないか、かぎまわった。ベッド下にあったサッカー雑誌のほかは、何も見つからなかった。

「やりたいようにやれってことか」とひとりごとを言い、死体をフラットの中に運ぼうかとも考えてみたが、結局やめにした。死体が発見されるまでのあいだに、手はずを入念に整えておきたかった。そのため学校までの道のりを、あいつはトランクの中で過ごした。死後硬直のことは考慮していた。確信はないものの、もう一度ミューズに連れていくころには、硬直しているだろうと判断した。体はすっかり丸まっているはずだ。警察や病理学者がこれをどうみなすかわからない。テレビに出てくる刑事が間違いを犯すことはないだろうが、現実の刑事は疑わしかった。その疑いが現実となるよう期待を寄せた。

昼食前に空き時間が二時間あったので、ここで休憩をとった。ビデオ実習室にはだれもいなかったため、作業に専念できた。ビデオは全部で三本あり、そのうち二本はマクスウェルのクローゼットから取ってきたもので、一本は居間からのものだ。居間にあったビデオは、パーティのときに撮ったものだった。どんなビデオか想像がつくだろう。カメラを向けられると、口をあけて目を見開き、レンズに向かって大きく手を振り、ときには馬鹿なことを言う。そうでなければ、撮影者の誘いにもかかわらず、その珍妙な機械をつとめて無視する。どちらにしても馬鹿にしか見えない。もちろんカメラを手にしているのはほとんどマクスウェルで、胸の谷間や脚も露わなパーティドレス姿の女性たちのショットを、数え切れないほど撮っていた。マックスは映画監督を真似て大声で叫ぶ。「その気になって。もっと情熱的に！」

一時間後、ほぼ望みどおりのものができあがった。出来はあまりよくなかった。多少とも本物らしく見えるか自信はまるでなく、計画そのものをやめようかとさえ思ったが、このとき頭の中は極度の興奮状態にあった。一か八かだ。すべての賞金を次のルーレットに賭けようとしていた。強欲、ぼくはそれに囚われていた。それがぼくの罪だった。

「どうとでもなれ、なるようにしかならないさ」

　警察はどうせ手がかりを見つけられないだろう。連中が探して見つけ出すのは、見当違いのものになるはずだ。

昼休みにまたミューズへ戻り、今度こそ死体をトランクから出して階段の下に置いた。だれにもわかりはしないし、おそらく事故と誤認されるだろう。あの三本のビデオはもとに戻さなかった。いまごろゴミ集積場へ向かっている。ただし、ぼくが作ったビデオは別だ。そのあとマクスウェルの書斎に腰をおろし、ワープロの電源を入れた。手紙のことはずっと頭の中にあったので、簡単に書けた。ざっと目を通すともっともらしく見えたので印刷した。そして、その紙を握りつぶし、階段の横にある補助テーブルの下に置いた。

　書斎に戻り、すべてがあるべきところにあるのを確認していると、階下のドアが開いた。その刹那、理性を失って、あらぬことを考えた――あいつだ！　マクスウェルが帰ってきた！　どうやって説明するつもりだ……？

　ところが、そのとき悲鳴のようなものが聞こえ、つづいて鈍い音がした。足音を忍ばせて廊下を歩き、階下を見下ろした。中年の女がドアの内側に倒れていた。マクスウェルの掃除婦だ。見かけたことはなかったが、〝掃除のおばさん〟がいるのは知っていた。あいつはその話を何度も繰り返し、飽きることがなかった。すばやく音を立てずに階段をおりてドアから出ると、ミューズを引き返すあいだバックミラーから目を離さなかった。

　事態の進展は、あきれるほど遅く感じられた。映画では、こういった事件は少なくとも《グッド》九十分以内にまとめるが（これ以上ないくらいひどい九十分のときもある)、マクスウェルを埋葬したあとも、だれひとりとしてわかりきった質問をしようとはしなかった。やがてある夜、マークとジミーが相次いで電話をかけてきた。用件は同じだった。警察署に来て欲しいと求められ、ビデオテープを見せられた。ふたりとも同じ話をした。

「おまえには何も話すなと言われたけど、おれ……わかるだろ。おまえは友だちだしな」

その後、玄関のベルが鳴った。アリスが応対に出て、しばらくすると居間に戻ってきた。具合が悪そうだった。

「警察よ」とアリスは言った。「マクスウェルのことで話がしたいんですって。警察署で」

確かに、険しい顔つきの巡査がふたり、階段の吹き抜けをうろついていた。

「どうかしたんですか?」ぼくは訊ねた。

「ご心配なく」人当たりがよさそうなほうの巡査が言った。まあ、それならありがたいが。

ぼくは一緒に行かなかった。ソファーに横になり、意外にも心地がいいことに気づいた。テレビの電源はついていない。何も映さない画面を見つめて何時間か経ったあと、鍵穴から音がした。アリスが心から疲れ切ったようすで茫然としていた。文句も言わず、ビーンバッグチェアに倒れ込んだ。

「信じられないでしょうけど」とアリスは言った。「警察はわたしが関係してると思ってるの」

ぼくは体を起こした。「えっ?」

「何かあったと思ってるのよ。マクスウェルとわたしのあいだに」

「なんだって?」ぼくは今度こそ立ちあがった。アリスが空になったソファーに目をやったので、ぼくはまた腰を下ろした。「警察がどう思ってるって?」

アリスは尋問のことを語った。本人がそう言ったのだ。事情聴取ではなく尋問と。ふたりの太った男の刑事が部屋を出ていくと、親切な女性警官は口を開いた。

「紅茶が欲しいか訊いてくれたわ」

会話はすべてテープに録音された。「マクスウェルのことをしつこく訊かれたの。どれくらい知ってるのか、どんな人間だったか、ふたりだけで会ったことはあるか。まったく、彼はあなたの友人で、わたしの友人じゃないのよ。それから、彼がゲイだってことを話したの。刑事のひとりはにやにやした。何も言わなかったけど、にやついたままこっちに向かって首を横に振ってた」いまにも泣き出しそうだったが、ほんの一瞬だけだった。たちまちアリスは怒りと復讐心に燃えた。弁護士と話したと言う。

「弁護士？」

「ここを買うときに雇った弁護士よ。あいつらに言ってやったの。弁護士と話したいって」

「連中はなんて？」

アリスは気を落ち着けてぐっとつばを飲み込んだ。「それはいい考えだって」

翌朝、警官がぼくを訪ねてきた。

この日は巡査ではなく、部長刑事ともうひとり男がいた。もうひとりのほうが運転し、ぼくと部長刑事は後部座席に座った。部長刑事は目が充血し、太りすぎだった。取調室に案内されると、クレイヴァハウス警部が待っていた。机の中央にテープレコーダーがある。もう一つの机にはビデオと一体型のテレビが置かれていた。ぼくの学校にも似たようなものがある。

次々に質問を受け、マクスウェルのフラットで開かれたパーティのことも訊ねられた。そして、クレイヴァハウス警部が椅子から立ちあがった。

「お見せしたいものがあります。見解を聞かせてもらえますか」

何十回も見ているにちがいなかったが、ふたりは画面を食い入るように見つめていた。特に後半を。そのあとこちらに向き直った。

「その……」ぼくは言った。「最初の場面は……妻と……」

「では奥さんだと認めるんですね？」

「ええ、はい。あれは妻です。マクスウェルのパーティだった。あんなに妻を撮っていたとは知らなかったな」もちろんあいつがやったんじゃない。あいつからカメラを渡されたので、数分ほどアリスを撮りつづけ、カメラ映りがいいか悪いか試していた。答えはいいほうだった。遠くから撮っていたのもさいわいして、アリスの姿はそのまま映画に使えそうなくらい申し分なかった。

「それで、その、あー、あとのほうの映像はどうです？」クレイヴァハウス警部が言った。

ぼくは眉をあげて、ため息をついた。「素人ビデオのようですね。そのふたりは週末にカメラを借りて、撮影したのかもしれない……」

「ですが、すでに持っているなら、借りる必要はないでしょう」クレイヴァハウスが言った。

「そうですね」

クレイヴァハウスはテープを取り出し、ためつすがめつした。「パーティの出席者を覚えてませんか？」

ぼくは乾いた笑いをもらした。「顔なんかほとんど見えないじゃないですか」むろん見えないことは確認済みだ。

それでも、マクスウェルとアリスに少しでも似た体型の人物を選んでいた。男のほうは実際には途中で別の人物と入れ替わっていたが、だれも気づきやしないと思った。あんなところで見えるのは肌と髪だけだ。クレイヴァハウスはテープの背を見つめている。

「確かにそうです。もしやと思っただけでしてね。ここに何か書いてある、イニシャルだけですが。MGとAB。お心当たりは？」

ぼくはクレイヴァハウスを見つめ、部長刑事に視線を移すと苦笑した。「よしてくださいよ。何が言いたいんですか？」

「何も」

「とぼけないでください。MGはマクスウェルで、ABはぼくの妻だとほのめかしてるんでしょう」

「奥さんはテープに映っています」

「ええ、ですが……」ぼくはビデオデッキを顎で示した。「つまり、あのふたりがしていたのは……」ふたたび声を詰まらせた。「ちがう」ぼくは静かに言った。嘘はついていない。ふたりの警官にもそれがわかった。クレイヴァハウスはまた腰をおろした。

「ここに手紙もあります」クレイヴァハウスはいたわるように言った。それはマクスウェル・グレイからアリスという女に宛てたものだった。「ご覧になりますか」と、しわくちゃになった紙のコピーをぼくに差し出した。ぼくは二度、目を通した。

〝アリス、こんなことを言うのはつらい。つまり、もう終わらせたいんだ。きみのせいじゃない、ぼくのせいだ。いや、どちらのせいでもないのかもしれない。もうぼくにはわからない。もしケニーが知れば、ひどいショックを受けるだろうってことは、きみもわかってるね。あいつが気づくという意味じゃない。あいつは馬鹿正直すぎるからな。だからこそ余計に罪の意識を感じるんだ。わかって欲しい。これからも友だちでいてくれるね。マキシー〟

つじつまの合わないところが二点あった。あいつが自分のことをマキシーと言うなんてありえないが、警察がそれを知る由はなかった。それはちょっとした悪ふざけだった。あいつはセミコロンも使わなかった。いまどきセミコロンを使うのは、ぼくみたいな人間だけだ。刑事部の連中はこれにも気づきやしないだろう。ぼくは目をあげてクレイヴァハウスを見た。目に涙を浮かべながら。そして、泣き崩れた。

まだ終わりではなかった。

アリスに嫌疑がかけられてから、ぼくはアリスの守護者となり、警察やマスコミから守った。アリスには何一つ理解できなかった。手紙って何？　ビデオってどういうこと？　アリスはビデオに映っているのは自分ではないとクレイヴァハウスに訴えた。そのとおりだ。ぼくはアリスを励ました。ビデオについては冷や汗をかいていた。警察がよくよく見れば――それに署で勤務時間の合間に鑑賞会が開かれているのは間違いない――食い違いに気づくだろう。その反面、連中が見たがっているのは濡れ場だけであり、その動機はことごとく不純にちがいなかった。マクスウェルのコレクションから選んだテープは、一番猥雑で、素人臭いやつだ。いかにも素人ビデオらしく見えた。警察はその間、マクスウェルの友人や同僚の事情聴取をつづけていた。幾度となく、ぼくたちは事情聴取に呼ばれた。うんざりする過程だった。

警察はこの事件が少なくとも故殺であることを心得ていた。病理学者は、マクスウェルが転落したのは何らかの力を加えられたためで、みずからの意志によるものではないと断言した。そのうえ死体はいったん動かされ、その後階段の下に戻されていた。まるで死体を処理しようとしたが、できなかったかのように。もし女だったとしたら、これだけの荷物を遠くまで運ぶことは肉体的にも体力的にも無理だっただろう。

警察がかなり初期の段階で起訴したがっていたのは言うまでもないが、検察局はもっと多くの証拠を要求した。あるとき、捜査の手はぼくに向かっているようだった。数日間、第一容疑者になっていたようだが、ひっかけるために釣り糸をたらしているだけにすぎない（なのに釣り針はついていない）と確信していた。警察が手押し車一杯分ほどの情報を検察局に届けたとき、ついに何かが行なわれたにちがいないと決断がくだった。だれもが一歩前進した。裁判が予定された。容疑は故殺ではなく、謀殺だった。

警察が用意した証人はマクスウェルの隣人で、アリスによく似た女性が不定期にフラットを出入りしているのを見たと証言した。ぼくは深く息を吸い、初めてアリスを疑いの目で見た。まさかふたりはほんとうに……？　マクスウェルがゲイだという話は、ぼくの目をそらすためのものだったとしたら？　映画の結末にはあざやかなどんでん返しが用意されていたのか？　訊ねてみたが、アリスは繰り返し否定した。アリスはいくらか、それどころかずいぶん痩せた。瞳から輝きが失せていた。まるで別人だった。なんでも言いなりで、ぼくのいたわりの数々に涙ながらに感謝した。とどのつまり、アリスは失意のどん底にあった。かつてないほど愛しく思った。

アリスの無罪があきらかにされるべきだとほとんど本気で思い、証言台で揺るぎない態度を貫いた。ところが、法廷でぼくに向けられた顔には、同情と憐憫が浮かんでいた。ぼくは誠実な夫で、最後まで誠実であり続けた。陪審はぼくをまったく無視するように、有罪の評決を下した。

部屋が空っぽになったように感じられたが、たちまちぼく好みの音楽やビデオで埋め尽くされた。これまでより熱心に教壇に立ったものの、夜ごと追想にふけった。大半が裁判のことだ。証人だったために、当時はあまり楽しむことができなかったが、裁判後は一種の趣味として夢中になった。法廷では、マクスウェルの乱れた性生活や、違法ポルノへの関心、バーメイドやウェイトレスや秘書たちとの親密な関係ついて、多くのことが語られた。小さな黒い手帳が提出され、そこには名前や電話番号が細かく記されていた。何人かの女性は証言台に立った。だれひとりとしてマクスウェルと性的関係を持ったことを認めなかったが、どういうタイプの女性か想像がつくだろう。

ぼくはできるだけアリスを訪ねた。つねに興味深い体験だった。自分は恥と有罪の判決に耐えて生きていくことができない弱い人間だと説明し（これはほんとうのことで、生徒と教師たちから妙な目つきで見られていた）、離婚を持ち出す手紙を書こうかとも考えた。だが、即座に却下した。なぜかはよくわからない。たぶん、海外を旅行したりあちこちをぶらついたりしたころの、ふたりの古い写真を見ながら過ごす夜のせいだろう。週末はときどき相も変わらずアンドルーやマークやジミーと飲みに行き、フランク・マーシュとさえ幾度か出かけた。だが、たいていは自宅にいた。

ある夜、玄関のベルが鳴った。ドアをあけて肝を潰した。ダナだった。蒼い瞳にブロンドのダナ。輝くように美しく、流行りの香水を身にまとっていた。自分と同じようにマクスウェルを知っているだれかと、ただ話がしたかっただけだと言う。マクスウェルを失ったことを心から哀しんでいた。

「ぼくもだよ」

ダナはぼくの腕に倒れ込んだ。ダナの髪を耳から払い、優しくなぐさめた。友人のように。

聴取者参加番組
—リーバス警部の物語—
Talk Show

延原泰子訳

〈ロウランド・ラジオ〉はスコットランドのロウランド地方で放送されている、設立後の年数は浅いけれど人気の高いラジオ局である。人気のゆえんは、まったく異なるタイプのタレント二人によるものだと考えられていた。一人は午前中の時間帯を担当するＤＪで、シェットランド出身のヘイミッシュ・マクダミッドという、押しの強いがさつな男である。マクダミッドは聴取者電話参加番組の司会をしていて、そのテーマは今日のニュースということになっているのだが、実際のところ、ニュースはいわば添え物だった。意見やコメントがおもしろくてこの番組が聴かれているのではない。電話をかけてきた聴取者を相手構わずやっつけるマクダミッドの痛快さが人気を得ているのだ。ときおり激しい口論となっても、マクダミッドがたいてい勝ち誇る結果となる。それは彼よりも知的な者や、知識の豊富な者、論理的な者からの電話を受けつけないからだ。

　リーバスの知る限りでも、署内にはその番組を聴くためだけに、十時四十五分から十一時十五分まで休憩を取ろうとする警官がいる。番組に電話をかけてくる者は、むろん、どんな扱いを受けるかを承知している。それも楽しみの一つなのだ。自虐趣味が疑われるが、それよりも自分を勇気ある人間と思いたいのだろう、とリーバスは察していた。もしマクダミッドを言い負かせたら、それはいわば、〝勝利〟を手に入れたことになる。それゆえに、マクダミッドは怒れる闘牛のような存在となり、新手の闘牛士と一戦を交えるために毎朝、闘牛場へ現われるのだ。現在のところ、突つかれ追われるも傷は負っていないが、その幸運がいつまで続くことやら……

　もう一人のタレントは――えもいわれぬ繊細な魅力の持ち主をタレントという枠でくくれるものとすれば――ペニ

ー・クックである。彼女は深夜番組を受け持ち、セクシーな声で優しく語りかける。週五日、《あなたとクッキング》という持ち番組で、癒し系の音楽と、心なごむおしゃべりと、聴取者参加コーナーで電話をかけてきた人々への温かい忠告とを交互に提供する。電話参加するのは、ヘイミッシュ・マクダミッドとの対決を望む聴取者とは、別種のタイプの人々だった。彼らは自分の人生にひそかに悩み、不安に満ち、内気だった。家庭の悩み、仕事の悩み、個人的な悩みを抱えていた。ひ弱な心をまともに蹴り飛ばされるようなタイプなのだろう、とリーバスは思った。それに反し、マクダミッドに電話する連中は蹴り飛ばす側にちがいない……

ペニー・クックの番組のほうが人気が高いとされていることは、スコットランドのロウランド地方の気質を物語っているのではなかろうか。署内では、テレビ番組を語るときのように熱っぽくこの番組が話題になった。

「あそこが曲がってる男の話を聞いたかい……？」

「ダンナが自分を満足させてくれないってあの女言ったな……」

「だけどあの売春婦は気の毒だよな、商売から足を洗いたがってた……」

などなど。リーバスも夜の酒を飲み終えてから、愛用の椅子にくつろいでその番組を何回か聴いたことがある。しかしいつも数分間しか続かなかった。ベッドで語られるおとぎ話のように、ペニー・クックの声を少し聴いただけで、たちまち眠りの国へ入ってしまった。彼女はどんな外見なのだろうか、とリーバスは思った。ハスキーな声、やさしく包み込む雰囲気、色っぽさ。思い描いたペニー・クックはすべて漠然としたイメージで、そのどれも肉体的な具体性がなかった。ブロンドの小柄な女性に感じられるときもあれば、長い黒髪を垂らした女神像のような女性に思えるときもあった。ヘイミッシュ・マクダミッドの姿のほうがもっとありありと想像できた。赤い顎鬚、丸太投げが得意なたくましい腕、キルト。

ともあれ、間もなく事実が判明するだろう。リーバスは〈ロウランド・ラジオ〉の狭いロビーにいて、受付の若い女が電話を切るのを待っていた。彼女の後ろの壁には〝歓迎〟という文字のあとに余白のある札が掛けてあった。その余白がポイントなのだ。それは局のインタビュー番組か何かに出演するためにやってくるタレントを迎える、〈ロウランド・ラジオ〉流のやり方のようだった。今日は〝歓迎〟の文字の次に、フェルトペンで、ジェズ・ジェンクスとキャンディ・バーという名前が書いてある。どっちの名前もリーバスは聞いたことがなかったが、自分の娘ならおそらく知っているにちがいない。受付嬢が電話を終えた。

「ステッカーをもらいに来たんですね？」

「ステッカー？」

「車用のステッカー」と受付嬢が説明した。「あいにく切らしていて。一時的に切れただけなので、来週にでも来ていただければ、あると思いますけど」

「あ、それはありがたいが、おれはリーバス警部です。ミス・クックと約束しているんだが」

「まあ、ごめんなさい」受付嬢がくすくす笑った。「すぐ連絡を取ってみます。警部さんのお名前は何でしたっけ……？」

「リーバス」

受付嬢はメモ用紙に名前を書きつけ、電話交換台へ顔を向けた。「リーヴス警部がお見えです、ペニー……」

リーバスは別の壁へ視線を向け、〈ロウランド・ラジオ〉が受けた賞状のささやかな展示を見た。最近は競争が厳しいのだろうな、と思った。業界への広告収入も減っている。別のローカル放送局がヘイミッシュ・マクダミッドの挑戦に反撃し、〝ランター〟、怒鳴り屋、と名づけた無名の男を雇って、その番組に電話してくる愚か者に次から次へと悪口雑言を浴びせている。

それは娯楽番組とはほど遠いもので、赤く光る真空管の時代や、ロンドン近辺の正統な言葉遣いとはかけ離れている。その昔、BBCのアナウンサーがディナー・ジャケットを着用していたという伝説は、ほんとうだろうか？　DJがDJを着るのか、とリーバスは思いついて笑った。

「何だか愉快そうね」ペニー・クックの声だった。真後ろに来ていた。ゆっくりと向き直ったリーバスは、四十代前半の、胸の豊満な女性を見た。リーバスより一年か二年、若いぐらいだろう。薄茶色の髪にパーマをかけ、丸い眼鏡をしていた。かたやジョン・レノンが流行らせ、かたや国民健康保険が普及させた型である。

「わかってるわよ」ペニー・クックが言った。「わたしは皆が思っているような女じゃないの」手を差しだし、リーバスがそれを握った。声がやさしいばかりか、彼女の容姿もやさしげだった。

となればなおさら、匿名の何者かが電話をかけてきて、彼女を脅すなんて、不可解きわまりない……

二人は廊下を歩いて頑丈そうなドアへ向かった。ドアの片側には押しボタンの列がある。

「防犯対策よ」ペニー・クックが言い、四桁の番号を押してからドアを引き開けた。「放送中に頭の変な人間が侵入したら、何をやらかすかわからないでしょ」

「いやいや、ヘイミッシュ・マクダミッドの番組を聴いてますからね」リーバスは言った。

ペニー・クックが笑った。彼女の笑い声を一度も聴いたことがないように思った。「ペニー・クックって、本名なんですか?」リーバスは初対面のぎこちなさが取れたと感じて、たずねた。

「残念ながらそう。わたしは北部のネアンで生まれたの。実を言うと、両親がこの近くのペニクックって地名を知ってたとは思えない。ペネロープという名前が好きだっただけよ」

彼らはスタジオや事務室を通り過ぎた。廊下の天井に取り付けられたラウドスピーカーから、この局のアフタヌーン・ショウが中継されて流れている。

「放送局の中に入ったことがおありになる、警部?」

「いいえ、一度も」

「何なら、案内しましょうか」

「時間があるようなら……」

「だいじょうぶよ」二人はあるスタジオに近づいていた。その前で中年男が髪を尖らせた十代の子どもと小声でしゃべっていた。子どもは仏頂面をしていて、風呂に入ったほうがよさそうなほど薄汚い。中年男の息子だろうか、とリーバスは思った。もしそうなら、この男は子どものしつけについてぜひとも学ぶべきだ。

「こんちは、ノーマン」ペニー・クックが通りすがりに声をかけた。中年男が微笑を向けた。十代の子どもはふくれっ面のままだ。わざとそんな態度を取っているのだ、とリーバスは決めつけた。さらに歩いて、数字の組み合わせ錠がついたドアをまた通ったあと、ペニーがみずから謎解きをしてくれた。

「ノーマンはここのプロデューサーなの」

「一緒にいた子どもは？」

「子ども？」ペニーが苦笑した。「あれはジェズ・ジェンクスよ。〈レフトオーヴァ・ランチ〉のボーカル。彼はあなたやわたしがよかった年の年収よりも多額のお金を、一日で稼いでるわ」

リーバスは〝よかった年〟があったことすら、思い出せなかった。正直な警官である報い。疑問が頭に浮かんだ。

「キャンディ・バーは？」

ペニーはそれを聞いて笑った。「わたしの名前より印象的なものはないと思ったのに。でもね、それは本名ではないと思う。彼女は女優だか、喜劇女優だかだわ。むろん海の向こうから来た人よ」

「アイルランド系の名前に思えないな」自室のドアを開けて押さえているペニー・クックに、リーバスが誤解したふりをして言った。

「こんなとこで冗談を連発しないほうがいいわ、警部」彼女が言った。「いつのまにかバラエティ番組のワンコーナーに出演するはめになるわよ」

「《笑う警官》として？」リーバスが調子に乗った。しかし部屋に入り、ドアが閉められると、浮ついた空気が適度に鎮まった。これは仕事の話なのだ。それも重大な話である。ペニー・クックが自分の机についた。リーバスは向かい合う椅子に腰を下ろした。

「コーヒーか何かお飲みになる、警部？」

「けっこうです。で、その電話はいつから始まったんですか？」

「約一ヵ月前から。初回に電話してきたときは、放送中のわたしにつながってしまった。それには関門があるんだけれど。電話がわたしにつながる前に、電話係の二人がそれをふるいにかけるんです。有能な人たちよ。いたずら電話か本気の相談者かを、たいていの場合、ちゃんと聞き分けてくれるわ」

「どんな仕組みになってるんですか？　誰かが電話すると……どうなる？」

「スーかデイヴィッドが電話を取るんです。二人は質問をいくつかする。基本的には、その人の名前と、何についてわたしに話したいかをたずねる。それから電話番号を控えて、電話の傍で待つように言う。で、その人を放送に出したいと思ったら、こちらから電話をして待機させるんです」

「なら、かなり厳重な仕組みだな」

「そうなのよ。おまけにたとえ、いたずら電話の主が関門をすり抜けたとしても、その声が電波に乗るとき、三秒後から入るようにしておく。わめいたり罵ったりし始めても、その声が流れる前に電話を切るんです」

「その男についても、そうなったんですね？」

「まあ、そういうとこ」ペニーはカセットの箱を振って見せた。「テープを持っているけど。お聴きになる？」

「ぜひとも」

ペニーは背後の棚に置いたカセットデッキにテープを入れた。その部屋に窓はなかった。ここまで来るのに降りた階段の数から考えて、建物のこの階は地下なんだろうとリーバスは思った。

「ではその男の電話番号はわかってるんですね？」

「公営住宅団地の電話ボックスからだったんです。当初はそれがわからなかった。公衆電話からの電話は通常受けつけないことにしてるんだけど。それはテレカードが使えるタイプだった。特有の発信音がなかったので、気づかなかったのよ」ペニー・クックは入念に時間をかけてテープを入れ終えたが、今は巻き戻しをかけている。「またその男が電話をしてきたとき、その番号にかけ直してみたんです。呼び出し音が長い間鳴ったあとで、年配の女性が受話器を取った。その人がその電話ボックスの場所を教えてくれて。それでその男に引っかけられたってわかったわ」テープがかちゃっと止まった。ペニーは再生ボタンを押すと、椅子に戻った。再生は雑音から始まり、すぐに彼女の声が部屋に流れた。ペニー・クックは、そう、このハスキーボイスの、官能的な、深夜のわたしは芝居なのよ、と言わんばかりに、きまり悪そうな笑みをもらした。だがそれが商売なのだ……

「さて、一番の電話で、ピーターとつながっているわ。ピーター、あなたはペニー・クックと話せるのよ。今夜はどんな気分？」

「よくないね、ペニー」

彼女はテープをいったん止めた。「ここでこの男をはずしたんです」

最初男の声は鎮静剤でも飲んだかのように、眠そうだった。それがいきなり大声に変わった。「おまえの企みはわかってるんだぞ！　どういうことか、知ってるんだ！」テープが無音となった。ペニーは椅子の背にもたれ、カセットデッキのスイッチボタンを押した。

「これを聴くたびに、ぞっとする。あの怒り方ときたら……突然声が変わって。ぶるぶるだわ」引き出しへ手を入れて、煙草とライターを出した。リーバスは差し出された煙草を受け取った。

「ありがとう」とリーバスは言ってから、たずねた。「当然、偽名だろうけど、その男は姓のほうも名乗ったのかな？」

「姓も住所も、職業までも。エジンバラに住んでいると言ったんだけど、そのストリート名を地図で調べてみたら、そんな通りは存在しなかった。今後は電話をかけ返す前に、住所が実在するかどうか調べることにしたわ。その男の姓はゲムル。スーに綴りまで教えたのよ。それなのにまともな男じゃなかったんで、スーはびっくりしてた。いかにも相談者らしい口調だったのに」

「そいつはどんな悩みだってスーに言ったのかな？」

「酒に溺れてるって……それが仕事の妨げになっていること。わたしはそういうたぐいの悩みが好みなの。助言をきちんとできるし、電話もかけてこられないような気の弱い人たちの力になれてると思えるから」

「どんな職業だって言ったんですか？」

「銀行の取締役。スーに銀行の名前など洗いざらい教え、銀行名を放送で出してもらっては困ると何回も念を押した」ペニーは笑みを浮かべ、かぶりを振った。「だから、その男、すばらしく頭が回ったのよ」

リーバスもうなずいた。「そのへんの仕組みがよくわかっていたようだな」

「警報装置に引っかからずに、金庫へたどりついたってこと？」笑顔を絶やさずにペニーが言った。「そうよ。ほんとのプロだわ」

「そのあとも電話がしつこくかかってくるんだね？」

「ほとんど毎晩。でも今はその男だとわかる仕組みになってる。その男はいろんな話し方や訛りを使い……常に名前や職業を変えてくるわ。でもそれ以来二度と防御の壁を破れてない。ばれたとわかった瞬間、その男はまた同じ文句を言い始める。〝おまえが何をやったか知ってるぞ〟とか。


そいつが話し始める前に、こっちは電話を切ってしまうけど」

「で、あなたは何をやったんですか？」

「何一つしていないわ、警部。わたしの知る限りでは」

リーバスはゆっくりとうなずいた。「テープをもう一度聴きたいんですが？」

「いいわよ」ペニーはテープを巻き戻し、また二人で耳を傾けた。そのあとペニーが「お化粧を直しに」と言い訳して出て行ったので、リーバスはさらにもう二回聴いた。ペニーがコーヒーの入ったプラスチックカップを二つ持って戻ってきた。

「コーヒーはどうかなと思って」とペニーが言った。「ミルク入りで、砂糖抜き……それでいいかしら？」

「ありがとう。うん、まさにおれの好みどおり」

「で、警部、あなたのご意見は？」

リーバスは生ぬるい液体を口に含んだ。「そうだな、あなたは何者かわからない相手から電話の嫌がらせを受けているようだ」

ペニーは乾杯して見せるかのように、カップを上げた。

「警察官って何て優秀なんでしょう。警察官がいなかったら、どうなることやら？」

「厄介なのは、そいつが移動できるらしいってことだな。毎回同じ電話ボックスを使うのではなくて。それはやはり、そいつが賢いからじゃないかな。電話会社に頼んで、使ってる電話を突きとめることもできるけど、それには相手にしゃべり続けさせなければならない。あるいは、そいつが番号を教えたら、その番号から突きとめることができるかもしれない。だが時間がかかり過ぎる」

「その間に、相手は夜の闇に消えるってこと？」

「残念ながら。とはいえ、そいつを近づけないように防御を固めながら、向こうが飽きるのを待つぐらいしか、手はないんじゃないかな。声に聞き覚えはないんですか？　以前の知り合いとか……昔の恋人とか……恨みを持つ人間とか？」

「わたしは敵を作らないタイプなの、警部」

その顔を見て、声を聴いていると、それは容易に信じられた。個人的な憎しみを持つ者ではないのか……

「ほかのラジオ局はどうかな？　あなたの高い聴取率を喜んでいるとは思えないけど？」

ペニーが大笑いした。「ほかのラジオ局が殺し屋を雇ったとでも言うの？」

リーバスはにやりとして肩をすくめた。「ちらっとそう思っただけで。でもあなたの番組が〈ロウランド・ラジオ〉の中でいちばん人気があるんでしょう？」

「ヘイミッシュよりは今も少しだけ上だと思ってるわ、やっぱり。でもヘイミッシュの番組って……そうね、ヘイミッシュ一色。わたしの番組は聴取者が中心なのよ、電話をかけてくる人たちが。人間への尽きせぬ興味、ってことかしら」

「興味にもいろいろあるね」

「他人の苦しみはつねに興味を惹くわ、そうでしょう？　それは覗き趣味の人たちを誘う。局には妙な電話がずいぶんかかってくるのよ。そのせいなんだわ、きっと。世間には孤独で、ちょっぴり精神的に歪んだ人が大勢いて……わたしの声に聴き入っている。そして、何でも答えを知っているかのように振る舞うわたし」悲しげな微笑になる。

「最近の電話はだんだんと……よくなったと言うべきか、悪くなったと言うべきか。悩みは悪化し、ラジオにとってはよくなったわ」

「聴取率がよくなった、と言う意味？」

「広告主は深夜番組に見向きもしない。それが常識なの。聴取者の数が多くないから。でもわたしの番組では少ないという悩みは一度もなかった。しばらく聴取率が減った時期があったけれど、また数字が上がってきて。どんどん上がり続けたわ……どんな人たちに人気があるのか、わたしは知らないけど。そんなことは市場調査部に任せてる」

リーバスはコーヒーを飲み終え、両膝を摑んで立ち上がりかけた。「テープをお借りしたいんだが、いいかな？」

「ええ」ペニーがテープをカセットデッキからぽんと取りだした。

「それから、ちょっと会いたいんだけど……スーって名前だったかな？」

ペニーが腕時計を見た。「スーよ。でもあと数時間経たないと、出勤して来ないわ。夜勤だから。わたしたちDJだけが惨めな二十四時間勤務なのよ。ま、それは大げさだけど、そんなふうに感じるときもあるぐらい」棚のカセットデッキの横に置かれたトレイを叩いた。トレイの上に手紙が盛り上がっている。「それにファンレターも読まなくちゃならないし」

リーバスはうなずき、手に持っているテープに目をやった。「これについては少し考えさせてください。できる限りのことをやりましょう」

「わかったわ、警部」

「具体的な対策を言えなくて申し訳ないが。でも警察に連絡してこられたのは正しい判断だった」

「警察が何か手を打てるとは、最初から思っていなかったので——」

「そう言いきるのはどうかな。今言ったように、考える時間を少しもらいたい」

ペニーが椅子から立ち上がった。「送るわ。ここは迷路なのよ。あなたが《アフタヌーン・ショウ》に迷い込んだらたいへんだもの、そうでしょう？　《笑う警官》をほんとに演じるはめになるかもしれないわよ……」

長い静かな廊下を歩いていくと、階段下で何か話し合っている二人の男が見えた。一人はでっぷりと太っていて、活気にあふれ、癖毛の濃い髪、豊かな顎鬚の持ち主である。頬の血色がよい。対照的に、もう一人は黒い髪を後ろに撫でつけた、痩せっぽちの小男だった。白いワイシャツにグレイの背広姿で、真っ赤なペイズリー柄のネクタイが白いワイシャツに映えている。

「あら」とペニーが小声で言った。「一石二鳥よ。ちょうどいい、ゴードン・プレンティスを紹介するわ――局長なの。それから悪名高いヘイミッシュ・マクダミッドにも」

どっちがどっちなのか、リーバスはすぐにわかった。ところがペニーが実際に紹介すると、その直感が大間違いだと判明した。髭面の男が元気よく握手した。

「何とか問題を解決してもらいたいもんですね、警部。世間には狂った考えの持ち主が多いんだな」それがゴードン・プレンティスだった。だぶだぶの茶色いコーデュロイのズボンに、襟の開いたシャツを着ていて、胸元から剛毛がもじゃもじゃと見えている。ヘイミッシュ・マクダミッドと握手すると、その手は食料貯蔵庫から取りだした得体の知れない何かのように、冷たくてぐにゃぐにゃしていた。いくら想像をたくましくしても、リーバスはこの――適当な表現を思いつかないので――〝ヤッピー〟とあの挑むような口調とが結びつかなかった。

「病んだ頭の人間でも、愚かな人間でも、それはそれでいい。だけどどっちが最低なのかわからんよ、妙なことを口走る聴取者のほうか、それとももっともらしい説を述べる馬鹿者のほうか」ペニー・クックのほうを向いた。「きみはましなほうを引き当てたんじゃないか」プレンティスへ向き直る。この笑顔こそが嘲笑の典型だ、とリーバスは思った。ヘイミッシュ・マクダミッドがまた話し続けた。

「ゴードン、一日だけ、二人の番組でおれとペニーを入れ替えるってのはどうだ？　ペニーは自分の意見に固執するおれの聴取者の意見にいちいち同意しながら司会を進め、おれは彼女の社会的障害者とやり合ったらいい。どうだろう？」

プレンティスは低い笑い声をもらし、花形DJ二人の肩に手を置いた。「まあ、考えとくよ、ヘイミッシュ。ペニーはあまり嬉しがらないんじゃないかと思うが。その〝障害者〟とやらがお気に入りのようだから」

ペニー・クックは、声が聞こえないところまで離れたとき、たしかに嬉しそうではなかった。

「あの二人ときたら」とペニーが小声で怒った。「わたしがいないかのように、傍若無人に振る舞うときがあるのよ！　男というものは……」リーバスをちらりと見る。「横にいる人は例外だけど、もちろん」

「誉め言葉と受け取っておきますよ」

「ゴードンを責めてはいけないかもね。一日二十四時間勤務だとか、わたし、冗談言ってるけど、彼なんてほんとに夜も昼も局にいるんだから。早朝に出勤してきて、しかも毎晩わたしの番組を少し聴きにスタジオへ入ってくるわ。それは責任範囲を超えてまで働いてる、ってことじゃないい？」

リーバスは黙って肩をすくめた。

「きっと」とペニーが言葉を続けた。「二人を見たとき、髭面のほうがヘイミッシュだと思ったんでしょう」

リーバスがうなずいた。ペニーがくすくす笑う。「皆そう思うわ。ここでは誰もが予想とは違うのよ。秘密を教えましょうか。局はヘイミッシュの写真を公開していないの。外見があんなへなちょこだってわかったら、彼のイメージを崩す恐れがあるから」

「たしかに思ってたような男とは少し違ったな」

ペニーは微妙な表情で彼を見た。「そうでしょう。でも、あなたもわたしが思っていたような人とは、少し違ったわ」そのあと一瞬の沈黙が訪れ、天井から流れるコーヒーのコマーシャルが静寂を埋めた。「……キャメロット・コーヒーは伝説上のものではなく、うーん……これはうまい」二人は笑顔で見つめ合い、歩き続けた。

エジンバラ市中へ車で戻る間、リーバスは我知らず〈ロウランド・ラジオ〉から流れる無駄話を聴いていた。コマーシャルが多いことは知っている。だから何十社かの同じ宣伝文句を繰り返し聞いているような気がするのだ。無数にあるコマーシャル・スポットを埋めなければならず、しかも広告の申し込みは少ないから……

「……うーん……これはうまい」

そのコマーシャルに取りつかれた。頭の中をその宣伝文句がぐるぐる回り続け、ラジオから流れていないときですら聞こえた。声優の声があまりにも……どう言うべきか？ 蜂蜜をスプーンで口に押し込まれるような感じ。甘ったるく、吐き気を催すようで、何しろしつこい。

「キャメロットは伝説なのか、それとも史実だったのでしょうか？ アーサー王やグイネヴィア妃、魔術師マーリンや騎士ランスロット。それは夢かそれとも――」

リーバスはラジオのスイッチを切った。「たかが瓶入りコーヒーだろうが」とラジオに向かって言った。そう、瓶入りコーヒーだ……うーん……これはうまい。考えてみれば、自宅のコーヒーを切らしていた。角の食料品店に立ち寄って、キャメロット印以外のコーヒーを買おう。

ところが宣伝販売のため、キャメロットが五十ペンスの値引きになっていたので、リーバスは心ならずもそれを買い、その夜自分のフラットでまずい代物を飲みながら、ペニー・クックのテープを聴いた。明晩はラジオ局へ赴いて、彼女の番組を生で見てもいいな、と考えた。ちゃんとした理由だってある。電話係のスーに会いたいからだ。でもそれは口実にすぎず、ほんとうはペニー・クックに惹かれたからである。

〝あなたもわたしが思っていたような人とは、少し違ったわ〟

その一言を深読みしすぎているのだろうか？ おそらくそうなんだろう。では、別の言い方に変えよう。〈ロウランド・ラジオ〉には仕事でもう一度行かねばならない。仕事でスーに会わなければならない。リーバスはこれで何回目かになるテープの巻き戻しをした。毒に満ちた声。ペニーはその激しさに驚いたのだった。そう言っていたではないか？　その男は話し始めたときには、実に物静かな口調で、実に礼儀正しかった。リーバスは考えに行き詰まった。男はそのうち、飽きてやめるかもしれない。誰かの自宅に迷惑電話がかかってくる場合は、いくつかの防御手段がある。通話のすべてを傍受してもらったり、電話番号を変更したり、電話帳から番号を外したりする。だがペニー・クックは自分の番号を公表する必要がある。スーとデイヴィッドの陰に隠れるぐらいしか、方法はないのだ。

やがてリーバスはある案を思いついた。たいした考えではないが、何もしないよりましだ。科学捜査研究所のビル・コステインは録音やテープレコーダーなど、そういうたぐいのことに詳しい。彼ならその匿名人物に何か対策を講じられるかもしれない。そうだ、明日の朝いちばんに相談してみよう。リーバスはコーヒーを飲み、まずさに身震いした。

「キャメロットというより、キャメルの味だ」そうつぶやいて再生ボタンを押した。

翌朝は明るく晴れ渡った空だったが、ビル・コステインは曇り空のように陰鬱な表情だった。

「ゆうべはダーツの試合をしたんだ」とコステインが明かした。「珍しくおれたちが勝った。それで、スコットランドがグランド・スラムを達成したときもかくやと思われる勢いで、痛飲しちまったんだ」

「気にするな」リーバスはカセットテープを渡した。「胃にやさしいものを持ってきてやったぞ……」

そのテープを聴いたあと、コステインは〝やさしい〟という表現を用いなかった。けれども彼は難題を楽しんだ。リーバスが持ちかけた難題とは、その声に関して何であれ教えてほしいというものである。コステインは何回もテープに耳を傾けてから、分析機のようなものにかけた。すると声が山や谷の連続に変化した。

コステインは頭を掻いた。「最初の声と、興奮してからの声とは違いが大きすぎる」

「どういうことだ?」いつもコステインはリーバスを煙に巻く。

「興奮した声は最初の声よりも、ずっと高音だね。何というか……不自然だ」

「ということは?」

「どっちかが偽った声音だと思う。おそらく最初のほうかな。自分の通常の声をごまかして、ふだんより低いトーンでしゃべっているね」

「じゃあ、ほんとうの声に戻せるかな?」

「復元できるかってことか? できるよ、だがこの研究所は適当な場所じゃない。友達がモーニングサイドに録音スタジオを持ってるんだ。電話してみようか……」

運がついていた。今朝、そのスタジオの機材は空いていた。リーバスはコステインを乗せて車でモーニングサイドへ向かい、コステインと友達がミキサーをあれこれ調整している間、ゆったりと座って待った。二人はテープの興奮した声を遅いスピードに変えた。次に何やら操作して声の高さを数段低く落とした。その声は少なからず不自然となり、ロボットの声か電子音に似ていた。そこで声を元に戻す作業を始め、ついにリーバスはスタジオの巨大なモニター用スピーカーから響いてくる、ゆっくりとした、抑揚のない声を聴いた。「おまえが……何を……やったか……知ってるぞ」

そう、ようやくこれで人の声となり、わずかに特徴さえ出てきた。そのあと、二人は会話の最初の部分に切り替えた――〝よくないね、ペニー〟。その声をあれこれいじり、高さをわずかに上げたり、少しスピードを速めたりもした。

「こんなところかな」コステインがついにそう宣言した。

「すばらしいね、ビル。ありがとう。コピーをもらえるかい?」

科学捜査研究所でコステインを車から降ろしたあと、リーバスは昼休みの渋滞を一寸刻みに進んで、グレイト・ロンドン・ロード警察署へ向かった。車中でこの新しいテープを数回聴いたあと、テープからラジオに切り替えた。おっと、忘れていた。まだ〈ロウランド・ラジオ〉に合わせたままだった。

「……うーん……これはうまい」

リーバスは大きく呻いてスイッチを切ろうとした。しかしすでにその嫌な声が耳に入ってしまったのだ。目のくらむ驚きとすばらしさを伴って……


　ハノヴァー・ストリートとクイーン・ストリートの角に、ワイン・バーがある。ワインとキッシュ・サラダを供する店として始めたらしいのに、ビール――高級ブランドのビールを品揃えしているとは言え――とパイに戻ってしまったのは、いかにもエジンバラらしい。もっともヒヨコ豆とスパイスを詰めたものをパイと言えるかどうかは知らないが。それでもインディア《I》・ペイル《P》・エール《A》のサーバーが据え付けてあるので、リーバスはそれで満足だった。店は昼食時の混雑が終わったところで、テーブルには皿やグラスや調味料が散らかったままである。エールを買う際に金を余分に渡してあるので、リーバスはバーテンに貸しを作ったと思った。彼は若いバーテンにある名前を言った。バーテンは窓際のテーブルに顎をしゃくった。そのテーブルにぽつんと座っている男は、十代を出たばかりのように見えた。頭を振って額にかぶさった髪を払いのけ、窓の外を見ている。膝には四つに折りたたんだ新聞を置いている。ボールペンで歯をこつこつと打ちながら、クロスワードの鍵を考えている様子だった。

　何も言わずに、リーバスはテーブルの向かい側に座った。

「それで退屈が紛れるんだな」とリーバスは言った。歯を叩いている若者は、なおも窓の外から目を離さない。そこに自分の姿が映っているのだろうか。現代版ナルキッソス。また髪をゆする。

「散髪したら、しょっちゅうそんなことをしなくても済むよ」

　その言葉でうっすらと笑みが浮かんだ。リーバスが誘いの言葉をかけているとでも思っているのかもしれない。というのも、ここは俳優が集まるバーとして有名だからだ。テーブルには半分ほど飲んだオレンジジュースのグラスがあり、どんな飲み物にも付き物の氷が、溶けて小さくなっている。

「時間つぶしになる」とリーバスが考えながら言った。「時間つぶしになる」

ようやく若者の視線が窓からリーバスに移った。リーバスはテーブルから身を乗り出した。おだやかに確信を持って語り出した。

「おまえが何をやったか知っているぞ」リーバスはそう言いながらも、自分が他人の言い回しをそっくり使っているのだろうか、それとも自分の言葉でしゃべっているのだろうか、と内心思った。

髪がはらりと額に垂れ、そのまま動かなくなった。その場が凍りつくかに思われたが次の瞬間、若者ががばと立ち上がった。椅子が後ろにひっくり返る。リーバスは動かず、若者の腕をしかと摑んで離さなかった。

「離せ！」

「座れ」

「離せと言ってるだろ！」

「座れと言ってる！」リーバスは若者を引き下ろして座らせた。「ようし。おまえにはたずねたいことがたくさんある。話はここでしてもいいし、署《ステーション》でしてもいい。ステーションと言ったって、駅じゃないぞ。わかったか？」

うなだれた頭は、今や丹念に整えた髪がくしゃくしゃに乱れている。少し脅しただけだのに……リーバスはちょっぴり哀れみすら覚えた。「何か飲みたいか？」頭が大きくかぶりを振る。「コーヒーも要らない？」

若者の頭が持ち上がって、リーバスのほうを向いた。

「映画の《キャメロット》を見たことがある」リーバスが話し続けた。「ひどい映画だったが、キャメロット・コーヒーほどひどくはなかった。主演のリチャード・ハリスの歌を聴くほうがまだましだよ」

ようやく若者の顔がほころんだ。「いいぞ」とリーバスが言った。「さあ、話してくれ。下品な言い方をさせてもらえるなら、ゲロを吐いてしまえ」

若者はすっかり吐いた……

リーバスはその夜《あなたとクッキング》の現場にいた。驚いたことに、放送ではおだやかな口調のペニー・クック

が、番組開始前は、ぴりぴりと神経を立てていた。彼女は黄色い小さな錠剤を口に含み、コップの水で流し込んだ。彼女は

「何も言わないで」彼女は察しのついた質問を遮った。ペニーのいるスタジオと大きなガラスで隔てられている制作室では、電話の傍にスーとデイヴィッドが待機している。担当プロデューサーが懸命にその場の空気を和らげようとしていた。まだ三十代らしいにもかかわらず、プロデューサーは手慣れた感じだった。この男が身の上相談番組を持ったらいいんじゃないか、とリーバスは思った……

リーバスはスーと十分間ほどしゃべり、そのあと制作チームが着々と準備を進めるのを見守った。とは言っても、実のところ、プロデューサーと技師の二人である。間際になって、ペニーのマイクの調子が悪くなり、狼狽が走ったが、技師が速やかにマイクを取り替えた。十一時五分前に、慌ただしさがぴたりと消えた。誰もが平静になった。もしくは緊張しすぎて硬くなった。まさに戦闘開始直前の兵士だな、とリーバスは感じた。ペニーが今夜の音楽を流す順番に関して、質問を二つほどした。担当プロデューサーとマイクやヘッドフォーンを使って打ち合わせをしたが、ガラス越しにちゃんと目を合わせている。

そしてペニーはリーバスのほうへ目を向け、ウインクすると、幸運のまじないに二本の指を重ねて見せた。リーバスも彼女に向けて指を重ね合わせた。

「皆さん、二分前……」

十一時きっかりからニュースが読み上げられ、続いていきなり……

テープが流れた。番組のテーマ・ミュージック。机についたペニーは、首の長い電気スタンドのようにかぶさるマイクへ、顔を寄せた。音楽が小さくなって消えた。

「こんばんは。ペニー・クックです。《あなたとクッキング》の時間です。わたしは三時まであなたと電話でつながっているので、何か悩みをお持ちなら、どうぞお電話ください。電話をおかけになりたいときはいつものこの番号へ……」

それはプロの絶妙な業だった。リーバスは感嘆せざるを得なかった。目を閉じたペニーは、いかにももろそうで、

ちょっと身震いしただけで、はらはらと散ってしまいそうにすら見えた。それなのに、あの声……落ち着いた声……いや、落ち着いた声というよりも、その声は彼女から離れて浮遊しており、それ自体に命、もしくは個性があるかに思える……リーバスはスタジオの時計を見た。これが四時間も続き、週五回もやるのか？　やっぱり警察官のほうがいいや、と彼は思った。

番組は時計のように一糸乱れず進んだ。電話は二人の電話番が取り、内容をメモする。人選についてプロデューサーと話し合い、音楽や「……うーん……これはうまい」というようなコマーシャルの合間に、プロデューサーが電話相談者についての詳細をペニーに伝える。

「その人でやりましょう」とペニーは言ったり、「それについてはやりたくない。今夜は」と断わったりする。たいてい、ペニーに決定権があった。ときにはプロデューサーがためらいがちに異議を唱えた。

「だけど、不倫を扱ったのはずいぶん前になるから……」

リーバスは見守っていた。聴いていた。それにもまして、待っていた……

「OK、ペニー」プロデューサーがペニーに言った。「次は二番の電話。名前はマイケル」

ペニーがうなずいた。「誰かコーヒーを持ってきてもらえないかしら？」

「いいよ」

「そして次は」とペニーが言った。「二番の電話に出ているのは、マイケルね。こんばんは、マイケル？」

十二時十五分前になった。いつものように、制作室のドアが開き、ゴードン・プレンティスが入ってきた。彼は周囲に会釈したりにこやかな笑顔を向けたりし、リーバスがいるのを見てことのほか喜んだようだった。

「警部」リーバスと握手して言った。「こんな深夜に来るなんて、本気で仕事に取り組んでおられるんですな」プロデューサーの肩を叩く。「今夜はどんな感じだ？」

「これまではちょっと地味目だったんですが、次のはおもしろそうですよ」

ペニーは薄暗い照明の制作室を見つめている。しかし声はマイケルに全面的に向けられていた。

「どんなお仕事をしているの、マイケル？」

相談者の声がラウドスピーカーから響いた。「ぼくは俳優なんです、ペニー」

「まあ、ほんと？　今、何かのお芝居をやっているの？」

「いや、今は、いわゆる〝休眠中〟なんです」

「そうなの、悪い奴は眠らない、って言葉があるわ。だからあなたは悪い奴じゃないってことよ」

顎鬚を撫でていたゴードン・プレンティスは、それを聞いて微笑し、リーバスのほうを向いて、リーバスも楽しんでいることを確かめた。リーバスは笑顔を返した。

「違いますよ」と声が言い返した。「ぼくは悪い奴だったんです。それを恥じている」

「何をそんなに恥じているの、マイケル？」

「ぼくはあなたに匿名の電話をかけていたんです、ペニー。あなたを脅してた。申し訳ありません。あのね、あなたはこのことを知ってると思ってたんだ。だけど警官があなたは知らないんだって言った。ごめんなさい」

プレンティスの顔から笑みが消えた。信じられないという表情で目をかっと見開いている。

「知ってるって何を、マイケル？」ペニーはガラスを見つめている。彼女の眼鏡が光を反射し、制作室へレーザー光線のようにまばゆい光を放った。

「〝やらせ〟だと知っている、と。聴取率が下がったとき、局長のゴードン・プレンティスが番組を不正操作したんです。あなたの番組とヘイミッシュ・マクダミッドの番組を。マクダミッドはそれに加担していたとも考えられる」

「不正操作、ってどういうこと？」

「切れ！」プレンティスが怒鳴った。「放送を中止しろ！　たわごとを言ってやがるんだ！　誰か通話を切ってくれ。いや、おれがやる――」

しかしプレンティスの背後に回っていたリーバスが、プレンティスを羽交い締めにした。「ちゃんと聴いたほうがいい」と厳しく言った。

「職業俳優の中から」とマイケルが、今日の午後リーバスに打ち明けたとおりに、話し続けた。「プレンティスは…

…そう、言ってみれば、配役みたいなものを決めたんです。五、六人ほど選んで。その人たちが声音をいろいろと変えて電話をかけた。世間の話題になりそうな意見や、おいしい悩みをつねに用意して。ある夜、パーティの席でその一人からその話を聞いた。その女優の話を信じられなかったけど、自分の耳で番組を聴いてみたんです。俳優は見抜けるんですよ、声がどこか変だとか、普通の声ではなくて声色を使ってるとか」

プレンティスはもがいていたが、リーバスの手から逃れられなかった。「嘘だ!」とわめいた。「でたらめだ! 離せ、この――」

ペニーの視線がプレンティスへ向けられ、ひたと動かなくなった。

「じゃあ、あなたが言いたいのは、マイケル、聴取率を高めるために、ゴードン・プレンティスが電話参加者に関して、不正操作していたということなの?」

「そのとおり」

「マイケル、電話をしてくれてありがとう」

そのとき、口を開いたのはリーバスで、彼はプロデューサーに向かって言った。

「もういい」

プロデューサーはガラス越しにペニー・クックに向かってうなずき、スイッチを切った。ラウドスピーカーから音楽が聞こえていた。プロデューサーは曲の音量を絞って終わらせた。ペニーがマイクに話しかけた。

「音楽を少し長めに入れましたけれど、楽しんでくださったでしょうか。まもなく皆さんの電話に戻りますが、その前にコマーシャルを」

ペニーは眼鏡をはずし、鼻柱をもんだ。

「ここだけの芝居だよ」リーバスはプレンティスに説明した。「おれたちの間だけの。聴取者は別のものを聴いていた」プレンティスの体から力が抜け、彼はがっくりと肩を落とした。自分が進退窮まったことをはっきりと悟っていた。リーバスは手をゆるめた。彼はもう抗わなかった。

キャメロット・コーヒーのコマーシャルが流れていた。答えは簡単なことだったのだ。コマーシャルの声があの電話相談者の声と同じだと気づいたリーバスは、広告業者に電話をかけ、声優の名前と住所を教えてもらった。マイケル・バリー。今は休眠中で、毎日のように、市中のあるワイン・バーに入り浸っている……

マイケル・バリーは自分がまずい立場にあると思っていたが、リーバスがそれについては心配するなと請け合った。だがゴードン・プレンティスについては……いや、それについては話が別だ。

「局は破産状態なんだ！」プレンティスが悲しげに叫んだ。「皆わかってるはずだ！」プロデューサーに訴え、技師に訴え、とくに憎しみに満ちた目を向けているペニー・クックに訴えた。だがガラスの向こうの彼女は、その声すら聞こえなかった。「このことが明るみに出たら、皆失業しちまうぞ！　全員がだ！　だからおれは——」

「五秒後に開始、ペニー」プロデューサーがいつもの夜の《あなたとクッキング》と変わらないかのように、平静に告げた。ペニー・クックがうなずき、眼鏡をかけ直した。彼女は気落ちしたように見えた。プレンティスに憎しみのこもった最後の一瞥をくれてから、マイクへ向き直った。

「ではペニー・クックです。少し話題を変えましょう。実は、〈ロウランド・ラジオ〉の局長、ゴードン・プレンティスについて、お知らせしたいことがあるのです。ほんの一、二分辛抱してくださいね。それ以上長くはかからないので……」

長話にはならなかったが、その話は翌朝のタブロイド紙に載った。〈ロウランド・ラジオ〉の営業許可はそれから間もなく取り消された。リーバスは運転中、〈ラジオ・スリー〉を再び聴くようになり、フラットではラジオをいっさい聴かなかった。ヘイミッシュ・マクダミッドは、リーバスの知るかぎりでは、どこかの小さな農地へ戻った。だがペニー・クックはエジンバラに残り、フリーの身で記事を書いたり、単発のラジオ番組に出たりしている。

ある深夜にリーバスのドアをノックする音がした。リーバスがドアを開けると、ペニーが立っていた。彼女はリーバスを見て驚いたふうを装った。

「あら、こんばんは」とペニーが言った。「あなたがここに住んでいるなんて知らなかったわ。ちょっとコーヒーが切れたので、もしかして分けてもらえないかと……」

笑いながらリーバスは彼女を中へ入れた。「キャメロットの瓶の残りを丸ごとあげるよ。なんなら二人で酔っぱらうまで酒を飲んで、寝てしまってもいいし……」

二人は酔っぱらうまで酒を飲んだ。

キャッスル・デンジャラス
—リーバス警部の物語—
Castle Dangerous

延原泰子訳

サー・ウオルター・スコットは死んだ。

彼はプリンシズ・ストリート・ガーデンズにある、自分と同姓同名の人物の記念碑のてっぺんで見つかった。心臓麻痺による死であり、高倍率の新しい双眼鏡をしみの浮いた細い首にかけていた。

サー・ウオルターは一年前に引退するまで、エジンバラで広く尊敬を集めていた勅選弁護人だった。ジョン・リーバス警部はスコット記念碑の頂上へ通じる何百段もの（間違いなく何百段もあった）螺旋階段の途中で一息入れ、ロイヤル・マイルにある裁判所の内外で、サー・ウオルターと出会ったときのことを思い出した。彼は威風堂々とした人物で、策略に富み、抜け目がなく、明敏だった。法律は彼にとって、自分の務めというよりも、挑戦の対象だった。ジョン・リーバスにとっては、毎日の仕事にすぎない。

階段の最後近くまで来ると、リーバスの胸が痛くなった。このあたりの階段は狭くなり、螺旋もきつくなっている。やっと一人が登れる幅しかない。チューブから絞り出される練り歯磨きのように、観光客の群れが吐きだされる、夏の観光シーズンまっただ中のスコット記念碑は、けっこう恐ろしいにちがいない、とリーバスは納得した。

ぜいぜいと荒い息を吐きながら、リーバスは小さな戸口を通って頂上へ出ると、しばらく立ち止まって息を鎮めた。目の前に広がる景色は、文句なく、エジンバラ随一である。すぐ背後にはエジンバラ城があり、前方にはニュー・タウンのパノラマ、その先はなだらかな下り坂となってフォースの入り江へと続き、リーバスの生まれ故郷であるファイフが遠くにかすんでいる。さらにコルトン・ヒル……リース……アーサーズ・シートの丘……そして城へと景色は一周して戻る。それは息を呑むほどの絶景であり、階段を上がったために息を切らしていなかったら、リーバスだって息を呑んだにちがいない。

リーバスが立っている胸壁は意外なほど狭かった。人の間をすり抜けて通るのも難しいぐらいだ。夏にはどれほど混み合うのだろうか？　危険なほど混み合うのか？　今だって、ここには四人しか上がっていないのに、人が多すぎて危なそうに思えた。胸壁越しに下を覗くと、垂直な壁面の真下は公園で、記念碑に入ることを禁じられていらだっている観光客の群が、リーバスを見上げた。リーバスは身震いをした。

寒いからではない。六月の初旬なのだ。ようやく春から、遅い開花の時期を迎えて夏になりかけているが、冷たい風がエジンバラから消えることはない。冷風はいくら日差しを浴びても暖かくならないように思えた。その風に今、体を刺し貫かれたリーバスは、自分が北方の寒帯地方に住んでいることをあらためて思った。足元のサー・ウオルターの動かない体に目をやり、自分がここにいる理由を思い出した。

「今にも、もう一体、死体を扱わなければならないかと思いましたよ」そう言ったのは、ブライアン・ホームズ部長刑事である。彼は死体にかがみこんでいる警察医と話し合っていたところだった。

「ちょっと息を整えていただけだ」リーバスが言い訳した。

「運動に、スカッシュでもしたらどうですか」

「ここまで登って来たら、けっこう運動になってるさ」耳に当たる風が冷たかった。週末に散髪をしなければよかった、と彼は悔やんだ。「何かわかったのか？」

「心臓麻痺だということが。医者はそうなって当然なんじゃないかという意見です。興奮した精神状態でここまで登ったんだから。目撃者の一人は、彼がいきなりくずおれたと言ってます。声も立てず、苦しんだ様子もなく……」

「老人の自然死か？」リーバスは考え深げに死体を見つめた。「だがなぜ興奮していたと言うんだ？」

ホームズが嬉しそうな笑みを浮かべた。「警部の健康のために、こんな高いところへ呼んだと思いますか？　これです」ポリ袋をリーバスに渡す。袋の中には乱れたタイプ文字の紙が入っていた。「双眼鏡のケースに入っていました」

リーバスは透明なポリ袋の上から、その文字を読んだ。

〝スコット記念碑の頂上へ行け。火曜日の正午。こちらも行く。銃を見つけろ〟

「銃？」リーバスは眉をひそめた。

突然、爆発音が轟いた。リーバスはぎくっとしたが、ホームズは黙って自分の腕時計を見て、針を修正した。一時。毎日午後一時きっかりに、城壁から空砲が発射されるのだ。「銃」リーバスは繰り返して言ったが、今回は疑問形ではなかった。サー・ウオルターの双眼鏡が死体の傍らに置いてあった。リーバスはそれを取り上げた。「借りても本人は文句を言わないよな？」と言いながら双眼鏡を城へ向けた。歩き回っている観光客が見えた。城壁から景色を眺めている者もいる。数人がリーバスに双眼鏡を合わせていた。そのうちの年配の東洋人が笑顔で手を振った。リーバスは双眼鏡を下ろした。それをためつすがめつ見る。「真新しいものだな」

「用途があって買ったものだと思いますね」

「だけど、用途って何だ、ブライアン？　何を見るつもりだったんだろう？」リーバスは答えを待った。答えはすぐに返らなかった。リーバスが続けて言った。「目的が何であれ、それで殺されたようなもんだ。おれたちも見たほうがいいね」

「どこを？」

リーバスは城を顎で示した。「あそこだよ、ブライアン。ついて来い」

「あ、警部……？」リーバスは呼びかけた警察医を見た。医者は立ち上がっていたが、人差し指を下へ向けていた。「どうやってこれを下ろすんだね？」

リーバスはサー・ウオルターを見つめた。たしかに、困った問題である。長い螺旋階段をかつぎ下ろすのは重労働だ。その上、死体に傷がつくことは避けられそうもない。ウインチを使って地面に直接おろすこともむろん可能だろうが……いずれにしろ、それは救急隊員か葬儀屋の担当であって、警察の仕事ではない。リーバスは警察医の肩を叩いた。
「それはあなたに任せる」リーバスは警察医が抗議の声を上げる前に、ドアから出て行った。ホームズは詫びるように肩をすくめ、にやにやしながら、リーバスを追って暗い階段へ向かった。警察医は死体を見つめ、胸壁の下を見つめ、また死体へ目を戻した。ポケットを探ってミントを取りだし、口へ放り込んでせわしなく嚙み砕いた。そして彼もまたドアへ向かった。

壮麗な光が城壁に降り注ぐ。スコットの詩ではなく、別の詩人の一行だけれど、そのイメージはぴったりだ、とリーバスは思った。自分はスコットを読んだことがあるだろうか、と思い返してみたが、何も思い浮かばなかった。かつて『ウエイヴァリー』を読もうとしたことがある。すると当時の同僚がこう言ったものだ。「本の題名に、ウエイヴァリー駅を選ぶなんてな」リーバスは説明しなかった。その代表作も読まなかった。もし読んだとしても、何の印象も残らなかった……

彼は今、城壁に立ち、向こうに見える装飾過剰なゴシック様式のスコット記念碑へ目を向けた。彼のすぐ真後ろには大砲がある。記念碑のてっぺんから、こちら側にいる自分の姿を見られたいと思う者は、おそらくこの地点に立つはずだ。しかしここに長く立っている人はいない。観光客は城壁に沿ってぶらぶら歩き、写真を何枚か撮ったり撮ってもらったりしても、同じ場所に三分とは留まらないだろう。

ということは、何者かがここに長い間立っていたら、当然目立つにちがいない。しかし問題は二つある。まず、誰の目を惹くかだ。皆が動いているので、じっと動かない者に誰も気づかない。第二に、たとえ目撃した者がいても、彼らは観光バスに乗ったり歩いたりして、すでに散ってしまい、ロイヤル・マイルやプリンシズ・ストリートや、忠犬グレイフライアーズ・ボビーの銅像を見るためにジョージ四世橋へ行っていることだろう……市内を今、循環している観光客は新しく取り込まれた水、昔ながらの古い川を流れる新しい水なのだ。

サー・ウオルターに見られたい者がいた。サー・ウオルターもその人間を見たかった。だから双眼鏡を持っていた。会話は必要なく、見るだけでいい。なぜだろう？　リーバスは一つも答えを考えつかなかった。城壁に背を向けると、ホームズが近づいてきていた。目が合うと、ホームズは肩をすくめた。

「門の衛兵にたずねたんですが。怪しい者を見た記憶はないそうです。一人が言ってましたよ。観光客なんてどいつもこいつも同じに見える、って」

リーバスは笑みをもらした。そのとき袖を引く者がいた。ハンドバッグを持った小柄な女性で、サングラスをかけ、口紅を濃く塗っている。

「ちょっと済みません。少しだけ離れてもらえないかしら？」それはアメリカ英語で、抑揚の多い鼻にかかった言い方だった。「ロレンスがわたしの写真を撮りたいんですって。このすばらしい景色をバックにして」

リーバスは笑みを向け、軽く会釈すらして二メートルほど移動した。ホームズもそれに従った。

「サンクス！」カメラを構えたロレンスが、カメラからはずした片手を振りながら、声を張り上げた。その男は胸に黄色いステッカーをつけている。リーバスが振り返って小柄な女性を見ると、映画スターのように気取ってポーズしている、スターとは似ても似つかぬ女性もまた、名札をつけていた。旅行会社のツアー名の下にフェルトペンで、〝ダイアナ〟と記されている。

「思うんだが……」リーバスは静かに言った。

「はあ？」

「きみは門のところで質問を間違えたのかもしれないな、ブライアン。そう、考えは正しかったが、質問がよくなかった。よし、もう一度あそこへ行ってたずねてみよう。衛兵がどれほど鋭い観察眼の持ち主か、調べてみようじゃないか」

二人は、写真を撮っている男――名札にはロレンスではなくラリーと愛称で書かれていた――のそばを通ったが、その瞬間シャッターがカチッと音を立てた。

「ようし」とラリーが誰にともなく言った。「もう一枚だけ撮ろう、な」フィルムを巻き上げる間、リーバスはラリーの横で立ち止まり、両手の親指と人差し指で長方形を作って、写真の構図を確かめるかのように、その長方形の間からダイアナという女性を覗き見た。ラリーはその仕草に気づいた。

「プロなんですか？」ラリーの声には尊敬の念すら混じっているように聞こえた。

「まあ、そんなとこかな、ラリー」リーバスが答え、再び歩き出した。ホームズは取り残され、ラリーを見つめていた。今度も、警察医にしたように、肩をすくめてにやにやするしか手はないのだろうかと思った。構うもんか。ホームズは肩をすくめた。微笑した。そしてリーバスを追って門へ向かった。

リーバスはコーストフィン・ロードの動物園に近いあたりにある、サー・ウオルター・スコットの自宅へ、一人で行った。車を停めて降りると、誓ってもいいが、動物の糞の臭いがかすかとはいえ、漂っていた。駐車用敷地にはすでに一台、車が停まっており、残念ながらその持ち主を知っている。玄関へ向かいながら家を見ると、二階の窓のカーテンが閉じられ、下の階でも日光を遮るためにペンキ塗りの木製鎧戸が閉じられていた。

ドアを開けたのは、〝ファーマー〟ワトソン主任警視だった。

「主任警視の車だろうと思ってました」玄関の中へ導き入れるワトソンに、リーバスが言った。主任警視は怒りのこもった声で囁いた。

「まだあの上におられる」

「誰が？」

「サー・ウオルターに決まってるじゃないか！」ワトソンの口の端から唾が点々と吹き出た。リーバスはそれに関心を示さないようにすることが穏当だと判断した。

「医者に任せたもんで」

「ドクター・ジェイムスンはビール醸造所のグループ訪問ですら取りまとめられない男じゃないか。いったいどういうつもりだ、まったく？」

「今まで……というか、現在も捜査中なんです。葬儀屋を務めるより、そのほうが役に立つんじゃないかと思って」

「もう硬直が始まってる」と怒りの冷めたワトソンが言った。なぜいつでも自分がリーバスに対する怒りを持続できないのか、よくわからなかった。リーバスには、どこか憎めないところがある。「葬儀屋がサー・ウオルターを螺旋階段から下ろせなくて困ってるんだよ。二回試みたんだが、そのたびに階段で引っかかってしまった」

リーバスは唇を一文字に引き締めた。そうするしか、にやにや笑いを食い止める方法がない。ワトソンはそれを見て取り、その状況がいささか滑稽であることも認めた。

「それでここへ来られたんですか？　未亡人をなだめるために？」

「いや、私的な弔問で来たんだ。サー・ウオルターとレイディ・スコットはわたしの友人だった。つまり、サー・ウオルターはね。レイディ・スコットはむろん今も友人だよ」

リーバスはゆっくりうなずいた。何ということだ、サー・ウオルターがたった二時間前に死んだばかりだというのに、もう〝ファーマー〟ワトソンは未亡人につけこもうとしているのか……いや、そんなはずはない。ワトソンにもいろんな面があるが、鉄面皮な男ではない。リーバスはひそかに自分をたしなめ、その間にワトソンの話の大半を聞き逃してしまった。

「――ここだよ」

廊下にあるドアが開いた。リーバスは広い居間へ通された。それとも、こういう邸宅では応接室と呼ぶのか？　暖炉の傍に座っているレイディ・スコットに近づくのは、まるでダンスホールを横切るかのように思われた。

「こちらはリーバス警部」ワトソンが言った。「部下の一人です」

レイディ・スコットがハンカチの陰からこちらを見た。「初めまして」彼女がきゃしゃな手を差し出したので、リーバスは通常の堅い握手をやめて、軽くその手に触れた。五十代半ばのレイディ・スコットは、すっきりとした美しい皺と隙のない身のこなしを見事に保っている記念碑的存在と言えた。リーバスは市の行事へ夫の同伴で現われる彼女を見たことがあるし、夫がナイトの称号を受けたときに新聞で彼女の写真を見ている。横目を使うと、ワトソンが同情ともっと深い気持ちの混じった眼差しを彼女に向けていた。まるでワトソンは彼女の手を軽く叩いて慰め、同時に抱き寄せたいと思っているかのようだった。

サー・ウオルターの死を望む者がいるのだろうか？　つまりは、それをたずねにここへ来たのだ。その疑問は今も強い。リーバスは敵となる者を考えてみた。サー・ウオルターが弁護人として出会った人々、刑務所へ送ったやつら、ナイトの称号から派手な青いソックスに至るまで何につけても嫉妬していた者たち。青いソックスは、ラジオ番組でサー・ウオルターがその色の靴下しかはかないと打ち明けてから、彼のトレードマークになったのだ……

「レイディ・スコット、こんなときにお邪魔して申し訳ありません。おつらいことでしょうが、質問が少しあって……」

「どうぞ、お訊きになって」レイディ・スコットがソファへ手を向けた。そのソファにはすでに〝ファーマー〟ワトソンがゆったりと座っている。リーバスはぎこちなく座った。この場が気まずかった。チェスをする際の心得がある。迷ったらポーンの駒を打て。あるいはスコットランド方言で言うならば、慎重《カーカニ》に進め。だがそれはリーバスの流儀ではないので、今更変えられない。いつもどおり、ずばりとクイーンの駒を犠牲にすることに決めた。

「サー・ウオルターの双眼鏡のケースから手紙が見つかりました」

「主人は双眼鏡を持っていないわ」レイディ・スコットの口調はきっぱりしていた。

「たぶん、今朝お買いになったんですよ。どこへ行くのか、行き先をおっしゃいませんでしたか？」

「いえ、とくに何も。わたくしは二階にいました。主人はそんな外出を〝一、二時間のちょいとした散歩〟と呼んでいたんです。それだけのことですわ」

「手紙とは？」その問いはワトソンから発せられた。そうたずねるのも当然だ。リーバスはレイディ・スコットがなぜその質問をしなかったのだろうか、と思った。

「タイプ文字の手紙で、サー・ウォルターに宛てて、正午にスコット記念碑の頂上へ来てくれ、と書いてありました」リーバスは一呼吸し、未亡人をひたと見つめた。「ほかにもあったんでしょう？　ほかにも手紙が？」

レイディ・スコットがしぶしぶうなずいた。「ええ。たまたま見つけたんですよ、覗き見をしたわけではなくて。わたくし、そんなはしたないことはいたしませんわ。主人のオフィスにわたくし入って――主人はいつもオフィスと呼んでおりました、書斎ではなく――そこで捜し物をしていたんです。古い新聞だったかしら。ええそうよ、もう一度読み直したい記事があったので、その新聞を捜し回っていたんです。それで、主人のオフィスに入って捜していたところ、見つけたんです……手紙を何通か」鼻に皺を寄せる。「主人はその手紙をわたくしには隠していました。まあ、何か理由があったんだと思いますわ。手紙を見たことをわたくし、主人には何も言いませんでした」悲しげな微笑が漂う。「何事も口に出さないからこそ、わたくしたちの結婚生活が続いている、なんて思ったものです。冷たい関係に聞こえるでしょうけど。主人が亡くなってみると、もっと話し合えばよかったと思って……」

レイディ・スコットは一本指に巻き付けたハンカチの端を涙ぐんだ目に当てた。もう片方の手は垂れ下がったハンカチをぐるぐるとねじっている。リーバスの目には止血帯を押し当てているように見えた。

「その何通かの手紙はどこにあるのでしょうか？」リーバスがたずねた。

「さあ。主人が置き場所を変えたかもしれないし」

「捜してみましょうか？」

オフィスは法律家の美しい伝統に従い、乱雑だった。カーペットはむろんのこと、使える平面すべてが、リボンでくくられた黄ばんだファイルの束、膨らんだ大きな茶封筒、雑誌や新聞、書籍や学会関係の定期刊行物などで埋め尽くされていた。二つの壁面は、床から装飾的だがひび割れている天井近くまで、本箱が占領している。ガラスがはまった本箱のほうには、文豪サー・ウォルター・スコットの全著作集が収められているようだった。ガラス戸は十年間、一度も開けたことがないように見えた。著書自体も一度も読まれたことがないのかもしれない。それでもなお、書斎に自分と同名作家の作品をずらりと並べてあるのは、いい雰囲気だった。

「ああ、まだここにあったわ」レイディ・スコットが蛇腹式ファイルを積み重ねた山から、その一つを引き抜いた。「これをモーニング・ルームへ持って行きましょうか？」

彼女は周囲を見た。「この部屋は嫌なので……今は」

母音を引っぱる彼女のエジンバラ訛りだと、モーニングが〝服喪〟を意味するモーニングに聞こえた。あるいは最初から服喪室と言ったのだろうか。リーバスはサー・ウオルターのオフィスにもう少しいたかったが、従わざるをえなかった。自分の椅子に戻ると、レイディ・スコットはファイルのリボンをほどいた。ファイルは十以上の袋に小分けされていたが、その一つだけ使われていた。彼女はそこから手紙の束を引き出してワトソンに渡した。ワトソンは何も言わずにさっと目を通し、リーバスへ回した。

サー・ウオルターは封筒からすべての手紙を出していた。が、それぞれの手紙の裏に封筒をクリップで留めていた。それゆえ、手紙が三週間前から一週間前にわたって投函されたもので、どれにもロンドン中央区の消印がついていることを確認できた。リーバスは三通の手紙をゆっくりと一人で読み、また再読した。第一通はずばりと用件を切り出していた。

〝手紙を同封する。まだほかにもたくさんある。また知らせる〟

第二通は具体的な恐喝になっていた。

〝あと十一通手紙を持っている。それを取り戻したいなら、値段は二千ポンドだ。金を用意しろ〟

一週間前に投函された第三通は、最終的な要求だった。

〝ショッピング袋に金を入れろ。金曜日の午後九時にカフェ・ロイヤルへ行け。バーに立って酒を飲め。袋をそこに置き、電話をかけに席を立て。バーから二分間離れていろ。戻ってきたときに、手紙が置いてある〟

リーバスはレイディ・スコットを見た。「ご主人は金を支払ったのですか？」

「まったく知りません」

「でも確かめられますね？」

「お望みなら」

リーバスはうなずいた。「確かめたいのです」第一通目には手紙が同封してあると書いてあった。当然、サー・ウオルターに関係するものだろうが、どんな手紙なのだろう？ その手紙自体は見当たらなかった。自分の罪が発覚したり、世間の恥さらしとなるにちがいないような手紙十二通に、二千ポンド。サー・ウオルターのように社会的地位がある人物にとっては、小さな金額だ。おまけに脅迫金にしては少ない、とリーバスは思った。もし取り決めどおりに、金と手紙の交換がおこなわれたのであれば、最後の脅迫状はどういうことだ、サー・ウオルターの双眼鏡のケースから見つかったあの手紙は？ そう、それがわからない。

「今朝の郵便物をごらんになりましたか、レイディ・スコット？」

「ええ、わたくしのほうが先に玄関へ行ったので」

「こんなふうな封筒がありませんでしたか？」

「ありませんでした」

リーバスはうなずいた。「そうですね。もしあったとしたら、これを見てもわかるように、サー・ウオルターは封筒を取って置いていたはずですからね」封筒の付いた紙束を振ってみせた。

「どういうことだ、ジョン？」ワトソン主任警視は不思議そうにたずねた。リーバスの耳には、本心からの声に聞こえた。

「つまり」とリーバスは説明した。「サー・ウオルターが持っていた最後の脅迫状は、家に届けられたときのままだったんです。封筒はなかった。郵便受けに押し込まれたんでしょう。たぶん昨日か今朝の間に。脅迫状はロンドンから始まったが、脅迫者はエジンバラへ金を取りにやってきた。そして今も、男であれ女であれ、その脅迫者はこの土地にいる——もしくは正午までいた。さて、それから先がよくわからないんですよ。サー・ウオルターが金を支払ったのなら」リーバスはレイディ・スコットのほうへうなずいて見せた。「その点をぜひ確認していただきたいのですが。なるべく今日中に。今言ったように、もしサー・ウォルターが金を支払ったのなら、そして、もしその十二通の手紙を取り戻したのなら、今朝のあのお遊びは、あれはどういうことなんだろう?」

ワトソンは腕組みをしてうなずき、答えを探すかのように膝を見つめた。リーバスはそんな手近なところに答えはないだろうと思いながら、立ち上がった。

「取り戻した手紙も見つかるとありがたいんですが。レイディ・スコット、ご主人のオフィスをもう一度捜していただけないでしょうか……」

レイディ・スコットはしぶしぶうなずいた。「ほんとのところ、見つけたくないような気持ちなんですけど」

「お気持ちはわかります。だが脅迫者を突きとめるのに役立ちますんでね」

彼女の声は部屋の照明のように暗かった。「ええ、そうですわね」

「それでは、ジョン?」ワトソンはこの場を取り仕切る口調で言った。しかし懇願するような響きが含まれていた。

「それでは」とリーバスも言った。「おれはカステレイン・ホテルにいます。電話番号は電話帳に載っている。いつでも連絡してください」

ワトソンは陰気な目つきでリーバスを一瞥した。おまえが何を企んでいるんだか知らないが、それをおれが知らないってことを誰にも知られてたまるか、という目つきである。やがてワトソンはうなずき、薄ら笑いすら浮かべたように見えた。

「わかった」とワトソンが言った。「よし、行け。わたしはここにしばらく残って……」レイディ・スコットの承諾を求めるように彼女を見た。ところがレイディ・スコットはまたハンカチを弄んでおり、ぐるぐると際限なくねじり続けていた……

カステレイン・ホテルはプリンシズ・ストリートから歩いてほんの一分ほどのところにあり、観光客でごった返していた。観葉植物で飾られた広いロビーは、ツアーの訪問地に入っているかのようで、今しも大きな団体客が出発しようとしており、客が集まっている中で、ポーターが横付けされたバスにスーツケースをせっせと積み込んでいた。同時に別の団体が到着し、旅行会社の社員だけがてきぱきしているために、ただ一人目立っていた。

団体客が出発しかけているのを見て、リーバスは慌てた。だが観光客の襟のバッジには、〈シースケープ・ツアーズ〉とあったので一安心した。フロントへ近づき、二つの電話を同時にさばこうとしている、疲れた表情の、ターンチェックのツーピースを着た若い女性の手が空くのを待った。彼女は手際よく仕事をこなし、電話で話しながらも、目の前の騒がしい客の群から目を離さなかった。とうとう一瞬の空白ができて、リーバスに微笑を向けた。一年のこの季節になると、エジンバラのあちこちで笑顔が見られるとはおもしろい……

「はい、おうかがいしましょうか？」

「リーバス警部なんだが」とリーバスは名乗った。「〈グリーブ・ツアーズ〉の添乗員と話したい。もし彼女がここにいるようなら」

「添乗員は男性ですよ」受付嬢が言った。「自分の部屋にいると思います。ちょっとお待ちください。確かめてみます」すでに受話器を取りながらたずねた。「何かあったんじゃないでしょうね？」

「何もないよ。ちょっと話がしたいだけで」

電話はすぐにつながった。「もしもし、トニー？　フロントに面会を求めるお客様が来ていらっしゃるんだけど」少し間が空く。「いいわ。そう伝えます。じゃあ」受話器を置く。「すぐ降りてきます」

リーバスは感謝の印にうなずき、受付嬢が次の電話に出るのを見ると、旅行鞄や不安げな顔をした鞄の持ち主たちを回り込みながらロビーへ引き返した。観光客には浮き浮きした一面がある。彼らはパーティではしゃいでいる子どもたちのようだ。同時に嫌な面もあって、それは家畜の心境になるということだ。リーバスは一度もパック旅行に参加したことがない。添乗員やガイドの付いた生産ライン的旅行の楽しさに、不信の念を抱いているからだ。ひとけのない浜辺を歩く。それこそが休暇だ。ひっそりした場所に居心地のよいパブを見つける……ピンボール台が傾いたかと思うほどゲームに熱中したりして……自分もそろそろ休暇を取ってもいいのでは？

でもやっぱり休暇を取りはしない。孤独は自由を意味する一方で、檻でもあるから。しかし、願わくば、周囲にいる人々が閉じこめられているほど厳重な檻には入りたくないものだ。彼は通り過ぎる胸や襟に〈グリーブ・ツアーズ〉のバッジを探したが、見当たらなかった。エジンバラ城の衛兵はやはり鋭い観察眼を持っていた。少なくとも一人は。その衛兵は〈グリーブ・ツアーズ〉のバスが今朝十一時半頃に駐車場へ入ったこと、しかも添乗員が団体客の滞在先を言っていたことまでも思い出してくれた。それがカステレイン・ホテルである。

禿げ上がった頭の小男がエレベーターから降りてきて、フロントへつかつかと歩み寄り、受付嬢がリーバスを指さすと、こちらへそのまま早足で近づいてきた。添乗員というものは何か薬でも飲んでいるのだろうか？　興奮剤か、笑気ガスでも？　どうやって元気を保っているのだ？

「トニー・ベルですが、何かご用でも」小男が言った。二人は握手を交わした。リーバスはトニー・ベルが若くないことに気づいた。腹が出ているし、急ぎ足で歩いたために少し息がはずんでいる。赤ん坊のような丸い頭に手をやりながら、笑みを絶やさなかった。

「リーバス警部です」とたんに笑みが消えた。と言うより、トニー・ベルの顔から生気が消えたように見えた。

「えっ」とトニー・ベルが言った。「どうしたんです？　強盗、スリ、何ですか？　誰か怪我したんですか？　病院はどこ？」

リーバスは片手を上げた。「慌てないで」と安心させてやった。「あなたの団体は全員無事ですよ」

「ありがたい」笑みが戻った。トニー・ベルはドアを顎でしゃくった。ドアの上には〈ダイニング・ルームとバー〉という表示がある。「一杯どうです？」

「この戦闘区域から脱出できるところなら、どこでもけっこう」リーバスが言った。

「夕食のあとでバーを覗いてみるといいですよ」トニー・ベルが先に立って歩きながら言った。「間違いなく戦闘区域ですから……」

トニー・ベルの説明によると、〈グリーブ・ツアーズ〉の一団は自由行動の午後を過ごしていた。彼は腕時計を見て、そろそろ皆がホテルに戻ってくる頃だと言った。夕食の前に全員が集まることになっていて、そのときに翌日の予定が説明される。リーバスがトニー・ベルに用件を告げると、集合時間まで待っていればいい、と親切に言ってくれた。それがよさそうだ、その間もう一杯どうだね、とリーバスは答えた。

その〈グリーブ・ツアーズ〉は、アメリカ人の団体客だった。ほぼ一カ月前に航空機から降り立ち、トニー・ベルの言う〈英国周遊の旅〉を楽しんでいた。カンタベリー、ソルズベリー、ストーンヘンジ、ロンドン、ストラットフォード、ヨーク、湖水地方、トロサクス渓谷、ハイランド地方、そしてエジンバラ。

「ここが最後の滞在地なんです」とトニー・ベルが言った。「ほっとしてるんですよ、ほんとのところ。いや、いい人たちばかりですがね、そうじゃないとは言わないが……要求が強くて。そう、そういうことなんですよ。もしイギリス人だったら、自分に言われたことがよくわからなかったり、何かがどこか変だと感じたりしたときでも、黙っていることのほうが多い。でもアメリカ人ときたら……」慨嘆するように天を仰いだ。「アメリカ人ときたら」その一言ですべてが語られるかのように、繰り返した。

たしかに理解できた。一時間と経たないころ、リーバスは広い食堂の横にある部屋を埋め尽くして座っている、四十人のアメリカ人観光客に向かって話をしていた。リーバスが自分の地位を告げるやいなや、手が上がった。

「えっと……何ですか?」

年配の女性が立ち上がった。「では、スコットランド・ヤードの方なんですか?」

リーバスはかぶりを振った。「スコットランド・ヤードはロンドンにあります」

女性は腰を下ろさなかった。「どうしてなんですか？」とたずねる。リーバスは答えられなかったが、誰かが、ロンドンのその辺りはスコットランド・ヤードという地名だからだ、と説明した。でもどうして、そもそもスコットランド・ヤードなんて名前がついたの？　女性はようやく座ったが、その周囲では議論や推論が活発に始まった。リーバスが救いを求めてトニー・ベルのほうを見ると、彼が自席から立ち上がり、皆を黙らせることに成功した。

ようやく、リーバスは自分の話をすることができた。

「今朝、エジンバラ城を訪れたある人物を捜しているのです。城を訪れたときに、あなた方は誰かを見たかもしれない。城壁の近くに立って、スコット記念碑のほうを見ている人物を。その男なり女なりは、しばらくそこに立っていたと思われます。何か心当たりのある方は、ぜひとも教えていただきたい。もう一つ、そこで写真を撮った方は、こちらが捜している人物をたまたまスナップで捕らえている可能性があります。カメラをお持ちの方は、今朝撮った写真を見せてもらいたいのですが」

リーバスは運がついていた。疑わしい人間を見た覚えがある者はいなかった——名所に見とれていたからだ。だがポラロイド写真を撮った者が二名おり、さらにもう一名は昼食時にフィルムを即日仕上がりのカメラ・ショップへ持ち込んだので、出来上がったスナップを手元に持っていた。リーバスは、トニー・ベルが明日の予定をグループに説明している間に、写真に目を凝らした。ポラロイド写真は出来が悪く、ぼやけている場合が多くて、背景の人物はマッチ棒のように小さい。即日仕上がりの三十五ミリフィルムのほうは、ピントがきっちりと合い、すばらしい出来の写真だった。ツアー客が席を立って夕食へ向かうと、トニー・ベルがリーバスの座っているところへ近づいて、自分も夕食の席で何回となく訊かれるにちがいない質問をした。

「何かわかりましたか？」

「たぶん」リーバスが肯定した。「この二人が何回も写ってるんです」トニー・ベルの前に五枚の写真を広げた。二枚には、城壁にもたれて向こうを見ている中年女性が後方に写っている。城壁にもたれているのか、城壁に隠れているのか？　もう二枚には、二十代後半か三十代前半の男が同じような姿勢で、だがもう少し体を起こした感じで立っていた。あと一枚の写真では、二人ともが半ば振り返り、カメラのほうへ笑顔を見せている。

「ちがいますよ」トニー・ベルが首を振った。「二人は指名手配の犯人に見えるかもしれないけど、わたしたちのグループの人たちです。ミセズ・エグリントンは後列のドアの近くで、ご主人と座っていたと思います。たぶんあなたの目に入らなかったんでしょう。でもショウ・バークレイは二列目の端近くにいたんですけどね。気づかなかったんですか。いや、その言葉は撤回します。彼は人畜無害という長所の持ち主なんだから。質問や不満をぶつけてこないんです。というのもね、彼は前にもここを回ったことがあるんで」

「ほう？」リーバスは写真をまとめていた。

「以前に休暇でイギリスに来たと言ってました」

「でこの二人の間には何も――？」リーバスはその二人が一緒にいる写真を指さした。

「バークレイとミセズ・エグリントンですか？」トニー・ベルは心底おもしろがっていた。「どうかな――もしかしたら。たしかに彼女はバークレイをかわいがってる節があるし」

リーバスは写真から目を離さなかった。「彼がツアーでいちばん若いんですね？」

「十年ほども、飛び抜けて若い。気の毒な事情なんですよ。母親が亡くなり、葬儀のあと遠くへ行きたかったんだそうです。旅行代理店へ飛び込んだら、うちが割り引き価格で追加募集をちょうどやっていた」

「では、父親ももう亡くなっているんだね？」

「そうです。ある夜、バーで身の上話を聞いたんですよ。ツアーだと、そのうち皆の家庭事情を知ることになるんです」

リーバスは写真をもう一回最後に繰ってみた。新しい事実は何一つ見えてこない。「あなたがたは、城に十一時半から一時十五分前までいたんですね？」

「そう、先ほど言ったように」

「わかった」リーバスはため息をついた。「やはり――」

「警部？」ふいに先ほどの受付嬢がドアから顔を出して呼んだ。「お電話です」

ワトソン主任警視からの電話だった。彼は簡潔に事実を述べた。「四つの口座から五百ポンドを、同日に引き出した。そのあとカフェ・ロイヤルで会う時間はじゅうぶんにあった」

「ではおそらく支払ったんだ」

「すると手紙を取り戻したのかな？」

「うーん。レイディ・スコットは手紙を捜してみたんですか？」

「ああ、わたしたちは書斎を捜したよ――しらみつぶしにとは言えないが。あそこは物があふれかえっているからな。でも二人で捜してみたんだよ」その〝二人で〟という言葉は親密な感じをともない、ワトソンがもうすでに、ひそかに親しい仲になったかのようにすら聞こえた。「さて、どうする、ジョン？」

「そっちへおれも行きます、もし差し支えなかったら。申し訳ないですが、サー・ウオルターのオフィスを自分の目でも見たいので……」

リーバスはお礼と別れの挨拶をしようと思って、トニー・ベルを捜しに行った。しかし空気の濁った会議室にも、ダイニング・ルームにもいなかった。彼がいたのはバーで、レールに片足をかけて立ち、ミセズ・エグリントンと呼んでいた女性と談笑していた。リーバスは邪魔をせず、電話に忙殺されている受付嬢に向かって、通りすがりにウインクすると、カステレイン・ホテルの二枚扉を押し開けて外へ出た。折しもバスのエアブレーキの音がして、人間の積み荷がまたしても到着したことを知らせた。

サー・ウオルター・スコットの書斎の天井には、電灯がなかったが、数え切れないほどのフロア・ランプや電気スタンドや首の長い調節自在のライトがあった。リーバスは電球の切れていない分はすべて灯した。どれも年代物でコードもそれにふさわしく古びたものだったが、一つだけ本箱に取り付けた新しそうな首長のライトがあって、中にあるスコットの作品コレクションを照らしていた。そのライトの脇に座り心地のよさそうな椅子があり、椅子と本箱の間の床には、灰皿が置いてあった。

ワトソンがドアを開けて覗いたとき、リーバスはその椅子に座り、膝に肘を突いて、両手で顎を支えていた。

「マーガレットがね――レイディ・スコットのことだが――何か欲しいかとたずねてくれてるぞ」

「手紙が欲しいんです」

「もっと手に入りやすいもののことだよ――紅茶とかコーヒーとか」

リーバスはかぶりを振った。「じゃあ、あとで」

ワトソンはうなずき、ドアを閉めようとして、何か思い出した。「とうとう運び下ろしたよ。ウインチを使った。みっともないが、ほかに方法がないじゃないか。新聞に写真が載らないことを願っているんだが」

「各紙の編集者に頼んでおいたらどうですか、念のために?」

「そうしよう、ジョン」ワトソンがうなずいた。「ああ、そうしよう」

また一人になったリーバスは、椅子から立ち上がり、本箱のガラス戸を開けた。椅子と灰皿とライトの位置に興味をそそられた。まるでサー・ウオルターがその棚から自分と同姓同名の作家の著書を取りだして、次々と読んでいたかのように思える。リーバスは本の背表紙を撫でてみた。いくつかの書名は聞いたことがある。大半は聞いたこともない。その一つは『キャッスル・デンジャラス』という題名だった。リーバスは苦笑した。たしかに、危険だ。サー・ウオルターにとっては、命取りだったと言えよう。本箱をもっとよく照らすようにライトの向きを変えた。並んだ書物の上に積もった埃が乱れていた。リーバスは一本指で一冊の背表紙を押してみた。本は五センチほども奥にすっと動いて、本箱の堅い裏側に突き当たった。書物の列の裏には、五センチの隙間が端から端まで続いているのだ。リーバスは並んだ本の背後に手を入れ、横に滑らせた。何か手応えを感じ、紙束を摑み、手を引き抜いた。サー・ウオルターは隠し場所として最適だと考えたのだろう。小説家スコットにはそれほど魅力がないという気の毒な証拠である。リーバスは再び椅子に座り、角度調整のできるライトを近づけ、見つけた紙束に目を通した。

手紙はなるほど十二通あり、名誉をかけた愛を守り抜く約束、最後の審判の日まで変わらぬ愛の誓いなどが、万年筆の凝った書体で綴られていた。若い日のたわごとの常として、詩や古典的な比喩表現を多用している。男子私立校では、今日でも、こんなものが普通に書かれているのだろう。だがこれらの手紙は五十年も前に書かれており、ある男子学生から一年下の男子学生へ送られていた。若いほうはサー・ウオルターで、その手紙から察するに、サー・ウオルターの筆者への思いも、明らかに筆者本人と変わらぬほど情熱的だったようだ。

ああ、この筆者の名前なら知っている。リーバスはその男が今も議員なのか思いだそうとした。議席を失ったか、引退したような気がする。まだ現役かもしれない。リーバスは政治に興味がない。投票しない、それは政治家をつけあがらせるだけだから、という主義を貫いている。それはともかく、ここにスキャンダルの種がある。スキャンダルと呼ぶほどのものでもないが、恥ずかしい思いをさせるには充分だ。最悪の場合は屈辱感を与える。もしかしたら、この脅迫事件で求められている代償は、金ではなく、屈辱感ではなかろうか。

しかも必ずしも世間に公開されたときの屈辱感ですらなく、この手紙の存在を知っている者がいる、この手紙を持っている者がいる、とひそかに知ったことから来る屈辱感かもしれない。そして最後の愚弄。サー・ウオルターはそれに応じずにはいられなかった。スコット記念碑へ来い。城を見ろ。そうすればこの数週間、おまえを苦しめていた者が見えるだろう。それが誰なのかおまえにわかる。

今や、同じ嘲弄の声がリーバスを苦しめていた。これほどの知識を得たのに、けっきょくは何も知らないのだ。現物を手に入れたが、脅迫者が何者かはわからない。古いラブレターをどうすればよいのだ？　レイディ・スコットは手紙を見つけたくない、と言っていた。自分がこれを持ち出して、破棄してもよい。あるいはレイディ・スコットに渡して、ラブレターだと説明してもよい。そのあと読まずに処分するか、そのくだらない秘密を読むかは、彼女次第である。もし読むなら、レイディ・スコットにはこう言えばいい。だいじょうぶ、たいしたことではありません……もちろん、文章によっては意味があいまいで気になりますね？　リーバスはもう一度読んでみた。〝きみが50ノット・アウトを達成し、そのあとぼくたちはシャワーを浴び……〟〝きみがあんなふうにぼくを愛撫するとき……〟〝ラグビーの練習のあと……〟

やれやれ。リーバスは立ち上がって本箱をまた開けた。手紙は戻そう。時間が解決してくれるだろう。自分にはできない。ところが書物の列の背後に手を入れると、何かが手に当たった。紙ではなく堅いカード。奥にぴたりとくっついていたので、先ほどは気づかなかった。そっと剝がし取り、光にかざしてみた。それはモノクロの大型の写真で、台紙に貼ってある。遊歩道で腕を組み、カメラに向かってポーズしている男女。男は、笑顔を作ろうとしながらも、こんな写真を撮られていいものかどうか思い悩んでいるような表情がほの見える。女は男の腕に両手を巻きつけ、男を縛っている。女はこの瞬間を、男といるこの幸せを楽しんで、笑っている。

男はサー・ウォルターである。ラブレターを書いた少年時代から二十年後のサー・ウォルター。三十代半ばか。女は？　リーバスは女をじっくりと見た。写真を置き、書斎を歩き回ったり、何かに触れたり、鎧戸の隙間から外を覗いたりした。ぼんやりと物思いにふけった。女をどこかで見た覚えがある……どこでだろう？　女はレイディ・スコットではない。それは確信を持って言える。最近見たのだ、その顔を……その顔。

そのとき閃いた。ああ、そうか。

リーバスはカステレイン・ホテルに電話し、先方の話を半分上の空で聞いていた。突然病気になって……体調が悪く……帰ることになり……空港……ロンドンへ飛び、接続する便で今夜……何か困ったことでも？　そりゃあもちろん、困ったことになったが、今となっては、ホテルの誰にも手伝えるようなことではない。恐喝が終わったあと、リーバス自身の手でうかつにも脅迫者を逃亡させてしまったのだ。わずかな希望を託して、リーバスはホテルへ助力を求めて行ったのだが、そのときは〈グリーブ・ツアーズ〉の一員が犯人だとはまったく気づかなかった。またしても自分はチェスのゲームで、あまりにも早くクイーンの駒を犠牲にしてしまったのだ。

リーバスはエジンバラ空港に電話をかけたが、その便はすでに飛び立ったと聞かされた。そこで空港保安部につないでくれと頼み、ヒースロー空港の保安部責任者の名前をたずねた。ヒースロー空港へ電話をかけているときに、ワトソンが玄関に現われた。

「電話をたくさんかけているようだな、ジョン？　私用じゃあるまいね」

リーバスが上司の言葉を無視しているうちに、電話がつながった。「空港保安部のミスター・マスターースンをお願いします」とリーバスは告げ、電話の相手に答えた。「はい、至急の用件なんです。このまま待っているんで」ようやくワトソンのほうを見た。「ああ、たしかに私的なことですよ。だがおれとはまったく関係ない。すぐに一部始終を話しますから。そのあとでレイディ・スコットにどう伝えるかを相談しましょう。まあ、主任警視がこの家の友人ということなんで、主任警視から話したほうがいい。それが最善の方法じゃないですか？　友達の口からしか言えないことって、ありますからね」

ヒースロー空港保安部と電話がつながり、リーバスは話に注意を集中するためワトソンに背を向けた。主任警視はそこにたたずみ、マーガレットが聞きたくないような話を彼女に告げる役目を、リーバスに押しつけられようとしているのだ、と漠然と感じていた。そんな嫌な話を告げた相手に、マーガレットはもう二度と会おうとしないのではなかろうか……ワトソンはリーバスを呪った。掘り返す作業にたけていながら、自分の手が土で汚れることのない男。それは生まれついての才能だ。唾棄すべき、破壊的な才能。キリスト教の神を固く信じているワトソンは、リーバスの才能が天賦のものだろうか、と思った。そうではない、天から授かったもののはずがない。

電話が終わりに近づいた。リーバスは受話器を置き、サー・ウオルターの書斎を顎でしゃくった。

「オフィスへ入ってもらえますか。見せたいものがあるので……」

ヒースロー空港でショウ・バークレイが逮捕された。病気だとか、領事館へ連絡したいなどと必死に抗議したにもかかわらず、彼はエジンバラへ護送され、グレイト・ロンドン・ロード警察署のA取調室で待っている、活気と確信に満ちたリーバスの前へ連れて来られた。

ショウ・バークレイの母親は二カ月前に死亡した。母親は彼の出生の秘密について最後まで息子に打ち明けず、父親は亡くなったという作り話をしていた。ところが母親の書類を整理しているうちに、ショウ・バークレイは事実を知った——というか、いくつかの事実を知った。母親はサー・ウオルターと恋仲となり、妊娠したが、母親の日記によると、マーガレット・ウイントン＝アダムズとの〝条件のよい結婚〟話を取ったサー・ウオルターから〝捨てられた〟のだった。

母親はサー・ウオルターからいくばくかの金をもらい、妹の住んでいるアメリカへ逃げるようにして渡った。ショウ・バークレイは父親は死んだものと信じて育った。父親が生きているばかりか、母親をみじめで苦しい人生へ追いやりながら、社会的成功を収めていることを知った彼は、激しい怒りに捕らわれた。だがそれははけ口のない怒りだと承知していた。ところがラブレターを見つけた。母親があるとき手紙をサー・ウオルターから盗んだのか、盗んだのではなかったとしてもそれを持ったまま別れてしまったようだった。ショウ・バークレイは相手をさんざんじらし、復讐を味わおうと考えた。ラブレターを持っている脅迫者だったら、あの恋愛沙汰や私生児についてもよく知っているはずだ、とサー・ウオルターが察するにちがいないからだ。

彼は観光旅行を巧妙な隠れ蓑に利用した（それに旅費も安かったから、と認めたが）。イギリスにはラブレターとともに、タイプした脅迫状数通も持参した。皮肉なことに、彼はエジンバラに来たことがあって、在籍しているアメリカの大学との交換留学という形で三ヵ月間、勉学に励んだ。そのとき奨学金を得たことを母親が喜んだものの、エジンバラ行きには反対した気持ちを、今となって理解できた。三ヵ月間、彼は父親のいる市に滞在しながら、そのことをつゆほども知らなかった。

彼はロンドンで手紙を投函した。観光グループがイギリスに滞在している間、ロンドンがおもな拠点だったからだ。ラブレターと現金との交換は、カフェ・ロイヤルでおこなわれた。そこは留学中によく通ったパブだった。そしてみずから届けた最後の手紙に、サー・ウオルターが抗いきれず、スコット記念碑のてっぺんまで登るだろうと見越していた。いや、サー・ウオルターに自分の姿を、一度も見たことのない息子の姿を、見せたかっただけではない、と彼は供述した。ショウ・バークレイは腰に巻いたマネーベルトに恐喝金の大半を詰め込んでいた。彼は札束をばらけ、サー・ウオルターの金をプリンシズ・ストリート・ガーデンズに向かってばらまくつもりだったのだ。

「サー・ウオルターを死なせるつもりはなかった……ただあいつのことをぼくがどう思ってるかを教えたかった……たぶん。それにしても」ショウ・バークレイは笑みをもらした。「あの大金をきれいさっぱり撒いてみたかったなあ」

リーバスはその結果を想像して身震いした。プリンシズ・ストリートに群衆が殺到！　昼休みの金撒きで死者数百人！　史上最大の押しくらまんじゅう！　いや、そんなことを想像してはならない。そこでリーバスはカフェ・ロイヤルへ行った。ショウ・バークレイの逮捕から一夜明けた、午前の遅い時間である。パブはまだ人が少なかったが、意外にも、カウンターにドクター・ジェイムスンが立っていて、ウイスキーのダブルらしきものを朝っぱらから飲んで元気をつけていた。サー・ウオルターの死体のことで彼を見殺しにしたのを思い出したリーバスは、にこやかに笑いかけて背中をぽんと叩いた。

「おはよう、ドクター。こんなとこで会うなんて」リーバスはカウンターに肘を突いた。「あんたに忙しい思いをさせてないってことかな」一瞬黙ったあと、目に楽しげな光が宿った。「さあ、あんたには強い《スティフ》（スティフには硬直したという意味もある）やつを差し上げよう、それでシタイね、乾杯を……」そして大笑いしたので、オイスター・バーのウエイターまでもが覗きに来た。しかしウエイターが見たのは、長身のがっしりした男が小柄の臆病そうな男に体を寄せて、グラスを上げている姿だけだった。「自然死に乾杯、寿命に乾杯！」

結局のところ、カフェ・ロイヤルのいつもの一日となんら変わらなかった。

広い視点
The Wider Scheme

松本依子訳

言うまでもなく、警察署で弁護士を見かけるのは、けっして珍しいことではない。

おれたち弁護士は昼も夜も関係なく呼ばれるのがつねで、相手は依頼人だったり、当の警察だったりすることもある。警察署には何か、どこかしら体に良くないところがあり、その跡を人に残す。弁護士が大勢いる部屋におれを入れてみるといい。どいつが留置場や尋問室で長い時間を過ごし、廊下や人気《ひとけ》のない部屋をうろつき、書類鞄をいらいらと指で叩いていたか当ててやろう。こういった弁護士たちは、疲れてやつれた顔をしている。葬儀屋そっくりだ。顔色は悪く、あまり笑わなくなる。神経質そうにも、冷笑的にも見え、連中が人を見るときは、相手がまるで何かの罪に問われているかのようにすばやく視線を走らせる。

この日、おれはジャック・プレストン警部の部屋にいた。ジャックは友人だった。と言っても、一緒に一杯やったり、食事したり、冗談を言い合う程度の間柄だ。刑事部の連中と弁護士が集まるパーティで、しばしば顔を合わせていた。ジャックがおれに、いわゆる〝頼み事〟をしようとしていたのは、そういうわけだった。ドアを閉め、おれの依頼人について内々の話をした。ジャックは刑務所に送りたがっていたが、こちらが筋の通った弁護を申し立てるだろうということも承知していた。そこで取引を持ちかけてきた。もし依頼人が証言を変えるなら、告訴をいくつか取り下げてもいいと。

こうやって法は機能する。裁判所が完全にパンクするのを防ぐための、唯一つの方法だ。ジャックは〝配管工事〟と呼んでいた。曰く、おれたちは糞《メルド》が流れ出るのを防ぐ配管工仲間とか。

おれは依頼人のために提案し、あまり熱くならないよう心掛けながら、そのやりとりを楽しんでいたところ、ドアをノックする音がした。

「なんだ」ジャックが応えた。ドアからひょいと顔がのぞいた。「お邪魔してすみません、警部」その若い男にジャックは中へ手招きし、デリク・ハリウェル刑事だと紹介した。「で、用件は？　デリク」

「十一時から面通しが」ハリウェル刑事は言った。ジャックが時計を見る。十一時まであと二分。

「しまった」

おれはにやりとした。「光陰矢のごとし、だな」実際、この部屋にはいってからそこそこの時間がたっていた。雑談をかわしていただけだったが。噂話と、ちょっとした話と、コーヒーを一杯。

「おれ抜きでやってくれ」ジャックは言った。

「そうはいきません。ひとり足りないんです」

「ほかに探してみたか？」

「体が空いてる者はいませんでした」

ジャックは思案した。「ふーむ、目撃者は顔見知りだから、おれじゃ役に立たんし」そのとき、ジャックはひらめいた。こちらを見る。おれは目を瞠った。

「おれに面通しの列へはいれって言うんじゃないだろうね？」

「恩に着るよ、ロディ」

「時間はかかるのかい？」

ジャックは笑みを浮かべた。「知っての通り、すぐ済むさ」

おれはやや大げさにため息をついた。「捜査に協力できるとは光栄ですよ、警部」

ジャックとハリウェル刑事は笑い、おれは立ちあがった。

おれの知っているたいがいの人は、面通しといえば、アメリカのやり方を思い浮かべる。マジックミラーと、姿の見えない目撃者。ところがここは違った。ここでは、目撃者が面通しの対象とじかに顔を合わせる。目撃者は列にそって歩き、また取って返す。これは当事者全員を不安にさせるものだ。これから行なわれる面通しが、どの事件に関わっているかをジャックから聞かされたとき、おれはかなりの不安を覚えた。

おれたちは控え室にいた。

「前もって言ってくれればよかったのに」おれは言った。

「いま言ってるじゃないか」とジャックは言った。

それはマーシャル事件だった。ソフィー・マーシャルは何者かに襲われ、助けが到着する前に、暴行で受けた傷によって死亡した。犯人は被害者を壁にもたせかけ、現金と宝石だけを奪った。厄介なことに、おれはソフィー・マーシャルを知っていた。そう、何度か会ったことがあり、ジャックも同じだった。マーシャルは廷吏だった。おれたちは、裁判所やカクテルパーティで顔を合わせた。若くてきれいな子で、いきいきとしていた。

「肝心なことはな」ジャックが打ち明けた。「あんたとおれが、あの手口はバリー・クックだと知ってることだ」

おれはうなずいた。クックはあの界隈のチンピラで、以前にも路上で人を襲って服役している。やつは被害者を壁にもたせかけた。あの男の法廷弁護士《バリスター》が、罪の軽減理由として、被害者をあのような姿勢にしたのは、もう少し楽になるようにと思ってのことだった、と言っていたのを思い出した。ソフィー・マーシャルが見つかったときから、警察はクックを疑っていた。クックを尋問したが、やつには完璧なアリバイがあり、熱心な若い弁護士もついていた。あるのは状況証拠だけだった。立件はむずかしかった。

「じゃあ、ついに目撃者が見つかったのか」おれは興味をそそられた。

ジャックがうなずいた。どこかそわそわしている。「ソフィー・マーシャルが襲われたころに、若い女が現場近くで人を見かけたと言ってるんだ。それでクックを連れてきて、やつを指差せるか見ようって寸法さ」ジャックは肩をすくめた。「これで片が付けばいいが」

「そうだな」おれは言った。「その女性は何者なんだい？」

「目撃者のことか？」ジャックはまた肩をすくめ、禁煙の表示が四方の壁とドアの上に掲げられているにもかかわらず、煙草に火を点けた。「あの近所に住んでる女だ。実のところ、マーシャルの上の階に住んでいるんだが、マーシャルのことは知らなかった。いわゆる完璧な目撃者とは言いがたくてな」

「どういう意味だい？」

「会ってみりゃわかる。スキンヘッド、鼻ピアス、入れ墨。レイ・ボイドの女なんだ。ボイドを知ってるか？」おれは首を横に振った。「短気なやつさ。二、三日前も暴行容疑で裁判所に出頭してた。軽い刑で済んだけどな」

おれは相槌を打った。「その事件なら知ってる気がする」

面通しに集められた連中がうろついているところへ、控え室のドアが開き、バリー・クックが連れてこられた。おれはやつに視線を向けなかった。ジャックから手短に説明があり、一同は面通しの部屋へ通された。そこで一列に並ばされた。もっと〝ラフ〟に見えるように、おれはハリウェル刑事から上着を借り、ネクタイもはずしていた。それでもまだ、ほかの連中より――うちひとりは警官だったが――ずっと堅苦しく見えた。

おれは〝四番〟だった。クックはすぐ隣だ。おれより一フィートほど背が低く、量の多いぼさぼさの髪を、後ろでポニーテールにしていた。歯は何本かなく、ニキビの跡が顔に残っている。おれは正面を向いたまま顔を動かさないようにしていたが、もちろんやつはおれが何者か知っていた。

「あんた、弁護士だろ？」クックが言った。

「口を開かないように！」警官が叫んだ。

やがて目撃者が連れてこられた。ジャックがその横におり、クックの弁護士もついていた。トニー・バラクローという成り上がりだ。バラクローはおれに気づいたが、顔には出さなかった。ジャックにあらかじめ注意されていたのだろう。

目撃者はクックと同じぐらいの身長で、年も同じくらいの女だった。ふたりは知り合いかもしれないと思ったが、それならこの面通しは必要ないだろう。女は醜悪だったが、瞳は別だった。瞳は美しく、全身もかつてはそうだったのだろうとうかがわせた。それを、女はみずからの体に傷をつけ、穴をあけた。下層階級の匂いを、制服のように身にまとっていた。

女は〝一番〟の前で足を止め、二番と三番を通り過ぎて、おれの前で立ち止まった。おれが視線を前に向けたままにしていると、クックへ足を進めた。だが、クックを素通りし、六番へと向かった。ジャックの顔から期待の色が失われていくのがわかった。肩ががくりと落ちた。女はもう一度列の前を歩いた。今度こそクックの前で立ち止まるだろうという予想を裏切り、おれの前で足を止めた。

そして手を伸ばし、おれの肩を叩いた。

「こいつよ」と女は言った。「こいつがあの男よ」

ジャックが脚をもぞもぞと動かした。「確かかね？」

「ええ、間違いないわ。絶対にこいつよ。**この人でなし**！」女はそう言って、おれの横面をひっぱたいた。

ふたりの制服警官に連れ出されてもなお、女は金切り声をあげていた。だれもがかすかに動揺の色を見せていた。

おれはひりつく頬をさすった。クックがまじまじとおれの顔を見つめていた。ジャックはトニー・バラクローと声をひそめて何やら話していた。ジャックは笑みを浮かべ、バラクローはうなずいていた。面通しが終わり、クックがバラクローと出ていくと、ジャックはこちらへやってきた。

「あんなことになってすまなかったな」ジャックは言った。「暴行で訴えるべきだと思うかい？」

「あんたはどう思う？」

おれは肩をすくめた。「あの女性の彼氏は頻繁に問題を起こしてると言ったっけ」

「頻繁というほどじゃない」

「もしかしたら、裁判所でおれを見たことがあったのかもしれない」

「ああ、その可能性はある。で、あんたを槍玉に挙げることにした。それで説明がつくな。そうでなければ……いや、つまり、あんたとクックは似てないだろ」

「似てないなんてもんじゃないと思うけどね」

「まあ、とにかくすまなかった」ジャックはおれの頬を指差した。「指の跡が残ってるぞ」

おれはまた頬をさすった。「家へ帰るまでに消えるといいが」

「かみさんが嫉妬深いタイプとは知らなかったな」ジャックはおれの肩に手を置いた。「ロディ、面通しなんてのは、みんなが考えてるようりうまくいかないもんなんだ。おれだって一度か二度、指を差されたことがある」

「気にしてないよ」と言って、おれは笑おうとした。とは言うものの、やはり気にかかった。

動揺が収まったところで、あるアイデアが浮かんだ。レイ・ボイドこそが、ソフィー・マーシャルを襲った犯人である可能性を調べてみよう。ジャックによると、ボイドは癇癪持ちで、暴行容疑で出頭していたという。目当てのものを公判記録から探しあてるのに、たいした時間はかからなかった。ところが、これまでの逮捕歴は男に対する暴行容疑で、女に対してではない。たいていはパブの外で起きた一方的な喧嘩だった。ボイドは喧嘩が強いと言われており、それはすぐに我を忘れ、手と脚で凄まじい勢いの攻撃を加えるからだった。殴り返されても動じずに、相手の攻撃を受け流し、拳を繰り出した。ついには見物人が数人がかりで、怯えきった相手からボイドを引き離さなければならなかった。

ガールフレンドについては何も書かれていなかったが、ジャックに訊ねたくはなかった。いまの時点ではまだ巻き込みたくない。ともあれ、ボイドの住所はわかったため車で向かった。まだフォード・シエラを下取りに出していなかったのがさいわいした。ベンツかBMWに乗り換える予定だったのだが。ボイドが住んでいるところでは、新品に近いシエラぐらいでさえ注目の的だ。

それは八階建ての、薄汚れた水のような色をした、迷路みたいなアパートだった。車を駐車場に停め、シートに腰掛けたまま、次に何をすべきか考えた。都合のいいことに、おれの妻はバードウォッチャーだった。先週末、自分の車が動かなかったので、おれの車を借り出し、珍しいシベリアからの渡り鳥を観察するために、お仲間の〝野鳥マニア〟たちと人里離れた場所へ行った。双眼鏡が車に残っていた。妻が持っている双眼鏡の中で、二番目に性能のいい、緑色のゴムで覆われた小ぶりのやつだ。おれはアパートの各階をつぶさに観察した。アパートの裏側は、特徴のない窓が並んでいるだけだが、車を停めたのは円形競技場《アリーナ》の中のようなところだ。こちら側には、長い通路や玄関、エレベーターや階段がある。ボイドの部屋は三一六号、つまり三階の十六号室という意味だとすぐにわかった。

三階のドアを、視界にはいるかぎりくまなく目を走らせ、ようやく十六号室を見つけた。近隣の部屋とほとんど見分けがつかない。おれは双眼鏡をしまい、そのまま十六号室から目を離さずに、新聞を読むふりをした。新聞でさえこの地域では浮いてしまうことに気がついた。このあたりで見かけるのは、タブロイド紙がほとんどだ。

「まるで探偵ごっこだな」と、ひとりつぶやいた。

ボールで遊んでいた数人の子供たちが、こちらへ近づいてきた。おれを何者だと思ったのかはわからないものの、連中は当然権威を疑っていたため、たちまち離れていった。警官か、借金取りか、なんにでも見えるだろう。ここにいることが、どれほどばかげているかに思い至った。それでも、ボイドをひと目見たかった。言うなれば、品定めのために。

玄関のドアが開き、ボイドがあの目撃者の女と出てきた。女の名前を知りたかったが、少なくともどこに住んでいるかは、ジャックから聞いていた。ボイドと女は歩き出した。車であとをつけようとしたが、やけにゆっくり歩いているので、おれは道端に車を停め、徒歩であとを追った。四分の一マイルほど進んだところで、どこに向かっているかがわかった。ソフィー・マーシャルが住んでいたホースシュー・エステートにある、女のアパートだ。上出来だ。おれは車に引き返した。駐車違反チケットが切られていた。

お次はバリー・クックだ。再度、公判記録をあたった。やつの弁護士のバラクローと内々に話しさえした。さりげなくことばを交わし、面通しのことを持ち出して笑った。そして、クックのことを訊ねた。バラクローが驚いたり、怪しんだりしたようすはなかった。ふたりの弁護士が、ちょっとした雑談を楽しんでいるだけだった。

クックを見れば見るほど、うまくいきそうな気がした。路上強盗の失敗。行きすぎた暴行。そのうえ、手口はクックのものと一致する。ここまではすでに知っていた。やつに味方するのは、アリバイと無実の主張、そしてとりわけ目撃者が指を差さなかったという事実だけだ。クックは依然第一容疑者だった。いっぽう、警察が目撃者を信用せず、なんらかの魂胆があると疑うだけの理由はなかった。それが証明されるまでは。脳裏に一枚の絵が浮かんだ。一見、本物らしい目撃者が名乗りをあげる。捜査に協力するためではなく、誤った方向へ導くために。おれを選んだのも偶然で、本物の犯人でさえなければだれでもよかった……。おれはこの絵が気に入り、ジャックも同じように見えるだろうかと考えた。

裁判所を出ると、さっと角をまがる人影が目にはいった。自分の車に向かい、中でしばらく書類鞄の中を探すふりをしながら、サイドミラーを注意深く見守った。人影がふたたび現われて、おれを捜した。

バリー・クックだ。

おれは駐車場から数百ヤード先のハンバーガー・レストランへ向かい、そこで車を停めた。そのまましばし待ったが、あとをつけてくる車の形跡はなかった。思えば、クックは車を運転できないと公判記録に書かれていた。マーシャル事件において、バラクローが言うように、ソフィー・マーシャルの死体が見つかった場所から四マイルも離れたパーティにいたというアリバイはやつにとって有利だった。徒歩で行って帰ってくるなんてことは論外だ。だれかが車で連れていったと考えられなくもないが、バラクローが笑って言ったように、それこそありえない話だった。

だが、クックは何度か裁判所に出廷している。レイ・ボイドもだ。それに十中八九、ボイドの女も。この中のだれかは、ソフィー・マーシャルを見かけていただろう。マーシャルは選ばれたのかもしれない……

そこから先には進めなかった。肝心なのは証拠だ。警察は証拠が必要だ。いくら待っても、クックの気配は現われなかったので、ふたたび車を発進させ、妻の待つ家へ戻った。

次の朝、事務所の外に車を停めると、またクックの姿が目にはいった。クックはこそこそするのがうまかったが、弁護士というものはいつもこそこそした連中を相手にしているので、おれはたちまち気がついた。車をロックし、やつのほうに歩き出した。てっきり逃げるだろうと思ったが、クックはその場を動かないことにしたらしい。両手をポケットにいれ、おれが近づくのを待っていた。

「ぼくをつけてるのか？」おれは訊ねた。

クックは首を横に振った。「ここにいちゃいけないのかよ、え？」

「きのう、きみがこそこそ隠れているのを見かけたよ」

クックは肩をすくめた。「それで？」

「なぜぼくのあとをつけるんだ」

やつは答えを考えた。嘘がへたなやつは答えに手間取るものだ。「目撃者がおまえを指差したからだ」と、ようやく言った。

「で？」

「それなのに、サツはまだおれにつきまといやがる」

「それをどうにかして欲しいと？」

クックは眉をひそめた。「いいや、おれはただ……目撃者が指差したのはおまえだったんだ」

「馬鹿言わないでくれ。彼女は間違えた、それだけだ」いったんことばを切った。「おそらく金をもらってそうしたんだろう」

やつは目を細く狭めた。「どういう意味だ？」

だがおれはただ肩をすくめた。「さあ、つけ回すのをやめるか。さもなくばプレストン警部に電話するしかない」

クックは顔をしかめた。「プレストン、あのくそ野郎。てめえら、さてはみんなグルだな。仲間同士、頼み事だのなんだの」

「何を言ってるのかわからないな」

クックはまた顔をしかめると立ち去った。おれはやつが去っていくのを見届けた。かすかに身震いし、事務所にはいると、ブランデーの栓をあけた。

目撃者と話をしなければならないことはわかっていた。問題は――おれと話をしようとするだろうか？

これは難問だった。おれは次第に頭を整理できなくなっていることに気づいていた。きわどいところにいることも、いっそう事態が悪化するかもしれないということも承知していた。その日の残りはずっとクックを探したが、二度と見かけなかった。警告がきいたのか、なんらかの理由で距離を置くことにしたのか。ところが、おれの車に何者かが傷をつけていた。妻に電話して事情を説明し、仕事が終わったら修理工場をいくつかあたって見積もりをとってくると言った。

その後、ソフィー・マーシャルのアパートへ向かった。

少し離れたところに車を停め、気がつけばマーシャルが襲われた現場の路地を歩いていた。うら寂しいところで、せまい通路の両脇には落書きだらけの背の高い煉瓦の壁が立っていた。すぐそばには線路があり、列車が轟音をたてて通り過ぎていく。死ぬにはひどい場所だ。思わずしばし足を止め、呼吸を整えた。そして、歩きつづけた。


目立たずにこの界隈をうろつくのは、想像よりもはるかに難しかった。住人は窓に寄り、子供たちは遊びをやめてこちらを見る。そこで階段の吹き抜けをのぼり、行き先がわかっているかのように、いくつもの部屋の前を歩いた。

無駄骨だった。いらいらと半時間を過ごし、車に戻ることにした。運転席に座り、ハンドルを握ったまま、気を静めようとしていると、あの女が目にはいった。派手なハイヒールのブーツを履いて歩いている。先端のとがったタイプで、本人と同じくらいとげとげしかった。ぶかぶかの黒いTシャツと、膝の破れた細身の黒いジーンズを身につけている。ありがたいことに、ボイドと一緒ではなかった。避けられない場合を除いて、あの男を相手にしたくなかった。女は機嫌が悪いのか、それとも単にほかの歩行者と視線を合わせないようにするためか、顔を下に向けていた。残念なことに、今日ではそれが普通だ。

女はおれの車から一フィートも離れていないところを通り過ぎたが、車のほうには一瞬視線を向けただけだった。そのまま路地を歩いていくのを三十秒ほど見送ったあと、おれは車から出てロックし、あとをつけた。時間はたっぷりかけるつもりだった。路地の奥にたどり着くと、女はすでに中庭を横切り、アパートのどこかにはいっていた。そして、三階に現われた。階段から四番目のドアへ向かうと、鍵を使ってドアをあけた。

おれはそのあとを追った。

たっぷり一分ほどドアの外に立ち、腰を屈めて郵便受けから中をのぞいた。音楽が聞こえる。ラジオだろうか。しかし、声は聞こえず、音もしなかった。おれは立ちあがり、ドアの表札を見た。安っぽい罫紙が、塗装面にセロファンテープで留められている。アフリック、と書かれていた。四拍子のリズムで親しげにノックし、そして待った。のぞき穴はなかったので、アフリックは玄関に来るといきなりドアを開けた。防犯チェーンもなかった。おれはドアを大きくあけ、中にはいった。

「ちょっと」アフリックは甲高い声をあげた。「いったいなんの――」

おれを認めて声を詰まらせた。頬が紅潮していく。

「話がしたい、それだけだ。五分でいい」

「大声出すわよ」

おれは微笑んだ。「やめたほうがいいんじゃないかな。いいかい、ぼくだってこんなところまで来たくはなかったが、きみと話をしなくちゃならなくてね」

「なんのことよ」

「わかってるだろ。座らないか?」

案内された居間は、物置より狭かった。アフリックは暖炉にまっすぐ向かい、ラジオの電源を切り、煙草を箱から一本取り出して火を点けた。おれからけっして目を離さずに。怯えているようだった。おれはソファーの上の物を脇に寄せ、腰をおろした。脚を組み、脅しをかけていると悟られないよう、くつろいでいるふりをした。脅しが目的ではなかった。

「何が望みなの?」

「バリー・クックという若い男を知ってるかい?」

「聞いたことないわ」アフリックはぴしゃりと言った。

「そんなはずはない。面通しのとき、ぼくと一緒にいたやつさ。すぐ隣に。背の低い、髪を後ろで束ねた汚らしい男だ」

「あんた、ここに来るなんていい根性してるね」

アフリックは早くも落ち着きを取り戻していた。なかなか気が強いとみえる。

ぼくは言った。「警察は、クックがソフィー・マーシャルを殺したと考えている。連中はきみがあの男だと確認するのを期待してるんだ」

「あたしはあんただと確認したの。あたしが見たのはあんたよ」

おれは笑みを浮かべ、互いのあいだに横たわる床を見つめた。「警察はクックを捕らえようとしている」

「それがなんだって言うの？」

「それで……きみは連中に協力できる」

「なんですって？」

「あの晩見た男について、あることを思い出すんだ。きみは……考えを変えてね」おれは上着のポケットに手をいれ、封筒を取り出した。

「何よ、それ」アフリックは興味を惹かれたようだった。

「金さ、それもかなりある。協力へのちょっとしたお礼だ」

「クックを有罪にしようっての？」

「だれかが有罪になることを望んでいるし、それがクックなら好都合だ」

そうだ。ソフィーの遺体をわざとあんなふうに置いたのは、クックの手口を思い浮かべてのことじゃなかったか？ 金や宝石を盗ったのも？ しかし、クックにあれほど強固なアリバイがあるとは思いもよらなかった。目撃者がいたことも。

「さあ」おれは言った。「金を受け取りたまえ」

「だけど、あの夜あたしが見たのはあんたよ」

「そんなことは問題じゃない」それが真実だと感じながらぼくは言った。何が問題なんだ？ つかの間の情事がひどい過ちだったことか？ 妻や同僚に話すと脅されたことか？ 路地であとを追いかけたことか？ もっと広い視点で見れば、そんなことはまったく問題じゃないだろう？

「あんたが殺したのよ」

「そのつもりはなかった」

「やったことに変わりはないわ。そのうえ今度はクックをはめようとしてる」

「ぼくはね」おれは静かに言った。「きみにいくらか金をあげたいだけなんだ。損な話じゃないだろ？　きみが面通しでぼくを指差しても、警察は信じなかった。連中がきみを信用することはない。この金を受け取って、ちょっとばかり話を変えたほうが得策というものさ」

アフリックは封筒に視線を向けたままこちらへやってきた。おれは封筒を差し出した。アフリックはそれを手に取り、マントルピースの上に置くと、「バリー・クック」とつぶやいた。

「背が低く薄汚い男で、ポニーテールにして、ニキビがあり、歯が何本かない。やつは以前にも女性を襲ったことがある。きみは社会に貢献することになるんだ」

アフリックはおれを見つめた。「へえ」と苦々しげに言う。「貢献ね」

おれは立ちあがり、上着のボタンをかけた。「わかり合えたようだね」そして玄関へ向かった。玄関のドアをあけようとしたところ、アフリックが声をかけてきた。おれは振り返った。アフリックは居間の入口に立っていた。煙草を口にくわえて煙に目を細め、両手でTシャツのすそをめくりあげた。何をするつもりなのか見当もつかなかった。そして見た。ねじれた黒いワイヤーが腹にテープで留められ、黒い発信器につながっていた。盗聴器だ。

玄関のドアを勢いよくあけると、ジャック・プレストンが目の前に立っていた。

「やあ、ロディ」ジャックは言った。

おれたちは取調室Aで話をしていた。

ジャックは手短にざっと説明した。レイ・ボイドが暴行で出頭した日、ゲイル・アフリックが裁判所でどうやっておれを見かけたか、また、どうやってあの晩見た男だとわかったのか。レイからおれが弁護士だと聞き、アフリックは不安になった。弁護士を相手に、自分のことばを真に受ける者などどこにいる？　信じてくれそうな、親切な警官がひとりいた。ジャック・プレストン警部なら。

あのときジャックの部屋では、ジャックとハリウェルによって、周到に罠がめぐらされていた。おれを面通しに加え、アフリックに確認させた。ジャックはおれの反応と、次の行動を見たかった。あとで目撃者と話をしたがるにちがいないとにらんだ。

これですべてのつじつまが合うとジャックは考えた。ソフィー・マーシャルが妻のある男と関係していたという噂が裁判所内で流れていた。仕事中に知り合った相手だろうと考えるのが道理にかなっていた。（マーシャルにはプライベートの時間がほとんどなかった。）おれの車が、いつもの担当区域から遠く離れたホースシュー・エステート近辺の道路で駐車違反を切られているのを見つけたとき、ジャックは何かをつかんだと確信した。

そこでゲイル・アフリックに尾行をつけ、盗聴器をつけさせ、注意深くお膳立てした。おれを捕らえるのが容易ではないことを知っていたからだ。ジャックはしくじらなかった。いまでは事件の一部始終を手に入れていた。そしておれも。ジャックは弁護士が必要かと訊ねた。

「もちろん、弁護士は必要さ」

「トニー・バラクローができるらしいぞ」ジャックは言った。

匂いが鼻をついた。警察署の匂いが。その瞬間悟った。より広い視点から見れば、これよりずっと、はるかにひどい匂いがあるということを。

新しい快楽
Unknown Pleasures

延原泰子訳

ネリーは座って頭を抱えこんでいた。手に汗がつく。いや、汗というより、もっとねばついていて、食料油のようにぬらぬらする。アパートの階段には揚げ物の異臭がしみつき、腰を下ろしている冷たい段は減り汚れている。長年の間に、何千人もの人々が疲れきった足取りで、あるいは千鳥足で、あるいは痛む体をなだめながら、やっとここまで上がってきたのだ。だがこのアパートの長い年月の中で、今のネリーほど最悪な気分の者なんて一人もいなかったにちがいない。今は十一時、新千年紀《ミレニアム》まであと一時間。これを乗り切るには、ヤクを手に入れるしかない。ハンターは機嫌のいいときでさえ、底意地が悪いし、このお祭り騒ぎ

の時期にはいっそうつらく当たる。「裏返しの親切」だとハンターは言う。外から時鐘の音。ネリーは十一回と数えた。プリンシズ・ストリートには人々がつめかけていることだろう。レーザーライトショーやライブのバンド演奏が行なわれ、そのあとは花火が上がることになっている。自分だってこの階段で花火ぐらい上げてみせるが、それもヤクが手に入ったらの話だ。だからこそ階段を三階分も上がって、ミセズ・マカイヴァの部屋の前まで来たのだ。彼女が外出中なのは承知の上である。毎晩八時から十一時まで、ミセズ・マカイヴァは七十代、〈コーマックズ・バー〉にいるからだ。ミセズ・マカイヴァは七十代、このてっぺんの巣からエレベーターとスロープのついた老人ホームへ移る気はさらさらない。七十代で、酒浸り。ラムで割ったブラックコーヒー。彼女が笑うと、真っ黒な触手のような舌がのぞく。彼女には何の恨みもない。ただ彼女のドアがいちばん破りやすかろうと踏んだからで、ネリーはドアに体当たりを食らわし、ドアを蹴りつけ、また体当たりしたのだった。びくともしなかった。ミセズ・マカイヴァはついそこまで出掛けるのにも、厳重に

戸締まりをする。

というわけで、ネリーはこうして頭を抱えているのだ。

そのうち苦痛にたえられなくなったら自殺するしかない。ほかに方法はない。そのときはハンターを密告する遺書を残してやる。死者の報復とやらだ。自分の部屋には売りものになるようなものなんて一つもないし、こんな真夜中に、しかもよりによってこんな夜に、売りつける相手なんかいやしない。誰も彼もが外に出ているのだ。ハンターもシーラもディッキーもママもばあちゃんも、エジンバラのお祭り騒ぎで浮かれていて、一時間と経たないうちに誰彼かまわずキスしては、新年おめでとうと言い合うだろう。昔なじみは忘れるべし。今の友はヘロインで、そいつは忘れたくても忘れさせてくれやしない。

メタドンなんてお笑いだ。ネリーは自分の分を売った。一部の薬剤師が麻薬中毒者を一回にまとめて十人、閉店した店に入れ、メタドンを渡すようになったのだ。カブスカウトかなんぞのように並んで受け取る。ちっぽけなプラスチックカップに入ったものを……〝ジェリー〟までもが手に入りにくくなっているんだから、しかたがないじゃないか？ 代用品などあるものか、とヘロインは主張するだろう。ヘロインで死ぬというのは嘘である。混ぜ物のせいで死ぬのだ。上質の品をたっぷり買えるやつなら、いつまでも元気にやってられる。キース・リチャーズを考えてみるがいい。スキーをマスターし、若いころはテニスでミック・ジャガーを打ち負かし、《メイン・ストリートのならずもの》を作った――しかもその間じゅう、麻薬づけだったのだ。麻薬づけでテニスをしていた。ネリーはゲラゲラ笑いだした。アパートの玄関ドアを閉じる音が階段にこだましたときも、まだ笑っていた。ゆっくりと重たい足音。ネリーは涙をぬぐった。ミセズ・マカイヴァのドアにもたれていた肩が痛んだ。こちらに上ってくるミセズ・マカイヴァの姿が見えた。

「何がおかしいの、ネリー？」

彼は立ち上がって、場所を空けた。ミセズ・マカイヴァは買い物袋から鍵を取り出している。大きな布袋で、表に赤くラスヴェガスと躍るような書体でプリントされている。

ネリーは太い血管のようだと思った。新聞と図書館で借りた本と財布がのぞいている。

「何でもないよ、ミセズ・マカイヴァ」ネリーは財布を見つめた。

「こんなところまで上がってくるなんて、どうしたんだい?」

「何か聞こえたように思ったんだ。あんたの様子を見にきてやったんだよ」

「幻聴じゃないかね。街に出掛けたんじゃなかったの、こんな夜だというのに」

「これから行くところなんだ」ネリーはミセズ・マカイヴァに近づいた。彼女は鍵をドアに差し込んでいる。「あのう、ミセズ・マカイヴァ……?」

彼女が振り向いたとき、ネリーはその頰をこぶしで殴った。


ジョニー・ハンターは行きつけのパブで鷹揚にふるまっていた。お気に入りの隅の席に陣取り、ボクシングデイ(十二月二十六日)の夜、〈チャプターズ〉で親しくなったブロンド二人の首に両手を巻き付けている。ハンターは女たちにシャンペンをおごり、寒いのに、幌を降ろした愛車のサーブ・コンヴァーティブルに乗せて走り回ったのだった。これじゃ毛皮のコートがいるな、よし、体の寸法をはかってやろう、とからかった。女たちは笑った。小柄なほうのマーゴに、マーゴってのは上等のワインの名前だよと言った。もう一人のジュリエットのほうは物静かだった。ちょっとお高くとまっている感じもあったが、ハンターが顔を利かせ、大盤ぶるまいをしている中で、席を立つ気配はなかった。彼は今夜大きな取引ではないものの、ちょこちょこといくつか取引をまとめたのだ。元気をつけるために〝スピード〟を、新しい時代の始まりを祝うために〝コーク〟を注文する客たちがいたのだ。そのうちの客二人には〝スマック〟を勧めて買わせた。流行は、スカートの丈であれ、気晴らしの麻薬であれ、繰り返すものだ。ヘロインがまた流行の中心に戻ってきた。ヘロインは彼の扱う商品である。

「安全だしな」とハンターは客に説く。「箱に書いてある用法に従ってくれよ」そして片目をつぶって見せると、アルマーニのジャケットの裾を整え、チャンスを見逃さないように周囲に目を配りながら席を立つのだった。マーゴは、隣に座っているパンダから逃れようとしてか、ハンターに擦り寄ってくる。パブの中でパンダほど恐ろしげな人間はいないが、それが彼の役目である。パンダは睨みを利かせるために雇われており、店の外へ出て取引をする。ハンターは商品をなるべく自分の手で扱わないようにしているからだ。今年になってもう三回もハンターは警察の取り調べを受けている。ただし起訴には至らなかった。今は麻薬特捜班内に内通者を泳がせている。半端な情報の電話をもらうだけで、週百ポンド。そのことを話したとき、コールドウェルは安い保険料だ、と賛成してくれた。いずれにせよ、コールドウェルにとっては安いだろう。ハンターはコールドウェルがどれぐらい儲けているのか知らなかった。週一万か一万五千、そのはずだ。ボーダーズ地方に家を構えているし、それも家というよりは城のようなものらしい。車が六台。どれもサーブよりは上等のやつだ。ハンターはコールドウェルのようになりたかった。自分はじゅうぶんコールドウェルの代わりが務まるからだ。自分にはそれだけの器量がある。しかしコールドウェルにはコネがあり……金もあり……腕っ節の強い手下もいる。人を消したこともある。ハンターが商売を滞らせたら、ボスのコールドウェルのご機嫌を損じるかもしれない。密売人なんて掃いて捨てるほどいるのだ。もっと若くて、ハングリーで、せっぱつまっていて、それゆえに無鉄砲なやつらが。そいつらは一人残らずハンターの地位、ハンターの服と車、ハンターの女と金をねたんでいる。ハンターの金を狙っている。なのにハンターは、最低のくず野郎のネリーに悩まされているのだ――ネリーという男の存在に。コールドウェルの手下連中はハンターにどうすべきかをはっきりと悟らせ、ハンターがいかにこの組織内で下っ端であるかを認識させたのだ。

「おまえが罪をかぶることになるぞ」と手下の一人が言ったのだった。「おまえか、あいつかだ。だからうまくやれよ」

そりゃ、うまくやるぐらいは、なんてことはない。ネリーが好きだとはいえ、ほかに選択の道はなかった。

「これからクラブに繰り込むのか?」

ビリー・ボーンズが言っている。一筋の煙のように痩せた男で、ジュリエットを挟んだ隣に座り、この三十分間、ジュリエットの脚に目が吸い付いたままだ。

「もう一杯くれ」ハンターが言った。パブは混雑していて、テーブルまで運んでもらうのはとうてい無理だった。テーブルには空のグラスが十個ほど並んでいる。ハンターは腕を突き出してグラスすべてを床にはたき落とした。

パトリック・コールドウェルはバスルームの長い鏡で自分の姿を確認した。無造作な感じに装っていた。飾り穴のある靴、チノパンツ、黄色いシャツ、ラルフ・ローレンの赤いVネックのセーター。嬉しいことに、五十歳間近でありながら、まだ髪がたくさん残っていて、こめかみにわずかに白いものが混じるぐらいだ。日焼けした顔に、きらきらと満足げな瞳がきらめく。歌の文句を借りて言うなら、今年はとてもいい年だったのだ。押収された麻薬は少なかったし、需要が順調だったところもあれば、増えたところもある。非常に満足できる一年だった。それでも何か不満がくすぶっていた。金が入れば入るほど、安らかな気分になるはずなのに。こんな毎日が夢ではなかったのか? ところが、自分がほんとうに求めているものは、まだ漠然としていた。それはいよいよ遠ざかるような、それでいてもう少しで摑めそうなほど近くにあるような気がする……

コールドウェルは電気を消して、客の待っている階下へ向かった。テーブルにはチーズを載せた盆が置いてあった。暖炉では大きな薪がパチパチとはぜながら燃えている。鏡板張りの部屋は長さ十五メートルもあり、暖房が利きにくい。しかし寒そうにしている者は誰もいない。大量のウイスキーやシャンパン、ワインが効果を上げたのだ。これからアルマニャックも出されるし、とっておきのシャンパンはちょうど十二時に栓を抜くことになっている。彼は自分の椅子へ向かいながら、屈んで妻の頭に接吻し、客たちの笑みを誘った。客は八人、二人以外は、今夜ここに泊まる。

帰宅する二人はコールドウェルの運転手が送り届ける。だから二人とも心置きなく飲めるというわけだ。

「今夜はどなたもしらふでいるなんて、許しませんよ」とコールドウェルは客に言ったのだ。

客は皆職業を持つ知識階級の裕福な人々で、彼らの知るコールドウェルは、さまざまな不動産取引、有価証券売買、外国への投資などで財を成した人物だった。ベンとアリシア・トムキンソン夫妻はコールドウェルのすぐ近くに座っていた。ベンは若いときに、シティにある通信会社で資産を作った。彼は自分の会社を設立する以前は、ブリティッシュ・テレコム勤務の一介の技術者で、人生でたった一度の冒険に賭けたのだった。そして二十年後の今、ケントとスコットランドとバルバドスに自宅があり、何かと言えば釣りの話をするようになっていた。だがコールドウェルの妻が、ベンより十歳年下で際立った美人の、アリシアと親しく付き合っている。

ジョナサン・トレントは二年間下院議員を務めたが、拘束時間があまりにも長く、報酬がお笑い草程度の低さだと言って、とうとう（世間の注目を浴びつつ）辞めた。自分のマーチャント・バンクに戻り、現在はコールドウェルが大勢抱えている顧問の一人でもある。トレントはコールドウェルの金の出所に無関心だったし、いろいろ聞きただすような男ではなかった。彼が依頼人に真っ先にする助言とは、出せるだけの金を出して最高の会計士を雇え、というものだ。最近のコールドウェルは法律家と資金運用者の小軍団に守られ、さらに大型ベンツとボディガードに守られている。今夜ですら、ボディガードのクリスピンは敷地内のどこかで勤務についており、招かれざる客が来たときだけ姿を現わすのだ。

コールドウェルは、今夜もまた夫の二倍ほども酒を飲んでいるトレントの妻に、ちらと視線を向けた。酒に負けるたちではないが、ステラの場合はいつも質より量という感じで、それがコールドウェルの癇に障った。最高級のブルゴーニュ・ワインをステラに出したとしても、〈スレッシャーズ〉の店の最下段から取り出したワインと同じ調子で、ぐびぐび飲んでしまうのだ。パーネル・ウィルソンを彼女の隣に座らせ、ハンサムなレーシングドライバーの日焼け顔で、ワインやウイスキーからステラの気をそらそうとしたのだ。ところがウィルソンは、誰が見ても、向かいの席にいる恋人のフランに夢中だった。二人の表情を見れば、テーブルの下で脚をからませていちゃついているのは明らかである。それも無理はない。フランはウィルソンの数々のトロフィーみたいなものだ。小さくて華やかで、わずかに体を覆っている服から胸を大胆に露出している。肌こそが、彼女にほんとうに似合う衣装なのだ。

コールドウェルは、ウィルソンのレーシング・チームが所属しているシンディケートの、主だった融資家である。レースが好きだからではない。はっきり言えば、くだらないと思っている。だが彼は旅行を楽しんだ――イタリア、ブラジル、モンテカルロ。それに必ず興味深い人物と知り合いになれるし、その中には貴重なコネとして役立った者もいた。

そして最後に、サー・アーサー・ロリマーと骨董品のような妻。ロリマーは判事で、近所に住んでいる。コールドウェルは酒飲みの老人を客として迎えたことが嬉しかった。上流支配階級に知り合いを作れ。それがトレントの助言の二番目だ。その理由。まんいち何かがばれるような事態になっても、それは友人である彼らの名を汚すことにつながるので、どんな悪いことであれ、彼らはなるべく目をつぶろうとするから。コールドウェルはその言葉を実際に試してみるはめに陥らないよう願っている。だがそれはハンターー次第かもしれない。

さきほどドイツのドルトムンドにいるフランツから、実り多い新年を祈る、という挨拶の電話があった。

「あんたの助けがあればこそだ、フランツ」とコールドウェルは言ったのだった。二人は電話では多くを話さない。誰が盗聴しているかしれたものではないからだ。たとえ大晦日《ハング》《マネイ》でであっても。大事な話は暗号や仲介者を通して語られる。

「今夜はきみのとこでパーティなんだな?」

「盛大にやってるよ。あんたが来られなくて残念だ」

「仕事のために、しょっちゅう楽しみが犠牲になってね。

それはともかく、パトリック、ちょっとしたものを送るよ。ミレニアムのプレゼントだ」

「フランツ、それには及ばないのに」

「いや、たいしたものじゃないんだ。今度会えるのを楽しみにしてるからな。パーティを最後まで楽しんでくれ」

最後まで楽しんでくれ。

デザートを食べているときに、ドアのベルが鳴った。コールドウェルはフランツの贈り物のことを思い出して、自分が出ることにした。

ポーチに男が立っていた。黒ずくめの男で、薄笑いを浮かべながらコールドウェルの胸を銃でぴたりと狙った。

フランツはデンマークに行かなければならないと思った。暴走族のやつらは内輪もめばかりするのだ。二つのグループに分かれての争いは商売に大いに差し支える。あいつらは商売が大事なのではなくて、自分たちのことしか念頭にないのだ。まさに、アメリカのコミック本に出てくる、あの二家族の確執、山の中の丸太小屋二軒の住人の争いとそっくりではないか。今回の喧嘩は縄張り問題がきっかけで始まった――フランツのビジネス上のもめごとは必ずと言っていいぐらい、縄張り侵入が関係している。だからこそ直接会って話し合うことがいっそう重要なのだ。そして境界線を定める。しかしあのバイク野郎たちときたら……あいつらを一室にほうり込もうものなら、憎しみが、酸素を吸い取って有毒ガスに変えてしまう気体か何かのように、充満するだろう。

フランツはデンマークで運び屋を必要とし、暴走族はその点有能だった。だが仕事に熱心さが足りない。張り合うグループ間で、抗争が始まるなど願い下げである。頭に弾を食らうのと同じぐらい、それは困る。

フランツはコールドウェルに送ったプレゼントを思い浮かべ、にやりとした。

今夜フランツの家に訪問客はいない。一年を通して客はめったとない。業務は市内の事務所で行なうし、旅行することも多い。しかし、保安設備だけで三十万マルク近くもつぎ込んで建てた、この要塞のような家にいると、安心感があるし、ときには平穏な気持ちにさえなる。そういうときには頭が冴えて、計画を立てたり問題点を熟慮したりできるのだ。ステレオに好みのモーツァルトの曲をかけた。今夜は《レクイエム》ではない——希望と新しい目標がふくらむべき今宵は。彼の新しい計画の二つ目。デンマークへ外交目的の旅をしたあとは、足を延ばしてアフガニスタンへ向かおう。突如実行力を発揮した軍隊が畑や作物を焼き払ってしまったため、収穫が激減したという憂慮すべき報告が入っているのだ。シカゴの仲間に、やつらはどういう気なんだ、とたずねたのだった。

「あの好色漢のくそったれ大統領のせいさ。南米でやったのと同じ手を使おうとしてるんだよ。『アメリカの言うことを聞け』とね。『金を貸してやるから。政府のきれいな金を何十億ドルもだ。それを国家基盤の再建に使おうが、チューリッヒの銀行にこっそり蓄財しようがかまわん。その代わり畑のものは全部処分しろ』って言ったのさ。政治的駆け引きだよ、例によって」

シカゴからの声は妙に歪んで響いた——周波数帯変換器の影響だ。とにかく盗聴はされていないはずだった。

「よくわからんな」とフランツは、よくわかっていたものの、言った。「要所要所のポストに知り合いを配したんじゃなかったのか」

「そいつらにどんな手が打てたというんだ？　CBSがゴールデンタイムにケシ畑を焼き払っているシーンを流し、次に大統領が現われてそれをやったのは自分だと胸を張ったんだからな。支持率だって何ポイントか急上昇よ。フランツ、あいつは支持率をほんのちょっぴりでも上げるためなら、死んだ自分のばあさんだってだまくらかすにちがいないさ」

電話が切れた。

遠いアメリカ大陸でなされた決定に、これほどの影響を受けるとは悲しいかぎりだが、わくわくする気分もある。なぜなら自分は世界を取り巻く巨大な組織の一員であり、自分は大物であり、自分は体制の中で確たる位置を占めていると実感できるからである。宇宙に植民地を作るときが来たら、自分がそこに麻薬を供給したいものだ。宇宙の商人、任命期間は無限……

モーツァルトが終わっていた。気づかないうちに、十二時を越していた。そのときブザーが鳴った。警備室からで、敷地に侵入した者たちがいると警備員が告げた。

まだ夜明けには少し間があるころ、五時間前から暗闇の中で横たわっていたケジャンは、目をパッチリと開け、女房の軽い寝息に耳を澄ませていた。子供たち三人も同じ部屋で眠っている。末っ子のハマが咳をして寝返りを打ち、小さく呻いてからまた穏やかな眠りに入った。ケジャンはこれから先穏やかな気持ちになれることがあるのだろうか、身を横たえて眠れる日が来るのだろうかと思った。兵士たちは脅し文句どおり、見渡すかぎりケシ畑だったところのかたわらにある、掘っ建て小屋に火を放つために戻ってくるだろうか？　畑にはケジャンの未来がかかっていたのだ。畑の持ち主だったわけではない。地主の親方は奴隷監督さながら、冷酷な男だ。だがケジャンは家族を養わなければならないし、ほかに仕事があるわけではなかった。畑が焼け跡となった今、ケジャンはくよくよと考えながら待つしかない。兵隊たちはこの地から住民を追っ払うだろうか？　親方は、もう仕事がなくなったと言って、自分の土地から雇い人を追い立てるだろうか？

いずれそうなるだろう。そのうちに。

ケジャンは女房と子供たち三人の未来を思い描こうとした。何回か、親方が舌なめずりしながら、女房に視線を這わせているところを見た。そして一度などは話しかけていた。しかし女房はそのことを認めようとすらせず、目を伏せて何度となく強情に否定した。

ケジャンはそのとき女房をひっぱたいたのだった。そのときの傷はいつまでも女房の頬骨にあざとなって残った。消えるのを拒んでいるかのようだった。

ケジャンには訳のわからないことが多すぎた。

兵隊たちは火のついた松明《たいまつ》を次々に手渡していた。隊長は親方と言い争っていた。親方はいつも金を払っていたではないか、いつも皆によい思いをさせてやったじゃないか、と言い張った。隊長は耳を貸さず、親方もがんとしてうなずかない。兵隊たちは武器を弄びながらも、親方の手下らのほうが、ピカピカの新式自動銃を持っていることに気づいていた。

「命令なんだ」と隊長が繰り返し言い続けた。そして「とりあえず、やろうじゃないか」と。

「とりあえず」となれば、時が経てば話は別だということ、隊長には口に出せないけれど、何か深い意味があるということだ。

しかし時が経てば……そのときにはほかの労働者が入るだろう。熱心に働く労働者が。時が経てば、新しい労働者なんていつでも集められるのだ。ケジャンにとって大切なのは、今である。彼はこのぎゅうぎゅうづめの暗い部屋で、刻々と変わる今を生きていた。必ずやってくるその瞬間を待っている。未来が現在に変わり、家族とともに追われて道をさまようときを。

もしかしたら——いや、考えたくもないが——独りぼっちでだろうか。おれは女房を殴った。親方は女房に笑いかけた。親方は女房を引き取るかもしれないし、女房がおれのもとを出て行かないとは言い切れない。女房は子供たちを連れていくだろうか？　親方は子供たちを欲しがるだろうか？　親方は子供たちにひどい仕打ちをしないでくれるだろうか？

女房が寝息を立てている。浅い寝息。室内が少し明るんできたので、女房の首の輪郭が、草の茎を詰めた枕代わりの袋に横たえた頭が、見えてきた。

細い首。かよわい首筋。ケジャンは指先で首にそっと触れてみたが、子供の咳ではっとし、松明に指を近づけすぎたときのように、慌てて手を引っ込めた。彼は体を起こし、丸まった黒い体を見下ろした。体をねじって両手を使いやすくした。

そのとき、外からでこぼこ道を近づいてくるトラック隊の音が聞こえた。

フランツの書斎に憤慨した顔つきの暴走族の男が一人座っており、フランツは机の引き出しからピストルを取り出して、そいつの脳みそを壁一面に吹き飛ばしたい気持ちを抑えるのに苦労した。汚染。そういう感じだ。エンジンオイルと煙草の悪臭がもっとも私的な空間にまで侵入したのであり、男が帰ったあともその汚染は残るだろう。

男の仲間は外にいる。一対一の対決だ。フランツがそう要求し、男も同意した。十人ほどいる。バイク野郎らはハシゴをかけて塀を乗り越えた。武装した男たちが十人あまり、それにひきかえ、勤務についているフランツの警備員はたった三人。だが加勢がこちらに向かっている。電話で呼んだのだ。それまで警備員三人が革服のならずものと対峙し、暴走族のリーダーとフランツはアンティークのローズウッドの机ひとつを挟んで座っている。

「いい家だな」リーダーが言った。名前はラーズである。百八十センチをゆうに越す長身で、髪を引っ詰めて細いポニーテールにしている。革のジャケットの上にデニムのベスト――暴走族であることを誇る刺繍入りの、麗々しいもの――を着ている。そしてブーツをフランツの机に乗せていた。

フランツが机から足をどけろと言おうとして思い止まったとき、ラーズはにやりと笑った。だがフランツは時間稼ぎをしているのであって、人手が来るのを待っており、その間こんな騒ぎに乱されることなく、口先で丸め込もうとしていた。まずはラーズに酒を勧めたので、ビール瓶を股に立て掛けているラーズは、緊張を解いたように見えた。

「あんたはおれたちのライバルに金を回している」とラーズが本題に入った。

「どういうことだ?」

「おれたちは戦っているんだ。中立なんてありえない。ところがあんたは向こう側に金を渡してる」

「運び屋として働いたときに金を払うだけだ。抗争に資金援助してるわけじゃない」

「だがあんたの金を使ってやつらは銃や弾薬を買ってるんだぞ」

フランツは肩をすくめた。「じゃあ、きみのほうは誰の金を使っているのかね? きみの憎むべき敵は、今この瞬間、同じようにきみの雇い主に文句を言ってるんじゃないか?」薄笑いを浮かべる。「このばかげた状況がわかるかな？　わたしは不愉快だね。こうやってきみはわたしのプライヴァシーを侵している。きみの雇い主も同じ思いなんじゃないかね。わたしは実業家だ。どちらにも加担しない。商売とはそういうものなんだ。今、きみがやっていることは、わたしの商売を邪魔してるってことだ。当然ながらわたしの気持ちとしては、出て行ってもらいたい。きみもそうしたいだろ、な？」

彼は暴走族のリーダーを煙に巻いた。ラーズは迷いながらうなずいた。

「やっぱりな。だが万一、きみの雇い主も同じ思いになってたとしたら、どうする？　きみの立場はどうなるかね？　金は入らなくなるし、将来もまっくらだ」フランツはかぶりを振った。「いいかね。皆にとって最善の策はだね、きみがライバルグループと話し合って争いにけりをつけることだ。そうすりゃもとどおり、皆揃ってやりたいことをやれる。金儲けを」

フランツは引き出しに手を伸ばし、もう片手は掲げて、妙なものを出すのではないことを示した。ドイツマルクの分厚い札束を取り出し、暴走族のリーダーに投げた。

「ほらな？」フランツが言った。「これできみたちの両方に金を渡したことになるね。これでわたしは中立になったか？」

ラーズは札束を確認し、ジッパー付きのポケットにねじこんだ。

「ではわたしが会合の場を設けよう」とフランツが落ち着き払って言った。「全員を集める、関係者をすべて。商売はそうやってやるもんだよ」

「くだらねえことばかり言いやがって」ラーズが罵ったが、笑みがこぼれた。

「きみの雇い主がきみを首にすることにでもなったら、きみもわたしに連絡を取りたくなるんじゃないかな」フランツはメモ用紙に番号を書き付け、それを破り取った。「これはわたし専用の電話番号だ。今度わたしに会いたいときは、予約を取ってくれるね？」

にこやかな満面の笑み。ラーズは机の端から足を滑らせて下ろした。机の表面に靴のかかとの跡がついた。ラーズがメモに手をかけたとき、フランツはさっと奪い返した。

「それからもうひとつ。予約も取らないで、今度こんな真似をしたら、ただではおかないからな。わかったか?」

ラーズが笑って番号の紙を取り、金を入れたポケットにしまった。フランツの携帯電話が鳴った。それは引き出しの中にある。フランツは、悪党に休む暇はないんだよ、とばかりに肩をすくめて見せ、引き出しを再び開けた。

「もしもし?」

ひそめた声。フランツの知っている声。「ならず者全員に照準を合わせました」

「よし」フランツが答えて、受話器を引き出しに入れ、代わりにピストルを取り出した。ラーズが机越しにぐっと身を乗り出した。すでにブーツからコンバット・ナイフを引き抜いていた。フランツは体を引いて構えた。そのとき外で銃撃の音が始まった。


コールドウェルは図書室にいた。錠をおろしている。妻がノックして、判事さんご夫妻がお帰りになるようよ、と言ったとき、コールドウェルは小声でうるさいと妻を叱りつけた。彼は赤ブドウ酒色の革製の椅子に、両手を膝に置いて座っており、少し離れて立つ客は、左手に握った拳銃を彼に向けていた。

「おれのボディガードはどうした?」コールドウェルがたずねた。

「外に縛ってある。低体温になる前に、誰かに発見されるといいんだがね。今夜はひどく冷え込むからな。死なないでもいい者が何も死ぬことはない」

「フランツがおまえを寄越したんだね」

男がうなずいた。イングランド訛りである。がっしりとした体格、猪首、短く刈った白髪混じりの髪。もと軍人か、とコールドウェルは推測した。

「メッセージ付きでな」と男が言った。

いかにもフランツらしいやり口。いつも自分の支配力を見せつけずにはいられないのだ。コールドウェルはどういうことなのか見当がついたように思い、さまざまな感情に揺すぶられた。ひやりとする恐怖、フランツの小細工への憤激、いったいどうしたのだろうと考えているにちがいない訪問客たちに対するきまり悪さ。

「手はずは整えてある」コールドウェルは男に言った。

「確かか？」

「フランツに何か疑う理由でもあるのか？」

「それを調べに来たんだ。もうすぐ十二時だぞ。十二時までにすべてを終えることになってたはずだ」

「だいじょうぶだよ」コールドウェルは椅子から立ち上がろうとしたが、拳銃の合図に従い、また腰をおろした。

「鎖の環を知ってるかい、ミスター・コールドウェル。おれたちは皆それなんだ。いちばん弱い環ははずして、強いやつだけでつなぎ直すんだよ」

「あんな虫けらみたいなやつのために、おれが自分の身を危うくするとでも思うのか？」

「あんたは遠隔操作をするのが好きらしい」

「ならフランツはどうなんだ？」

「あの人はいつもよりすぐりの人間を使う。ハンターはその範疇に入らないいんじゃないか」

「ハンターは命令されたとおり実行するさ」

「そうかな？　ハンターは今度の件については個人的な引っ掛かりがあるとか聞いたんだが」

コールドウェルはけげんな顔をした。「どういう意味だ？」妻がまたドアをノックした。わざとらしく明るい声だ。

「あなた、サー・アーサーとレイディ・ロリマーがお帰りになるわ。ベントリーを玄関に回してとフォスターに頼んだわよ」

妻の声が不愉快に響いた。もとから耳障りな声なのだ。おまけに最近のしゃべりかたときたら、話し方教室で矯正されたかのように不自然で、子供のときから〝あなた〟とか〝サー何とか、レイディ何とか〟とか言い慣れてきたかのように聞こえる。実はコールドウェルの人生の旅の早い時期に拾った肉体的魅力だけの女なのだ。ちょっと早まりすぎた。もっと自分を大切に考えるべきだった。今でも、チャンスがあれば遅くはない。まとまった金を与えて妻を追い出してもよいし、なんなら愛人問題を持ち込んでもよターは本当の意味でまだ人生を歩み出していないように思った。


「謝っといてくれないか？」コールドウェルは大声で呼びかけた。「電話中なんだ。大切な仕事の話だから」これからの人生と、目の前の拳銃を交互に意識しながら、また声を低めた。「だからな」「どういう意味だ」ともう一度たずねる。

「そこがおれのボスとあんたの差なんだよ」と男が答える。「ボスは物事でも人間でもちゃんと調べるんだ。いくら遠い国にいたって、あんたのここでの仕事に関して、あんたよりも詳しいのさ」

「フランツは何を知ってる？」コールドウェルの手がかすかに震えた。なぜフランツはコールドウェルの縄張りにそれほど関心を寄せるのだろうか？　縄張りの乗っ取りをたくらんでいるのか、新しい人間を送りこもうとしているのか。自分はフランツにとってもはや適材ではないのだろうか……

「ハンターは」と拳銃を持った男が言っている。「肝っ玉のあるやつだ。しかし実のところどれほどやれる男かな？


ま、それは今夜判明する、そうだろ？　予定どおりに事が運ぶかどうかで」

「ネリーはただの虫けらだ。ハンターがてこずるはずはない」

「そうか？」男はコールドウェルの前に顔を突き出した。「ネリーについて、あることを教えてやろうか？」

「何だ？」コールドウェルの声がうわずった。

「名字はハンターなんだよ、この間抜け。ネリーはジョニー・ハンターの弟なんだ」


ハンターはクラブにいて、きょろきょろと見回しながら、煙草を次から次へとふかしていた。ダンスをする気にはなれなかった。ベースが神の鼓動のように響き、照明が神の眼のようにこの小さな世界を照らしつける。右膝がずきずきしており、〝スピード〟の効果が指先からつま先まで及んでいる。一人でテーブルに座っているハンターから少し離れたところに、パンダが立っていて、ボスが望まないかぎり、誰もボスの邪魔をしないように見張っている。ハンターには売り物の商品がほとんど残っていなかった。ないに等しい。

仲間たちはダンスフロアで大声を上げ、ときおりこちらに手を振った。ダンスに加わらないで、煙草を立て続けに吸っているハンターを、クールだと思っているにちがいない。ハンターは四角い氷を口に含み、かみ砕いた。すかさず新しいグラスが空のグラスと交換された。このクラブでは敏速なサービスを受けるが、それはこの店の三十パーセントの権利を所有しているからだ。すべて含めての三十パーセント。とはいえ、ものを言うのは五十一パーセントの場合だけだと承知している。

五十一パーセントあれば、支配できる。

彼はネリーを待っていた。ネリーに会いたくないものの、いずれ来ることはわかっていた。ほかの店に行ってもよかったのだが、そんなことをしても無駄なのだ。ネリーは必ずハンターを見つけだす。まるで帰巣本能があるかのようだ。

ネリー。若くて、文無しで、救い難く愚かなやつ。

ハンターはつねにネリーとはビジネスだけの関係を保とうとしてきた。ネリーとの取引を断わってもよかったのだが、そんなことをすればネリーはよそへ行って、もっと厄介な事態を引き起こすだろう。だがハンターはネリーに特別扱いをしたことはない。ほかの客よりも上質のヤクを分けてやったことはない。家族だからと言って特別割り引きもしない。

ビジネスはビジネスなのだ。

ただし今夜にかぎり、ネリーは上質のヤクを受け取ることになっている。出回っている中でも最高の商品を受け取るのだ。それはコールドウェルの命令である。

「こっちよ、ハンター!」知ってる女。あの短いスカートが、あれ以上きつかったら皮膚としか言えない。ダンスフロアへ来いと手招きしている。ハンターは行かないと手を振った。女はとりあえず投げキッスを寄越した。マーゴとジュリエットはどこかへ行ってしまった。トイレに行ったのか、ほかの男たちにさらわれたのだ。彼女らは猛禽の餌、肉屋のショーウインドーを飾るうまそうな肉だ。ハンターは女たちのことなど気にもかけなかった。

誰であれ他人のことなどどうでもよかった。大事なのは自分だけ。自分がよければそれでよい。

ああ、くそっ、ネリーのやつ……

ハンターはテーブルをこぶしでドンと叩いた。将来がかかっているのだ。ネリーの将来を取るか、自分の将来を取るか。比較にも何もならないではないか？　ネリーはどっちにしろ、もう終わってしまってるが、自分のほうはまだスタートについたばかりなのだ。考えるまでもない。それでも、この賑やかなミレニアムの深夜、外でごった返す群衆に阻まれて、ネリーがここにたどり着けないほうがいい。ネリーは人々の洪水に押し流されてプリンシズ・ストリートまで漂流し、そこでヤクを手に入れるかもしれない。あるいは警官に捕まって、彼こそ手配の男だとついに身元がばれるかもしれない。そんな事態をコールドウェルはきらうだろう。ネリーが誰を密告するか知れたものではないからだ。そこからどう芋づる式につながるかわからないではないか。だからそうならないように、取引をするのだ。純粋なヘロインが渡される。心臓がぴたりと止まるような強力なヘロインが。

それはコールドウェルの命令だ。コールドウェルもまた命令に従っている。コールドウェルの親分は――ドイツ人かオランダ人のはずであり――その男にハンターはいいところを見せなくてはならない。少しでも早く自分の名前を売り込み、利口に立ち回って、コールドウェルの後釜としての位置を確保しなければならないからだ。

コネをつけなければならない。

やり遂げなければならない。

「よお！」

ハンターはぎくっとした。痩せ細り、脂汗を浮かべ、ハンターの弟だと知っていなかったら用心棒が入店を断わりそうな男、ネリーがやって来る。パンダに向かってうなずき、テーブル席に滑り込んで、誰かの飲み残しのビールを一気に呷った。

「会えないんじゃないかと思っちまったよ」

ハンターは弟をまじまじと見たが、何も言葉を思いつかなかった。

「ま、新年おめでとう」ネリーが言った。

「まだ十二時になっちゃいない。もう二分ほどある」

「うん、そうだな」ネリーはうなずいた。上の空で会話を続け、兄の内心の思いにも無頓着である。あれが恋しいだけなのだ。

「ゼニ」ネリーが金を押しやった。

「わかってるだろ、ネリー。そういうことはパンダがやる」

パンダ。そのポケットには、ネリーにやるための包みをひとつだけ忍ばせている。ハンターの命令だ。ネリーが麻薬のやり過ぎでぽっくり行っちまったら、ハンターには肝っ玉があることをパンダは知るにちがいない。

誰もが知ることとなる。これで誰もハンターに付け入ろうとはしなくなるだろう。夢が実現するのだ。そんなすばらしい未来を買うためなら、少々の犠牲は払わなくてはならない。

ネリーはすでに腰を浮かしていた。ハンターにもう用はない。至急の、大事な用事はパンダが相手だ。しかしもうちょっぴり会話を続けて、ハンターにもうちょっぴり敬意を払っている振りをしてやらねばならない。

「えーとな、一言いっときたいんだが……」ネリーが頬をぴくぴくと引きつらせながら言った。「あのな、あのガキのこと、悪かったよ」

「本気なのか？」

「当たり前じゃないか。ガキが一気に飲んじまうなんて、わかるわけないだろ？　あいつがまだ未経験だったなんて、知らなかった」

「だがそのガキにおまえのメタドンを売りつけたんだろ？」

「ゼニが要ったんだよ」

「十四歳の子供だったんだな？」

ネリーはまた頬を引きつらせた。「でもだいじょうぶなんだろ？　いやね、警察や新聞が血眼で探してるけど」

「おれには知り合いがいる、ネリー。そいつらがちゃんと手を打ってくれるさ」

ネリーは顔を輝かせた。「あんたは最高だよ、ジョニー」そして立ち上がる。「誰に聞いたって、そう言うに決まってる」

ハンターも立ち上がった。クラブ内でサイレンが鳴り響き、たくさんの風船がふわふわ舞う中で、兄弟は抱き合い、新年おめでとうと言い合った。DJが《蛍の光》をかけると、まるで子供のころに返ったように思われた。一年のこの夜だけは特別に夜更かしをしたものだ。ジンジャー・コーディアルとマデイラケーキ。キッチンに忍び込んで、ウイスキーやブランデーを盗み飲み、新しい快楽を発見しては、くすくす笑い合った。

ハンターは弟から手を放し、パンダに腕を回す弟を見守り、濁った空気の中へ消えていく二人を見送った。新しいミレニアムを迎えて、自分はこれからどういう人間になるのだろうか、この先どんなことをやるのだろうか、そのためにどんな楽しみを捨てなければならないのだろうかなどと思うと、ぞくっと恐怖を感じた。

イン・ザ・フレイム
—リーバス警部の物語—
In the Frame
延原泰子訳

ジョン・リーバス警部は机に手紙を置いた。

三通ある。小さな白い無地封筒にこの地域の消印があり、どれにも丁寧な手書きの活字体で、同一の宛名と住所が記されていた。宛名はK・レイトン。リーバスは封筒から目を上げて、机の向かい側に座っている男を見た。四十代のひ弱そうな男で、そわそわしている。リーバスの部屋に入った瞬間から、しゃべりだし、止まる気配がなかった。

「最初の手紙は火曜日に、先週の火曜日に届いたんです。頭のおかしなやつの仕業だと思いまして、悪ふざけか何かだろう、と。そんなことをしそうなやつに心当たりはないけれど」もじもじと体を動かす。「ま、後ろの家と仲がいいとは言えないんだが……こんなことはしないと思う」男はほんの一瞬、リーバスに目を向けた。「そうでしょう?」

「どうなんでしょうね、ミスター・レイトン」

そう言ったとたん、リーバスは言い方を間違えたと思った。ケネス・レイトンは誘いに乗ってべらべらとしゃべり続けることだろう。リーバスは一通目の封筒を開き、便箋を取りだして広げた。二通目も三通目も同様に開いて机に便箋を並べた。

「一通だけだったら」ケネス・レイトンが言った。「気に留めなかったでしょうが、続けざまに来たもんで。火曜日、次は木曜日、そして土曜日。週末の間ずっと、どうしようかと悩んでいたんですよ……」

「あなたの取った方法は正しいものでした、ミスター・レイトン」

レイトンは嬉しそうに身もだえした。「まあね、何であれ警察に届け出たほうがいいってことだから。たいしたことではないと思いますけど。だって何も隠すようなことはないんだし。わたしの人生は開いた本のようなもので……」
おまけに詰まらない内容なんだろう、とリーバスは想像した。レイトンの声を意識から遮断して、一通目の手紙に注意を集中した。

ミスター・レイトン
あんたの奥さんが見たがらないような写真をわれわれは持っている。ほんとうだ。よく考えろ。また連絡する。

そして二通目。

ミスター・レイトン
写真代金は二千ポンド。妥当な金額だろう？　奥さんにそれを見られたくないんだったら、金を準備しろ。また連絡する。

三通目。

ミスター・レイトン
本気で取引する意志を示すために、プリントを一枚送る。奥さんより先に手に入れたほうがいい。写真はまだまだある。

リーバスは顔を上げ、こちらを見つめているレイトンに気づいた。レイトンはすぐさま目をそらした。この男の背後に回って、耳元で〝お化けだぞ〟と囁いたら、この男はへなへなと腰を抜かして椅子から立てなくなるにちがいない。彼は隣人に嫌われるタイプに思えた。騒がしいパーティや家庭内の口喧嘩について、しつこく苦情を言い立てるタイプ。彼自身のほうが変人に見える。
「写真はまだ届いていないんですね？」
レイトンがうなずいた。「届いてたら、持ってきますよ」
「どんな写真なのか、見当もつかないんですか？」
「全然。最後に写真を撮られたのは、姪の結婚式でした」

「それはいつ？」

「三年前。わたしの申していることがこれでおわかりでしょう、警部？　どういうことなんだか、さっぱり理解できない」

「少なくとも一人には、ちゃんとわかってるんですよ、ミスター・レイトン」リーバスは手紙を顎で示した。

手紙は封筒と同じく、青いボールペンで書かれていた。汚れやしみがつく、安物の青いボールペン。いかにも素人っぽいやり方だった。すべてが何かの冗談としか思えない。脅迫者が自筆で書くなんてことがありえるだろうか？　映画や警察物のテレビドラマやミステリで、ほんの初歩的でも教育を受けていたら、タイプライターか新聞を切り抜いた活字など、何であれ、劇的効果をもたらすものを用いるだけの知識があるはずだ。この脅迫状は劇的というより、ふつうの私信のようだ。それに礼儀正しくもある。どの手紙も〝ミスター・レイトン〟という呼びかけで始まっている。ある言葉がリーバスの注意を捕らえて、頭に残った。そのとき、レイトンが興味深い発言をした。


「妻なんていないんですから、今は」

「妻帯者じゃないんですか？」

「以前は結婚してましたが、六年前に離婚しました。六年と一カ月前です」

「奥さんは今、どこにおられるんですか？」

「再婚してグレンロシスに住んでます。結婚式に招待されたんだが、行かなかった。何をプレゼントしたっけな……」レイトンはしばらく物思いにふけっていたが、我に返った。「だから、この手紙を書いたのが、わたしの知人だったとしたら、離婚のことを知らないなんておかしいじゃないですか？」

それはいい質問だった。リーバスは五秒間じっくりと考えてみた。すぐに結論が出た。

「しばらく様子を見ましょう、ミスター・レイトン」とリーバスは言った。「写真が届くまではほとんど何も手が打てないし……届くものとしてだが」

レイトンは呆然として、リーバスが便箋を折って封筒へ戻すのを見守っていた。リーバスはこの男が何を期待していたのかよくわからなかった。鑑識班が封筒から指紋を採取することか？　逮捕に結びつく重要な糸屑を発見することか？　筆跡鑑定から身元が判明すること？　切手や封筒の蓋部分の唾液を調べること？　文面の言葉遣いを心理分析官が調べて、脅迫者のプロファイリングをすること？　それらはたしかに有効な捜査だが、雨が降るエジンバラの月曜日の午前中には向かない。犯罪捜査部にはほかにも事件が山とあり、予算も厳しいのだ。

「それだけ？」

リーバスは肩をすくめた。それだけだ。おれたちだって限界がある、ミスター・レイトン。一瞬、リーバスは自分の考えを口に出そうかと思った。でも出さなかった。レイトンは青ざめ、がっかりした様子で椅子から立たなかった。貸借対照表の合計線のように、唇を真一文字に引き締めている。

「すまない」リーバスは立ち上がった。

「思い出した」レイトンが言った。

「何を？」

「ワイングラスを六個。それをプレゼントにしました。ケースネス社のグラスだった」

「上等だな」リーバスは週末明けのあくびを噛み殺しながら、ドアを開けた。

実は、リーバスは興味をそそられた。

この六年間妻はいなかったし、レイトンのいちばん新しい写真は、三年も前、親類の結婚式で撮ったものだ。脅迫のネタはなんだろう？　動機は？　手段と動機とつけこめる隙。手段は一枚の写真だろう。動機は不明。つけこめる隙は……レイトンは無名の人物、中年の公務員だ。生活するだけの金は稼いでいるが、脅迫の対象になるほど金持ちではない。先ほどレイトンは、住宅金融組合の預金口座に二千ポンドそこそこしかない、と打ち明けたのだ。

「要求に応えるには足りないぐらいだ」レイトンは、隠すことも怯えることもないにもかかわらず、恐喝者に支払うことを考えているかのように言った。脅迫の恐ろしさから逃れるためだけだろうか？　あるいは何かほんとうは隠しているからか？　考えてみれば、誰にだって隠し事はある。心の咎める秘密の一つや二つ、あるいはもっともっと多くを、ベッドの下にスーツケースをしまうように、意識下に隠し持っているものだ。リーバスは自分も脅迫の対象になるだろうかと思い、たちまちにやりとした。法王はカトリック信者なのか、とたずねるぐらい愚問だ。あるいは警察本部長はフリーメイソンの一員なのかとたずねるぐらいに。レイトンの言葉を思い出した。〝要求に応えるには足りないぐらいだ〟それはそうと、レイトンは公務員だが、どんな仕事をしているのだろう？　リーバスはレイトンが自宅の住所や電話番号とともに置いていった、昼間の電話番号を探し出した。七桁の番号に、内線の三桁が添えてある。受話器に七桁を押して待つと、交換手の声がした。「こちらは内国税収入庁です」リーバスはぎくっとして受話器をそっと置いた。

火曜日の朝、レイトンが署に電話してきた。リーバスが出た。

「税務署員だって言わなかったですね、ミスター・レイトン」

「はあ？」

「税務署員」

「それが何か？」

それが何かだと？　税務署員がどれほど皆から憎まれているのかを知らないのか？　リーバスはそうどなりたい気持ちを抑えた。私用であれ、厳密に公用であれ、何かを頼みたいときに、内国税収入庁に知り合いがいれば無理を言えるから、まあいいか……

「あなたの考えはわかりますよ」レイトンが、リーバスはほんとかなと疑ったのだが、そう言った。「たしかにわたしは徴税部門で働いていて、徴税書類を送付しています。でも書類にわたしの名前は出ない。国税調査官なら名前が出るかもしれないが、わたしは下級公務員ですよ、警部」

「それでも、手紙を書いたりするんでしょう。世間には恨んでる者がいるかもしれない」

「その点は考えてみました、警部。いちばんにそれを思ったんですよ。でも、いずれにしろ、わたしはエジンバラの担当じゃないんでね」

「ほう?」

「ロンドン南の担当なんです」

仕事場から電話しているレイトンは、この前よりも不安そうではなかった。ロンドン南。冷静で、落ち着いている。税務署員の声だった。だが脅迫状の消印はエジンバラ市だった。仮説がまたしてもこっそりと封印され、返送先住所を付けずに、永遠の闇へ投函された。

「電話をした理由は」とレイトンが言った。「今朝また手紙が届いたんです」

「写真が入ったもの?」

「はい、写真がありました」

「それで?」

「ちょっと説明しにくいんで。昼休みに署にうかがいます」

「わざわざ来なくても、ミスター・レイトン。こっちから税務署へ行きますよ。これもサービスの一つですから」

リーバスは賄賂について考えていた。市民が感謝の印にくれるプレゼント、ただで飲めるとわかっている何軒ものパブ、食事代金を請求しないフィッシュ&チップス店。長年にわたっていろいろと頼みをきいてやったこと。それが積み重なってお返しを受けたこと……税金の申告書にはチップの記入が求められる。リーバスはいつもその欄は空白にしておく。自分は銀行利子の額を正確に書いているか? それよりも重大なこととして、数カ月前から自分のフラットを学生三人に貸して、自分はドクター・ペイシェンス・エイトキンのところで家賃を払わずに住んでいるのだが……しかし申告する意志はまったくない。いや、したほうがいいかもしれない。親しい税務署員、つまりは貸しを作れそうな税務署員がいると何かと便利にちがいない。

「それはご親切に、警部」レイトンが言った。

「いやいや」

「けっきょく、何かの間違いだったようです」

「間違い?」

「写真を見たらわかりますよ」

リーバスは写真を見た。

男女が写っている。前景にコーヒーテーブルがあり、酒瓶やグラス、缶ビール、あふれかえった灰皿が載っている。その後ろのソファに一組の男女がいる。抱き合ってソファに寝そべっている。カメラはそんなポーズを捕らえており、二人は酒と情欲が絡まった、あの独特のほてった顔で笑み崩れ、こちらのほうへわずかに顔を向けている。リーバスはそんなパーティへ出たことがあった。セックスの前に酒が必要なパーティ。男女の背後で二人の男が興奮した顔つきで話し合っている。鮮明に撮れたよい写真だった。高品質のフラッシュを使ったか、フラッシュを使わずに済んだのか知らないが、三十五ミリカメラで撮ったものだ。

「これが手紙なんです」レイトンが言った。二人は税務署の待合室にある、スポンジを詰めた座り心地の悪いソファに座っている。リーバスはこっそり酒の一杯でも飲めるのではないかと期待していたのだが、レイトンは大部屋で働いており、そこはこの待合室よりもまだ人目が多かった。

市民がこの建物を訪れることは少なく、受付の女性は向こうの端にいた。コーヒー・マシーンやスナックの自販機、トイレや郵便室へ行く職員がここを通ったが、それ以外はまあまあ静かだった。

「ほかの手紙より少し長いんですよ」レイトンが手紙を渡しながら言った。

ミスター・レイトン

写真を同封した。ほかにも写真はたくさんある。ネガもある。まとめて二千ポンドは安いし、奥さんには知られずに済む。金は五ポンド、十ポンド紙幣に限り、それより高額の紙幣はいけない。金をウイリアム・ロウ店のショッピング袋に入れ、金曜日の午後三時にグレイフライアーズ教会墓地《クヤード》へ持って行け。袋をグレイフライアーズ・ボビー《カー》の墓石の後ろに置いて立ち去れ。写真とネガはそちらへ送る。

「引き渡す場所として、ひとけがないとは言いかねるな」

リーバスは考え込んだ。グレイフライアーズ教会墓地のすぐぐ外側にある、忠犬グレイフライアーズ・ボビーの銅像のほうが観光客に人気があるとはいえ、墓石だって見物人が絶えない。そこにこっそりと金の詰まった袋を置くなんて、噴飯物とすら言える。しかし、これで少なくともゆすりは本気だった。場所と時間と金額が指定され、金はウイリアム・ロウ店の袋に入れてそこに置くように命じられた。それにしても、あまりにも素人じみたやり口だ、とリーバスは強く思った。

「これでわかったでしょう?」レイトンが言った。「悪ふざけか何かでもない限り、人違いですよ」

その言葉どおり、いくら意志の力や想像力を働かせたとしても、レイトンは写真の三人の男とは似ても似つかない。リーバスは女を見つめた。小柄で肉付きのよい女は、二サイズほども小さな服に体を押し込んだように見える。短い黒服は尻のあたりまでくしゃくしゃに皺が寄り、腹には食い込んだ線が何本もある。ストッキングとエナメル靴も黒だ。けれどもリーバスにはどう見ても、葬式の服装に見えなかった。

「この人は奥さんじゃあないんですね?」リーバスが言った。

レイトンは紙を引き裂くような笑い声を上げた。

「やっぱりな」リーバスがおだやかに言った。彼はソファの男に注意を向けた。下卑た笑みを浮かべた女の体で、両腕が押しつぶされている男。その顔、その髪型に特徴があった。リーバスははたと思い当たり、状況がおぼろげに見えてきた。

「一見しただけじゃあ、顔がわからなかったな」リーバスは独り言のように言った。

「この男を知ってるってことですか?」

リーバスはゆっくりとうなずいた。「笑ってる顔を見たことがなかったんで、騙されちまった」写真をさらに熟視してから、指で顔を押さえた。指先はソファの後ろにいる二人の男のうちの一人に留まっている。「それからこいつも知っている。今わかったよ」レイトンは感心した様子だった。リーバスは横たわった女へも指を向けた。「おまけにこの女も知ってる。よく知ってる女だ」

レイトンは今や感心するのを通り越して、ぎょっとした表情となり、その言葉を疑っているようにすら見えた。

「四人のうちの三人だ。悪くない率だろ?」しかしレイトンが答えなかったので、リーバスは笑みを添えて安心させた。「心配しなくてもいい。おれが片を付ける。今後、こんな迷惑行為はもう起こらないだろう」

「そういうことなら……ありがとうございます、警部」

リーバスは立ち上がった。「これもサービスの一つですよ、ミスター・レイトン。そのうち、あんたに頼み事をする機会があるかもしれないし……」

リーバスは自席で事件簿に目を通した。納得が行くまで読むと、コンピュータを叩いて、ピーターヘッド刑務所で相当期間服役中の男に関する情報を調べた。読み終えると満面の笑顔になった。それは珍しい出来事だったので、シボーン・クラーク刑事が関心を示してリーバスのほうへぶらぶらと近づいてきた。ただし捕まえられるのを警戒して、近寄りすぎないようにしている。だがいずれにしろ、彼女が気づくより前に、リーバスはすでに彼女に役目を与えていた。

「コートを着ろ」

シボーンは自分の机のほうを振り返った。「でも今は仕事のまっただ中で——」

「きみはおれの網のまっただ中にいるよ、シボーン。さあコートを取ってこい」

詮索はやめる、そして目立たないようにする。シボーン・クラークは楽な人生を送るための、その黄金律二つがなぜか身に付かなかった。リーバス警部が捜査部室にいると、仕事が楽だからではない。逆に楽でないからこそ、リーバス警部の近くで働くと楽しいのだ。

「どこへ行くんですか?」

リーバスは車中で答えた。事件簿も渡してシボーンに読ませた。

「無罪になったのね」シボーンが読み終えてから言った。

「おれはロビー・コルトレーン（テレビのミステリドラマシリーズでアル中の心理学者役として有名な俳優）ってとこだな」二人は数カ月前の事件について語り

合っていた。年季の入った悪党が現金輸送車を武装して襲い、強奪未遂に終わった事件で起訴された。その男を有罪にさせるだけの証拠が何とか揃ったし、アリバイも怪しげだった。男はミュアハウスにある母親の実家近くのパブでその日を過ごした、と供述した。ミュアハウスはエジンバラでもとりわけ物騒な公営住宅団地のあるところだ。そこに彼が一日中いたと証言する目撃者が続々と現われた。目撃者はそれぞれ、タム・ザ・バムとかビッグ・シャグ、スクリュードライヴァ、ワイルド・エックなどの恐ろしげな名前の持ち主だった。証言台にいる男たちの顔を見ただけで、陪審員は被告人の有罪を確信するだろう、と警察は見込んでいた。ところが証人がもう一人いたのだ……

「ミス・ジューン・レッドウッド」事件簿を読み直しながら、シボーンが読み上げた。

「そうだ。ミス・ジューン・レッドウッド」

公判で証言する彼女は、地味なツーピースを着たごく普通の女性だった。エジンバラでとくにすさんだ地域のとくにすさんだ人々を担当するソーシャルワーカーである。電話をする用事ができたレッドウッドは、ミュアハウスの数少ない公衆電話はすべて壊されているだろうと思い、〈キャッスル・アームズ〉というパブへ入った。十五年前に店主の女房が出て行ってから、その店の常連が女の姿を見たのはこれが初めてかもしれない、というようなパブだ。レッドウッドが電話を貸してほしいと頼んだところ、テーブルから立ち上がった男がぶらぶらと彼女に近づいてきて、ウインクしながら、一杯飲まないか、と誘った。レッドウッドは断わった。その男がすでに何杯か、というより相当飲んでいる様子だったからだ。男のテーブルは長い間ねばっていたことを物語っていた。ビールのグラスが積み重ねられて歪んだ塔を作り、灰皿は吸い殻や煙草のパックであふれかえり、新聞の競馬欄にはボールペンで印がいくつも乱雑につけられていた。

レッドウッドは静かな口調で事細かに証言し、それはほかの弁護側証人の声高な、自信たっぷりの嘘と対照的だった。パブに入ったのは午後三時だと彼女は断言し、それは現金輸送車の襲撃がおこなわれた時刻の五分前だった。検察官は必死に食い下がり、レッドウッドがソーシャルワーカーの仕事を通じて、直接の担当ではなかったにしろ、被告の母親とは知り合いだった事実を彼女に認めさせた。検察官は十五人の陪審員を突き刺すような眼で見つめ、彼らの心に疑いの念を植えつけようとむなしい努力をした。ジューン・レッドウッドは岩のごとく不動な証人だった。勝利を約束された事件を無罪の評決に変えるほどの力があった。被告人は釈放された。祭りの広場の決まり文句と同様、もうちょいだったけど残念、ということだった。

リーバスは法廷で評決を聞き、肩をすくめて低く唸った。警備員が一人、ショットガンの銃創で入院中なのだ。これで事件は再検討を迫られた。リーバスがやらないにしても、運の悪い誰かがこつこつと同じ捜査をやり直さなければならず、しかも主犯の名前も、そいつが自由に街を歩き回ってパブで酒を飲み、自分の幸運に悦に入っていることも、ようく知りながら捜査しなければならない。

ただし、それは幸運などではなかった。リーバスが今はわかっているように、それは計画されたものだった。

シボーン・クラーク刑事は事件簿を二度読み終えた。

「当時、レッドウッドを調べたんでしょうね？」

「もちろん調べたさ。未婚、付き合っている男はなし。彼女がキースを知っているという証拠はなかった。噂すらもいっさい」

シボーンは写真を見た。「で、これが彼女？」

「レッドウッドだ。そしてこれがあの男――キース・レイトン」

「で、これが送られたのは……？」

「ミスター・K・レイトン宛てでだ。発音は同じでも、Leytonではなく Leightonで、綴りが間違っていた。電話帳で調べてみたよ。キース・レイトンは電話帳に番号を載せていなかった。あるいは電話を持っていなかったのか。だがわが税務署員はK・レイトンで出ていた」

「で、手紙は彼のところへ間違って送られたんですね？」

「脅迫者はキース・レイトンがミュアハウスでうろついてるのを知っていたようだな。母親はミュアハウス・クレセントに住んでいる」

「ケネス・レイトンのほうはどこに住んでいるんですか？」

リーバスはフロントガラスに向かって、にんまりした。「ミュアウッド・クレセント。ただしそこはミュアハウスではなく、カリーにあるんだ」

シボーン・クラークも顔をほころばせた。「信じられない」

リーバスは肩をすくめた。「そういうことってあるんだよ。電話帳を見て、住所が合ってると思い、手紙を送ったんだ」

「じゃあ、犯罪人を恐喝しようとしてたってこと……」

「ところが税務署員だった」リーバスはとうとう笑い声を上げた。「頭がおかしいのか、馬鹿なのか、水力発電所みたいに頑丈なやつなのか。こんなくだらん悪ふざけを本気でキース・レイトンにしかけたら、キースはグレイフライアーズ教会の墓地にもう一つか二つ、墓穴を掘っただろうよ。でも一つだけ、脅迫者にも頭のいいところがある」

「それは？」

「キースの女房について知ってるってこと」

「女房？」

リーバスはうなずいた。「母親の近くに住んでるんだ。大女で、嫉妬深い。だからキースは自分の女をすべて内緒にしていた。だもんで、レッドウッドも秘密にしたがってるはずなんだ。それで脅迫者はキースが金を出すかもしれんと踏んだんだろう」

リーバスは車のエンジンを切った。オックスギャングズにあるアパートの前である。そのアパートは三棟のうちの一つで、どの建物も上から見るとH型をしている。〈カアケトン・コート〉という名前。リーバスは以前、ここの三階に住んでいる学校給食係の女性と短期間いい仲になったことがあった……

「ジューン・レッドウッドの事務所に問い合わせた」とリーバスは言った。「病気欠勤中だそうだ」車の窓から首を出して仰ぎ見た。「住まいは十一階らしい。エレベーターが動いているといいんだが」シボーンを振り返る。「動かないなら、電話に頼るしかないね」

エレベーターは何とか動いた。リーバスとシボーンは片隅にある紙包みから目をそらしていた。何が入っているのか、二人は考えるのも嫌だった。エレベーターががたがたと十一階まで昇る間、息を詰めていられる自分にリーバスは感動した。十一階は冷たいすきま風があちこちから吹き込み、ひゅーひゅーと唸る風が聞こえた。建物は船ほどではないにしろ、揺れているのが感じられた。リーバスはジューン・レッドウッドのフラットの呼び鈴を押して待った。もう一度押した。シボーンは両腕を抱きしめ、足踏みしながら立っている。

「きみが一月にサッカーの観覧席にいるところを見たくないね」リーバスが言った。

ドアの内側で物音がし、ドアが開いて、汚れて粘った髪の、分厚いガウンを着た女性が鼻にティッシュを当てながら覗いた。

「やあ、ミス・レッドウッド」リーバスは陽気に声をかけた。「おれを憶えているかな?」写真を掲げて見せる。「この男も憶えているよな。入ってもいいかい?」

二人は中に入った。乱雑な居間に座ったとき、シボーンは写真がいつ撮られたものかを特定する方法がないことに、はっと気づいた。それが特定できないならば、何も証拠を摑んでいないも同然だ。たとえばそのパーティが裁判のあとだったとしたら――キース・レイトンとジューン・レッドウッドは公判のときに知り合いになったとも充分考えられる。それどころか、それで筋が通る。釈放後、キースはパーティをしたいと考え、当然ながら自分を救ってくれた女性も招きたいと思ったのかもしれない。シボーンはリーバスもそこへ思い至っていることを願った。彼が例のごとく、猪突猛進しないことを願った……

「どういうこと」ジューン・レッドウッドがまた鼻を拭きながら訊いた。

「おいおい、ジューン」リーバスが言った。「これが証拠だ。キースとあんたが抱き合ってるだろ。裁判であんたが証言した男は、見ず知らずの他人のはずだった。知らない男といつもこんなに親しく付き合うのか?」

その言葉で、ジューン・レッドウッドはうっすらと笑みすら浮かべた。

「そういうことなら、おれもあんたのパーティに招待してくれ」

シボーン・クラークは固唾をのんだ。やっぱり、リーバス警部は突っ走るつもりなのだ。初めからわかっていたことなのだが。

「あなたの運がよければね」レッドウッドがいなした。

「おれは運のいい男なんだな」リーバスは椅子にゆったりともたれた。「ちょっと頭を使えば済むことだったね。あんたは母親を通じてキースと知り合ったんだ。あんたたちは……ま、友達になった、と言っておこうか。あいつの女房がどう言うか知らないが」ジューン・レッドウッドの首筋が赤く染まってきた。「きれいになってきたぞ」リーバスが言った。「少なくとも、おれの言葉であんたの頬の血色がよくなったもんな。あんたはキースと出会い、デートするようになった。でも二人の仲は秘密にしておかねばならなかった。キース・レイトンが唯一恐れているのは、女房だからだ」

「名前はジョイスよ」レッドウッドが言った。

リーバスがうなずいた。「なるほど」

「裁判のときに知ったんだわ」レッドウッドがぴしゃりと言った。「名前ぐらい、彼から聞かなくたってわかるもの」

リーバスは再びうなずいた。「ただし、あんたは証人だった、ジューン。ジョイス・レイトンの名前が出たときには法廷にいなかった」

レッドウッドの顔は太陽の下で長い間寝そべっていたかのように赤くなった。しかし、彼女は切り札を残していた。

「その写真はいつ撮ったんだかわからないじゃないの」

シボーンは息を止めた。そう、それが切り札なのだ。リーバスもそれに気づいたようだった。「そのとおりだ。いつだとも言える……キースの公判が始まる一カ月前までのいつかだね」

部屋に一瞬の沈黙が訪れた。風がどこかの隙間から吹き込み、窓辺のオリヅルランを揺らして、隙間のある歯並びから漏れる息のような音を立てた。

「どうして？」ジューン・レッドウッドが小声で言った。

リーバスは写真を掲げた。

「あんたの後ろにいる男だ。長髪、刺青の男。醜い顔のごろつき野郎。こいつはミック・マケルヴィンだ。すごいパーティだったようだな、ジューン。キースやミックのような怖い男たちが招待されたんだから。あんたがカクテル・パーティでおしゃべりするような相手じゃないぞ。カナッペと聞いたら、盗んだ車を覆い隠す蚊帳のカノピーと思いこむようなやつらだ」リーバスは自分の冗談ににんまりとした。だって、笑ってやる者が要るではないか。

「何を言いたいの？」

「ミックはキースの公判が始まる四週間前に刑務所へ入った。ピーターヘッドで三年間の服役中だ。度重なる押し込み強盗罪で。だからな、このパーティがキースの裁判のあとだということは、ぜったいにあり得ないんだよ。ピーターヘッド刑務所の警備ががたがたに緩んだのでもない限り。ああ、そうとも、パーティはその前だった。ということは、裁判の前からあんたはキースを知っていたはずだ。それがどういうことかわかるか？」リーバスは身を乗り出した。

ジューン・レッドウッドはもうティッシュで鼻を拭いていなかった。ティッシュで顔を隠しており、怯えた表情だった。「あんたは証言台に立ち、キースに命じられたとおりに、嘘をついたんだ。これはたいへん厄介なことになったぞ、ジューン。あんた自身がソーシャルワーカーに指導を受けるか、もしくは刑務所で面会人の訪問を受ける身になるとすら考えられる」リーバスの声は囁くように低くなり、ロウソクの灯るディナーの席で、ジューンと親しげに話し込んでいるかのように聞こえた。「だからな、おれたちに協力したほうが身のためだと思うんだ。まずはパーティのことを話してくれないか。写真の話から始めよう、いいかい？」

「写真？」ジューン・レッドウッドは今にも泣き出しそうだった。

「写真」リーバスがおうむ返しに言った。「撮ったのは誰だ？　ほかにもあんたたち二人の写真を撮ったのか？　だってな、今のところ、あんたは刑務所行きを目前に控えているが、それでもこんな写真がもしも女房のジョイス・レイトンに渡ったら、あんたは署名を集める羽目になるんだよ」リーバスは答えを待ったが、ジューンがぽかんとしているのに気づいた。「あんたのギブスにだよ」彼は説明してやった。

「脅迫状か？」ラブ・ミッチェルが言った。

彼は取調室に座っており、不安げだった。リーバスは腕組みして壁にもたれながら、目を落としてドクター・マーテンズ製黒靴のつま先についた引っ掻き傷を見つめていた。三週間前にこれを買ったばかりなのだ。まだ足になじんでもいない。堅い革の踵部分が足首をこすり、水ぶくれができてひりひりしているというのに、もうつま先に傷をつけてしまった。どうして傷つけたかも知っている。ジューン・レッドウッドの住居棟から出てきたときに、石を蹴飛ばしたからだ。嬉しさのあまり石を蹴った。このことは、有頂天になってはならないという、今後の戒めになるだろう。とにかく靴にとってよくない。

「脅迫状？」ミッチェルが繰り返した。

「こだまが聞こえるな」リーバスはドアの近くに立っているシボーン・クラーク刑事へ言った。リーバスはこんな取調べの際にシボーンを同席させる。相手をまごつかせるからだ。荒くれ男、非情な男たちは反射的に悪口雑言を吐き、怒り狂うが、若い女がいることをはっと思い出す。たいてい、悪党どもはひるみ、すかさずリーバスはそこを突くのだ。だがロスコー、とどういう理由だか知らないが仲間から呼ばれているミッチェルは、いずれにしろ落ち着きをなくしたにちがいなかった。毎日六十本と豪語している男が、煙草に火を点けようとしたとき、リーバスの舌打ちで止められたのだ。

「煙草はよせ、ロスコー、ここではやめろ」

「何だと？」

「煙草を吸わない者がいる」

「何を、この野郎――何を言うんだ？」

「今言ったとおりだ、ロスコー。煙草を吸うな」

五分後、リーバスはテーブルからロスコーの煙草のパックを取り上げ、ロスコーのスコティッシュ・ブルーベル印のマッチを使って一本に火を点け、うまそうに深々と吸った。

「煙草を吸わないだと！」ロスコー・ミッチェルは甲高く叫んだ。「自分でそう言ったくせに！」子どものように、椅子のシートの上で腰をぴょこぴょこ動かす。リーバスはまた煙をふうっと吐きだした。

「言ったか？　ああ、言ったよな。そうか……」リーバスは煙草を三回目にふかし、それを最後にして捨て、踏みにじった。ロスコーがこれまでの人生で見たことがないような、長い贅沢な吸い殻が床に残った。ロスコーはぽかんと口を開けてそれを見つめ、やがて口をきっと結ぶとリーバスに目を向けた。

「話は何だ？」

「脅迫状」リーバスが言った。

「脅迫状？」

「こだまが聞こえるな」

「脅迫状？　何だ、そりゃあ？」

「写真だ」リーバスは穏やかに言った。「おまえが四カ月前にパーティで撮った写真だ」

「パーティ？」

「マット・ベネットが開いたパーティ」

ロスコーがうなずいた。リーバスは煙草のパックをテーブルに戻した。ロスコーは煙草から目が離せなくなった。マッチ箱を取り上げ、弄んでいる。「憶えてる」かすかな笑みが漂う。「すんばらしいパーティだったなあ」〝すんばらしい〟をゆっくりと延ばして発音した。ならば、ほんとうに楽しいパーティだったらしい。

「そこでスナップを撮ったんだね？」

「そのとおり。カメラを買ったばかりだったんで」

「どこで買ったかはたずねないぞ」

「領収書だって持ってる」ロスコーは一人でうなずいている。「思い出したよ。フィルムがまずかった」

「どういうことだ？」

「現像に出したんだが、どれも写っていなかった。一枚もだ。フィルムをちゃんと装塡してなかったか、フィルムケースを開けてしまったかだろうって言われた。ネガはどれも真っ白だった。見せてもらったんだ」

「誰に？」

「店の者。お詫び代わりにってことで、ただでフィルムを一本くれたよ」

何がお詫び代わりだ、とリーバスは思った。はっきり言うと、すり替えた代わりじゃないか。写真をテーブルに置いた。ロスコーはそれを見つめ、手に取ってさらに食い入るように見た。

「何だ、こりゃあ――？」女性がいることに気づき、ロスコーは続く汚い言葉を呑み込んだ。

「ほら」リーバスは煙草のパックを押しやった。「一本吸いたいんじゃないか」

リーバスはシボーンとブライアン・ホームズ部長刑事にキース・レイトンの連行を命じた。援護の者を連れて行ったほうがいい、とも助言した。レイトンのように常軌を逸した男は、何をするかしれたものではない。念のために援護を大勢頼むべきである。レイトン一人だけではないからだ。女房のジョイスもその場にいて暴れるかもしれないではないか。

その間に、リーバスは車でトールクロスへ行き、車を信号前の、バス停留所の狭い隙間に停め、並んでいる人々のしかめ面に見守られながら、写真屋のドア目がけて走った。一見して、写真屋はさびれているようだった。バス停留所のスチール屋根の下で、バスを待つ乗客があまりにも体を密着させた列を作っているので、公然わいせつの罪で送検できそうに思えた。リーバスは濡れた頭を一振りしてから、店のドアを開けた。

店内は明るく暖かだった。リーバスはもう一度雨を払ってから、カウンターへ歩み寄った。若い男が笑顔で迎えた。

「はい？」

「頼みがあるんだが。現像したいフィルムがあって、それを一時間で仕上げてもらいたいんだ。できるかな？」

「できますよ。カラーですね？」

「そうだ」

「それならお任せください。ここの現像機でやりますから」

リーバスはうなずいてポケットに手を入れた。若い男は申込書の記入をもう始めている。きちんとした活字体で書いているのを見て、リーバスは満足した。

「いいね」とリーバスは言いながら写真を取り出した。

「じゃあ、おまえがこれを現像したんだな」

若い男ははっと動きを止め、青ざめた。

「心配するな。おれはキース・レイトンの使いの者ではない。それどころか、キース・レイトンはおまえのことを何も知らない。おまえにとってはありがたいことだ」

若い男は申込書の上でボールペンの手を止めていた。写真から目を離せないでいる。

「今すぐ店を閉めるんだ」リーバスが言った。「署へ来てもらう。写真の残りも全部持って来るんだぞ。そうそう、アノラックを貸してくれ、天気がいいとは言えないからな?」

「そうですね」

「ついでに、おれの助言も頭に入れとけ。今度誰かを脅迫する気になったら、相手を間違えるなよ、わかったか?」

リーバスは写真をポケットにしまった。「もう一つ、忠告しておこう。脅迫状に〝プリント〟なんて言葉を使うな。おまえのような商売の者しか、そんな言葉は使わない」リーバスは鼻に皺を寄せた。「警察はすぐ見抜くからな」

「忠告、ありがとう」若い男がそっけなく言った。

「これもサービスの一つだよ」リーバスがにやにやして答えた。その手掛かりをすっかり忘れていたのだ。でもケネス・レイトンにそれを打ち明ける気はない。むろん、自分がシャーロック・ホームズとフィリップ・マーロウを混ぜたような名探偵振りを発揮した、と話すつもりである。レイトンはきっと感銘を受けるだろう。そしてある日、税務署員に何か頼み事ができたとき、ケネス・レイトンをパチッとその役《フレイム》にはめこめる。

自　白
The Confession

駒月雅子訳

「トニーのアイデアなんだ」男は椅子に腰かけたまま、身体をよじって言う。「トニーはおれの弟で、二つ年下だけど、小さい頃から頭がいいんだ。今回の計画だって全部あいつが考えた。おれはただそのとおりにしただけさ」

男はなおも快適な座り心地を探っている。取調室でそれを得るのは容易じゃない。犯罪捜査課の刑事は男にそう言ってやりたかった。おまえが尻をもぞもぞさせている椅子には、ちょっとばかり細工がしてあって、前脚を五、六ミリ削って短くしてあるんだがな、とつけ加えて。その椅子はくつろげるようにはできていない。

「ある日、トニーがおれに言ったんだ。『イアン、絶対に失敗しない計画がある』ってね。詳しい話のあと、二人でそれをあちこちつついてみた。ほころびがないか念入りにあら探しをしたのさ。結果は百点満点。今思えば、それが仇《あだ》になった。だからおれはここにいるんだ。あまりに出来過ぎの計画だったんだ……」

男は室内を見まわし、マジックミラーや盗聴器はどこだろうというように壁を眺める。だが、静寂は彼の予想外だ。今は平日の夜十一時半、警察署はゴーストタウンのように静まり返っている。制服姿の大勢の警官で活気にあふれているのを期待した彼は、人生二度目の落胆を味わわされる。

トニーはある高速道路の進入路に目をつけた。土曜日の晩はたいがい、車いっぱいに友人を乗せてファイフからエジンバラまで通っていた。パブやクラブで踊ったり女と騒いだりして、帰る前に深夜のピザとエスプレッソ、だいたいそんなところだろう。トニーは酒を一滴も飲まなかった。まわりがみんな酔っ払って自分だけしらふのままでも全然気にしなかった。つねに自制心を保ちたがった。トニーがその進入路の標識を見たのは、A90号線のフォース・ロード・ブリッジの南だった。前にも見たはずなのに——何百回と通りかかった場所だから——その晩はなぜか無性に気になった。それで翌朝、引き返してみた。標識にはこう書かれていた。〝この先、運輸省車輛検査所。通り抜け不可〟かまわず進むと、どこにもつながっていないランダバウト、つまりロータリーみたいな場所に入った。トニーは車を停めて外に出た。道路の真ん中に雑草が生えていた。あまり使われていないようだった。そばには小さな建物と、計量台らしき金属の傾斜路《ランプ》があった。もちろんA90号線へ戻るもう一本の進入路も。しばらくそこにたたずんで、下の高速道路の激しい往来の音を聞いているうち、彼の頭の中で計画がゆっくりと出来上がっていった。

「実は」とイアンは続ける。「トニーは警備員として働いてたことがあって、たんすにはまだそのときの制服が二着ぶら下がってた。あいつはいずれどこかで盗みをやるつもりだったから、制服が役に立つ日が来るとわかってたんだ。それと、あいつの友達にマルクって男がいて、印刷所で働いてる——いや、働いてたって言うべきだな。トニーはマルクを仲間に入れることにした。信頼できるやつだからって言ってた。煙草、ないかな？」

刑事は壁の〝禁煙〟の文字を指したが、思い直して十本入った煙草の箱とマッチを渡してやった。

「どうも。というわけだから」男は煙草に火をつけ、音を立てて勢いよく煙を吐き出す。「計画を立てたのはトニーだし、マルクもうってつけの専門技術を持ってた。でも、おれにはなんにもなかった。トニーがおれを家族だから信頼できたってだけのことだ。おれは八年前から失業してる。リーヴァンのほうの鉄鋼メーカーに勤めてたんだが、不景気のあおりで解雇されちまってね。あの業界を誰かがなんとかしてやれば、犯罪はぐんと減るだろうに。ちょっと助言するだけでいいんだ、ただで」彼は煙草の灰を灰皿にぽんと落とし、ズボンに散った細かい灰を払う。「べつにおれは自分は無関係だと言ってるんじゃない。無関係だったら、ここには来てないからね。ただ、作戦のブレーンはおれじゃないってことを、記録に残しといてもらいたくてさ」

「ああ、そうしておこう」と刑事が言う。メモをとるとかなんとかしないのかとイアンに訊かれ、こう答える。「我我は訓練を受けているから、メモリが象みたいにでかいんだよ」

するとイアンはうなずき、話の続きに戻る。取調室は狭くて風通しが悪い。過去にここへ入った者たち全員の臭いがこもっているようだ。彼らは皆、それぞれに語った。そのうち真実と判明した話はごくわずかだが……

「それから何度か偵察に行ったけど、車輛検査所が使われてたことは一度もなかった。夜間に車を進入路に停めてみたときも、トラックがばんばん通り過ぎてくだけで、誰もおれたちに気を留めなかった。そんなところで何やってんだと訊くやつは一人もいなかった。早い話がトニーのねらいどおりだったんだ。で、先週の水曜日に決行することにした」

「なぜ水曜日なんだ?」刑事が訊く。

イアンはそっけなく肩をすくめる。「トニーがそう決めたんだ」と彼は答える。「おれはあいつに従っただけさ。首謀者はあいつだからね。そうだよ、おれが言いたかったのはそれだ。首謀者だ」彼は再び身体をよじり、もう一度壁を見つめ、脳裏で水曜日の晩の記憶をたぐり寄せる。

トニーとイアンは警備員の制服を着ていた。トニーの友人が運送トラックを持っていたので、それを一晩借りてあった。知り合いの引越しを手伝うと言ったら、すんなり貸してくれた。マルクは全員の身分証明書を用意しておいた。そのためにめいめいセルフ式のボックス型機械で証明写真を撮った。ラミネート加工したカードは、財布のカード入れに収まるとけっこう本物らしく見えた。三人は乗用車を進入路の入口付近に置き、借りたトラックを車輛検査所のランダバウトへ乗り入れた。マルクは革ジャケットに野球帽という いでたちで、充分トラック運転手で通りそうだった。手はずは次のとおりだ。トニーが計量台の傾斜路まで下りて、通りかかったトラックを懐中電灯で進入路へ誘導し、運転手に検査所へ入るよう指示する。そこではイアンがマルク扮する別のトラック運転手に質問中。これなら本物の運転手は不審に思わないだろう。

「うまくいったんだ」イアンは言う。「こんなにちょろくていいのかってくらいにね。トニーが最初に誘導したトラックはランダバウトで停まって、運転手が降りた。そこへトニーが乗用車で来て、運転手に配達伝票の提示を求めたあと、積荷検査をしたいと言った」

刑事が質問をはさむ。「もし積荷がキャベツや魚だったら、どうする?」

「トニーは運転手に何を積んでるかを最初に訊いたんだ。それがおれたちに売りさばけないものだったら、トラックはそのまま行かせるつもりだった。ところが、しょっぱなから大当たりだったんだ。一台最低でも三百ポンドの乾燥機付き洗濯機が、二ダースだからね。ただ困ったことに、そいつを積み込んだらおれたちのトラックはもう満杯で、おまけに三人ともへとへとに疲れちまった。そうでなけりゃ夜通し続けただろうね」イアンはそこで口をつぐむ。

「運転手はどうなったのか心配なんだろう? こっちが三人だってことをお忘れなく。運転手は縛り上げて、トラックの運転台に放り込んどいたよ。そのうち自力でロープをほどくとわかってたが、かまわなかった。しばらくおとなしくしてくれれば、餓死させるつもりはなかったからね。おれたちは獲物を持ってずらかった。手に入れた約十五台の洗濯機を、誰に売ろうかさっそく考えてた。保管場所については万全だ。トニーが貸しガレージを二つ確保してあったんで、そこへ運び入れた。ところで、地元にアンディ・ホリガンって名前の悪党《わる》がいる。パブやカフェを何軒か経営してるから、やつなら買うかもしれない。ただし、用心深くやらないとな。乾燥機付き洗濯機の委託販売にやけに熱心なのがいる、なんて噂が立ったら……そういうわけで、売る相手は慎重に選ぶつもりだった」イアンは少し間をおく。「ところが、おれたちはすでに致命的なミスを犯してたんだ……」

致命的なミス。イアンは刑事にもう一本煙草をねだる。火をつける手が震えている。あのとんでもない不運が、頭にこびりついて離れないのだ。彼が何か言う前に、アンディ・ホリガンのほうから話を切り出した。

「おい、イアン、強盗があったって知ってるか? トラックの荷台から乾燥機付き洗濯機が持ってかれたらしいぜ」

「新聞にはどこにもそんな記事はなかったけどな」とイアンは答えた。ありのままの正直な感想だった。自分たちの事件が、新聞でもラジオでもテレビでもまったく報じられていないので、三人とも不思議でしかたなかったのだ。ホリガンはしゃべりたくてうずうずしていた。それが朗報のはずがないことは、イアンには聞く前からわかっていた。

「そうさ、新聞には載ってない。この先も載ることはないだろうよ」

ホリガンがどういうことか話すと、イアンは自分の命が引き潮のようにすうっと遠のくのを感じた。急いで貸しガレージへ行くと、トニーが来ていた。トニーはすでに知っていた。そう顔に書いてあった。どこかへ捨てるなりなんなりして、洗濯機を処分すべきだと知っていた。だが、それにはトラックをまたどこかから調達しなければならない。

「いや、待てよ」トニーの頭脳にエンジンがかかった。

「エディ・ハートは洗濯機はどうでもいいんだろう？ 大事なものを取り返しさえすりゃいいんだろう？」

エディ・ハート。その名前を聞いたとたん、イアンは膝の力が抜けた。〝不動のエディ〟はダンディーのマフィアの親分で、政財界にも顔がきき、興行主として金槌マニアとして神のように畏れられている。〝不動のエディ〟にさからえば、彼の大工道具の釘ではりつけにされかねない。そのエディが、伝え聞くところ烈火のごとく怒っているそうだ。

たぶん、彼が自分で練った計略だったんだろう。ドラッグをあちこちへ配りたかったとき、大型家電に隠すという妙案を思いついた。そこで白羽の矢が立ったのが、洗濯機や冷蔵庫の配送トラックだ――周辺の道路をどこでも自由に走りまわれる。必要なのはでたらめの出荷元と納品先を記入した偽の荷札だけ。そうしたら、トニーがたまたまエディの雇った運転手の一人を引き当て、エディの逆鱗にふれてしまったというわけだ。

とにかくトニーが正しい。ドラッグを返せば、エディになんらかの方法で渡せば、きっと命は助かるだろう。おとがめなしで済むだろう。トニーとイアンは洗濯機の梱包を片っ端から解いて、ねじで留めてあった背面カバーをはずし、包みが隠してないか徹底的に探した。それが収穫なしに終わると、一台ごとについている無料サービスの粉せっけんを一箱残らず空にした。貸しガレージを二つともしらみつぶしにしたうえ、すべての洗濯機をもう一度最初から調べ直した。それでも何も見つからなかった。

目的のものは現場に積み残してきたほうに入ってたんだよ、とイアンは言った。

「よく考えな」弟はイアンに言い返した。「もしそうなら、なんだってエディはおれたちにかっかしてるんだ？　あ、待てよ……」

トニーは洗濯機を数えた。一台足りなかった。兄弟は顔を見合わせてから、すぐにトニーの車に飛び乗った。マルクの母親の家に着くと、マルクはちょうど洗濯機を据え付け終えたところだった。使い古した二漕式洗濯機が家の前の道に出され、廃品回収を待っていた。マルクの母親は真新しい乾燥機付き洗濯機を両手でなでながら、キッチンに集まった近所の人たちに孝行息子を自慢していた。

「うちの子がね、お金を貯めてプレゼントしてくれたのよ」

今度はさすがのイアンもかなりまずい状況だと悟った。新しい洗濯機のことは町じゅうに知れ渡るだろう……悪事千里を走る、とはまさにこれだ。

兄弟はマルクを外へ連れ出し、事情を説明した。家の中へ戻ったマルクは、運搬用ボルトをはずし忘れたと言い訳して、洗濯機をせっかく落ち着いた場所から引きずり出した。彼の手はぶるぶる震え、ねじ回しを何度も落とした。ようやく背面カバーがはずされ、出てきた数個の茶色い紙包みがトニーとイアンに手渡された。トニーは近所の人たちに、それは洗濯機がトラックの荷台で滑ったりずれたりしないための重しだと説明した。

「レンガか何か？」隣人の一人が尋ね、トニーが彼女にそうだと答えた。彼の顔を汗がつたい落ちた瞬間、彼女は再び訊いた。「どうしてレンガが茶色い紙に包んであるの？」

トニーは返事に窮し、顔を覆って泣いた。

刑事は自分とイアンのために、コーヒーを二つ持って取調室へ戻る。たった今、コンピューターと電話で事実関係を確認してきたところだ。イアンのほうは話の結末を語ろうと、座って待ちかまえている。

「ブツをまさか手渡しで返すわけにはいかないから、何か方法を考えなけりゃならなかった。おとといの晩、三人でダンディーへ行った。〝不動のエディ〟はナイトクラブを一軒持ってる。おれたちはその裏手にあった大型のゴミ容器に例のものを入れ、店に電話でそのことを知らせた。そのクラブはゴミの収集を個人契約した業者にやらせてる。収集作業は夜で、その晩のゴミ容器はもう空っぽだった。だからなんの問題もなかったはずなんだ。ただ……電話をしたのはおれで……電話帳には番号が二つ載ってた。事務所じゃなくて、バーカウンターの脇の公衆電話のほうにかけちまったんだ。電話に出たのはきっと客だ。おれは用件だけ言ってさっさと切ったから、はっきりしたことはわからないが……そいつはすぐに店の外に出て、ヤクを自分のものにしたかもしれない。あるいはおれの言ったことが聞きとれなかったか、どうせ酔っ払いのいたずら電話だろうと思ったかもしれない……」イアンは声を詰まらせ、泣きそうになる。

「いずれにしろ、ミスター・ハートの手には渡らなかったんだな？」刑事は先回りして尋ねる。イアンはそうだとうなずく。「そして目下、おまえの弟とマルクは行方不明なんだろう？」

「エディが二人をさらったんだ。彼の仕業に決まってる」

「で、警察に自分を保護してもらいたいわけか」

「証人保護法とかなんとかで、かくまってもらえるんだろう？　おれの首には今、懸賞金がかかってるんだ。やってくれよ！」

刑事はうなずく。「やれないことはないが」と彼は言う。「おまえは具体的になんの証人だ？　トラックが貨物を強奪されたって記録はどこにもないぞ。誰からも盗難届は出ていない。だいいち、おまえはミスター・ハートをなんらかの違法行為と結びつけるだけの証拠は持っていない――

持っていてくれれば、こっちはありがたいんだがね」刑事は自分の椅子に腰をおろす。「イアン、おまえが職を失ったのは不景気のせいじゃない。工場長に対する脅迫だ。彼はおまえの態度が気に食わなかった。するとおまえは、テロリストの弟に頼んであんたの車の下に爆弾を仕掛けさせてやる、と彼を再三脅した。かわいそうに、あの男は死ぬほどおびえたあげく、脅しが実行されているのを発見した。いいか、その事件の記録はうちのファイルにしっかり残ってる。だが洗濯機やら、茶色い紙包みのドラッグやら、行方不明者やらの記録は、あいにくひとつもないんだよ」

イアンはさっと立ち上がり、部屋を行ったり来たりする。

「部下をそのナイトクラブのゴミ捨て場へやって、調べさせたらどうだい？　ヤクが残ってるかもしれないからさ。でなきゃ、えっと……貸しガレージへ行けば、洗濯機がまだそこにあるよ……〝不動のエディ〟が持ってってなければ。彼ならやりかねないけどな。おい、わかってくれよ。おれは彼に不利な証言ができる唯一の人間なんだ！」

すると刑事も立ち上がる。「さて、そろそろお開きの時間だ。出口まで送ろう」

「おれは保護が必要なんだ！」

刑事は彼に歩み寄り、二人の顔がくっつかんばかりに接近する。

「だったらテロリストの弟に守ってもらったらどうだ？　名前は……確かビリーだったな？　だけどそれはできないんだろう？　なぜなら、おまえにはビリーなんて弟はいないからだ。そうなるとトニーって弟のほうも怪しいもんだな」刑事はいったん言葉を切る。「どっちの弟もいないんだろう、イアン？　おまえはまともじゃない。おまえの話は……最初から最後まで作り話だ。さあ、もう帰れ。ママが心配するといけないからな」

「うちに先週、新しい洗濯機が届いたんだ」イアンは弱々しい声で言う。「配送係は遅くなったことを詫びてた。検問に引っかかったんだってさ」

取調室がしんとなる。長い沈黙のあと、イアンがすすり泣きを始める。弟を再び失った悲しみに、彼はすすり泣いている。

吊るされた男
The Hanged Man

松本依子訳

殺し屋は広場をうろついていた。

カーコーディ（スコットランド南東部の港町）にやってきた移動遊園地が今夜オープンした。四月の木曜日のこと。週末まではたいした人出ではなく、そのあいだにちょっとした、だが定評のある出し物がひとつ消えようとしていた。

殺し屋は、外に黒板の掛かった白い小さなトレーラーを前もってうかがっていた。黒板には文字の薄くなった客からの礼状が何枚かとまっている。踏み台の先はビーズカーテンへと続いていた。ドアは荷造り用の紐を結びつけ、あけたままにしている。中には女のほかはだれもいないだろう。もしいるならドアを閉めているはずだ。とはいえ、殺し屋は細心の注意を心がけた。〝用心〟がその男のモットーだった。

男はみずからを殺し屋《キラー》と呼んだ。職業を訊かれたらそう答え、それ以外の表現を使おうとしなかった。同業者の中には〝暗殺者《アサシン》〟のほうが響きがいいと考える者もいる。辞書を引いてみたところ、〝アサシン〟ということばは、ある古い宗派と関係があり、〝ハシシを食らう者〟を意味する古いアラビア語に由来するという。一方、男は麻薬をあてにならない――仕事前の半パイントのビールにも及ばないものと考えていた。

〝ヒットマン〟を名乗る連中は殺しを〝ヒット〟と言った。だが男はただ〝撃《ヒット》つ〟のではなく確実に殺した。もっと曖昧な婉曲表現もあるが、要は、男が殺し屋だということだ。

そして今日はこの移動遊園地が男の仕事場、すなわち猟場だった。

標的を捜すのに魔法の玉が必要だったわけではない。標的の女が今まさにこのトレーラーの中にいて、客を待っているはずだった。男はあと十分、様子を見ることにした。

そうすれば女がだれかと一緒じゃないことを確かめられる。客でなくとも旅芸人仲間とお茶を一杯やっているかもしれない。十分のあいだにだれも出入りしなければ、男が次の、そして最後の客となる。

むろん女が本物の占い師なら、殺し屋がやってくることに気づき、急いで街から逃げ出しているだろう。だが女はここにいると男は思った。いることがわかった。

男は射的屋にいる三人の少年を眺めるふうを装った。少年たちは銃身に沿って狙いをつけるという初歩的な過ちを犯している。照準は当然ずれていた――おそらく銃身もゆがんでいるのだろう。そのうえ動いている的を撃ち落とすつもりだとしたら……まあ、考え直したほうがいい。ああいった的は重石で補強されている。常に興行師側が有利というわけだ。

出店《でみせ》は海岸沿いに並んでいた。強風で屋台が軋む。人々は目に掛かった髪を手で払い、首をすくませた。人出は多くはないがそこそこ混んでいた。男は目立たず、まったく印象に残らない。ジーンズ、格子柄のワークシャツ、スニーカーが男の仕事着だ――自宅ではもうすこし洒落たものを着る。だが今日は家から遠く離れていた。男の根城は西海岸、グラスゴーからクライド川をくだってすぐのところだ。ファイフ州はまったく知らなかった。カーコーディをすこしばかり見たことはあったが、ほとんど記憶にない。男はスコットランドじゅうの街とイングランド北部を訪れていた。頭の中には血なまぐさい地図ができあがっている。カーライルではナイフを使って週末の酔っぱらいの乱闘に見せかけた。ピーターヘッドでの頭部への一撃と絞殺には決して死体が見つからないようにとの指示があり、現場を目撃した漁船の船長に千五百ポンド渡した。エアドリー、アーブロース、アードロサン……いつも殺したわけではない。暴力的であからさまなメッセージだけですむこともあった。こういう場合は郵便配達人となり、指示されたメッセージを運んだ。

男は射的屋から別の店へ向かった。そこでは子供たちが回転台に載った景品に輪を投げ入れようとしていた。となりの店にいる年長の少年らと同様に、まるでうまくいかない。どの景品も輪よりわずかに大きいのだから当然だ。時計を見ると、十分が過ぎていて男は驚いた。最後にもう一度あたりを見回し、踏み台をのぼり、あいたままのドアをノックして、ビーズカーテンを掻き分けた。

「どうぞ」女が言った。ジプシー・ローザと表の看板に書かれていた。手相、運勢占い。だが女はここで男を待っていた。

「ドアを閉めておくれ」と女は言った。ドアをあけておくための紐が曲がった釘に巻きつけられている。男は紐をはずし、ドアを閉めた。カーテンは引かれていて——男の目的には理想的だった——外の光はまったくはいらず、壁際に間隔をあけて置かれた六本の蠟燭で中は照らされていた。壁には安っぽい黒い布が掛かっていた。テーブルにも黒い布が掛けられ、そこには太陽と月の絵柄が刺繡されている。テーブルについていた女が、男にその大柄な体を向かいの長椅子へ押しこむよう手で示した。男はうなずき、笑みを浮かべ、女を見た。

　女は中年で、顔には皺があり、頬紅をさしていた。若いころはさぞかし美人だったのだろうが、真っ赤な口紅がやたら口を大きく、濡れたように見せている。頭からかぶった黒い綿モスリンは、金色のバンドでとめられていた。服はいかにも本物らしく黒いレースと赤いシルクで、袖口に占星術の記号が縫いこまれていた。テーブルには白いハンカチで覆われた水晶玉がある。五本の赤い爪がタロットカードを軽く叩いた。女は男の名を訊ねた。

「名前が必要なのか?」男は聞き返した。

　女は肩をすくめた。「役に立つこともあるんでね」レストランでブラインドデートをしているように、外の世界が気にならなくなっていく。女の瞳が薄暗がりで光った。

「名前はモート」

　女は可笑しそうにその名を口にした。

「モートンの略だ。父親の出身がモートンなんだ」

「モート《mort》にはフランス語で死という意味もあるね」女は言った。

「それは知らなかったな」男は嘘をついた。

　女は微笑んだ。「あんたが知らないことはたくさんあるさ、モート。だからここに来たんだ。手相でいいかい？」

「ほかにもあるのか？」

「水晶玉」女は顎で指した。「タロットカード」

男はどれがお薦めかと訊ねた。女は心霊治療家を訪ねるのは初めてかと聞き返してきた。〝心霊治療家〟とみずからをそう言い「あたしは魂を癒すんだよ」と付け加えた。

「おれは癒しが必要だとは思ってないが」男はむっとして言った。

「おやおや。だれでも何らかの癒しは必要さ。完全な人間なんていないんだ。あんたも例外じゃない」

男はそのとき初めて女が右手をつかんでいることに気づき、思わず体を引いた。指の関節を女の指がなでている。女は男の手のひらに目をやり、眉をかすかにひそめて集中した。

「よそから来たんだろう？」

「そうだ」

「仕事で来た、そうだね？」

「ああ」異国の文字を読もうとするように、男は女と一緒に手のひらを眺めた。

「うーん」手のひらを交差するくっきりとした線の上を、女は指先でなぞり始めた。「くすぐったいかい？」女は喉の奥で笑った。男はあるかなきかの笑みを漏らした。女の顔を見ると、中にはいったときより表情が柔らかくなっているのに気がついた。思ったより若いらしいと思ったところ、まるで褒められたことへの礼のように、握られた手に軽く力が加わったのを感じた。

「うまくやってはいるようだけど」女は言った。「金銭面についてはね――そっちは問題ない。だけどほんとうの問題は、あんたの特殊な仕事にある」

「おれの仕事？」

「今までみたいに気楽にやれなくなってる。ほかの仕事なんて考えたこともなかったのに。楽な稼ぎだしね。だけどもうそんなふうに思えないんだろう？」

トレーラーの中は暑く、息が詰まった――外から空気ははいらず、蠟燭が燃え続けている。足の付け根にあたる金属の重みが、いつものように気持ちを落ち着かせた。安っぽい心理作戦だ。男のアクセントは地元のものではなく、結婚指輪をはめてないきれいな手はよく手入れされている。こうしたことからなんだって言える。

「先に料金を決めないのか？」男は訊ねた。

「なぜそんなことをするんだい？　あたしは淫売じゃないんだよ」男は耳が赤くなるのがわかった。「それにあんたが払えることはお互いにわかってる。金なんか持ち出してどうしようっていうんだい？」女は一層きつく男の手を握った。この女は力が強い——いざそのときになったら気をつけなければ。男は時間を無駄にするつもりも、女を長く苦しませるつもりもなかった。すばやく引き金を引くだけだ。

「なぜここにいるのか迷ってるね。そうだろう？」女は言った。

「ここにいるわけはちゃんとわかってる」

「何がわかってるんだい？　ここにあたしといるわけを？それともこの地球上で、自分の選んだ人生を送っている理由かい？」

「どちらも……両方だ」答えはいささか早すぎた。鼓動が速まるのがわかる。呼吸を整えなければ。そのときには平静でなくてはならない。頭の中で声がした〝今だ、やれ〟。だがまた別の声がした〝最後まで話を聞いてみろ〟。男は身じろぎし、気を楽にしようとした。

「つまりね、あんたはもう自分のしていることに確信が持てないのさ。疑問を抱き始めたんだ」女は男を見上げた。「あんたの仕事だけど、言われたことをやるだけなんだろう？」男はうなずいた。「口答えなし、質問もなし。あんたはただ仕事をこなし、支払い日を待つだけ」

「前払い制だ」

「そりゃついてるね」女はまた喉の奥で笑った。「けど金だけじゃあ、じゅうぶんじゃないだろう？　金では決して幸せや満足感は得られない」

「彼女の《コスモポリタン》にも同じようなことが書いてあったな」

女は微笑み、そして手を叩いた。「カードで見てあげよう。やってみるかい？」

「やるって……どういう意味だ？」

「ことば遊びはするだろう？　婉曲表現——ことばってのはみんなそうさ」

男は驚きを押し隠した——まるで最初から心を読まれていたようではないか。あの〝殺し屋〟の婉曲表現すべてを。

女は男の様子に気もとめず、普通より大きなタロットカードを一心に混ぜていた。カードに三度ふれるよう男に言う。次に上から三枚のカードを前に並べた。

「おや」女は一枚目のカードに軽く手でふれながら言った。

「ル・ソレイユ。太陽という意味だよ」

「それぐらい知ってる」男はつっけんどんに言った。

女は唇をとがらせた。「フランス語は知らないと思ってたんでね」

男はことばに詰まった。「カードの右側に太陽の絵がある」と、どうにか言った。

女はゆっくりうなずいた。男の呼吸がまた速くなる。

「二枚目のカードは死。ラ・モール《la mort》。フランス語で女性名詞とはおもしろいじゃないか」

男はその骸骨の絵を見た。にたにた笑い、かすかにジグを踊っている。その横にはランタンと砂時計があった。ランタンの中の蠟燭は消え、砂時計の砂はすべて落ちていた。

「心配することはないよ」と女は言った。「常に死を予告するわけじゃない」

「そいつはよかった」男は笑みを浮かべて言った。

「最後のカードはずいぶん興味深いね——吊るされた男だ。これにはいろんな意味がある」女は男に見えるようカードを手に取った。

「それで三枚揃うと？」男は興味を掻きたてられて訊ねた。

女は祈るように手を組んだ。「はっきりしないんだよ」とようやく言った。「珍しい組み合わせなのは確かだけどね」

「死と吊るされた男——自殺とか？」

女は肩をすくめた。

「性別は重要なのか？　つまり、男だってことが？」

女はかぶりを振った。

男は唇をなめた。「その水晶玉が役に立つかもしれない」と提案した。

女は男を見た――その瞳には蠟燭の光が映っている。

「そうかもしれないね」そして微笑んだ。「やってみようか」ふたりは今やまるで将来の恋人同士というより子供同士で、水晶玉は危険な試みであるかのようだった。

女が小さなガラス玉を引き寄せたとき、男はまた身じろぎした。銃身が腿をこする。男はサイレンサーのはいった上着のポケットにふれた。まず女を殴り、銃に取りつけるあいだ静かにさせなくてはならない。

人形劇の幕をあけるかのように、女はおもむろに水晶玉からハンカチを取り去った。女が前かがみでガラスをのぞきこむと、皺の寄った胸の谷間が見えた。両手はかろうじて水晶玉にふれず、すばやく動いた。もし男に老人性愛の気があれば、その動作に仄《ほの》かなエロチシズムを感じただろう。

「そんなことを考えるもんじゃないよ！」女は鋭く言った。そして男の驚いた顔を見るとウインクした。「この玉は何でもはっきり見せるのさ」

「おれが何を考えてたっていうんだ」男は思わず口走った。

「声に出して言って欲しいのかい？」

男はかぶりを振り、水晶玉をのぞきこんで、そこに映る伸びてゆがんだ女の顔を見た。燃えあがる炎に囲まれた自分の顔も見えた気がする。

「何が見える？」男は切羽詰まって訊ねた。

「自分がここにいる理由を訊ねている男が。ある人物が答えを知ってるけど、まだその人物には訊ねてない。男はやらなくてはならないことについて悩んでる――まあ、悩んで当然だろうね」

女がまた男を見上げた。褐色の瞳。白目に走る細い血管が脈打っているようだ。男はとっさに体を引いた。

「答えを知ってるのか」

「もちろんさ、モート」

男はあやうく机を倒しそうになりながら立ちあがり、ベルトから拳銃を引き抜いた。「どうやって？ だれがおまえに話した」

女は首を横に振り、まるで関心がなさそうに銃には目もくれなかった。「この日がくるのはわかっていた。あんたがはいってきた瞬間、それがあんただとわかったんだよ」

「こわくはないんだな」それは質問というよりも断言だった。

「もちろんこわいさ」だがとてもそうは見えない。「それに少々悲しんでもいる」

男はポケットからサイレンサーを取り出したが、手がなかなか言うことをきかなかった。幾度となく暗闇で練習してきて、こんなことは初めてだ。これまでにもこの女のように運命を甘受し、わずかに感謝さえ見せるような犠牲者はいたのに。

「だれがあんたを殺そうとしてるか知っているのか？」男は訊ねた。

女はうなずいた。「たぶんね。あたしは運勢の読みを誤ったらしくて、やっかいな敵が何人かいるんだよ」

「その男は金持ちだ」

「大金持ちさ」女は認めた。「きれいな金ばかりじゃないけどね。欲しいものを手に入れることに慣れきった男だ」

女は水晶玉を脇にやると、またカードを手に取って混ぜ始めた。「さあ、質問してごらん」

男はサイレンサーを取りつけていた。銃弾はすでにこめられ、あとは安全装置をはずせばいいだけだ。男はまた唇をなめた。ここは暑くて空気が乾きすぎている……

「なぜだ？」男は訊ねた。「なぜあいつは占い師を殺そうとする？」

女は立ちあがり、カーテンをあけようとした。

「やめろ」男はそう言って銃を女に向け、安全装置をはずした。「そのままにしておけ」

「明るいところであたしを撃つのがこわいのかい？」男が答えないでいると、女はカーテンの片方をあけ、蠟燭を吹き消した。男は銃口を女に向けていた——頭部へ一発、それですぐに片がつく。「話をしてあげよう」女はそう言って、また椅子に腰をおろした。男にもすわるよう手で示す。男は一瞬ためらったあと、右手に持った銃はそのままに腰をおろした。女の両側にある火の消えた蠟燭から煙が立ちのぼった。

「出会ったころはふたりとも若かった」女は話し始めた。「あたしはそのころすでに移動遊園地で働いていた――ここじゃないよ。ある夜、あの男は求愛に飽き飽きした」女は男の瞳をのぞきこんだ――褐色の瞳を。「そう、あの男は欲しいものを手に入れることに慣れきっていた。どういう意味かわかるだろう？」女は静かに続けた。口をはさむ余地はない。「あたしは内緒で赤ん坊を育てようとしたけど、あいつみたいに金を持った、だれもが恐れるような男から秘密を守り通すことは難しい。赤ん坊は盗まれた。それからあたしは旅に出て、以来ずっとあちこちをまわっている。だけどいつも気をつけて耳を澄ましてきた」女の瞳に涙が浮かんでいた。「だから大きくなった子供が疑問を抱くときがくるのがわかっていたのさ。それに、真実が明らかになるのを父親が望まないことも」

女は震える手を伸ばし、銃を通り越して男の頬にふれた。

「だけど、あの男がこれほどまでに残酷だったとは」

「残酷？」

「人を殺すために自分の息子――あたしたちの息子を送りこんでくるなんて」男はまた弾かれたように立ちあがると、トレーラーの壁にこぶしを叩きつけた。壁に頭をつけ、目をきつく閉じる。女のものとそっくりのその褐色の瞳が、女の知りたいことをすべて語っていた。男の銃はテーブルに残されていた。女はそれを手にとってその重さに驚き、手の中で裏返した。

「あいつを殺す」男はうめいた。「必ず殺してやる」

女は笑みを浮かべ、銃に安全装置を掛けてテーブルに戻した。男が向き直り、まばたきして涙を払ったとき、女は穏やかといってもいいほどの落ち着きを見せていた――ようやく男への信頼が報われたかのように。女の手にはタロットカードが一枚握られていた。

吊るされた男。

「事故に見せかける必要があるね」女は言った。「もしくは自殺か」

外では怯えた子供たちの悲鳴があがっている――ワルツァー（車が回転しながら起伏のある軌道を走る乗り物）、観覧車、お化け列車。男は手を女のそれに重ね、もう片方の手を銃に伸ばした。

「お母さん」男は言った――渇いた魂が掻き集めた、ありったけの優しさをこめて。

機会の窓辺
—リーバス警部の物語—
Window of Opportunity

延原泰子訳

バーニー・フュウの脱獄は芸術の域に達している。

長年にわたって彼はその芸術に磨きをかけてきた。刑務所からの脱走、看守や刑務官の手をすり抜ける技、姿をかき消す術は、スコットランド全土の刑務所で繰り返し語られる寝物語だった。彼は〝うなぎ男〟とか〝魔術師〟などと呼ばれ、むろん有名な奇術師にあやかった〝フーディニ〟や、それほど有名ではない〝クロード〟もあだ名の一つだった（クロード・レインズは《透明人間》が初めて映画化されたときの主演男優である）。

バーニー・フュウは輝いていた。こそ泥稼業のほうは下手くそだったが、逮捕後に実力を発揮した。空き巣狙いは彼の本領ではなく、脱獄囚として名前を轟かせていた。ゴミ袋や郵便袋にもぐり込んだり、刑務所付属病院から死体の代わりに運び出されたり、（ときには引き締まった体にバターを塗ったりして）考えられないほど小さな窓から抜け出たり、通風孔や暖房用のダクトを押し進んだりした。

しかしバーニー・フュウには難点があった。高い塀をよじ登る、水の流れる下水管を歩く、刑務所のバスから一目散に走り去る、看守の頭を殴るなど、いろんな手段を使ってやっとしゃばに戻り、自由な空気を吸い、人混みに紛れてしまったとたん……彼の行動は時計のように単調になった。独創性を使い果たしたかのようだった。刑務所の心理学者は別の解釈を取った。本心は捕まりたいのだ、と考えた。それは彼にとってゲームなのだ。

しかしジョン・リーバス警部にとって、それはゲームだけではなかった。酒を飲めるよいチャンスだった。

バーニーのやりそうなことは三つあった。第一は、別れた妻の居間の窓へ向かって石を投げる。第二は、プリンシズ・ストリートの真ん中に突っ立って、道行く人々にありとあらゆる悪態をつきまくる。第三は、〈スコッツ・バー〉で泥酔する。最近、バーニーは第一の選択肢を取りにくくなっている。元妻が転居先も告げずに引っ越してしまった上に、リーバスの勧めでオックスギャングズにある高層アパートの十二階に住んでいるからだ。居間の窓へ石を投げるのは、ロープやスパイク靴でも使いこなせない限り、もう無理だった。

リーバスは〈スコッツ・バー〉で待つことを選んだ。ウイスキーもスコットランド訛りも薄めるのはお断わり、というパブだ。そこはごろつきのたまり場で、エジンバラでも一、二を争う汚い店だ。陰鬱な水曜日の午後だったが、それでもリーバスは客の半数の顔を見分けられた。保釈や上訴にまつわる顔。向こうも彼の顔を知っていたが、面倒を起こす気はなかった。リーバスがここへ来た理由を誰もが知っているからだ。リーバスはスツールにひょいと腰をかけ、煙草に火を点けた。テレビが衛星放送のスポーツ番組を流している。クリケット試合で、イングランドと西インド諸島の対戦である。スコットランド人がクリケットを見ないというのは、誤った説である。エジンバラのパブの客は何であれ見るし、とりわけイングランドが絡んでいたり、おまけにイングランドの敗北が濃厚なときには熱心に見ている。とてつもなく陰気で暗い〈スコッツ・バー〉は、イングランドの完敗を目前にして、陽気なカリブ海諸国へ引っ越したかのようだった。

そのとき、トイレのドアが神経を逆なでするようなきしみ音とともに開いて、男がゆっくりとした足取りで出てきた。ひょろっと背の高い痩せた男で、髪が目にかぶさっている。店を出る前にズボンのファスナーに手をやって確認しながらも、ずっとうつむいていた。

「あばよ」男は誰にともなく言い、パブのドアを開けた。挨拶を返す者はいなかった。ドアが少し長めに開いている。誰かが入ってくるのだ。一瞬皆の視線がテレビからそちらへ流れた。リーバスは酒を飲み終え、スツールから立ち上がった。今パブを出た男をリーバスは知っている。ようく知っている。ついでに、たった今、ありえないことが起こったのもわかっていた。

新しく入ってきたのは、小銭をひとつかみ持った小男だった。叫びすぎて喉をつぶしたしゃがれ声で、ビール一パイントを注文した。バーテンは動かず、リーバスへ視線を走らせた。リーバスはその小男、バーニー・フュウを見つめている。

やがてバーニー・フュウがリーバスへ顔を向けた。

「プリンシズ・ストリートへ行ったんだな、バーニー?」

リーバスが声をかけた。

バーニー・フュウはため息をついて疲れた顔をこすった。

「ウイスキーを奢ってもらえるかい、ミスター・リーバス?」

リーバスはうなずいた。どうせ自分ももう一杯飲むつもりだったのだ。考え事が二つほどあり、そのどちらもバーニー・フュウとは関係ない。

警察官は張り込みの仕事に、好悪相半ばする気持ちを抱いている。退屈きわまりないが、それでもデスクワークに比べればましなのだ。張り込み中は、たいてい気分が高揚しているし、ついに何かが起こったときにはあの興奮を味わえる。

現在の張り込みはアパートの三階を根城にしていた。その部屋の持ち主は追い出されて海辺のトレーラーハウスで二週間を過ごしている。もし二週間以上張り込みが続くようなら、親類の家に身を寄せることになっている。

監視は二人組の十二時間交替でおこなわれていた。道路の向かい側にあるアパートの三階を見張っているのだ。リブズ・マッケイという悪党の動きに注目している。痩せこけているところから、リブズ、〝あばら骨〟と呼ばれている男だ。ヘロイン常用者であり、麻薬を売ってその代金を稼いでいた。ただし、一度も逮捕されたことがないので、エジンバラ警察はぜひともその状況を打破しようと決意していた。

困ったことに、張り込みが始まると、リブズはおとなしくなり動かなくなった。フラットにこもり、近くの商店へちょいと出撃するだけになった。ビール、ウオッカ、ミルク、煙草、ときには朝食用のシリアルとか瓶詰めのピーナッツバターを買い、必ず最後にチョコレート・バーを五、六個付け足した。出入りはそれだけだった。もっと何かあるはずだが、何もなかった。今日にでも、張り込みは進展なしとして終了になりそうだった。

借りているフラットを汚さないように警官たちは気をつけたが、それでも散らかるのは避けられない。詮索好きの住人も避けられない。階段の下で、住人たちはタリーのところにいる見知らぬ男たちは誰なんだろうと言い合った。問いかける者もいた。関心のない者もいた。リーバスは階段で老人と出会った。老人は買い物袋を重そうに抱えて四階へ向かっており、一段ごとに休んでは息をついていた。

「荷物を持とうか?」リーバスが申し出た。

「自分で運べる」

「遠慮しなくてもいいんだよ」

「自分で運べると言っただろうが」

リーバスは肩をすくめた。「じゃあ、好きなように」と言い置いて、階段を上がりきると、タリーのフラットのドアを合図どおりにノックした。

ジャムフラ刑事がドアを細めに開け、リーバスの顔を見ると、大きく引き開けた。リーバスはさっと身を入れた。

「これ」リーバスは紙袋を渡しながら言った。「ドーナツだ」

「ありがとうございます」ジャムフラが喜んだ。

狭い居間では、窓際に食卓の椅子を据えたコノット刑事が、レースのカーテン越しに外をうかがっていた。リーバスも少しの間一緒に向かいの部屋を見た。リブズ・マッケイのいる窓は汚れていたが、その汚れたガラス窓の向こうに、普通の居間が見えた。リブズが窓近くに姿をよく見せるわけではない。コノット刑事は窓だけに目を向けているのではなかった。三階の窓から一階のドアまでを見張っている。リブズが外出したら、ジャムフラ刑事が尾行を開始し、コノットのほうは窓からリブズの動きを追い、無線で相棒刑事に逐一連絡した。

最初は一人がフラットで見張り、一人が街路の車中にいた。しかし車中で張り込む必要がなかったし、しかもいかにも怪しげに見える。そこは往来の激しい大通りではなく、クラーク・ストリートとバクルー・ストリートを結ぶ抜け道である。道路に面して店舗が数軒あったが、どこも廃業したかのようにひっそりとしていた。

コノットが窓から顔を上げた。「やあ、警部。どうしてここに？」

「あいつ、見えたか？」

「全然。影すらも見えません」

「なぜだか知ってるぞ。カモは逃げちまったんだよ」

「ありえない」ジャムフラがドーナツに食いつきながら言った。

「〈スコッツ・バー〉で三十分前にあいつをこの目で見た。あそこまで歩いたらかなりの距離だね」

「よく似た男じゃないのかな」

リーバスはかぶりを振った。「あいつを最後に見たのはいつだ？」

ジャムフラがノートを見た。「今回の当番中には見ていません。でも今朝、クーパーとスネドンが近くの食料品店へ往復したのを見ています。七時十五分でした」

「で、きみは八時に入ったんだな？」

「そうです」

「それ以来、あいつの姿を見ていないんだね？」

「あそこに誰かいますよ」コノットが言い張った。「動く気配があるから」

リーバスは噛んで含めるように言った。「だけどきみはリブズ・マッケイを見ていない。おれは見た。あいつは外へ出て好き放題やってるんだ」コノットにぐっと顔を近づけた。「おい、どういうことなんだ？　さぼってたのか？　半時間ほど抜け出して、パブで喉の渇きを癒していたのか？　それともソファで居眠りしてたのか？　気持ちよさそうだもんな、そのソファ」

ジャムフラは突然喉を詰まらせながら、ドーナツを飲み込もうとしていた。「ちゃんとやってました！」ドーナツの屑を吹き飛ばしながら叫ぶ。

コノットは燃えるような目つきで、黙ってリーバスを睨んでいる。リーバスはその目を信じた。

「わかった」リーバスは譲歩した。「なら別の解釈をしなけりゃならん。裏口か適当な排水管があるんだ」

「裏口は煉瓦で塞いであります」コノットが固い口調で言った。「排水管はあるが、リブズがそれを使って降りるなんて無理だ」

「なぜわかる？」

「知ってるんです」コノットはカーテン越しに外を見つめた。

「じゃあ、別の方法だな。変装してるのか」

まだ口を動かしているジャムフラがノートを繰った。

「あの建物を出入りした者はすべて確認済みです」

「麻薬常用者なんですよ」とコノットが言った。「おれたちを出し抜けるほど頭が回らない」

「だがな、現実にそうしてるじゃないか。きみたちはもぬけの空《から》のフラットを見張ってるんだ」

「テレビが今つきましたよ」コノットが言った。リーバスはカーテン越しにのぞいた。たしかに画面が動いている。

「あの番組にはうんざりだ」コノットがつぶやいた。「チャンネルを変えてくれたらいいのに」

「変えたくても変えられないんじゃないか」リーバスはそう言い捨ててドアへ向かった。

その夜、リーバスはある者を連れて、張り込み現場へ戻ってきた。その手はずを整えるのに少し手間取った。バーニー・フュウを連れて署を出ることに、賛成する者がいなかったからである。しかしリーバスは自分が全責任を負うと主張した。

「たしかなんだろうな」上司がそう言って書類に署名した。

ジャムフラとコノットは非番で、クーパーとスネドンがいた。

「聞いたんですがね」クーパーがリーバスと連れにドアを開けながら言った。

「リブズのことか？」

「いや、昼間の当番に警部がうまいパン菓子を持ってきたとか」

「ここへ来て見てください」スネドンが呼んだ。リーバスは窓辺へ歩み寄った。リブズの居間の電灯が灯っていて、ブラインドが開いたままだ。リブズは窓を開け、煙草を楽しみながら夜の街路を見下ろしている。「ほらね？」スネドンが言った。

「なるほど」リーバスが答え、バーニー・フュウのほうへ向いた。「こっちへ来い、バーニー」のそのそと窓へ近づいてきたバーニー・フュウに、リーバスは事情を説明した。バーニーは顎を撫でながら考え、リーバスが今日ジャムフラとコノットにたずねたのと同じ質問をした。そしてカーテンの向こうを見つめながら、さらに考え込んだ。

「三階の窓から目を離さず見ているんだね？」バーニーはクーパーに訊いた。

「そうだ」

「そこと玄関だな？」

「ああ」

「ほかを見ようとはしなかったんだね？」

クーパーは意味が理解できなかった。スネドンもだった。

「続けて」リーバスが促した。

「最上階を見てみろ」バーニーが言った。リーバスは見た。ひび割れて汚れた窓ガラスがあり、破れた段ボール何枚かで覆ってある。「あそこに誰か住んでると思うか？」

「どういうことだ？」

「そいつはあんたらを騙したんだよ。立場を逆転させたと言うか」にやりとする。「あんたらがリブズ・マッケイを見張ってたんじゃない。向こうがあんたらを見張ってたんだ」

リーバスはすぐに悟ってうなずいた。「当番の交替か」バーニーもうなずいている。「当番が窓辺を去り、次の当番が席につくまでに一、二分の間が空く」

「ぎりぎりの時間だが、そのときがチャンスだね」バーニーが同意した。「リブズはこちらを見張り、新しい当番が来るのを見ると、階段を駆け下りてドアから出るんだ」

「そして十二時間後、道路にいて次の当番が入るのを待っている。そして交替時にドアから忍び込む」リーバスが言い添えた。

スネドンはかぶりを振っていた。「だけど電灯が、テレビも……」

「タイマーだ」バーニー・フュウが軽く言った。「人影が、見えると言うんだろ。見たのかもしれんが、リブズじゃないね。何かの影かもな、風がカーテンを揺らしたんだ」

スネドンが眉をひそめた。「あんた誰だ？」

「その方面の専門家の証人だよ」リーバスがバーニー・フュウの肩を叩いて言い、スネドンのほうを向いた。「あそこへ行ってくる。このバーニーを見張っておいてくれ。本気で言ってるんだぞ。ここで片時も目を離すな」

スネドンは目をぱちくりさせ、バーニーを見つめた。

「おまえはバター塗りバーニーだな」

バーニーは肩をすくめ、その異名を認めた。リーバスはもう部屋を出ていた。

リーバスは通りの遠い角にあるパブへ入り、ウイスキーを注文した。息が酒臭くなるように、それを口に充分含んでから呷ると、パブを出て、帰宅途中の酔っぱらいのような千鳥足で、リブズ・マッケイのアパートへ引き返した。上着を片方へ引き分けて、ワイシャツのボタンを二つはずした。そういう芝居ができるのだ。ときにはやりすぎる。手順に従っているうちにほんとうに酔っぱらってしまった。

アパートの玄関ドアを開け、薄暗い照明の玄関ホールへ入ると、すり減った石の階段がカーブして上の階へ通じていた。リーバスは手すりを摑んで上がっていった。三階で立ち止まりもしなかったが、リブズのドアから音楽が漏れていた。ドアは、麻薬業者がよく用いるようなタイプの、強化されたものだった。そんなドアは、麻薬捜査班が大きなハンマーや斧を手に、ここを開けろと叫ぶとき、貴重な何十秒間かの時間稼ぎを可能とする。その何十秒かがあれば、証拠品をトイレに流したり、飲み込んだりできる。最近では手入れの前、麻薬捜査班は下水管の蓋を開け、そこに人を配してトイレの排水に備えるのだ……

最上階に着くと、リーバスは立ち止まって呼吸を整えた。目の前のドアは傷だらけで、欠けたり凹んだりした、そうとうひどい代物だった。表札はもぎ取られていて、ドアにねじ釘をはずしたあとの深い穴が残っている。リーバスは言い訳と、酔っぱらいのうなだれて足を開いた姿勢を用意してから、ドアをノックした。しばらく待ったが、応答がない。耳を澄ませ、郵便受けを覗いてみた。暗い。ドアのハンドルに手をかけた。ハンドルが回り、内側に開いた。よく考えてみると、鍵がかかっていないのも道理だった。リブズはすばやく出入りしなければならないのだから、鍵に時間を取られてはならない。

リーバスは狭い玄関へ忍び込んだ。中のドアのいくつかは開いていて、そこから街路の明かりが細く漏れていた。フラット内はかびくさくて湿気ており、何よりも寒かった。家具はなく、壁紙が剝がれていた。老女のストッキングがずり下がって足首にたまっているかのように、細長い壁紙が丸まって落ちている。リーバスは抜き足差し足で歩いた。床の強度がわからないし、階下の住人に足音を聞かれたくなかった。リブズ・マッケイに聞かれたくない。

居間へ入った。それは張り込みに使っている居間とまったく同じ形だった。床に新聞が落ちていて、巻いたカーペットが壁に寄せてある。カーペットの毛が床に散らばっていた。ネズミが巣を作るために運んだのだ。リーバスは窓へ近づいた。二つの段ボール紙がきっちりと重ならずに、隙間ができている。その隙間から覗くと、張り込みの部屋がよく見えた。電灯を消していても、街灯がレースのカーテンを照らしているので、カーテンの背後で動く者は影絵人形のように映し出される。ちょうど今、スネドンか、クーパーか、バーニー・フュウかはわからないが、誰かが動いていた。

「頭のいい野郎だ」リーバスは小声で言った。そのとき床に何かを見つけて拾い上げた。望遠レンズを装着した一眼レフだ。廃屋のフラットに転がっているようなものではない。それを目に当てて道路の向かい側の窓に焦点を合わせた。これで疑いの余地はなくなった。実に簡単なことだった。リブズはここへ忍び込み、監視しているつもりの張り込みチームを望遠レンズで眺め、八時になるとアパートから素早く出て、自分の商売をやっていたのだ。

「おまえは得難い男だよ、バーニー」リーバスはつぶやき、一眼レフを見つけたとおりに置いて、忍び足でフラットを出た。

「あいつどこにいるんだ？」

くだらない質問と言えた。スネドンは肩をすくめた。

「トイレに行くと言ったもんで」

「そうだろうとも」リーバスが言った。

スネドンはバスルームへリーバスを案内した。壁の高いところに小さな窓が一つある。窓は開いていた。その窓は外に通じておらず、フラット内の玄関ドア近くにある廊下に戻るだけだ。

「ここにしばらくこもっていたんで、見に来たんです。ドアを叩いたけれど、答えがなく、なんとかドアをこじ開けました。するとあいつ、いなかったんです」恥じたスネドンは顔も首も赤く染めていた。いや、たんに運動したからかもしれない。「下まで駆け下りたんですが、影も形もなかった」

「あの窓から抜け出たとは信じられんな」リーバスは疑わしそうな顔で言った。「いくらバーニー・フュウだって」

窓は三十センチ×二十数センチほどの長方形である。バスの縁に立てば、窓に手が届くが、壁は汚れた白いタイル張りで、そこにこすれた跡はついていなかった。リーバスはトイレを見た。蓋が下りているものの、きっちりと閉じていない。蓋を開けてみると、なんと、タオルが何枚も便器に突っ込んであった。

「何だこりゃ……？」スネドンはあっけにとられていた。

だがリーバスにはすぐ理解できた。彼は洗面台の下の小さなタオル乾燥用戸棚を開けた。空っぽだった。棚がはずされて戸棚の奥に立てかけてある。かろうじて人が隠れるだけの空間ができていた。リーバスは信じがたい表情をしているスネドンに、にやりとして見せた。

「きみが下へ行くまでバーニーはここで待ってたんだ」

「それで？　まだフラット内にひそんでいるってことですか？」

リーバスは考えた。「違うね」少ししてからかぶりを振って答えた。「バーニーがさっき言ったことを考えてみろ。リブズがおれたちをどうやってたぶらかしたかを」

リーバスはスネドンを従えてフラットを出ると、階段を下りないで、もう一階上の最上階へ向かった。そこの天井に天窓があり、やはり開いていた。

「屋根を渡ったんだな」リーバスが言った。

スネドンはかぶりを振るばかりだった。「済みません」と詫びを口に出した。

「かまわんよ」リーバスはそう言ったが、上司はそうは思わないことを知っていた。


翌朝の七時、フラットを出たリブズ・マッケイは、近くの食料品店へ軽やかな足取りで、スネドンに尾行されながら向かった。やがて煙草を吸いながら、のんきそうに戻ってきた。監視チームに自分の姿を見せつけたので、これで警官らは次の当番に報告することができ、引き継ぎのときに時間を取られるわけである。

いつものように引き継ぎは八時におこなわれた。ジャムフラ刑事とコノット刑事がアパートに入ってからきっかり一分後に、道路の向かい側のドアが開き、リブズ・マッケイが飛び出してきた。

リーバスの車にひそんでいたスネドンとリーバスはそれを見守った。すぐにスネドンが車を降りて尾行を開始した。彼は振り返らなかったが、リーバスの考えが正しかったことを認める印に手を振って見せた。リーバスはスネドンが張り込みよりも尾行に才があることを祈った。リブズが麻薬を所持し、願わくは、それを売っている現場か、麻薬供給者から麻薬を受け取っている現場を押さえたいものだ、と思った。それが今回の計画だった。それが当初からの計画だったのだ。

リーバスは車のエンジンをかけてバクルー・ストリートへ出た。〈スコッツ・バー〉は早くから店を開けている。彼はそこで会う約束をしていた。

バーニー・フュウに酒一杯の借りがある。

大蛇の背中
The Serpent's Back

東野さやか訳

この話は、いいか、一七九三年か九四年のことだ。当時のエジンバラはいまよりずっとまともな街だった。いまじゃこの街では何事も起こらないが、あの頃は……あの頃はなにが起こっても不思議じゃなかった。

当時、エジンバラを訪れる者にキャディはなくてはならぬ存在だった。人を探す、伝言を伝える、あるいは一晩の宿、新鮮な牡蠣、シャツの仕立て、地元の娼婦が入り用ならば、キャディに頼めばいい。赤ワインで正体をなくしたとしても、キャディに言えば無事に家まで送り届けてもらえた。

そう、エジンバラは安全ではなかった。断じて。通りはどこもすさんでいた。裕福な者たちは旧市街を捨て、ノース・ロッホ（かつてエジンバラ市内にあった沼地。現在のウェイヴァリー駅あたり）をはさんだ反対側にある新市街へと移り住みつつあった。彼らはプリンシズ通りかジョージ通りに住んでいた。いや、悪臭に耐えられなくなるまではそこに住んでいた、と言うべきか。あの頃のノース・ロッホは蓋なしの下水も同然で、旧市街も似たり寄ったりだった。

おれの名はカランダー、友だちはみなカリーと呼ぶ。ファースト・ネームを知る者はいない。〝カランダー〟と言って、おれがいるほうを指させばすむことだ。若き日のギズボーン旦那もそうした。旦那はロンドンから乗合馬車に乗ってはじめてこの地にやって来て、もう二度と腰をおろせないのではと不安に思いはじめていた……

「カランダーかね？　親友のミスタ・ウィルクスからきみを訪ねるよう言われたのだが」

「ウィルクス？」

「何週間かこの街にいただろう。医学生だ」

おれはうなずいた。「あの若い紳士のことなら、ことのほかよく憶えておりますよ」おれは嘘をついた。

「清潔な部屋を探してほしい。別に贅沢な部屋じゃなくてかまわん。懐具合に余裕があるわけではないのでね」

「こちらにはいつまでおいでです、旦那様？」

彼はあたりを見まわした。「まだわからんのだよ。医者になろうかと考えていてね。医学に興味を持てるようなら、入学の手続きをするかもしれん」

そして旦那は外套の裾をいじった。ぴかぴかの銀ボタンがついた薄青色の外套だ。旦那本人と同じでかなりくたびれ、体に合っていなかった。顔は子犬のようにぷっくりしているが、体のほうは痩せていて、目だけが輝いていた。顔色を見るかぎり病気や栄養不良の徴候はない。思うに彼は健全な男らしいが、これまでにも健全な男はいくらも見てきた。その多くはエジンバラという街の魅力に取り憑かれ、この地にとどまっている。賑々しい呑み屋にいるところや、狭い路地をうなだれて歩く姿を、毎日のように見かける。もう誰もかつてのように生き生きとはしていない。彼らがもし鰻なら、魚売りの女はバケツに投げこみ、いいカモにしか売らないだろう。

いいカモとはむろん、街に来たばかりの連中だ。

ギズボーン旦那には世話をする者が必要だった。一見すると傲慢で自信満々だが、心中は穏やかでなく、いつまで世慣れたふりがつづけられるか不安なのが見てとれる。金はあるが、無尽蔵というわけじゃない。両親は紳士階級でなく労働者階級だろう。このままいけば夕めし前に誰かのカモにされるのは目に見えている。おれか？　まだ決めかねていた。

おれは旦那の旅行鞄を持った。「輿を呼びますか？」旦那は顔をしかめた。「ここの通りは狭くて急で、馬車では通れませんぜ。見ればわかるでしょう？　なんでこんなに狭いかご存知で？」おれは旦那ににじり寄った。「この下に大蛇が埋められてるんですよ」旦那が不安そうな顔をしたのを見て、おれは声をあげて笑った。「ただの噂ですって、旦那。ここでは馬車じゃなく輿かつぎを雇うんですよ。ハイランドの屈強な男たちを」

旦那がおれを探して、旅行鞄を引きずりながらさんざん歩きまわったのはわかっていた。旦那は疲れていたが、同時に頭の中で金を勘定した。

「歩こう」旦那は結論を出した。「そうすればきみに街のことをいろいろ教えてもらえるからな」

「この街のことは、旦那、お教えせずとも自然にわかりますって」

おれは旦那をラッキー・シートンの下宿に落ち着かせた。ラッキーはかつて娼婦だったが、その後、ゆるやかな変革とやらを迫られ、いまではキリスト教系の下宿屋を営んでいる。

「あたしら、医学生のことならなんでも知ってるんだ、そうだろ、カリー？」部屋を調べているギズボーンのかたわらで、彼女は言った。「キリスト教徒の中でいちばん罪深い連中さ」

彼女がギズボーン旦那のぽっちゃりした頬を軽く叩くと、おれは旦那を連れて、きしむ階段を降りた。

「あの女の話はどういうことだ？」

「呑み屋《ホウフ》を二、三軒もまわればわかりますよ。医学生はこの街の飲んだくれの中でも、ひときわ評判が悪くてね。弁護士と判事と詩人と船乗りとなにがし卿とそれがし卿を別にすれば」

「ホウフとはなんだ？」

おれはそのままとある呑み屋に案内した。

店内は空気らしきものの中にいつものむっとする臭気が漂っていた。あちこちでパイプがさかんに吸われているのに、窓はどれも閉めきりで、よどんだ煙が目の高さのところをどんよりと漂っている。女たちのけたたましい笑い声と罵り声と悲鳴が聞こえてくるが、海霧をすかして見るようなぼやけた音にしか聞こえない。片足のジャックがいいほうの膝に若い娘を載せているのが見える。その隣のテーブルでは、弁護士がふたり頭をつき合わせている。売れない詩人が床にだらしなくすわり、なにやら書きなぐっている。そしていたるところにワインがあった。ワインのピッチャー、ワインのグラス、ワインのボトル。その鼻を突く匂いと煙草の匂いが激しく競り合っていた。

　だが騒音の大半は、いちばん奥の隅にある大きな丸テーブルが源だった。そこでは、ちらつくランプの明かりのもと、〈マンスリー・クラブ〉の会合がおこなわれていた。おれはこれでエジンバラのことがわかりますよと保証し、ギズボーンをそのテーブルまで連れていった。五人の紳士がテーブルを囲んでいた。そのうちのひとりがすぐさまおれに気づいた。

「わが親愛なるカリー！　上の世界からなにか知らせはないか？」

「なんにもありませんよ、先生」

「そいつは残念！」

「今月はなんの集まりですか、先生方？」

「熱気球クラブだ、カリー」発言者はそう言うと乾杯の音頭をとった。「タイトラー氏がまさにこの街の上空で、モンゴルフィエ式熱気球の実験を成功させた十周年の祝いだよ」

　このひと言でまた乾杯が起こり、その間おれはギズボーン旦那に、この〈マンスリー・クラブ〉は定期的に名前を変え、なにかしら祝っているのだと説明した。

「新顔を連れてきたんだな、カリー」

「ミスタ・ギズボーンはロンドンからおいでになったばかりで、医学の勉強を希望されています」

「ぜひとも勉強してもらいたいものだ。開業するつもりなら」

　笑いが起こり、またもグラスが満たされた。

「こちらの紳士は」わたしは旦那に耳打ちした。「ミスタ・ウォルター・スコット。ミスタ・スコットは弁護士でいらっしゃる」

「きょうはちがうぞ」五人のうちの別の男が言った。「きょうの彼は酔いどれ大佐だ！」

　またも大笑い。ギズボーンはなにを飲むかと訊かれた。

「ポートワインをグラスで」哀れな雇い主は答えた。

　一座がしんと静まり返った。スコットが口の半分だけで笑っていた。

「ここではポートワインはほとんど飲まない。イングランドとの連合を連想する者がおるのでな。ウイスキーを飲むほうを好む者もいて、そういう輩はジャコバイト派の〝水上の王〟に乾杯するのだ」実際、テーブルにいた誰かがスコットの口調など気にするふうもなく、まさにそのとおりのことをした。「だが、いまやわれわれはひとつの国だ」スコットはつづけた。この男は根っからの演説好きだ。「きみがわれわれとクラレットを飲むと言うなら、仲良くやっていけるかもしれん」

　さきほどボニー・プリンス・チャーリー、すなわち若僭称王チャールズ・エドワードに乾杯した人物、アーカートという名のもうひとりの弁護士が、例のごとくイングランド人への不満をギズボーンにぶちまけた。「『ブリタンニアよ、統治せよ』を書いたのはスコットランド人だ。ジョンブルという言葉はスコットランド人が考えたのだよ！」

　アーカートは椅子にそっくりかえり、自分で自分の主張に納得していた。ギズボーン旦那はと言えば、ベドラム（ロンドンにあった世界初の精神病院であるベツレヘム聖マリア慈善病院の通称）に紛れこんだみたいな顔をしている。

「まあ、まあ」スコットがなだめた。「われわれがここに集まったのは、モンゴルフィエ式熱気球を記念するためだぞ」そう言うと彼は、なみなみと注がれた足のないグラスをギズボーンに渡した。「それに新顔を歓迎するためだ。だが、きみは危険な場所に来てしまったな」

「危険とは？」旦那は問い返した。

「そこかしこで暴動が起こっている」スコットはそこで言葉を切った。「それに殺人も。これまでに何人が殺された、カリー？」

「この二週間で三人です」おれは名前をあげた。「ベンスン医師、棺桶職人のマクステイ、それにハウイスンという名の男も」

「全員が刺殺だ」スコットはギズボーンに説明した。「考えてもみたまえ、棺桶職人を殺すとは！　死神を殺すも同然ではないか！」

　いつものことだが、〈マンスリー・クラブ〉の会員はその後別の呑み屋に場所を変えて定食《プリフィクス》を食べ、そこからさらに河岸を変えた。そこでスコットはシャンパンを飲み、彼が進行役となり、話題はとある櫃のことへと移っていった。

その櫃とは、ある書類を探す目的でエジンバラ城の王宮があけられた際に見つかったものだ。スコットの話によれば、王宮はイングランド国王の親署が添付された特別な令状のもとにあけられた。しかし、櫃をこじあける権限は誰にもなかった。王宮はふたたび鍵をかけられ、櫃はいまもその中だ。イングランドとの連合に際し、スコットランドの王宝は消失した。その王宝——王冠、笏、剣——が櫃におさめられているのではないかというのが、スコットの意見だった。

ギズボーン旦那は夢中になって話を聞いていた。そしていつしか経済観念をなくしてしまった。彼はシャンパンの代金を払うと言った。定食代を払うと言った。次は売春宿に行くという話が出た……幸いにもスコットがギズボーン旦那を気遣ってくれたおかげで、ポケットの中身はまだ充分に残っていた。頭の中はからになったが。

おれは離れたところにすわって、フランス革命勃発と同時に国を捨てたダトワ伯爵と雑談していた。伯爵には縁起をかついで首をさする癖がある。首と胴体がまだつながっているのは、幸運のたまものという意味だ。伯爵がびくついているのには理由《わけ》があった。フランスでの一連の出来事に触発され、ここスコットランドでも反乱の機運が高まっていた。そこかしこで暴動が起こり、首謀者たちが裁判にかけられていた。

おれたちは六年前に押し込み強盗で絞首刑になった、ディーコン・ブロディの話をしていた。指物師で錠前師だったブロディは、自分が錠前を取り付けた屋敷に盗みに入った。昼は善良なる市民、夜には悪党に早変わり。伯爵（この手のことにはめっぽう詳しい）に言わせれば、それもひとつの〝人間のあり方〟だそうだ。

ふいにあたりが暗くなったと思った。男がおれの前に立ちはだかっていた。分厚い唇に肉の塊のような鼻、戦の最中の兵士がときどきやるように、眉が額の真ん中でくっついている。

「カランダーだな？」

おれは首を横に振り顔をそむけた。

「おまえはカランダーだ。渡すものがある」男は片方の掌をテーブルに叩きつけると向きを変え、人混みをかき分けて姿を消した。男が手を叩きつけたところには、ていねいにたたんだ一枚の紙があった。おれはそれをひらいて読んだ。


午前零時十五分前にトルブースの外で。


署名はなかった。おれはそれを伯爵に見せた。

「行くつもりか？」

すでに十一時を過ぎていた。「あと一杯飲むうちに決めますよ」

トルブースというのは市の監獄で、ブロディが《乞食オペラ》のアリアを歌いながら、残された日々を過ごした場所だ。夜は真っ暗闇で、どの家もランプを点ける手間をかけておらず、海霧がリース港の方角から流れてきていた。

暗いせいでうっかりなにかを踏んでしまい、トルブースの礎石で靴の底をこすっていると、間近で声をかけられた。

「カランダーさん？」

女の声だった。聞こえるか聞こえないほどにひそめてはいても、それだけははっきりわかった。そのご婦人は上から下まで黒ずくめで、顔はマントのフードの奥深くに隠れて見えなかった。

「カランダーです」

「あなたはいろいろと雑用《サーヴィス》をなさると聞きました」

「おれは聖職者じゃありませんよ（サーヴィスには礼拝や宗教上の儀式という意味もある）、奥さん」

ひょっとすると女は笑ったのかもしれない。小さい巾着が目の前にあらわれ、おれはそれを受け取り、中の硬貨の重みを手で計った。

「この街でまわし読みされている本があります」あらたにおれの主人になった女は言った。「それをどうしても手に入れたいのです」

「ラッケンブースに行けば、いい本屋が何軒もありま……」

「こざかしい男ね、まったく」

「奥様がもったいぶるからです」

「なら、はっきり言います。その本は個人が印刷したもので、たった一冊しかないのです。題名は、さすらい人によるエジンバラ市内の娼婦に関する……」

「公明正大な目録の第二集」

「ご存知なのね。見たことはあって?」

「おれみたいな人間のための本じゃありません」

「その本をぜひ見たいのです」

「それをおれに探せとおっしゃるんですね?」

「あなたは街じゅうの人間をひとり残らず知ってるという噂だわ」

「価値のある人間ならひとり残らず」

「では、見つけていただける?」

「おそらくは」おれは靴に目を落とした。「しかしまず、もう少し知りたいことが……」

顔をあげたとき、女の姿はすでになかった。

ザ・クロスに行くと、キャディ仲間が輿かつぎと小声で雑談していた。おれたちキャディは、みんなで一種の組合のようなものを組織していて、紙に書かれた決まりごとがあり、全員をたばねるキャディ総裁がいることを自慢していた。そして屈強なだけが取り柄のハイランドからの出稼ぎである輿かつぎよりも、おれたちのほうが格上と見なしていた。

とは言うものの、おれの親友にしてもっとも信頼できる協力者ミスタ・マックは輿かつぎだ。しかし彼はザ・クロスにはいなかった。その晩の営業もまもなく終わろうとしていた。最後まであいていた酒場も、残った酔っぱらい客を追い出しにかかっていた。まだあいているのは売春宿と闘鶏場だけだ。ミスタ・マックの居場所がわからず、おれはしかたなくキャディ仲間で、ドライデンという名のこの道のベテランに頼むことにした。

「ミスタ・ドライデン」おれはあくまで事務的に声をかけ

た。「あんたにやってもらいたいことがある。手数料は話し合って決めよう」

ドライデンは例のごとく話に乗ってきた。彼はその気になれば夜通しでも働く男だ。売春宿の主人を何人も知っているから、さりげなく話を聞き出してくれるだろう。奥方に頂戴した手数料では人を雇えなかった場合には、このおれが自分でやったように。

おれはといえば、人気《ひとけ》のない階段をのぼって、屋根裏の宿舎と冷えた寝床のわが家に戻った。そして眠りに落ちた。掏摸《すり》がカモを見つけるように。

要するに、あっけなく。


翌朝、ドライデンは死んだ。

コリンという名の若いキャディが知らせに来た。ふたりしてノース・ロッホに行くと、死体はまだそこにあった。顔を泥水に突っこんで。街の自警団——背中に〝街ネズミ〟の文字がある——がそれぞれロッハーバー斧をかまえ、高い三角帽をまっすぐかぶり直し、えらく見せようと虚勢を張った。自警団員のひとり、フェアリーという名の赤ら顔の男が、被害者を知ってるかと訊いてきた。

「ドライデンだ」おれは答えた。「キャディの」

「短剣で刺されている」フェアリーははしゃいだように教えてくれた。「過去の三人の被害者と同じだ」

だが、おれはそうとは断言できず……

静かな呑み屋に行き、高ぶる神経を酒で鎮めた。思うにドライデンは、エジンバラに出没する刺客の被害者に見せかけて殺されたのだ。手口は酷似しているが、あいつが殺されたのはあいつが訊いてまわった質問のせいとわかっていた……つまり、おれが訊いてくれと頼んだ質問のせいだ。おれの身は安全なのか？　ドライデンは犯人に口を割ったのか？　そして、死の危険さえともなう奥方の依頼とは、一体なんなのか？

そんなふうにつらつら考えこんでいるところに、若きギズボーンがふらつく足で入ってきた。

「わたしはゆうべなにか飲んだのか？」彼は頭をかかえて訊いた。

「旦那様、この世の最後の晩みたいな飲みっぷりでしたよ」

女店主がおれのワイン・ピッチャーを満たしてくれていた。「迎え酒といきましょう」おれはそう言い、ふたつのグラスにワインを注いだ。

ギズボーンはおれが不安そうなのを見抜き、なにを悩んでいると訊いた。おれは喜んで打ち明けた。聞き手が誰でもかまわなかった。とは言え、いくつかの事実は伏せておいた。話すと危険なのはわかっていたので、奥方と本の件にはいっさい触れなかった。使いの者から伝言をもらった話から一足飛びにドライデンとの会話に移った。

「この場合やるべきなのは」若き旦那は言った。「時間を逆にたどることだ。その使いの者の居場所を突きとめろ」

おれは前の晩のことを振り返った。使いの者があらわれたとき、アーカート弁護士が〈マンスリー・クラブ〉にいとまを告げていた。

「アーカート先生から話を聞きます」おれは言った。「いまの時間ならいつもの場所にいるはずです。ついてきてください」

ギズボーンはわたしのあとから呑み屋を出ると、道路を渡り別の呑み屋に入った。いたいた、ボックス席に。書類を前にし、ワインの瓶をわきにおいて、アーカートがすわっていた。

「よく来たな、ふたりとも」弁護士は大声で言った。目は血走り、鼻は種を抜いたサクランボのようだ。彼の息におれは思わず顔をそむけた。三十代をとっくに過ぎながら、アーカートは筋金入りの自堕落な男だ。おれたちにも一緒に飲めと言うだろう。

「先生、ゆうべ、みんなと別れたときのことは憶えておいでですか？」

「もちろんだとも。一足先に失礼して悪かった。女と会う約束があったものでね、わかってくれるだろうが」おれたちは笑みを浮かべて了解しあった。「教えてくれたまえ、ギズボーンくん、みんなはどこの売春宿に繰り出したのだね？」

「思い出せません」ギズボーンは正直に言った。

アーカートは愉快そうだった。「なら教えてくれたまえ、起きたらきみはベッドの中だったか、それとも排水溝の中だったかね？」

「どっちでもありません、ミスタ・アーカート。知らない家の台所の床に寝ていました」

その答えをおもしろがるアーカートに、おれはゆうべ呑み屋から輿を使わなかったかと訊いた。

「もちろん使ったとも。前をかついでいたのはきみの友人だった」

「ミスタ・マック？」アーカートはうなずいた。「不審な男を見かけませんでしたか？」おれは使いの者の風体を説明した。アーカートは首を横に振った。

「昨夜、キャディがひとり殺されたと聞いた」アーカートは言った。「街ネズミの力では裁きの場に誰かを引っぱり出すのは無理だと、街じゅうのみんなが思っておるようだ」そう言って彼は秘密めかしておれに顔を近づけてきた。「きみは正義を求めているのかね、カリー？」

「自分でもなにを求めているのかわかりません」

嘘だった。とりあえずいまは、ミスタ・マックを求めていた。

おれはギズボーンをアーカートのもとに残し、ザ・クロスでマックを見つけた。

「ああ」彼は言った。「そいつが入ってくところを見たぜ。唇が分厚くて、眉と眉がくっついてる野郎だ」

「前にも見たことがあるか？」

マックはうなずいた。「でもこのあたりじゃない。ノース・ロッホの反対側だ」

「新市街で？」マックはうなずいた。「なら、その場所に案内してくれ」

マックと相棒の輿かつぎはおれを乗せ、工事現場のほうに向かって急な坂道をくだった。そう、工事現場だ。プリンシズ通りとジョージ通りは完成していたが、さらなる道が人の手で作られつつあった。ちょうどその頃は、のちにシャーロット広場となるものの工事が進行中だった。おれたちはわかりやすい道を使った。つまり、トリニティ病院、カレッジ教会《カーク》を過ぎ、そのままプリンシズ通りに入るのだ。ノース・ロッホを運河か整形庭園《フォーマル・ガーデン》に変えるという計画もあるが、いまのところ、ここはただのはきだめだ。おれはそっちには目を向けず、哀れなドライデンのことを思い浮かべないようにした。ノース・ロッホが旧市街とぶつかるところにザ・マウンドと呼ばれる塚がある。いまにも崩れそうな瓦礫の山にうってつけの名だ。

「ずいぶん変わったな、だろ、カリー？」ミスタ・マックがおれに呼びかけた。「じきに旧市街には、あんたやおれみたいな連中の仕事はなくなるぜ」

彼の言うことには一理ある。すでに貴族階級は旧市街を見限っていた。彼らが住んでいた豪勢な屋敷にはいま、車大工や靴下屋や教師が住んでいる。貴族たちが住んでいるのは、野蛮な烏合の衆からほどほどの距離を保てる新市街だ。つまり、すでに基盤は築かれつつある。新市街の基盤だけではない。旧市街消滅の基盤も。

ジョージ通りに入ったところで輿が止まった。「やつを見かけたのはここだ」ミスタ・マックは言った。「まるでここはおれ様のものだと言わんばかりに、通りを闊歩していたぜ」

おれは輿を降り、痣になった尻をさすった。ミスタ・マックの相棒はすでに、客になりそうな相手を見つけていた。おれは手を振ってふたりと別れた。どうしてもあの奥方と話をする必要があり、そのためにはまず彼女の使用人を見つけねばならない。だからおれは階段に腰をおろし、石や瓦礫をいっぱいに積んだ手押し車が音をたてて通りすぎていくのを見つめていた。のどかすぎる一日だった。

二時間ほどたったろうか、ようやく目指す相手があらわれた。どこの家から出てきたかはわからない。とにかく通りを歩いていく。おれは手すりの陰に身を隠し、男がプリンシズ通りに向かって歩いていくのを見定めた。そして充分な距離をおいてあとを尾けた。

男は変な歩き方をするので、あとを尾けるのは雑作もなかった。彼は旧市街のほうに坂をのぼり、ラッケンブースに向かった。やつが本屋に入ったところで、尾行をやめた。店の持ち主はミスタ・ホワイトウッド。書店主であるだけでなく、詩人であり作家でもあるとうぬぼれている男だ。音をたてぬよう店内に入ると、ミスタ・ホワイトウッドの甲高い声が聞こえてきた。彼は店の奥を向き、これまた作家を自称する輩と、本が単なる飾りでしかない連中を前に朗読している最中だった。

例の使用人はこぢんまりとした聴衆の前方へと、人をかき分けて進んでいった。ミスタ・ホワイトウッドは安定の悪い低い演壇に立ち、劇的効果をねらって片手に持った白いハンカチを振りつつ朗読していた。彼は盛りあげるためなら、手当たりしだいになんでも使った。おれは毎日のように〝徒弟《インプルーヴァー》〟、すなわち自称〝文学者〟とつきあっている。インプルーヴァーとはなにか教えてやろう。ぶらぶらする《ルーヴァー》だけのごくつぶし《インプ》だ。彼らがその骸のような体で排水溝を這いまわり、娼婦を待ち伏せし、旅行者とつかみ合いの喧嘩をしているところを、おれは何度となく見てきた。

くだんの使用人が演壇にたどり着き、書店主も相手に気がついた。朗読を中断することなく、ミスタ・ホワイトウッドはその男に書きつけを渡した。それはほんの一瞬のうちにおこなわれ、使用人は扉のほうに戻りはじめた。おれはそっとおもてに出て身を隠し、使用人が裁判所に行くらしく向きを変えたのを見届けた。

おれはやつを追って裁判所の中に入った。やつを追ってとある法廷に入った……そこでふと足を止めた。

絞首刑好きで知られるブラクスフィールド卿が審理していた。判事は鬘姿で大きな椅子に腰かけ、オート麦のビスケットをクラレットにひたし、大きな音をさせてビスケットを吸いつつ、被告人をにらみつけていた。被告人は全部で三人いて、議会改革を訴える民衆大会の首謀者として、反政府行為の容疑をかけられていた。当時、エジンバラで下院議員の選挙権を持つ者は、ほんの三十人ほどだった。そこにいるけしからん三人は、その制度やその他もろもろを変えようと望んだのだった。

おれは陪審員に目をやった――ブラクスフィールド卿みずからが選んだにちがいない面々だ。被告人は鞭打ちの刑を受け、そのあとオーストラリアのボタニー湾に流刑となるはずだ。傍聴人はみな落ち着きがなかった。傍聴席と判事席の間に衛兵がいた。使用人はその衛兵のひとりにうながされ、ミスタ・ホワイトウッドの書きつけをブラクスフィールド卿に渡した。それからそそくさとまわれ右し、別の扉から出ていった。おれがあとを尾けようとしたそのとき、首吊り判事がおれを見咎めた。

「カランダー、判事席に来るように！」

おれは唇を噛んだが、ブラクスフィールド卿に刃向かうほど馬鹿じゃない。たとえそれで標的を見失うことになるとしても。衛兵がおれを通した。被告人のそばを通るとき、顔を見ないようにした。

「はい、裁判長？」

ブラクスフィールド卿はまたもあのおぞましいビスケットを齧った。そうとう聞こし召している様子だ。「カランダー、おまえはこの街で札つきの嘘つきで不作法な男だ。そうであろう？」

「上には上がおります、裁判長」

判事は高笑いし、濡れた唇についたビスケットのくずを飛ばした。「だが、教えてもらえんか。反逆の罪を犯した輩を、おまえなら生かしておくだろうか？」

おれは背中に三組の目を感じ、思わず息を呑んだ。「その者の動機はなにかと自問することでしょう」

ブラクスフィールド卿が判事席越しに身を乗りだしてきた。彼は異論の余地なく醜怪で、夜の闇のような目をしていた。七十歳を越え、変人ぶりにますます拍車がかかっている。彼はこの街の法律そのものだ。「ならば、この鬘をかぶっているのがわしであって、おまえではなくてよかったわい！」判事は金切り声をあげた。そして指を左右に振った。爪がはなはだしく伸び、手入れの必要がある。「用心せねば、おまえもいつかはオーストラリア送りになるぞ。さあ、出ていけ。わしにはまだなさねばならぬ正義がある」

ブラクスフィールドと〝正義〟の絆がゆるんでから、もうずいぶんたつ。

おもてに出ると、例の使用人はとっくにいなくなっていた。不運と法廷の両方を呪いつつ、おれはキャノンゲイト街に向かった。

奥方が求める本の探索のためミスタ・マックを雇い、くれぐれも用心するようにと言い聞かせ、ドライデンが死んだことを説明した。ミスタ・マックは警察に報告したらどうかと言ったが、すぐに自分の言っていることに気づいた。警察など、香りをつけたハンカチで水痘を予防する程度の力しかなく、おれたちはふたりともそのことをよくわかっていた。

おれは呑み屋に腰を落ち着け、牡蠣を食べた。大学の下見に出かけていたギズボーン旦那もあとから同席した。

「何事も終わればすべてよしだ」というのが旦那の意見だった。おれは牡蠣の肉汁を最後の一滴まですすって皿をおいた。「大蛇の話をしたのを憶えてますか、旦那？」

旦那の目は赤く、顔は暴飲暴食がたたってむくんでいた。旦那はうなずいた。「実は」おれは慎重に話をつづけた。「ひょっとしたら、おれが思ってる以上に地表から深くないところにいるかもしれないんですよ。ちょいと表面をこすれば、顔を出すかもしれませんぜ。一杯やってご機嫌なときも、それをお忘れなきように」

旦那はわけがわからないという顔をしたが、もう一度うなずいた。そこでなにか思い出したらしく、革鞄に手を入れた。そしておれに紙包みを渡した。

「カリー、こいつをどこか安全なところにしまっておいてくれないか？」

「なんです、これは？」

「一日かそこら、わたしのために預かってくれればいい。やってくれるね？」

おれはうなずき、包みを足元においた。ギズボーンはひどく安心した顔になった。そのとき呑み屋の扉が内側に勢いよくあいて、アーカート一行があらわれたと思うと、ギズボーンを連れ去った。おれはワインを飲みほし、自分の部屋に帰ろうと歩き出した。

半分ほど行ったところで、おれの部屋の二階下に一家で住んでいる仕立て屋とばったり会った。

「カリー」仕立て屋が言った。「男たちがあんたを探してるよ」

「どんな男たちだい？」

「あんたを見つけられそうにない連中さ。階段で待ちかまえてて、そこから動こうとしない」

「教えてくれて感謝するぜ」

仕立て屋はおれの腕をつかんだ。「カリー、商売あがったりなんだ。あんたの顧客の何人かに、おれのところの服地がどんなに質がいいか、ちょっと話してくれたら……」

「まかせとき」おれは坂をのぼってザ・クロスに戻り、そこでミスタ・マックを見つけた。

「ほらよ」おれは彼に包みを渡した。「預かっててくれ」

「どうかしたのか？」

「わからん。どうも、思った以上にまずいことに足を突っこんじまったみたいだ。例の目録についてなにかわかったか？」

マックは首を横に振った。別れ際、彼は不安そうだった。自分の身ではなく、おれの身を案じてのことだ。

おれはさらに坂の上、すなわちエジンバラ城をめざした。キャッスル・ヒルの下方には、その昔、この街が略奪されたときに市民が隠れたという地下墓地がある。そこにはいまも、エジンバラの最貧民が住んでいる。そこなら安全だろうと、おれはものめずらしげな敵意ある視線からできるだけ顔を隠しつつ、トンネルに入り光の射さないほうに進んだ。

探していた相手は、膝に手をおき、湾曲した壁にもたれるようにすわっていた。そうやって何時間でもすわって、瞑想していられそうに見えた。その巨漢の男は、身の丈に匹敵するほどの武勇伝を持ち合わせていた。彼は治安攪乱者、すなわち民衆扇動家であり、海賊であり密輸業者でもあるというのがもっぱらの噂だった。まず間違いなく人を殺したこともあるだろうが、最近はおとなしいようだ。その名をオーモンドといった。

彼はおれが真向かいにすわるのを、まばたきひとつせずに見ていた。

「困っているようだな」彼はようやく口をひらいた。

「でなきゃ、こんなところに来るはずないだろう？　今夜寝る場所がいる」

彼はゆっくりとうなずいた。「寝る場所は誰もが必要とするものだ。ここなら身の危険はない、カランダー」

確かにそうだった。

だが翌朝はやく、オーモンドに揺り起こされた。「おもてに男が何人か来ている」彼は声をひそめ強い調子で言った。「おぬしを探しておるぞ」

おれは目をこすった。「他に出口はあるのか?」

オーモンドはかぶりを振った。「この迷路をもっと先に進めば、一生ここから出られまい。この穴はキャノンゲイト街よりも深いのだ」

「敵は何人だ?」おれはすっかり目が覚め、立ちあがった。

「四人」

おれは片手を差し出した。「短剣をよこせ。対決する」

本気だった。体じゅうが痛く、いらだち、逃げまわるのに疲れていた。だが、オーモンドは首を横に振った。

「わしにもっといい考えがある」

彼はおれを従え、トンネルの入り口に向かった。外界が近づくにつれ、トンネル内の人の数が多くなった。前方から追っ手の声がした。ひとりひとり顔を調べては、別人だとわかるといらだちの声をあげている。オーモンドは肺いっぱいに空気を吸いこんだ。

「トウモロコシの値があがるぞ!」彼は腹の底から声を出した。「新税だ! 新法だ! みなの者、ザ・クロスへ急げ!」

怒声があがり、人々がどうにかこうにか立ちあがる。オーモンドは暴徒をけしかけようという腹だ。エジンバラの暴徒は見事のひと言につきる。通りで暴れまわっていたかと思うと、次の瞬間には物陰にまぎれていなくなる。過去にもポーティアス暴動があり、反カトリック暴動があり、値上げ反対暴動があり、革命賛成暴動があった。そのたびに圧倒的多数の者は逮捕をまぬがれた。暴徒は一瞬にして湧き、一瞬にして鎮まる。あのブラクスフィールド卿でさえ暴徒を怖れていた。

オーモンドはおれの前に立ち、声を張りあげていた。おれは単なる貧民のひとりにすぎない。そうやって追っ手のわきを通りすぎた。連中は大騒動のさなか、茫然と突っ立っているだけだった。群衆がローンマーケットに到着するやいなや、おれはオーモンドに感謝のしるしに手を振って、一団から離れ、路地に入り、またひとりになった。

だが、それも長くはつづかなかった。ラッケンブースを過ぎたあたりで、また例の使用人を見つけた。今度は見失うものか。彼は、じきに馬車が通れるほど拡幅される予定のジョーディ・ボイド散歩道を、プリンシズ通りに向かって歩いていた。プリンシズ通りを横切り、ジョージ通りに向かった。そしてようやく、階段を降り、勝手口からとある屋敷に入っていった。おれは輿かつぎを呼びとめた。どっちのかつぎ手もミスタ・マックを通じて知っていた。

「あの屋敷かい？」ひとりがおれの質問に答えた。「ロンドンに行かれるまではソープ卿のものだった。とある書店主が卿から買ったそうだよ」

「ミスタ・ホワイトウッドかな？」気軽な調子で訊いてみた。輿かつぎはうなずいた。「実を言うとその紳士のことはよく知らなくてね。結婚してるのかい？」

「ああ、結婚してるけど、あんたが知らないのも当然さ。奥さんのほうはめったに見かけないんだから。だろ、ドナルド？」

「見ないね、めったに見ない」もうひとりの輿かつぎも同意した。

「どうしてだろう？　奥さんは水疱かなんかを患ってるのかい？」

その非難がましい物言いにふたりは笑いだした。「そんなこと、おれたちにわかるはずないじゃないか」

おれも笑い、礼を言って別れた。それから屋敷の玄関まで行くと、礼儀正しくしっかりとノックをした。

扉をあけた使用人はお仕着せ姿だった。彼は驚いたようにおれを見た。

「こちらの奥様に話があると伝えてくれ」おれは刺々しい口調で言った。

使用人はどうしたものか決めかねる様子だったが、おれは彼のわきをすり抜け、壮麗な玄関広間に入った。

「ここで待て」使用人は吐き捨てるように言うと、玄関扉を閉め、別の扉をあけた。「お会いになるか奥様に訊いてくる」

おれは応接室を一周した。まるで博物館《エグジビション》を見てまわるような気分だった。と言っても、おれが行った唯一の見せ物《エグジビション》は、日曜の午後のベドラムだけだ（ベドラムでは患者を見せ物にして金を取っていた）。そのときは友だちの見舞いに行ったのだった。

扉があき、この家の奥方がさっそうと入ってきた。頬のあたりをやけに厚塗りし、赤らみ——気恥ずかしさによるものか、それとも怒りによるものかはわからぬが——をごまかしていた。彼女がおれの視線を避けたおかげで、こっちはとっくりと観察させてもらった。年は二十代半ばで、背は低くなく、容姿もいい。唇はぽってりと赤く、目つきはきついがおれには魅力的に思えた。極上の女と思ったが、口をひらくと声ががさつで、どういう素性かとおれは首をかしげた。

「どんなご用ですの？」

「どんな用だと思いますか？」

奥方は美しい小像を手に取った。「前にもお会いしたことがありまして？」

「あるはずです。トルブース監獄の外でお会いしました」

彼女はそれを否定するような高笑いを繕った。「確かですの？　そんなところ、行ったことがありませんわ」

「あの中の様子などごらんになりたくはないでしょう、奥様。ですが、いつまでもそのような態度を通されるなら、ごらんになるはめになりますよ」

どんなに白粉を塗りたくったところで、彼女の顔の赤らみは隠せなかっただろう。「よくもまあ、のこのことここに来れたものね！」

「わが身が危険にさらされておりますものでね、奥様」

それを聞いて奥方は黙った。「どうして？　なにをしたのです？」

「奥様に依頼されたこと以外はなにも」

「例の本を見つけたのですか？」

「まだです。実はいただいた手数料をお返ししようかと思いましてね」

おれが言わんとすることを彼女は悟り、茫然となった。

「でもあなたの身が危険だからといって……断じてわたくしとは関係ありません！」

「そうでしょうかね？　すでに男がひとり死んでいるのですよ」

「ミスタ・カランダー、たかが本一冊ですよ！　そんなもののために人殺しなど誰がするものですか」

おれはもう少しで彼女の言うことを信じそうになった。

「奥様はなぜあの本がほしいのです？」

彼女は顔をそむけた。「あなたが気にすることではありません」

「おれがいちばん気にしているのは、自分の首ですよ、奥様。なんとしてでも守ります」

「もう一度言います。あの本を探すことで身の危険などあるはずありません。命が危ないのなら、別の理由があるはずです」彼女はおれをにらみつつそう言った。おれは確信した。ドライデンの死も、ブラクスフィールド卿の脅しも、おれを追っている連中も、この奥方とはなんの関係もないのだと。奥方はおれの心の変化を見てとり、燦然たる笑みを浮かべた。その笑顔におれは魅了された。

「さてお帰りください」彼女はそう言い捨て、部屋を出て階段をのぼりはじめた。使用人が玄関扉のそばで、いつでも出ていけるように扉を押さえて待っていた。


頭の中で疑問が渦巻いた。はっきりわかっているのは、おれはもう逃げ隠れするのが嫌になったということだけだ。パン屋が浮浪者に投げてやるパンくずのような生焼けの計画を胸に、おれは旧市街に引き返した。

魚売りの女たちを手始めに、街じゅうにとある作り話をばらまいた。それからザ・クロスに行き、これはと目をつけたキャディや輿かつぎに耳打ちした。話はやがて呑み屋にも食堂にも広まり、おれは嬉々としてグラス一、二杯のワインで重労働をねぎらった。

作り話が充分広まると、おれは下宿に戻って藁の寝床に横になった。誰も階段で待ち伏せしていなかった。いくらかは眠れたように思う。次に天窓から外を見たときは、すでに暗くなっていた。おれが広めた話というのは、ドライデンを殺した犯人をおれが知っていて、いまはただ街ネズミに通報する頃合いをはかっているだけだというものだった。はたしてこの罠に引っかかってくるやつがいるだろうか？　わからない。おれはふたたびうつらうつらしはじめたが、階段をのぼってくる足音で目をあけた。

この屋根裏部屋に通じる階段はもろく、歩き方に注意する必要がある。おれを訪ねてきた人物――おそらく男ひとりと思われる――は、なかなかうまくやっていた。おれは寝床の上に起き直り、扉があく様子をじっと見ていた。深い闇の中、人影が部屋に入り後ろ手にドアをきちんと閉めた。

「邪魔をするぜ、カリー」

おれは出ない唾を呑みこんだ。「なるほど、噂は本当だったのか、ディーコン・ブロディ」

「本当も本当だ」彼はそう言いつつ、さらに近づいてきた。顔はほとんどわからない。かなり老けていて、かなりやつれた感じで、鬘をかぶっておらず、紳士らしいところなどどこにもなかった。右手に細身の短剣を握っていた。

「絞首台からうまいこと逃げたんだよ、カリー」彼は昔と変わらぬ傲慢な口調で言った。

「でも、おれはあの場にいたぞ。おまえが落ちるのを確かに見た」

「そして、おれの息がかかった連中が縄を切り、おれを運び出すところも見たよな」彼はわずかに残った歯を見せて笑った。「木でできた首輪が喉を守ってくれたのさ、カリー。おれが自分で発明した代物だ」

そう言えば、こいつの首には赤い絹の布がこれ見よがしに巻かれていた。噂では、女の崇拝者から贈られたものということだった。あれは仕掛けを隠すためのものだったのだ。

「ずいぶん長いこと隠れてたんだな」おれは言った。短剣はおれからほんの数インチのところにあった。

「エジンバラを離れたんだよ、カリー。かれこれ五年半も遠いところに身を隠していた」

「なぜ戻ってきた？」どうしても短剣から目が離せなかっ

た。

「それはな」ブロディはおれの考えていることを読みとった。「おれが死んだと宣言した医者と、おれを埋葬することになってた棺桶職人のためさ。目撃者を生かしておくわけにはいかないんでね……今はな」

「じゃあ、他のふたりはどうしてなんだ。ドライデンやハウイスンとかいう男は？」

「ふたりともおれの正体に気づいたからさ、ざまあみろってんだ。すると今度はおまえがあちこち嗅ぎまわりはじめた。見つかりはしなかったがな」

「でもなぜだ？ なぜ戻ってきた？」

いまや短剣はおれの喉に触れていた。おれは寝床の隅に背中を押しつけた。これ以上逃げられない。「どうしても帰りたくなったんだよ、カリー。あらがえない誘惑ってやつだ。あの王宝のせいだ」

「なんだと？」

彼の声が熱を帯びたささやきに変わった。「王宮にある例の櫃だよ。あの中身をいただく。おれの最後にして最高の盗みだ」

「ひとりでか？ 無理だ」

「いや、ひとりじゃない。強力な助っ人がいる」彼はにやりとした。「ブラクスフィールド卿もそのひとりだ。やつは王宝が盗まれれば、スコットランド革命に火をつけられると信じている。だが、それくらいのことはおまえも知ってるはずだ、カリー。おまえがブラクスフィールド卿を見張ってたのはわかってる。おまえがホワイトウッドの店にいたのもわかってる」

「ホワイトウッドも関わってるのか？」

「わかってるだろ、あいつは夢見る愚か者さ」短剣の切っ先が肌に食いこんだ。血が喉を伝い落ちていくのがわかる。次になにか言えば、それがおれの最後の言葉になるかもしれない。思わず声をあげて笑いたくなった。ブロディの推理はとんでもなく間違ってる。なにからなにまで間違ってる。ふいに階段で物音がして、ブロディが振り返った。おれの短剣は太腿のすぐ下に隠してあった。それを片手でつかみ、もう一方の手でブロディの短剣と格闘した。

ドアをあけたギズボーンは、目の前の光景に一瞬にして酔いから醒めた。

ブロディは身を振りほどき、若いイングランド人と対決するべく振り向いた。短剣をかまえたが、まだ態勢は充分整っていなかった。ギズボーンはためらいなくブロディを突き刺した。ブロディはその場に凍りついたように立っていたが、やがて膝をつき、鈍い不気味な音をたてて頭から床に倒れた。

ギズボーンはと見ると像のように固まっていた。広がっていく血の海をただ見つめているだけだった。

おれはすぐさま立ちあがった。「どこでその剣を手に入れたのですか?」おれは啞然として訊いた。

ギズボーンは唾を呑みこんだ。「きょう買ったばかりだ。きみの助言に従って」

「おかげで命拾いしましたよ、旦那」おれはブロディの亡骸を見おろした。「だが、なぜここに?」

ギズボーンはようやくわれに返った。「きみが本を探していると聞いたものだから」

「ええ、探していました。それがどうしたんです?」おれたちふたりの目はブロディを見つめていた。

「その本ならいまわたしの手元にあると言おうと思ってね。いや、手元にあったと言うべきか。アーカート弁護士さんがわたしによこしたのだ。必ずやとても役に立つと言って……この男は何者なんだ?」

おれは質問を無視して旦那をにらみつけた。「旦那が本を持ってるんですか?」

彼は首を振った。「下宿のおかみに見られたら困るので、部屋においておく勇気はなかった」

おれは目をぱちくりさせた。「あの紙包みが?」ギズボーンはうなずいた。おれは馬鹿を見た気分だった。しかし、ブロディの死体を始末するのが先だ。この件、すなわちブロディの二度目の死を当局に報告したところで、なんの得にもならない。ギズボーン旦那は痛くもない腹をさぐられるだろうし、若いイングランド人が公平な尋問を受けられるとも思えない。ましてや判事席にいるのがあのブラクスフィールド卿とあってはなおさらだ。絶対にだめだ、死体はこっそり始末しなくては。

おれはうってつけの場所を思いついた。

ミスタ・マックの手を借り、輿にブロディの死体を乗せて新市街まで運んだ。前屈みになった死体は、どこから見ても立派な眠っている酔っぱらいだ。

シャーロット広場に着くとできたての基礎を見つけ、そこにディーコン・ブロディの亡骸を埋めた。埋め終える頃には三人とも汗びっしょりだった。おれは大きな石の上に腰をおろし、額をぬぐった。

「さて、わが友よ」おれは言った。「おれたちのおこないは正しくふさわしいことだ」

「と言うと?」ギズボーンが息をはずませながら訊いてきた。

「旧市街には旧市街の大蛇がいる。そしてこれで、新市街にも大蛇がいることになった」おれはギズボーンが上着をはおるのを見ていた。銀ボタンがついた薄青色の外套だ。血痕と、おまけに泥もついていた。

「知り合いに仕立て屋がいます。納得できる金で新しいものを仕立ててくれるでしょう」

翌朝、体を洗いこざっぱりと着替え、おれは奥方の家にふたたび出向いた。使用人の鼻先で紙包みを振ると、やつは急いで二階にあがっていった。

奥方はすぐ降りてきたが、おれのことなど眼中になかった。彼女の目はひたすら本に向けられていた。本? ぼろぼろの小冊子に毛が生えた程度のもので、ページは何度もめくられた痕があり、欄外には記載に関してあれこれ書き込みがあったり、新しい項目がつけくわえられたりしていた。おれはそいつを奥方に渡した。

「奥様がお探しの項目はうしろのほうにあります」奥方ははっとした。「思うに奥様は、その本で紹介されている仮面の淑女とやらではありませんかね? 昼間の逢い引き専門で、いつも仮面をつけ、ささやくような声で話すというレディでは?」

奥方は頬を紅潮させ、本を引き裂き、紙片をばらまいた。

「床を掃除したほうがよろしいですよ。ご主人のミスタ・ホワイトウッドに見つかったらことだ。理由はそれだったのですね？　ご主人は名の知れた女たらしだ。仮面の淑女の項をご主人が読み、会ってみたくなるのは時間の問題だった」

奥方は部屋の天井蛇腹を調べるように、顔をつんと上向けていた。

「わたくしは恥じてなどおりません」

「ええ、恥ずべきことではありません」

奥方はおれがからかっていると思ったようだ。「ここでのわたくしはまるで囚人です。人形ほどの生きがいもないのです」

「だから、こんな形であなたなりの復讐をしたわけだ？　わかりますよ、奥様。ですが、これだけは憶えておいてくださいよ。あなたのせいでふたりの男が死んだ。直接の原因ではないにせよ、ふたりにとってそれはどうでもいいことだ。死んで当然なのはそのうちのひとりだけです。もうひとりは……」おれは最初の晩に奥方がくれた硬貨の入った巾着をじゃらじゃらいわせた。「この金でその男の葬式を出してやります」

そしておれはいとまを告げ、工事と商売で騒がしい、まばゆいばかりの新市街をあとにした。好きなだけ立派な建物を造るがいい。だが、そんなものでは汚いものを消し去ることはできない。ほんものの街、すなわち旧市街を、おれが知り尽くしている街を消し去ることはできない。呑み屋に戻ると、ギズボーンとマックが待っていてくれた。

「決めたよ」若き旦那は言った。「医学でなく法律を学ぶことに、カリー」そう言って旦那はおれに飲み物を注いでくれた。「エジンバラにはもうひとり法の専門家が必要だ、そうは思わんか？」

ブラクスフィールド卿の顔が思わず頭に浮かんだ。「もう一度ペストが流行する必要があるのと同じですな、旦那」

だがそれでもおれは、旦那に乾杯した。

サンタクロースなんていない
—リーバス警部のクリスマスの物語—
No Sanity Clause
延原泰子訳

すべてはエドガー・アラン・ポーが悪いのだ。じゃなかったら、スコットランド議会のせいだ。ジョウイ・ブリッグスはクリスマス前の時期を、もっぱら十二月のエジンバラの寒風を避けることに専念していた。実はある日、ジョージ四世橋を歩いていたら、浮浪者が中央図書館にとぼとぼと入っていくのを見た。ジョウイはためらった。自分は浮浪者ではない、少なくとも今のところは。スコットランド議会議員スカリー・エイチスンの意見が通ったら、まもなく自分もそうなるだろうが、今はワンルーム・アパートに住んでいるし、国からわずかばかりの金を支給されている。ただし、クリスマスの時期ほど金が欲しく思えるときはないのだ。街のショーウインドウはどれも魅力的な飾り付けをしている。ＡＴＭには行列ができている。子どもたちは親の袖を引いて、追加のプレゼントをねだろうとしている。恋人のいる若者は金のアクセサリーを買っており、家族連れはカートに食料品を山積みにする。

　ところがジョウイはと言えば、出所後九週間目であり、友人と呼べる人間もいない。故郷に戻ったって、待っている者は誰一人いないのだ。妻は子どもを連れて、彼の人生からいつのまにか消えてしまった。ジョウイの姉が服役中の彼に、手紙でそのことを知らせてきた。だから十一カ月の刑期後にソットン刑務所から出所した彼は、そのまま市の中心部へ向かうバスに乗り、夕刊を買って、住むところを捜し始めた。

　今のワンルーム・アパートに文句はない。それはサウス・クラーク・ストリートを入ったところにある、アパートの地下四部屋の一つで、キッチンとバスルームは共用となっている。ほかの男たちは勤労者で、彼らとの間にあまり会話はない。ジョウイの部屋には硬貨挿入式のガスストーブが付いているのだが、一日中暖房し続けると金がかかりすぎる。キッチンのこんろを点火してそこに座っていたら、家主に見つかってしまった。次は風呂に熱い湯をたっぷり入れて温もろうとしたのだが、バスタブに半分ほど湯が入ると、あとは水しか出なくなった。

「仕事を捜したらどうなんだ」と家主に言われた。

　前科者には、そんなに簡単に見つかりはしないのだ。仕事の口は警備関係か夜警が多い。そんなところを希望したって、うまくいくはずがなかった。

　ということで、浮浪者のあとをついて図書館へ入るのは、なかなかいい考えだった。受付の警備員はじろりと彼を見たものの、何もとがめなかった。ジョウイは書棚の前をぶらぶら歩き、本を一冊選んで椅子に座った。それで何の問題もなかった。彼は図書館に通うようになり、図書館員も彼の顔を覚えて軽く会釈したり、ときには笑顔を添えてくれるようになった。彼はいつも見苦しくない服装を心がけていたし、一部の老人のように眠りこけることもなかった。ほぼ一日中、小説や伝記やテキストを次から次へと読んで過ごした。郷土史、配管工事、ウィンストン・チャーチル、ナイジェル・トランター（スコットランドの小説家）、ナショナル・トラストの庭園などの本だ。だがクリスマスの期間は図書館が閉館するのを知っていたので、その間どうしようかと思っていた。本を借り出したことは一度もなかった。自分の名前が何らかのブラックリストに載っているのではないかと恐れているからだ。押し込み強盗の前科者、こそ泥、貸し出しを許可できない人物として。

　ジョウイはプリンシズ・ストリート・ガーデンズの向こうに聳えるエジンバラ城を見晴らせるような高級ホテルで、クリスマスを過ごしたいなあと思った。ルームサービスを注文して、テレビを見るのだ。風呂には入り放題。服はホテルが洗濯して、部屋に届けてくれる。自分のために買うクリスマスプレゼントを思い描いた。CDプレーヤーのついた大きなラジオ、新しいシャツを数枚と靴一足。そして本。本をたくさん。

　その夢想と現実の見境がつかなくなるうちに、いつのまにか図書館内でまどろんでおり、読んでいた本の頁に頭をごつんと打ちつけて、はっと我に返った。文字に神経を集中しようとしたが、またしても温かい眠りに誘われていった。

そんなときにエドガー・アラン・ポーに出会った。

それは詩や短篇を集めた本で、その中に「盗まれた手紙」が入っていた。ジョウイはその短篇小説が気に入った。何かを隠すときに、皆の目の前に置くとは、なんと賢いやり方なんだろうと感心した。場違いに見えない物は、誰の注意も惹かないのだ。ソットン刑務所に詐欺罪で服役していた男がいた。その男が教えてくれた。「三点セットだよ、背広、びしっと整った髪、高級時計の。その三つさえ揃っていたら、びっくりするぐらい簡単に騙せるさ」カモの客は目に快いもの、期待どおりのものを見て、その男を信用したのだった。目の前にぶらさがっているにもかかわらず、カモの客が見なかったもの、それは彼らの蓄えを大きく食いちぎろうとしているサメの姿だった。

ジョウイはポーの短篇小説に目を戻しながら、ある考えを思いついた。実に妙案だと思えるものを考えついた。ただし、詐欺師が〝新規事業開設資金〟と呼んでいたもの、つまりは少々の現金が必要だった。顔を上げると、開いていない新聞を前に、椅子でだらしなく眠りこけている老いた浮浪者が見えた。ジョウイは周囲を見回した。誰も見ていない。ひとけはない。クリスマスが間近だというのに、図書館へ来るような暇のあるやつはいない。彼は老人のそばへ歩み寄り、その男のコートのポケットに手をすっと入れた。硬貨と紙幣が手に触れたので、それを摑んだ。かたわらの新聞に目を落とすと、スカリー・エイチスンの政治キャンペーンの記事が載っていた。エイチスンは犯罪者をすべて一つの登録簿に記載し、それを公開すべしと主張しているスコットランド議会議員だ。善良な市民には隣に住む者が泥棒なのか、殺人犯なのかを知る権利があるというのだ。窃盗と殺人は同列だとでも言うのか！　エイチスンの小さな写真も載っていて、眼鏡をきらめかせながら、自信に満ちた笑みを浮かべていた。エイチスンの主張が通ったら、ジョウイは二度とこの生活から浮かび上がれない。

ただし自分の計画がうまく運んだら話は別だが。

ジョン・リーバスは自分のガールフレンドがサンタクロースとキスしているのを見た。プリンシズ・ストリート・ガーデンズにドイツ物産マーケットができている。そこでリーバスはジーンと待ち合わせをしていた。だが赤い服、黒い長靴、雪のような髭を着けた男とジーンが抱き合っているとは、予想もしていなかった。リーバスが近づく間に、サンタは抱擁を解いて離れていった。ドイツ民謡がやかましく鳴っていた。ジーンはびっくりした顔をしていた。

「何だったんだい？」リーバスがたずねた。

「わからない」ジーンは遠ざかる姿を見つめていた。「たぶん、お祭り気分で浮かれすぎていたんじゃないかしら。いきなりやってきて、わたしに抱きついたのよ」リーバスは追いかけようとしたが、ジーンが押しとどめた。「いいじゃないの、ジョン。親愛の情を示す季節なんだし」

「れっきとした暴力行為だよ、ジーン」

彼女は笑い声を上げ、落ち着きを取り戻してきた。「サンタクロースを署にしょっぴいて拘置するつもり？」とリーバスの腕を撫でながら言う。「このことはもう忘れて、ね？　あと十分経ったら楽しいことが始まるわ」

リーバスは今夜が楽しいことになるのかどうか、確信が持てなかった。犯罪や悲惨な事件にどっぷりと浸かった毎日を過ごしている身なのだ。ミステリ・ディナーなるものが、大きな息抜きになるとはあまり思えなかった。それはジーンの提案だった。道路の向かい側にホテルがある。そこでディナーの参加者は、自分の扮する人物名を記した封筒を渡される。死体が見つかり、全員が探偵になるという趣向だ。

「きっと楽しいわよ」ジーンがきっぱりと言い、先に立ってプリンシズ・ストリート・ガーデンズを出て行った。彼女は買い物の紙袋を三つ持っている。そのどれかはおれへのプレゼントだろうか、とリーバスは思った。ジーンはクリスマスに欲しいものをいくつか挙げてちょうだい、とたずねてくれたが、これまでのところ、リーバスが思いついたのはスコットランドのロックグループ、ストリング・ドリヴン・シングのCD二枚だけだった。

ホテルに入ってみると、〝ミステリの夕べ〟は中二階で行なわれるようだった。もうすでに客の大半が集まっていて、カバを飲んでいた。リーバスはむだとは知りつつビールを頼んだ。

「カバは料金に含まれております」ウエイトレスが言った。ヴィクトリア朝時代の衣装を着た男が、名前を確かめては袋を渡していた。

「中に」と男がリーバスとジーンに教えた。「説明書、当人だけしか知らない秘密の手掛かり、あなたの名前、衣装一点が入ってます」

「あら」とジーンが言った。「わたしは少女ネル（『骨董屋』に出てくる女主人公）だわ」ボンネットを頭にかぶった。「あなたは、ジョン？」

「ミスター・バンブル（『オリヴァー・ツイスト』に出てくる教区吏員）」リーバスが名札と黄色いウールのマフラーを取り出すと、ジーンが首に巻くようにと迫った。

「ディケンズがテーマなんですよ、クリスマスなんでね」主催者はそう明かしてから、ほかの客に袋を渡すために歩み去った。皆少々照れていたものの、ほとんどの者がせいいっぱい楽しげに振る舞おうとしていた。ディナーでワインを二杯ほど飲んだら、きまじめなエジンバラ人のたがも必ず緩むにちがいない、とリーバスは思った。見覚えのある顔も二人ほどいた。一人は記者で、ボーイフレンドの腰に腕を巻いていた。もう一人は夫人とおぼしき女性を連れた男である。自分は有名人だぞと言わんばかりの表情を浮かべている。妻はブロンドの小柄な女性で、夫よりも十歳は若く見えた。

「あれは議員じゃないの？」ジーンが囁いた。

「スカリー・エイチスンだよ」リーバスは教えてやった。

ジーンは説明書を読んでいた。「今夜の被害者はエベニーザー・スクルージ（『クリスマス・キャロル』に出てくる守銭奴なる男）だわ」ジーンが言った。

「で、きみがそいつを殺したの？」

ジーンがリーバスの腕をぶった。リーバスはにやりとしたが、視線は議員から離れなかった。エイチスンの顔はてらてらと赤い。きっと昼食時から飲み続けているのだろう。

会場に響き渡るような大声で、今夜はカトリオーナとここに泊まることにしたので、選挙区まで車を運転して戻らなくてもいいんだ、と議員が皆に吹聴していた。

中二階のロビーはごった返していた。食事を取る部屋はすぐ右手にあるが、まだドアが閉まっている。参加者があなたは誰に扮しているのか、と口々にたずね合い始めた。名札にミス・ハヴィシャム（『大いなる遺産』に出てくる女性）と記してある年配の女性が近寄ってきて、ジーンに少女ネルのことをたずねている間に、リーバスは赤い服の男が階段を上がってきたのを見た。そのサンタは軽くふくらんだ袋を持っている。サンタが客の間を横切ろうとしかけたとき、エイチスンが押しとどめた。

「おまえだ！」議員が大声を上げた。「おまえがスクルージを殺した。なぜなら彼は隣人に対して冷酷無情だからだ！」エイチスンの妻が助けにやってきて、夫を連れ去ったが、サンタの視線は夫婦の後ろ姿を追っているように見えた。サンタがリーバスの横を通るとき、リーバスはサンタを見据えた。

「ジーン」とリーバスはたずねた。「あの男だったんじゃないのか……？」

ジーンにはサンタの後頭部しか見えなかった。「サンタはどれも皆同じように見えるわ」

サンタは上への階段へ向かっていた。リーバスは立ち去るサンタを見送ってから、ほかの参加者へ向き直った。参加者はてんでんばらばらの衣装を身につけていた。サンタが精神病院へ紛れ込んだように見えたのも無理はなかった。リーバスはマルクス兄弟の映画の爆笑シーンを思い出した。グルーチョは契約書にチコのサインがぜひとも欲しかった。そこでチコに〝サニティ・クローズ〟、つまり正常な精神状態であるという条項、のところに署名しろと迫った。しかし、サンタクロースと聞き違えたチコは言い返した。サンタクロースなんていないことぐらい、誰だって知ってるぞ。

ジョウイは今夜、三番目の部屋のドアをこじあけた。サンタの衣装は大成功だった。そりゃあ、暑いし着心地が悪いし、髭が首にこすれて不快だったけれど、効果抜群だったのだ！　フロントの前も階段もすいすいと通れた。これまでのところ、廊下を歩いているときに、からかいめいた声を何回かかけられただけである。客の誰一人にも何者かと咎め立てられなかった。警備員の誰一人にも疑われなかった。彼はするりと同化し、しかも皆の目の前にいたのだ。エドガー・アラン・ポーさまさまである。

貸衣装屋の女店員はサンタの袋までおまけに付けてくれて、そこに何か入れたいんでしょう、と言った。まったくそのとおり、一番目の部屋で彼はくしゃくしゃに丸めた古新聞紙を袋からほうりだして、服やらアクセサリーやらミニバーの中身を袋に詰めた。二つ目の部屋でも同じ手口を使った。まずはドアを軽くノックして無人なのを確かめ、それから錠前を壊せば、はい、一丁でき上がり。ただ問題なのは、部屋に金目のものがないことだった。貴重品はフロントの金庫にお預けください、という泊まり客への注意書が洋服ダンスにあった。それでもカメラ、クレジットカード、ブレスレット、ネックレスなど、いい収穫品をいくつか見つけた。目の中に汗が流れ落ちたが、扮装を脱ぎ捨てるわけにはいかない。妄想が頭に湧いてきた。ゆっくりと風呂に浸かりたい。ルームサービスを電話で注文したい。三番目の部屋で空室を見つけてそこにしばらく滞在したい。三番目の部屋で、彼はめまいを感じてベッドに座り込んだ。横に開いたブリーフケースがあって、書類がたくさん入っている。ジョウイの腹が鳴った。考えてみれば、昨夜〈マーズ・バー〉で夕食を食べたきりなのだ。塩味のピーナッツの瓶詰めを開け、テレビをつけてから食べ始めた。空になった瓶を置いたときに、ブリーフケースの中身に目がいった。「議事抄録……法務分科委員会……」表紙には名簿がついている。名前の一つに黄色いマーカーが塗ってあった。

スカリー・エイチスン。

下にいた酔っぱらいだ……あそこにいたやつだ！　ジョウイはさっと立ち上がり、考えをまとめようとした。ここに残っていて、議員をこっぴどく殴りつけたっていい。それとも……彼はルームサービスのメニューを取り上げ、電話でスモークサーモン、ステーキに、最高級の赤ワインとモルトウイスキーをボトルで注文した。そしてなんとも耳に快い自分の言葉に聴き入った。「それ、部屋につけておいてくれるか?」

あとはゆっくりくつろいで待った。再び書類を繰ってみた。封筒がするりと滑り落ちた。中にカードが入っており、カードに手紙が挟まっていた。

書き出しは、〝ディア・スカリー〟となっている。〝すべてが私の責任ではないと思いますが、犯罪人登録という、あなたの意見が……〟

「さっぱりわからないね」リーバスが言った。

こういう遊びに彼は無能だった。ディナーが終わり、スクルージに扮した俳優が中二階の床に長々と横たわっていた。リーバスは犯罪の解明からなるだけ遠ざかっていた。ありがたいことに、バーが開いていたので、止まり木に座って、ビールをゆっくりと飲みながら、説明書を熟読するふりをして時間を潰したのだった。ジーンはミス・ハヴィシャムにつかまり、アームチェアに身を委ねたエイチスンの妻は煙草を吸っている。エイチスン議員はと言えば、ゲームを取り仕切り、リーバスに二回も声をかけてきて、犯人だと名乗れと迫った。

「潔白です、裁判長」リーバスはそっけなく答えた。

「マグウイッチだと思うわ」ふいに息をはずませてやってきたジーンが言った。歪んだボンネットが愛らしく見える。

「マグウイッチとスクルージは刑務所で知り合いだったのよ」

「スクルージに前科があったなんて知らなかったな」リーバスが言った。

「あなたは皆に何も質問しないからよ」

「そんな必要はないからさ。きみに報告させるんだ。そういうのができる刑事なんだよ」

リーバスは元気よく歩み去るジーンを見送った。参加者四人がマグウイッチ役の気の毒な男を取り囲んでいる。リーバスも疑念を抱えていたのだが……だが、今は服役や、それが受刑者に及ぼす影響について考えていた。それは顔つきに表れるし、釈放されたとき世間にその顔つきで戻ってくるのだ。あのサンタの目にも同じ表情があった。

そのとき、サンタが袋を肩にかけて、階段を降りてきた。誰かを捜すような目つきで、中二階のロビーを歩いている。そして見つけた。スカリー・エイチスンだ。リーバスは止まり木から立ち上がり、そちらへゆっくり歩み寄った。

「今年はいい年だったかね?」サンタがエイチスンにたずねていた。

「悪くはなかったね」エイチスンはいやみな笑みを浮かべた。

「ほんとうかな?」サンタが睨みつけた。

「サンタに嘘はつかないよ」

「じゃああんたのあの案はどうなんだ、犯罪者登録制度の?」

エイチスンはとまどって、まばたきをした。「それがどうかしたか?」

サンタは紙を高く掲げ、声を張り上げた。「あんたの甥は詐欺罪で服役中だ。そのことをうまく隠したな、おい?」

エイチスンは手紙を見つめた。「どこでそれを……?どうやって……?」

記者が前へ出た。「ちょっと読ませてもらってもいいですか?」

サンタは手紙を渡し、帽子と髭をはずした。そして下の階へ向かおうとした。リーバスは行く手を遮った。

「プレゼントを渡すときだ」リーバスは穏やかに言った。ジョウイはリーバスを見て、ただちに意味を理解し、袋を肩から下ろした。リーバスがそれを受け取った。「さあ、行け」

「おれを逮捕しないのかい?」

「では誰がトナカイに餌をやるんだ?」リーバスが言った。

ステーキとワインをたらふく平らげ、だぶだぶしたポケットにモルトウイスキーの瓶を忍ばせたジョウイは、にんまりしながら外の世界へ歩み去った。

訳者あとがき

リーバス警部が登場する七篇を含む、この短篇集は、これまでの重厚な長篇とはまた一味異なり、軽やかで、変化に富み、予想を上回る楽しさに満ちていて、イアン・ランキンの豊かな才能をあらためて知らされる。むしろ短篇のほうが好み、と感じる方もおられるかもしれない。

というのも切れ味が鋭いからだ。さまざまな人生の断面を鮮やかに切り取り、簡潔な描写で登場人物のこれまでの人生を暗示しているので、読後に深い余韻が残る。しかも設定された場面の雰囲気を濃密に醸し出すイアン・ランキン作品のよさは、少しも失われていない。たとえばリーバス警部ものの短篇の一つ、「一人遊び」では、夫の介護に疲れた貧しい初老女性の暮らしぶりがありありと想像できて、胸に迫るではないか。その反対に、CWA賞最優秀短篇賞受賞作、「動いているハーバート」では、首相官邸でのカクテルパーティを描ききる、軽妙で洗練されたタッチに舌を巻かざるをえない。

短篇ミステリは、プロットの最後のひねりが醍醐味である。この短篇集には小粋なひねりや大技のどんでん返しが、いろんな趣向を凝らして用意されており、読み終えるたびにほうっと満足感のため息がもれることとなる。

リーバス警部もの以外では、枠がはずれたのびやかな感じで、さまざまなテクニックを自在に駆使しながら、それぞれの物語が展開される。一人称で語られたり、犯人の視点からの話だったり、現在形動詞を使ったり、ほとんど会話のみで物語が進行したり、舞台もエジンバラではなくロンドンだったり、そして時代もいろいろである。イアン・ランキンごひいきの歴史上の人物、ジキル博士とハイド氏のモデルと言われる、ディーコン・ブローディの活躍した十八世紀末もあれば、一九六〇年代もあるし、二十一世紀の今もある。さらに英国の最上層部から知識階級、中流階級、商人、庶民、警官や底辺でうごめく犯罪者たちに至るまで、取り上げる人々も幅広い。その点で、「新しい快楽」は、エジンバラの下町を徘徊する麻薬中毒の男から始まる人間の連鎖が、アメリカ大統領までをも巻き込んで地球を一周するという非常に凝ったプロットで、お勧めの一篇である。

ひねりの利いた多彩なプロットと個性的な人間像と的確な状況描写とで作り出される、個々の短いドラマをゆっくりと味わっていただきたい。読み終えられたとき、どのストーリーがいちばんお気に召したであろうか。

今年の年頭にロンドンへ行く機会があり、ついでに三日ほどエジンバラへも足を伸ばした。夏のエジンバラはエジンバラ・フェスティバルが有名だが、エジンバラの大晦日《ハグマネイ》もその賑わいが世界的に知られており、街路は浮かれ騒ぐ人々であふれかえる。着いたときは、市の中心部に設置された仮設遊園地が若者を惹きつけているぐらいで、祭の終わった直後だったが、大晦日の夜に突風が吹き荒れて野外行事が中止となり、市が予約券の払い戻しを検討中だという記事が地元新聞に大きく載っていた。リーバス警部シリーズには、風に逆らって体を丸めて歩く通行人の描写がよく出てくるが、なるほど、風の強いところで、プリンシズ・ストリートを歩いているときなど、ふいに体がすくわれそうな思いをすることもあった。

ホテルの窓から外を眺めていると、午前八時にようやく空が白んでくる。午後五時にははやとっぷりと日が暮れてしまう。日中もどんよりと曇っていて、毎日目に見えないほどのこぬか雨が降ったりやんだりしていた。風で雲が切れると、つかの間、明るい日差しに恵まれ、青空を仰ぎ見るときもある。夜の十一時になってもおぼろげに明るい夏のエジンバラとは大違いだった。

よそ者には、そこはスコットランドの首都にふさわしい、装飾的で豪華な古い建物が立ち並ぶ、観光名所の多い美しい都市としか見えない。高層の公営住宅群が市の美観を損ねているということだが、日本人の目にはおなじみの普通のマンションにしか見えず、嘆くほどのこともないように思える。道路の幅も広く、ラッシュ時に渋滞したところで、たかが知れているように感じた。

それでもリーバス警部シリーズゆかりの場所を求めて、急坂の多い街を歩いていると、そこに住む人々の暮らしや人生についてしきりに想像を掻きたてられた。

そんな目抜き通りの書店では、イアン・ランキンの新刊本 *Watchman* が店頭の目立つところに山積みされていて、著者の人気のほどがしのばれた。

二〇〇四年二月　　　　延原泰子

HAYAKAWA POCKET MYSTERY BOOKS No. 1748

この本の型は，縦18.4センチ，横10.6センチのポケット・ブック判です.

検印
廃止

〔貧者《ひんじゃ》の晩餐会《ばんさんかい》〕

2004年3月10日印刷　2004年3月15日発行

著　者　イアン・ランキン
訳　者　延原泰子・他
発行者　早川　浩
印刷所　中央精版印刷株式会社
表紙印刷　大平舎美術印刷
製本所　株式会社川島製本所

発行所　株式会社　早川書房
東京都千代田区神田多町2ノ2
電話　03-3252-3111（大代表）
振替　00160-3-47799
http://www.hayakawa-online.co.jp

〔乱丁・落丁本は小社制作部宛お送り下さい
送料小社負担にてお取りかえいたします〕

ISBN4-15-001748-4 C0297
Printed and bound in Japan

ハヤカワ・ミステリ〈話題作〉

1728 甦る男 イアン・ランキン 延原泰子訳

〈リーバス警部シリーズ〉上司と衝突し、警察官再教育施設へ送られたリーバスは、そこで未解決事件を追うという課題を与えられる

1729 雷鳴の夜 R・V・ヒューリック 和爾桃子訳

嵐に遭い、山中の寺へ避難したディー判事一だが、夜が更けるにつれて不気味な事件が続発。ミステリ史上にその名を残す名探偵登場

1730 死の連鎖 ポーラ・ゴズリング 山本俊子訳

女性助教授脅迫、医学生の不審な死、射殺された人類学教授……一見無関係な事件には、不気味な関連が。ストライカー警部補登場！

1731 黒猫は殺人を見ていた D・B・オルセン 澄木柚訳

〈おばあさん探偵レイチェル・シリーズ〉猫を連れて赴いたリゾート地で起こった殺人事件に老婦人が挑む。〝元祖猫シリーズ〟登場

1732 死が招く ポール・アルテ 平岡敦訳

〈ツイスト博士シリーズ〉密室で発見されたミステリ作家の死体。傍らの料理は湯気がたっているのに、何故か死後二十四時間が……

ハヤカワ・ミステリ〈話題作〉

1733 孤独な場所で
ドロシイ・B・ヒューズ　吉野美恵子訳
〈ポケミス名画座〉連続殺人鬼となった帰還兵のディックス。次に目をつけた獲物は……ハンフリー・ボガート製作・主演映画の原作

1734 カッティング・ルーム
ルイーズ・ウェルシュ　大槻寿美枝訳
〈英国推理作家協会賞受賞〉競売人のリルケが発見した写真には、拷問され殺される修道女が。写真に魅せられたリルケは真実を追う

1735 狼は天使の匂い
D・グーディス　真崎義博訳
〈ポケミス名画座〉逃亡中の青年は偶然の出来事からプロ犯罪者の仲間に……ルネ・クレマン監督が映画化した、伝説のノワール小説

1736 心地よい眺め
ルース・レンデル　茅　律子訳
愛なく育った男と、母を殺された女。二人の若者が出会ったとき、新たな悲劇の幕が……ブラックな結末が待つ、最高のサスペンス！

1737 被害者のV
ローレンス・トリート　常田景子訳
ひき逃げ事件を捜査中の刑事ミッチ・テイラーが発見した他殺死体の秘密とは？　刑事たちの姿をリアルに描く、世界最初の警察小説

ハヤカワ・ミステリ〈話題作〉

1738 死者との対話 レジナルド・ヒル 秋津知子訳
〈ダルジール警視シリーズ〉短篇小説コンテストに寄せられた、殺人現場を描いた風変りな作品。そして、現実にその通りの事件が！

1739 らせん階段 エセル・リナ・ホワイト 山本俊子訳
〈ポケミス名画座〉孤立した屋敷で働く若い家政婦に迫る連続殺人鬼の影。三度にわたって映画化されたゴシック・サスペンスの傑作

1740 007／赤い刺青の男 レイモンド・ベンスン 小林浩子訳
JAL機内で西ナイル熱に酷似した症状の女性が急死した。細菌テロか？　緊急サミット開催の日本へジェイムズ・ボンドが急行する

1741 殺人犯はわが子なり レックス・スタウト 大沢みなみ訳
11年前に失踪した息子を見つけてほしい――老資産家の依頼を受けたネロ・ウルフだが、捜し当てた息子は、殺人容疑で公判中だった

1742 でぶのオリーの原稿 エド・マクベイン 山本　博訳
〈87分署シリーズ〉市長選の有力候補者が狙撃された。全市を揺るがす重大事件を担当するオリー刑事だが、彼の関心は別のところに